Bibliothèque publique de la Nation /
Succursale St-Isidore
25, rue de l'Église
St-Isidore, Ontario K0C 2B0

17 OCT. 2001

D1794656

DATE DE RETOUR

0 6 A

LA NATION/ST-ISIDORE

IP026832

LE CHÂTEAU

DU MÊME AUTEUR

UN MINOU FAIT COMME UN RAT, Léméac, 1982
CROQUENOTE, La Courte échelle, 1984
DE LAVAL À BANGKOK, Québec-Amérique, 1987
GUY LAFLEUR. L'OMBRE ET LA LUMIÈRE, Art Global/Libre
  Expression, 1990
OVERTIME, Viking, 1991
*CHRISTOPHE COLOMB. NAUFRAGE SUR LES CÔTES DU
  PARADIS*, Québec-Amérique, 1991
LE MOULIN FLEMING, Lasalle et ministère des Affaires culturelles, 1991
QUÉBEC-QUÉBEC, Art Global, 1992
INUIT. LES PEUPLES DU FROID, Libre Expression, 1995
LE GÉNIE QUÉBÉCOIS. HISTOIRE D'UNE CONQUÊTE, Libre
  Expression et Ordre des ingénieurs du Québec, 1996
SOUVENIRS DE MONICA, Libre Expression, 1997
CÉLINE, Libre Expression, 1997

GEORGES-HÉBERT GERMAIN

LE CHÂTEAU

ÉDITIONS ART GLOBAL

Données de catalogage avant publication (Canada)

Germain, Georges-Hébert, 1944-
Le Château
ISBN 2-920718-74-6

1. Château Frontenac - Romans, nouvelles, etc. 2. Château Frontenac (Québec, Québec) - Romans, nouvelles, etc. I. Titre.

PS8563.E677C42 2001   C843'.54   C2001-940622-3
PS9563.E677C42 2001
PQ3919.2.G47C42 2001

Les Éditions Art Global bénéficient de l'appui
de la Société de développement des entreprises culturelles du Québec
(SODEC).

Art Global reconnaît l'aide financière du gouvernement du Canada
par l'entremise du programme d'aide au développement de l'industrie
de l'édition pour ses activités d'édition.

Tous droits réservés
© Art Global inc., 2001
384, Laurier Ouest
Montréal, Québec H2V 2K7

Dépôt légal :
3ᵉ trimestre 2001

ISBN 2-920718-74-6

Imprimé au Canada

*Un peuple sans mémoire
est un peuple sans avenir.*

Victor Hugo

La Crapaudière

Odile a fini par laisser croire à son oncle Bébé qu'elle voyait quelque chose dans sa longue-vue. Avec cette petite voix traînante et blanche qu'ont les gens qui regardent très intensément au loin ou qui sont perdus dans leurs pensées, elle lui a dit qu'elle venait d'apercevoir un clocher.

« Sainte-Hénédine ou Sainte-Claire », a-t-il laissé tomber, rêveur lui aussi.

Et deux chevaux attelés à une voiture à foin sur un chemin qui longe une rivière.

« Ça, c'est l'Etchemin. »

Puis elle a ajouté, parce qu'elle savait que c'était cela surtout qui intéressait son oncle, qu'elle voyait la cheminée d'un grand bateau qui remontait le fleuve.

« Une cheminée rouge et blanche, avec beaucoup de fumée. »

Le fleuve était à l'autre bout du monde, aussi loin de la Crapaudière que la puissante lunette de l'oncle Bébé pouvait porter le regard.

C'était une lunette de navigation très ancienne au champ très large. Les quatre barillets de cuivre se télescopaient à la perfection dans un tube recouvert de cuir rouge vin. Odile n'avait jamais vu un aussi bel objet, sauf à l'église. Mais, parce qu'elle n'était qu'une fille, elle ne pourrait jamais toucher aux objets sacrés comme la patène, le calice ou le ciboire, et encore moins au plus beau de tous, l'ostensoir. À cause de cet interdit fait aux filles et de cette peur qu'elle avait des beaux objets, elle se sentait toujours un peu mal à l'aise quand elle tenait la longue-vue de l'oncle Bébé dans ses mains.

En fait, quand elle regardait par l'œilleton de la lunette, elle ne voyait rien que des demi-lunes et des reflets, des taches de couleur, comme de gros yeux qui bougeaient sans cesse. Et tout ça lui soulevait le cœur, comme à l'école quand la terrible mademoiselle Germaine lui avait interdit d'écrire de la main gauche.

« Tu vois le cap Diamant? demandait l'oncle Bébé. Et le cap Rouge, un peu sur ta gauche? Tu vois la fumée du bateau? »

Elle ne voyait rien de tout cela. Mais pour plaire à son oncle elle poussait quand même des oh! et des ah!

« Ah! que c'est beau! mon oncle. Oh! Seigneur, que c'est beau! »

Toujours avec sa petite voix très douce et rêveuse. Et avec un léger remords. Car elle n'aimait pas mentir. La vie, avec un mensonge dedans, n'avait plus cette parfaite limpidité, cette transparence tranquille et pure qui lui plaisait tant, qui la rassurait.

L'oncle reprenait sa longue-vue et la braquait sur l'horizon qu'il regardait longuement, sans dire un mot. Et Odile laissait ses yeux errer sur le paysage, dans le ciel si grand, si bleu, et frôler les érablières des monts environnants qui, comme celui de la Crapaudière, dominent les Appalaches beauceronnes que traversent perpendiculairement la ligne toute mince et sinueuse de l'Etchemin à droite et le ruban argenté de la Chaudière à gauche.

Chaque beau jour de l'été, de grand matin, quand le soleil sorti de derrière les montagnes traversait tout le ciel et allait frapper l'horizon de l'autre côté du monde, l'oncle Bébé s'installait sur sa galerie et braquait ainsi sa longue-vue sur le vaste panorama. Quand le temps était très sec et sans nébulosité aucune, on pouvait voir là-bas, très loin, dans le nord-ouest, la fosse immense au fond de laquelle, disait-il, coulait le grand fleuve dont on ne pouvait voir les eaux, cachées qu'elles étaient derrière les falaises de Lotbinière et de Deschaillons. Mais il prétendait qu'un œil exercé était capable d'apercevoir dans sa fameuse longue-vue les fumées et les cheminées des bateaux qui passaient dessus, parfois même les mâts et les voiles des goélettes.

«Le fleuve Saint-Laurent, disait-il, c'est le plus beau fleuve du monde.»

C'était pour Odile une donnée objective incontestable. Elle croyait, aussi dur, aussi sûr que deux et deux font quatre, que le plus beau fleuve du monde était le Saint-Laurent. Même si elle ne l'avait jamais vu. Et elle croyait que tout le monde était d'accord. Même les gens des autres pays qui ne l'avaient jamais vu eux non plus et qui ne le verraient probablement jamais.

Elle l'imaginait très large et tranquille, avec des eaux d'un bleu profond, et des rives, ici très escarpées, là très douces, et des joncs parfois sur ses bords au-dessus des battures, et des petites plages à l'embouchure des rivières, et des galets, des goélands, et ces oiseaux si colorés, les macareux, dont lui avait parlé son oncle qui en avait vu plein quand il naviguait, et des baleines grosses comme des granges.

Et elle était sûre qu'elle le verrait ce beau fleuve, un jour, elle le traverserait, elle en descendrait le cours sur un grand bateau à voiles jusqu'à la mer et elle irait au bout du monde, même si son frère François disait que le monde n'avait pas de bout.

François aurait pu, lui, s'il avait voulu, voir de proche, parfois même toucher, tous ces beaux objets qui se trouvaient à l'église. Mais il avait dit à Odile qu'il ne serait jamais enfant de chœur, même si leur mère l'avait supplié à genoux. François refusait presque toujours de faire ce que les grandes personnes lui demandaient. Et il cherchait souvent à leur donner tort ou à les embarrasser. Il demandait à l'oncle Bébé, par exemple, où il avait appris que le Saint-Laurent était le plus beau fleuve du monde.

«Et si c'est vrai qu'il est le plus beau, demandait-il, quel est le deuxième alors, et le troisième plus beau fleuve du monde?»

L'oncle Bébé vivait tout seul à quelques arpents de chez Odile et François. Il cultivait sa pauvre petite terre qui faisait à peine trente acres incluant l'érablière et le grand cap de roche qu'il y avait derrière sa grange et qu'on appelait le Toit du monde. Il soignait ses trois vaches et son vieux cheval, ses quatre cochons, son coq, ses six poules et ses deux chiens. L'hiver, il faisait son bois de chauffage, il tendait des collets et des trappes, il sculptait des oiseaux, il fabriquait des bateaux miniatures en frêne, en érable, en pin rouge ou blanc, en chêne aussi quand il en trouvait, des goélettes avec tout leur gréement, de grands voiliers à trois et même à quatre mâts, des steamers et des paquebots, des liners géants, comme le *Titanic* et l'*Empress of Ireland*, avec trois ou quatre cheminées. Et il mettait des goélettes à quille dans des bouteilles de rhum qu'il avait vidées tout seul. L'oncle Bébé faisait toujours tout tout seul, son bois, ses foins, ses sucres, ses labours, ses semailles, même ses prières et ses dévotions, car il n'allait jamais à la messe, ni à confesse.

Mettre des bateaux dans des bouteilles est un très long et très minutieux travail qui requiert énormément de concentration, de silence et de paix. L'oncle laissait Odile et François le regarder travailler, à condition qu'ils ne parlent pas, ni à lui, ni entre eux, et qu'ils ne fassent aucun bruit.

Il préparait d'abord toutes ses pièces, le ber et la quille, les membrures de la coque, les plats-bords, le pont, les mâtures, les cordages et les voiles, tout le gréement, des dizaines de petites pièces bien rangées sur son établi. Puis avec de longues pinces très fines, il les plaçait l'une après l'autre dans la bouteille après les avoir enduites de colle. Et parfois, il échappait une vergue ou la hune ou quelque hauban, ou il ne parvenait pas à dresser le grand mât ou à déployer la voile. Et alors, il devait recommencer, sortir certaines pièces de la bouteille, une à une, avec mille précautions. Et même, dans les pires cas, casser la bouteille pour récupérer quelques morceaux. Ou abandonner, tout simplement, laissant ses goélettes inachevées, lamentablement échouées au fond de ses bouteilles.

Souvent, pendant que son oncle travaillait, Odile feuilletait le gros livre rempli d'images de bateaux qui lui servaient de modèles. C'était le seul livre qu'elle avait jamais eu entre les mains à part les missels et les vieux manuels scolaires. Elle n'était qu'en troisième année qu'elle pouvait nommer tous les éléments d'un voilier, de ses œuvres vives, de son accastillage, de tout le gréement. Et elle pouvait reconnaître les plus fameux navires de l'histoire, la *Santa María*, la *Niña* et la *Pinta* de Colomb, le *Don de Dieu* et *L'Émérillon* de Champlain, le *Victory* de l'amiral Nelson, mais aussi des *Empress*, des cuirassés, des contre-torpilleurs.

Deux ou trois fois l'an, la tante Ursule, sœur de Bébé et de la mère d'Odile et de François, venait de Sainte-Marie-de-Beauce chercher les oiseaux en bois et les bateaux en bouteille qu'elle se chargeait de vendre. «À des Américains», disait-elle fièrement quand Bébé n'était pas là, parce que, pour des raisons qu'on ne connaissait pas, il n'aimait pas les Américains.

«Est-ce qu'ils vous ont fait quelque chose? demandait François. Est-ce que vous en avez déjà vu, des Américains?»

L'oncle Bébé ne parlait pas beaucoup. Très souvent, quand on lui adressait la parole, il ne répondait pas. Mais il connaissait assez de chansons et de contes pour remplir, disaient ses sœurs, au moins tout un jour et toute une nuit, sans s'arrêter une seule minute.

À quelques reprises, la tante Ursule était montée à la Crapaudière avec un monsieur Barbeau, Marius Barbeau, dont le curé, qui le connaissait et l'estimait, annonçait chaque fois la venue dans son prône du dimanche.

Monsieur Barbeau devait investir une bonne heure de son temps et une demi-bouteille de rhum pour convaincre Bébé de chanter. Il l'écoutait alors avec énormément d'attention, prenant en note mot à mot les paroles des chansons et des contes, même lorsqu'il les avait déjà entendu chanter ou réciter par d'autres.

Odile et François passaient parfois la journée avec les deux hommes. Et François, sans doute intimidé par monsieur Barbeau, ne cherchait jamais à les contredire ou à les embarrasser. Parfois même, il servait de guide à monsieur Barbeau qui voulait rencontrer les vieux et les vieilles du village et des rangs. Et il les écoutait chanter et raconter leurs histoires de peurs et de revenants. Et monsieur Barbeau prenait toujours tout en note dans ses petits calepins. Il aurait bien aimé que Bébé descende à Sainte-Marie-de-Beauce où il avait un appareil électrique capable d'enregistrer et de reproduire la voix humaine et la musique, ce qui lui aurait facilité les choses. Mais l'oncle Bébé avait refusé catégoriquement. Pas question de quitter la Crapaudière. Plus jamais.

Parfois, quand il buvait du rhum, Bébé parlait du temps où il avait navigué sur les caboteurs du gouvernement fédéral qui approvisionnaient les gardiens de phares du fleuve et du golfe, jusqu'en Gaspésie, jusqu'à Anticosti et même jusqu'à Terre-Neuve et à Miquelon. C'était pendant la Grande Guerre. Il avait vu des baleines et des requins, des naufrages aussi, dans les parages des îles de la Madeleine, en plein hiver parfois, toutes sortes d'horreurs.

Odile était sûre qu'il avait été très heureux autrefois. Et qu'il ne l'était plus. Elle avait quelquefois entendu les grands, son père ou sa grand-mère, parler de Bébé en disant « le pauvre homme », tout bas, comme pour éviter que les enfants, qui ont pourtant l'oreille plus fine que les adultes, n'entendent. Ou ils disaient : « On fait pas toujours ce qu'on veut dans la vie, songe à ce qui est arrivé à Bébé. »

Odile avait confusément compris que son oncle avait eu, et avait peut-être encore, un rêve en lui, une grande peine, un mystère. Et pour cela, elle l'aimait encore plus. Jamais il ne lui serait venu à l'idée, comme à François, immanquablement, que ce qu'il racontait puisse être faux.

François était par nature raisonneur ; il prenait toujours un malin plaisir à chercher des preuves que son oncle était un menteur, qu'il inventait tout ce qu'il racontait et qu'il n'avait jamais navigué.

« Jamais personne de la Crapaudière n'a mis les pieds sur un bateau, disait-il à Odile. Jamais personne n'a vraiment vu le fleuve. L'oncle Bébé encore moins que tous les autres. Je suis sûr qu'il n'a jamais bougé d'ici. C'est pas parce qu'il a une barbe et qu'il fume la pipe qu'il a été marin. »

Mais François se trompait. Sa mère l'a clairement dit un soir, pendant le souper.

« C'est vrai ce que votre oncle raconte. Il a navigué sur le fleuve. Et quand on était petits, à Kamouraska, on a traversé plusieurs fois le fleuve pour aller à la Malbaie ou à l'île aux Coudres, Bébé, Ursule et moi.

— Par le pont de Québec ? avait demandé Odile.

– Y avait pas de pont de Québec dans ce temps-là, avait répondu sa mère. Tu le sais aussi bien que moi. »

Odile oubliait souvent plein de choses qu'elle savait. Ou plutôt, elle oubliait qu'elle savait plein de choses. Ou elle ne croyait pas qu'elle les savait. Quand, à l'école, la maîtresse lui posait une question, elle était toujours tentée de répondre qu'elle ne connaissait pas la réponse. Mais si la maîtresse insistait, elle finissait presque chaque fois par la trouver quelque part dans sa tête. Sa mère disait qu'elle était dans la lune; son père, qu'elle ne se donnait pas la peine de regarder en elle, de chercher dans sa mémoire. Et Odile savait qu'il avait raison.

Dans le tiroir du secrétaire du salon se trouvaient une demi-douzaine de vieux journaux que les enfants avaient lus et cent fois relus. Il y avait, entre autres, un exemplaire de *L'Action catholique* du 17 avril 1912, où on racontait à la une le naufrage du *Titanic*, le plus grand transatlantique du monde, survenu dans la nuit du 14 au 15. Mille cinq cents personnes étaient mortes, gelées, noyées, certaines emportées dans les grandes profondeurs avec l'épave du paquebot. Et un exemplaire du *Soleil* relatant le tragique accident survenu pendant la construction du pont de Québec, 89 morts. Et d'autres naufrages, celui du *Empress of Ireland*, avec beaucoup de morts aussi, et de graves incendies, des tremblements de terre, très loin, à l'autre bout du monde, dans des îles, mais effrayants quand même. Et des guerres terribles où des hommes s'entretuaient et tuaient des enfants…

Pour Odile, tous les journaux étaient remplis d'horreurs et de malheurs, de violence. Ils avaient quelque chose de maléfique. Elle aurait voulu ne jamais les voir. C'était chaque fois François qui insistait. François aimait entendre parler des choses effrayantes qui se produisaient dans le monde. Chaque fois qu'il demandait des détails et des précisions sur le pont de Québec où tous ces ouvriers étaient morts, leur mère disait :

« N'empêche que le pont de Québec aujourd'hui, c'est la huitième merveille du monde. »

Et Odile le croyait dur comme fer. Aussi sûr que trois et trois font six, le pont de Québec était pour elle, incontestablement, la huitième merveille du monde.

François, lui, avait tout de suite voulu savoir quelles étaient les sept premières. Sa mère avait répondu qu'elles se trouvaient dans les vieux pays. Et que plusieurs, comme le colosse de Rhodes et les jardins suspendus de Babylone, les seules autres merveilles dont elle se souvenait, étaient disparues depuis des milliers d'années.

« Il en reste combien ? » demandait François.

Sa mère ne pouvait répondre. Mais elle savait qu'il y en avait déjà eu huit et que le pont de Québec était la plus récente. Et la seule à se trouver dans le Nouveau Monde.

« Et un jour, votre père va atteler Charlot, on va prendre le train à Vallée-Jonction, et on va aller voir le pont de Québec et le fleuve. »

Odile attendait ce jour. Même si François disait qu'il ne viendrait jamais. Elle a demandé à son oncle s'il serait du voyage. Il a répondu que non. Et elle a tout de suite regretté de lui avoir fait cette demande, car elle savait fort bien qu'il dirait non. L'oncle Bébé ne voulait jamais aller nulle part.

C'était un homme échoué dans ces montagnes de la Beauce où, à part monsieur Barbeau et la tante Ursule, il ne venait presque jamais personne. Il regardait toujours ailleurs, au loin, vers ce fleuve qu'on ne voyait pas, ou dans son passé, dans sa jeunesse, vivant seul, sans femme, construisant et gréant des bateaux immobiles, échoués sur des fonds de bouteilles.

« Je te dis qu'il ne peut plus sortir de la Crapaudière, répétait François. Il est recherché par la police. Il a tué un homme.

— Qui t'a dit ça ?

— Je l'ai su. C'est tout. »

Le relief des monts Appalaches, au cœur desquels Odile et François ont vécu leur enfance, est très régulièrement ondulé. Des lignes de crête de hauteur constante alternent avec des dépressions allongées, ce qui donne à ce pays la forme d'une planche à laver ou de la mer quand elle est faite de gros rouleaux bien alignés. On dirait en effet des vagues très régulières roulant parallèlement à la vallée du Saint-

Laurent, ample houle de pierre, avec ici et là des moutonnements rocheux, quelques déferlements.

Les flancs et les creux, immenses lits, sont très densément boisés, avec souvent des marécages ou une petite rivière tout au fond. Sur les crêtes, venteuses et sèches, très souvent nues, que franchissent des chemins de bois, on a parfois des vues époustouflantes.

C'est sur l'une de ces crêtes, entre les vallées de l'Etchemin et de la Chaudière, que se trouve la Crapaudière à 556 mètres d'altitude, au sein d'une région d'érablières d'où surgissent les deux plus hauts sommets du secteur, le mont O'Neil qui atteint 624 mètres et le mont Frampton qui culmine à 655 mètres.

Le père d'Odile tenait de son père la petite terre sur laquelle il peinait abondamment. Il s'était habitué à elle; il était issu d'elle, fait d'elle. Et il avait fini par l'aimer beaucoup. Jamais l'idée ne lui était venue, comme à son beau-frère Bébé au temps de sa jeunesse folle, d'aller vivre ailleurs.

Personne ne savait au juste d'où ce lieu tirait son nom. La grand-mère d'Odile, la mère de son père, racontait qu'il y avait eu une invasion de crapauds quand elle était jeune, un an ou deux avant son mariage, vers 1873. Mais elle n'était pas tout à fait sûre de cela.

Et qu'est-ce que c'est d'abord qu'une invasion de crapauds? D'où ça vient? Et où seraient-ils tous passés?

Au moment où commence cette histoire, au milieu des années 1920, il n'y avait pas plus de crapauds à la Crapaudière qu'à Sainte-Hénédine ou à Sainte-Marie-de-Beauce ou même, disait la mère d'Odile et de François, à Kamouraska, où ils étaient nés, elle, la tante Ursule et l'oncle Bébé.

Celui-ci disait qu'on avait donné ce nom à ce coin de pays parce que la terre y était pleine de bosses et de roches qui rappelaient les verrues d'un crapaud.

«Moi, je pense que c'est parce que c'est laid», a lancé François un jour.

Et Odile avait répondu, peinée, pour une fois tenant tête à son frère: «Mais c'est pas laid un crapaud! Pourquoi tu dis ça?

— La Crapaudière non plus, c'est pas laid, avait ajouté Bébé. Un paysage comme celui-là, ça vaut de l'or. »

Odile en avait tout de suite été convaincue. Mais François, comme d'habitude, avait tenu à faire un peu de ce que mademoiselle Germaine appelait du mauvais esprit.

« Quelle quantité d'or au juste, mon oncle? Une livre? Cent livres? Mille livres d'or? »

Odile lui avait fait les gros yeux. Elle détestait le voir ainsi contredire inutilement les grands qui, pour elle, avaient toujours raison.

À la Crapaudière, le sol est partout et toujours en bosses et en pentes, dans un sens ou dans l'autre. Il faut sans cesse épierrer les champs, toujours exigus et de formes irrégulières à cause des roches qu'on doit contourner. Avec le temps, les gels et les dégels font comme une sorte de bouillonnement très lent qui broie en profondeur les pierres du sol et les porte vers la surface.

Ainsi, le petit champ en bordure de la route qu'on a épierré au printemps, et où on a planté ensuite 250 plants de fraisiers, il faudra encore y voir avant longtemps.

« Tous les sept ans, dit l'oncle Bébé. La terre se refait tous les sept ans, comme le corps des humains qui ont neuf vies. »

Odile avait calculé qu'il lui restait encore sept vies et demie à vivre. Que sa mère, âgée de 39 ans, avait consommé plus de la moitié de ses vies. Et que Bébé, 35 divisé par 7, en avait vécu 5 exactement.

L'oncle disait aussi qu'il y avait dans le corps humain assez de soufre pour faire au moins six boîtes d'allumettes, assez de fer pour faire une poignée de clous de finition, assez d'argent pour couvrir un dix cents et un peu d'or aussi et de l'eau pour remplir une cruche de deux gallons.

« Pas de rhum? » avait demandé François qui s'était empressé comme d'habitude de ridiculiser les théories de son oncle et avait rappelé que Mémére, la grand-mère de son père, avait déjà vécu plus de 12 vies. Et que le premier-né de ses parents, Jacques, qu'ils n'avaient évidemment pas connu, puisqu'il était mort avant leur naissance, n'avait même pas eu le quart d'une vie. Et certainement pas, dans son petit corps, de quoi faire un clou de finition...

Il y avait un chemin étroit et sinueux, épouvantablement raide, qui passait devant la maison et qui contournait la grange, passait devant chez l'oncle Bébé, montait jusque sur le Toit du monde, bifurquait, pour redescendre d'un côté vers l'érablière et le chemin qui menait à l'école, puis au village, et de l'autre vers un champ si abrupt et accidenté qu'il fallait le labourer dans le sens de la pente, sinon la première pluie le moindrement lourde aurait tout lessivé.

L'eau dans ce pays est toujours fuyante, très agitée, sauf quand elle remplit le petit étang, en contrebas de la maison, œil sombre où on peut voir parfois, quand on se trouve au bout de la galerie, le reflet du soleil couchant et où, les jours d'été, François et Odile menaient boire les vaches matin et soir.

Le chemin qui menait à Sainte-Hénédine, on ne le faisait qu'à pied ou à dos de cheval, même en été. Celui qui descendait à Sainte-Marie-de-Beauce était carrossable, sauf en hiver. Le père et ses garçons devaient chausser leurs raquettes dès qu'ils avaient à s'éloigner le moindrement de la maison. Pour chasser, trapper ou bûcher, parfois même pour aller soigner les vaches à l'étable.

On pouvait glisser en traîne sauvage depuis le Toit du monde jusqu'à l'étang, une glisse qui, dans des conditions idéales, quand la neige tassée par le vent d'ouest était bien ferme, pouvait facilement durer cinq minutes. Passé la maison, on plongeait vers l'étang puis dans ce que les plus vieux avaient appelé la côte de la Grande Peur Bleue où on atteignait des vitesses folles. Odile savait créer par les mouvements de son corps une sorte de tangage qui rendait sa descente sinueuse et ondulante, plus rapide encore que celle de ses frères. Mais ce qu'on avait descendu en quelques minutes, on le remontait en quatre ou cinq ou dix fois plus de temps.

Un beau matin, celui du Vendredi saint, un grand chien jaune était arrivé à la ferme, tout mouillé, visiblement affamé, mais pas du tout énervé. Malgré les grands frères d'Odile qui avaient tout fait pour le chasser, il était resté. Leur sœur aînée qui n'aimait pas les chiens l'avait surnommé Barabbas, parce qu'à l'église, le curé avait raconté la Passion et parlé de ce terrible bandit que Pilate avait libéré à la place de Jésus.

Barabbas adorait les enfants, Odile surtout. Il l'accompagnait partout, il l'attendait à la porte de l'école, il dormait sous son lit. C'était un grand chien, très robuste et musclé, un «pur bâtard», disait leur sœur. L'oncle Bébé avait fabriqué un harnais et une petite voiture dans laquelle les enfants lui faisaient transporter toutes sortes de choses.

«Cet hiver, on lui fera remonter la traîne sauvage en haut de la côte», a dit François.

Par un matin de fin d'été, beau, sec et chaud, Odile et François, accompagnés de Barabbas, sont allés chercher la longue-vue de l'oncle Bébé et se sont rendus sur le Toit du monde. Pour la première fois, ce jour-là, Odile a su regarder dans la lunette et elle a vu des éléments du paysage magnifiés. Enfin! Les clochers, cent fois grossis. Celui de Sainte-Hénédine, dont elle a longuement observé la cloche immobile. Elle criait, braquait partout sa lunette, refusait de la passer à son frère. Elle a vu un grand veau dans un champ qui voulait téter sa mère et celle-ci le repoussait du museau, puis d'un coup de patte. Et la maison chez elle. Et derrière la grange, son père et son frère, le plus vieux, tous deux en train d'aiguiser la scie ronde. Elle les a vus parler ensemble et tout à coup pouffer de rire. Et c'était un aussi grand plaisir que celui qu'elle avait eu le jour où mademoiselle Régina, la maîtresse d'école qui avait remplacé mademoiselle Germaine, lui avait dit qu'elle pouvait très bien écrire de la main gauche si elle en avait envie...

Quand l'oncle Bébé est rentré dîner, vers les 11 heures, elle était devenue une virtuose de la longue-vue. Elle avait vu enfin cette fameuse fosse, ce vide infranchissable, le fleuve invisible, le monstre couché là-bas, juste sous l'horizon. Le cap Rouge aussi, et plus à droite, une autre bosse qui devait être le cap Diamant, mais qui n'avait rien de brillant, qui semblait même plutôt mat et sombre, et que François avait tout de suite surnommé le cap Charbon...

Mais juste au-dessus, ils avaient vu à l'œil nu un immense arc-en-ciel.

« Ça veut dire qu'il pleut quelque part par là-bas », avait dit l'oncle Bébé.

Et il avait expliqué à Odile comment se faisaient les arcs-en-ciel.

« C'est simple. Il te faut de la pluie en face et du soleil dans le dos. »

Quelques semaines plus tard, pendant l'été des Sauvages, un matin, très tôt, ayant pointé la longue-vue vers le cap Charbon, Odile aperçut comme un frémissement dans le paysage, une sorte d'embrasement, un flamboiement, on aurait dit un astre tombé du ciel, de l'or ou des braises, « un ostensoir », a-t-elle pensé. Elle haletait.

« Qu'est-ce que tu vois ? demandait François.

— Je sais pas, attends, bouge pas. »

Et puis l'astre s'était éteint, tout doucement, comme meurt un tison.

Odile devait le revoir deux fois au cours des jours suivants, à la même heure à peu près.

« Qu'est-ce que c'est, mon oncle ?

— Ça, lui avait dit l'oncle Bébé, ça doit être leur château Frontenac. Je vois pas d'autre chose. »

Il était resté songeur et n'avait pas cherché à le regarder.

Pendant un temps, le château a été la plus vive passion d'Odile, un lieu de rêve, idéal décor de toutes les histoires de princesses que sa grand-mère, sa mère, sa grande sœur lui avaient racontées.

« Un château, c'est fait pour des princesses, des rois et des Américains, lui répétait François. Tu y mettras jamais les pieds, si tu veux savoir.

— Ça me dérange pas une miette. »

Elle y allait tant qu'elle voulait, dans sa tête, dans ses rêves. Elle était de tous les bals qu'on y donnait. Chaque soir, des princes et des Américains la faisaient danser. Comme elle avait peu d'images dont elle pouvait s'inspirer, elle devait tout inventer, les décors, les costumes, les coiffures, les pas de danse, la musique. Et même ces émotions étranges qu'elle ressentait lorsqu'elle s'abandonnait dans les bras de ses amoureux.

Quand le temps était clair, elle passait chez l'oncle Bébé en rentrant de l'école et, par la fenêtre de la cuisine, elle cherchait la silhouette de son château dans le paysage. Jamais l'idée ne lui est venue qu'elle pourrait réellement y aller un jour. Elle croyait même que François avait probablement raison : elle ne mettrait jamais les pieds au château Frontenac. Mais pour elle, ça n'avait alors aucune espèce d'importance.

La tour centrale

L E FUGACE embrasement, l'astre d'or rutilant et chatoyant qu'Odile avait cru voir choir sur le cap Diamant, en ces glorieux matins de fin d'été, était le reflet du soleil sur le cuivre non encore oxydé qui recouvrait le toit de la tour centrale nouvellement érigée du château Frontenac.

Avec ce dernier ajout, le troisième réellement important depuis la construction de l'aile Riverview en 1892 et 1893, le château prenait, à peu de choses près, l'aspect définitif qu'on lui connaîtrait désormais. Il comptait maintenant 658 chambres, près de 4 fois plus qu'à ses débuts, dont 16 nouvelles suites aménagées à grands frais dans les étages supérieurs de la tour, ce qui en faisait le plus grand hôtel jamais construit au Canada, un bel objet de luxe, de gloire et de beauté.

Le vœu de son promoteur William Van Horne, décédé huit ans plus tôt, en 1915, à Montréal, était désormais réalisé.

« Construisons l'hôtel dont on parlera le plus dans le monde », avait-il proposé à ses associés, les gros bonnets de la compagnie Canadian Pacific Railway (CPR) qui, au cours du dernier quart du XIXe siècle, étaient devenus si riches et si puissants qu'ils ne pouvaient faire autrement que changer par leurs actions et la réalisation de leurs rêves la face du pays d'un océan à l'autre. Ils y ont d'ailleurs laissé d'innombrables bâtiments et des constructions de toutes sortes, chemins de fer, routes carrossables, gares ferroviaires, hôtels, chalets et cottages de grand luxe, somptueuses résidences, incomparables collections de meubles et d'œuvres d'art, de la beauté, de la richesse. Et leurs noms, à des rues, des places, des bâtiments…

C'étaient des hommes très modernes, grands admirateurs, amateurs, connaisseurs et utilisateurs des machines, des moteurs, des sciences, des technologies nouvelles.

Mais leur château Frontenac, de style gothico-Renaissance, était une construction résolument nostalgique. Et tout à fait anachronique : un château de la Renaissance au Nouveau Monde et au moment où, tant en Europe qu'en Amérique, toutes les grandes villes, déjà pleines comme des œufs, phénoménales fourmilières en pleine mutation, grandes nouveautés de l'humanité, émergeaient avec force et fureur du monde ancien.

Le baron Eugène Haussmann et ses armées d'architectes et d'ingénieurs venaient de remodeler Paris, dont le centre éventré était désormais traversé de grandes percées rectilignes. Gustave Eiffel y avait érigé déjà sa fameuse tour, « bergère, ô tour Eiffel ». New York comptait près de deux millions d'habitants et s'étendait hors de Manhattan. Daniel H. Burnham avait appliqué son fameux plan d'urbanisme à la reconstruction de Chicago détruite par le feu en 1870.

Les grands architectes et constructeurs du XXe siècle, Le Corbusier, Gaudi y Cornet, Mies van der Rohe, Frank Lloyd Wright, Walter Gropius, Otto Wagner, étaient déjà de grands garçons qui bientôt dessineraient des buildings de fer et de verre, très hauts, très fonctionnels, aux lignes pures, aux orthogonales sobres. La structure primait déjà sur la décoration, les enjolivures et les fioritures. « *Less is more* », avait clamé Mies van der Rohe.

On traçait partout des rues plus larges, autant que possible rectilignes, pour faciliter la circulation automobile, on aménageait des parcs de stationnement. Peu à peu, les écuries et les dépôts d'avoine et de fourrage qu'on trouvait depuis des siècles dans tous les quartiers urbains allaient faire place, en Amérique du Nord puis en Europe, à des stations-services et à des ateliers de mécanique. Le maquignon se ferait vendeur de camions et d'automobiles ; le mécanicien remplacerait le vétérinaire et le maréchal-ferrant. Déjà, on édifiait au cœur des villes des bâtiments très fonctionnels, où se rencontraient les gens d'affaires, les bâtisseurs, les décideurs, les artisans de ce nouveau monde.

Artistes et architectes se tournaient résolument vers des formes neuves, expérimentales, mélangeant matériaux et textures de toutes sortes, usant très librement des souvenirs de l'art médiéval byzantin, mudéjar, gothique, donnant à leurs œuvres des styles nettement éclectiques, mais qui n'avaient déjà plus grand-chose à voir avec cette architecture très décorée héritée de la Renaissance qui allait marquer si profondément le château Frontenac. S'ils s'emparaient des formes anciennes, c'était pour pratiquer une architecture infiniment plus audacieuse et singulière, éminemment personnelle, faire du neuf avec du vieux, faire à tout prix du jamais vu.

Le château Frontenac serait, lui, le temple du déjà vu, une sorte de conservatoire en Amérique de formes et d'images très anciennes développées jadis en Europe, en France surtout, la France de François Ier et de Jacques Cartier, découvreur du Canada. Van Horne et ses amis misaient ainsi sur le caractère socialement et culturellement distinct de ce coin de l'Amérique du Nord, de manière à faire de leur château-hôtel un objet de curiosité bien particulier...

Cette époque, si elle fut fascinée par les machines, a aussi donné abondamment dans la contemplation et la rêverie. Construit sur un promontoire, leur château était fait pour être vu, pour paraître, très ostensiblement, mais aussi et surtout pour donner à voir, pour permettre d'admirer un panorama d'une grandeur et d'une beauté exceptionnelles. Autrement dit, pour faire rêver.

Pour les industriels anglais, qui ont construit ce château, le passé était un univers exotique et exquis, un lieu de culture et de détente. C'étaient des hommes heureux et créateurs, riches et prospères. Heureux aussi, et presque aussi riches, ceux qui descendaient dans leur hôtel, une clientèle aisée, contemplative et cultivée, presque exclusivement anglophone.

Au moment où la tour centrale du château Frontenac émergeait du sage bâti de la bonne vieille ville de Québec, le beau monde doré qui formait sa clientèle privilégiée subissait une spectaculaire métamorphose. Parmi les classes aisées, l'image et le rôle des femmes avaient alors commencé à changer. De même que les rapports que celles-ci entretenaient avec les hommes, avec l'amour, avec la vie.

Les femmes étaient de plus en plus nombreuses à porter les cheveux courts, des pantalons, des shorts, des robes très légères, parfois profondément décolletées et qui découvraient le genou, et même une bonne partie de la cuisse. Elles dansaient le charleston, elles fumaient, buvaient des cocktails colorés, prenaient des bains de soleil, pratiquaient presque autant de sports que les hommes et elles auraient sans doute fait l'amour aussi librement si elles avaient pu échapper à ses conséquences. C'étaient les années folles, affriolantes, euphoriques, tout était nouveau, l'art et les machines, la vie même et l'amour, bien sûr.

Les bâtisseurs et les décideurs du beau monde moderne venaient donc se reposer à Québec, profiter des beautés de la nature, s'émerveiller des richesses qu'offraient les folklores canadien-français et amérindien qu'on étalait sous leurs yeux.

Le château était un lieu de tout confort à la limite de la grande nature sauvage et du passé. Dès le début, il avait mis au service de sa clientèle une petite armée de moniteurs et d'organisateurs de loisirs de toutes sortes. Jour et nuit, semaine et dimanche, beau temps, mauvais temps, on pouvait y pratiquer des sports de plein air et des jeux de table dans un esprit de grande convivialité, entre gens bien, heureux, modernes… Et danser, bien sûr, tous les soirs, au son des plus beaux orchestres. Et flâner, sur la terrasse Dufferin, en regardant les montagnes, le fleuve.

Depuis son ouverture, tout avait réussi à ce château. Le projet de William Van Horne, ce génie du développement, brillant self-made-man, président de la compagnie Canadian Pacific Railway, avait en effet dépassé ses plus téméraires espérances.

Né en 1843 dans l'Illinois, orphelin de père à 11 ans, William Cornelius Van Horne avait quitté l'école à 14 ans pour devenir télégraphiste. À 20 ans, il était répartiteur de trains dans le Midwest américain. À 29 ans, il devenait le plus jeune chef de chemin de fer du monde. Dix ans plus tard, père de trois enfants, il était nommé directeur général des Canadian Pacific Railway. Le 28 juin 1886, il était à bord du premier train de passagers qui quittait Montréal à destination de Port Moody, en Colombie-Britannique. Il fut bientôt président de la compagnie. À 50 ans, fait sir et chevalier par la reine Victoria, il était richissime et célèbre.

Esprit formidablement éclectique, il avait développé, très jeune, une passion dévorante pour les sciences de la terre. Dès l'âge de neuf ans, il avait commencé à ramasser des cailloux, des galets, des échantillons de sable. Cette collection géologique l'a passionné toute sa vie. Il a entretenu une correspondance régulière avec les plus éminents géologues du monde. Plus tard, il a collectionné les œuvres d'art (des Impressionnistes surtout) ainsi que les poteries et porcelaines japonaises dont il est devenu l'un des connaisseurs les plus éclairés.

Fin esthète, peintre paysagiste du dimanche très doué (deux de ses œuvres font aujourd'hui partie de la collection du Musée des beaux-arts de Montréal), Van Horne était fasciné par la sauvage grandeur que traversaient les chemins de fer dont il avait dirigé la construction, par sa pureté, son infinie diversité. L'époustouflante platitude des Prairies le fascinait, tout autant que les « badlands » de l'Alberta, les pics enneigés et inaccessibles des Rocheuses, les littoraux austères et tourmentés de l'Atlantique et du Pacifique.

En bon et compulsif entrepreneur qu'il était, il avait cherché un moyen de mettre toute cette beauté en valeur et de la rentabiliser, sans qu'elle se détériore. Et il avait trouvé.

« Puisqu'on ne peut l'exporter, disait-il, importons des amateurs, des consommateurs de beauté. »

Dès que le rail fut doté en ses points stratégiques de bonnes gares et d'hôtels d'affaires convenables et fonctionnels, il s'est mis à planter des chalets et des lodges dans des sites naturels et enchanteurs susceptibles d'attirer les touristes.

Comme beaucoup de gens très riches, il était passionné d'architecture. Il a lui-même dessiné les plans d'un chalet de montagne de 14 chambres dont on a tiré 3 exemplaires dans l'Ouest canadien.

En 1885, pendant la construction du chemin de fer, on avait découvert des sources chaudes sur le versant oriental des Rocheuses, près d'un endroit qu'entre eux les patrons de la compagnie de chemin de fer du Canadien Pacifique avaient pris l'habitude d'appeler Banff, parce qu'il leur rappelait le lieu de naissance de l'un d'entre eux, sir George Stephen, né à Banff, en Écosse.

Ce site avait un potentiel énorme. Les patrons du Canadien Pacifique ont décidé d'en faire le rendez-vous des amants de la nature. Au printemps 1888, ils ont passé à un jeune architecte américain, Bruce Price, une commande ferme : les plans d'un hôtel de 140 chambres, le Banff Springs Hotel. À chacun des cinq étages, de larges vérandas donnaient sur les montagnes et sur la rivière Bow.

Au cours de ces années marquant les débuts du Railroad Hotel System, on s'interrogeait beaucoup sur le style à donner aux hôtels et aux chalets qu'on faisait construire le long de la voie ferrée. On voulait de l'homogénéité, de l'originalité; et en même temps, rappeler l'Europe d'autrefois. Mais de quel côté aller? Quelles influences rechercher, lesquelles fuir? Le Banff Springs Hotel sera-t-il de style écossais? Ou rhénan? Bohême? Tudor Hall? Gothico-Renaissance? Aura-t-il le chalet suisse parmi ses ancêtres? Ou quelque château français? Il eut un peu de tout cela. Rien par contre de méditerranéen, rien d'hispanique ou de mauresque.

Dans l'esprit de Van Horne, on devait s'inspirer des castels d'Écosse, le lieu lui-même rappelant ce pays. Or, beaucoup d'historiens prétendaient à l'époque que l'architecture des châteaux écossais des XVIe et XVIIe siècles était fortement inspirée des châteaux de la Loire. D'autres soutenaient que ça n'avait rien à voir, que cette architecture rappelait les châteaux d'Allemagne, des Pays-Bas, de Bohême. Mais ces derniers n'auraient jamais vu le jour n'eussent été les châteaux construits en France sous François Ier. C'est l'histoire classique de la poule et de l'œuf.

Quoi qu'il en soit, le Banff Springs Hotel a donné le ton à ce qu'on allait appeler le style château, pas très original, tributaire d'influences diverses, mais néanmoins typiquement canadien, donnant une impression de force et de solidité à toute épreuve. Première tentative d'exprimer par l'architecture le nationalisme canadien, le style château reflète également ce besoin qu'on avait alors de se rattacher à des formes éprouvées et de s'inscrire dans une culture établie.

Parmi les sites qu'avait inventoriés Van Horne, il en était un en particulier qui le fascinait, le cap Diamant, à Québec. On parlait depuis des années de construire sur ses hauteurs un grand hôtel de luxe. On en avait fait mention dans le numéro d'*American Architect* d'août 1880. Plusieurs groupes d'hommes d'affaires avaient été formés, des bureaux d'architectes canadiens et américains avaient produit une demi-douzaine de plans. Jamais rien n'avait abouti, malgré les exemptions d'impôt promises et les encouragements divers apportés par les gouvernements. Un seul projet, celui de la Fortress Hotel Company, a bien failli réussir, mais les choses ont traîné en longueur.

En mars 1892, l'*American Architect* publiait quelques esquisses du Fortress Hotel, mais annonçait qu'on ne verrait probablement pas avant fort longtemps un hôtel au sommet du cap Diamant.

C'était sans compter sur William Van Horne et ses amis du Canadien Pacifique qui, discrètement, avaient préparé leurs plans.

Ces gens-là n'avaient aucun problème pour réunir des fonds. Ils étaient immensément, presque démesurément riches. Et ils étaient déjà en contact avec les plus brillants architectes du continent. Au cours des années précédentes, ils avaient semé d'un océan à l'autre des dizaines de gares et d'hôtels. Chacun d'entre eux s'était fait construire, le plus souvent dans le *Golden Square Mile* montréalais, une demeure somptueuse et des chalets de très grand luxe dans les Rocheuses, sur des îles, dans les Prairies. Ils voyageaient à travers le continent dans leurs wagons privés.

En 1881, le gouvernement canadien leur avait cédé quelque 25 millions d'acres de terrains. Sept ans plus tard, ils ont créé un beau scandale en mettant en vente ce qu'ils n'avaient pas utilisé pour leur rail. Ils ont cependant gardé pour eux les plus beaux sites. Pas de terres agricoles ni de terrains miniers. Mais des points de vue. Les beautés de la nature vierge représentaient alors, comme jamais dans l'histoire du monde, un formidable potentiel industriel et économique.

En 1863, on avait construit à Cacouna, près de Rivière-du-Loup, avec vue imprenable sur le fleuve, un hôtel de villégiature d'une troublante beauté, le Saint Lawrence Hall, qui attirait pendant la belle saison le beau monde de New York et de la Nouvelle-Angleterre. Tout en bois, tout blanc, avec de profondes vérandas, 600 chambres. La salle à manger pouvait recevoir jusqu'à 800 convives. Dans la salle de bal, 250 couples dansaient, le soir, au son d'un grand orchestre qui mêlait aux reels et aux menuets les airs de valse d'un jeune compositeur alors furieusement à la mode, coqueluche des aristocrates et des bourgeois d'Europe, Johann Strauss.

De l'autre côté du fleuve, à la confluence du Saguenay, se trouvait l'hôtel Tadoussac, plus rustique, mais dans un décor tout aussi majestueux. Et l'hôtel Roberval, au lac Saint-Jean. Et de rustiques et luxueux chalets aux lacs Témiscouata, Memphrémagog, Massawipi…

William Van Horne avait suivi tout cela avec le plus grand intérêt. Mais sa compagnie, toute puissante qu'elle fût, ne pouvait mettre la main sur le cap Diamant. Son chemin de fer ne passait pas à Québec, mais en face, à Lévis. Rien n'empêchait cependant ceux que le rail avait enrichis de former une autre compagnie et de se mettre sur les rangs des promoteurs intéressés.

Le 16 juillet 1890, la Chateau Frontenac Company était incorporée à Québec. Outre Van Horne, cinq des neuf membres étaient directement liés aux CPR : sir Donald Alexander Smith, futur lord Strathcona. Richard B. Angus, Thomas G. Shaughnessy, James Ross et Sandford Fleming. Il y avait également Edmund B. Osler, Wilmot D. Matthews et William Hendrie. Ils disposaient d'un capital-actions de 300 000 $.

Ils avaient retenu les services de Bruce Price qui venait d'achever leur Banff Springs Hotel et avait dessiné et décoré leurs wagons privés, construit leur gare Windsor à Montréal, et des villas de millionnaires autour de New York, le West End Hotel à Bar Harbor, sur l'Isle du mont Désert où Champlain avait naguère songé à s'établir.

Avant même que soit formée la Chateau Frontenac Company, Bruce Price avait fait parvenir à Van Horne les plans d'un hôtel qui occuperait le sommet du cap Diamant. Il s'engageait à utiliser des matériaux locaux et, dans la mesure du possible, des talents canadiens.

Le 4 février 1892, la *Canadian Gazette* rapportait que le président Van Horne, en compagnie de Richard B. Angus et d'Edmund B. Osler, était de passage à Québec. La veille, dans la matinée, avec Bruce Price, ils étaient allés se promener en carriole sur le pont de glace qui reliait Québec et Lévis. À trois reprises, ils avaient demandé au cocher de s'arrêter pour qu'ils puissent regarder la ville et le cap. Puis ils s'étaient rendus sur les hauteurs de Lévis où ils étaient restés une bonne heure à discuter, à regarder.

Selon le reporter de la *Canadian Gazette* qui les avait rencontrés à leur retour, ils allaient jeter leur dévolu sur le site qu'occupait l'École normale, c'est-à-dire l'ancien château Haldimand, sis un peu en retrait, juste derrière la terrasse Dufferin.

Personne jusque-là n'avait pensé qu'on pouvait démolir ce bâtiment et construire à sa place cet hôtel dont tous rêvaient. Le Haldimand n'était pourtant plus le siège du gouvernement depuis belle lurette. La Corporation de Québec y avait eu ses bureaux pendant quelques années. Plusieurs ministères et départements publics l'avaient occupé. L'artiste Antoine Plamondon y avait aménagé un vaste atelier qui occupait une partie du rez-de-chaussée.

En 1856, après que la capitale eut déménagé à Toronto, l'École normale Laval, qui formait les maîtresses d'école de toute la région, avait pris possession des lieux. On avait transformé les salles de bal et les salons en salles de cours. Une partie de l'édifice était restée inoccupée, plusieurs pièces étant remplies jusqu'au plafond d'archives et de papiers divers qui pourrissaient lentement, dégageant une âcre odeur de moisissure.

Van Horne avait visité le château Haldimand de fond en comble avec ses ingénieurs et son architecte. Tous étaient d'accord. Ce bâtiment était en fort mauvais état. On lui donnerait le coup de grâce. Et on construirait sur son exact emplacement le plus bel hôtel du continent.

Les travaux devaient commencer à la mi-mars 1892. Et durer treize mois et demi. Ainsi, l'hôtel serait prêt à accueillir les Européens qui se rendraient à l'Exposition universelle qui se tiendrait tout l'été à Chicago.

Le 5 février 1892, Van Horne écrivait à son ami Mount Stephen qu'il voulait que son château dégage une impression de puissance et «fasse de l'effet».

«Je veux conserver les vieilles fortifications et laisser les vieux canons en place. J'assoirai l'hôtel un peu en retrait, loin de la falaise, de manière à garder un espace pour aménager une promenade. Nous avons là tous les éléments pour faire du château Frontenac l'hôtel dont on parlera le plus dans le monde.»

Le bâtiment qu'avait dessiné Price et dont il dirigea la construction comprenait 170 chambres, dont 93 étaient pourvues d'une salle de bains, ce qui constituait à l'époque un luxe inouï. Chacune de ces chambres avait un foyer. Une bonne partie des meubles avait été importée soit d'Europe, soit des États-Unis; le reste avait été réalisé selon des modèles anciens par des artisans canadiens qui avaient utilisé du bois franc surtout, beaucoup de chêne, de l'érable, du merisier, du cerisier. La décoration évoquait la vieille Europe, la Renaissance, la Rome antique.

La construction ayant exigé plus de temps que prévu, on a raté la clientèle de l'Exposition universelle de Chicago. On comptait sur cet événement pour faire connaître le château en Europe. Mais les Européens de passage (ils débarquaient à Québec et prenaient le train pour Chicago via Montréal), qui ont vu le château en construction, s'étonnaient fort. Quoi? Un château Renaissance au Nouveau Monde!

L'objet leur semblait un tantinet absurde. Des châteaux, ils en avaient chez eux à ne savoir qu'en faire, des vrais en plus, d'authentiques châteaux vieux de plusieurs siècles. Ils semblaient éprouver pour celui-ci une sorte de mépris amusé, le considérant comme du pur toc, un château de pacotille. Des échauguettes et des mâchicoulis, des portails monumentaux, des tours rondes ou carrées, les Français, les Allemands, les Italiens et les Anglais en avaient chez eux en abondance. Les Américains par contre se sont tout de suite passionnés pour l'œuvre de Van Horne et de Price. Rien que par le bouche à oreille (et un peu de publicité), le château Frontenac a acquis une telle réputation qu'il a pu afficher complet dès son premier été. En érigeant dans le grandiose site de Québec des formes architecturales très anciennes, le Canadien Pacifique avait offert aux gens du Nouveau Monde… de la nouveauté.

Price avait accroché deux ailes asymétriques, la Riverview et la Citadelle, à une grosse tour ronde qui s'avançait sur la terrasse Dufferin, telle l'étrave d'un gigantesque vaisseau bondissant vers le fleuve, vers la mer.

Cette rotonde comptait six étages, dont les trois derniers étaient occupés par des suites de très grand luxe.

La suite Habitant était le lieu de l'exotisme et du folklore canadien-français : bahut, armoires à pointes de diamant, chaises de babiche, catalogne, courtepointe, meubles anciens et toiles rappelant les seigneuries d'autrefois. Aux murs, des dessins à l'encre racontant la prise de Québec ou évoquant les travaux et les jours anciens, représentant des coureurs des bois en raquettes, en canot. Et des bibelots, des appeaux, des canards de bois, des castors sculptés, des outils, des armes, quelques objets d'artisanat indien.

Dans la suite Hollandaise, on soulignait les origines de William Van Horne, le promoteur du château, et on rendait hommage à certains investisseurs d'Amsterdam. De la tuile de Delft ornait le manteau de la cheminée. On y voyait représentés des moulins à vent, des paysannes en sabots, de grands navires marchands.

La suite Chinoise, où le vert prédominait, était peuplée de dragons, de chimères et de flammes. C'était un univers troublant rempli d'objets d'art orientaux, de bibelots d'ivoire et de porcelaine, de papiers peints… Ce décor rappelait que la compagnie du Canadien Pacifique avait ouvert la première véritable route du Nord-Ouest et créé un lien maritime permanent entre l'Amérique du Nord et l'Asie.

Les ailes Riverview et Citadelle étaient placées de manière à former avec la rotonde une grande cour, de 30 mètres sur 50 mètres, couverte d'un fin gravier, avec une fontaine plantée en plein milieu.

C'est dans cette cour qu'on a entrepris d'ériger, au début des années 1920, une tour haute de 20 étages. Cette opération allait présenter un défi logistique majeur.

Benjamin Neal, alors directeur général du château, avait en effet exigé que les travaux soient effectués sans que l'on interrompît, ne fut-ce qu'un seul jour, le service de l'hôtel. On ne pouvait toucher aux terrains qui entouraient étroitement le château, soit la terrasse Dufferin, le jardin du Gouverneur et la place d'Armes, propriétés du gouvernement fédéral ou de la municipalité de Québec. Et on ne devait surtout pas rompre l'unité de style. On s'inspirerait donc toujours des châteaux de la Loire, comme avait fait le premier architecte Bruce Price. Sans jamais rompre l'harmonie, l'équilibre, l'unité.

Avant d'ériger la tour centrale, on a commencé par démolir l'aile de service que Price avait construite et on a entrepris d'ériger au beau milieu de la grande cour d'honneur cette tour de 20 étages. Face à l'entrée principale de la tour, on allait ajouter une nouvelle aile de service (qu'on appellera rapidement le Petit Château, parce que ce dernier rappelle le grand par ses formes, ses couleurs et les matériaux dont il est fait) et une autre aile le long de la rue Saint-Louis. La tour se trouverait ainsi incluse dans le large périmètre bâti.

On a dû d'abord enlever plus de 30 000 mètres cubes de roc dans un espace presque entièrement entouré de structures occupées, habitées, ce qui interdisait pratiquement l'usage de la dynamite. Sauf à de très rares occasions dont on a fait de véritables fêtes. Les clients de l'hôtel et les gens du voisinage immédiat étaient informés deux ou trois jours à l'avance. Tenus à l'écart le moment venu, bien protégés, ils pouvaient assister aux séances de dynamitage, comme s'il s'était agi de véritables numéros de cirque.

En fait, ces explosions n'étaient jamais bien spectaculaires, car elles étaient contenues par de lourdes couettes formées de treillis de câbles de chanvre qu'on posait sur le roc truffé de bâtons de dynamite. La détonation par contre ravissait les gens par son bruit énorme qui emplissait le monde de sa force, de sa violence.

On aimait bien aussi le silence ému et tendu qui suivait la déflagration, ces quelques secondes d'accalmie pendant lesquelles rien ne bougeait, rien ne se disait. Certains leur trouvaient des vertus calmantes et apaisantes. D'autres, les gens du voisinage surtout, n'éprouvaient qu'angoisse et frayeur.

La matière du cap Diamant est à la fois très dure et très friable. On peut sans trop de mal la fragmenter grossièrement en cailloux de bonne dimension, mais il est plus difficile de réduire ces blocs en fines particules. Après chaque dynamitage, les ouvriers, travaillant au pic et à la pelle, chargeaient le roc éclaté dans des brouettes et des tombereaux tirés par des chevaux. Ces lourdes charges étaient acheminées vers la basse-ville, où des concasseurs à mâchoires achevaient de broyer la chair du cap Diamant pour en faire un fin gravier qui allait servir au revêtement des rues des nouveaux quartiers de la basse-ville qui commençait à s'étendre sérieusement.

Parmi les gens de Québec, certains préféraient fuir les lieux lorsqu'on annonçait un dynamitage, car depuis toujours, des croyances bien établies dans la population voulaient que le roc du cap Diamant soit parcouru de fissures et de diaclases importantes. Et qu'il suffisait d'une forte secousse pour que tout un pan de cette masse, surtout cette pointe en saillie sur laquelle était juché le château Frontenac, se détache et soit entraîné vers le bas, jusque dans le fleuve.

Les anciens n'avaient pas oublié le terrible cataclysme du 18 septembre 1889 quand une importante masse de roc, plusieurs milliers de tonnes, s'était détachée du cap, juste sous la terrasse Dufferin, et avait écrasé 7 maisons de la rue Champlain faisant 45 morts.

Cette catastrophe avait été plusieurs fois annoncée.

Quelques années plus tôt, le révérend Clovis Kemner Laflamme, professeur de géologie et de physique à l'université Laval, dont il sera plus tard recteur, considéré déjà comme le premier savant du Canada français, avait publié une description très détaillée de la géologie du cap Diamant. Il ne s'agissait pas selon lui d'une masse de gneiss et de granite solide et compacte comme celles qui constituaient les collines laurentiennes, appalachiennes ou montérégiennes, mais plutôt de schistes, roches sédimentaires et friables présentant une structure feuilletée. À la suite de dislocations et de déformations tectoniques, toute cette masse avait été redressée, de sorte que les interfaces entre les couches sédimentaires se trouvaient par endroits presque à la verticale, formant ainsi une surface très perméable.

En 1880, neuf ans avant le désastre, au moment où on commençait à parler de bâtir un grand hôtel sur les hauteurs de Québec, Charles Baillargé, l'ingénieur de la ville, ayant pris connaissance de cette étude, rappelait aux autorités que le cap Diamant était dangereusement fissuré. Il recommandait qu'on le consolide par des arcs-boutants, des éperons et des arrière-becs. Ou qu'on évacue la petite rue Champlain qui courait contre le cap juste sous la terrasse. Cette dernière solution, moins coûteuse, avait été en partie retenue. La municipalité avait acheté et démoli la demi-douzaine de maisons qui se trouvaient directement sous le cap. Mais, jugeant qu'elles étaient moins en danger, elle n'avait pas exproprié celles qui étaient situées de l'autre côté de la rue Champlain. Grave et fatale erreur.

En octobre 1889, moins d'un mois après la tragédie, Baillargé publiait dans *The Canadian Architect and Builder*, un long texte savant, «The Quebec Disaster», dans lequel il rappelait au ministre des Travaux publics les avertissements qu'il avait faits quelques années plus tôt et les dangers que représentait encore le cap Diamant.

Le château Frontenac était alors à l'état de projet. Et les promoteurs ont dû s'engager à consolider le roc en érigeant un véritable barrage d'arcs-boutants du côté de la rue Champlain et en enfonçant dans la masse rocheuse de longues tiges métalliques.

Certains, professionnels ou amateurs de géologie et de géomorphologie, continuaient cependant de prétendre qu'on ne pouvait poser un aussi lourd objet sur ce site menacé. Encore moins y faire des séances de dynamitage. Tous les spécialistes consultés affirmaient que tôt ou tard le temps, les intempéries et l'action humaine allaient accélérer dangereusement l'effritement du cap Diamant et que le château s'écraserait sur la basse-ville.

« D'ici 20 ans au plus tard », disaient certains.

« Pas avant 10 000 ans », assuraient les plus savants, les plus crédibles, qu'on était cependant moins enclins à écouter, car la nature humaine est ainsi faite qu'elle préfère envisager l'hypothétique cataclysme plutôt que le calme plat et sans histoire.

Des gens de la basse-ville, des rues Champlain, Sous-le-Cap, du Saut-au-Matelot, même s'ils ne se trouvaient pas immédiatement sous la terrasse Dufferin, ont d'ailleurs tenté de s'opposer au projet de construction de la haute et lourde tour centrale. Jamais leurs doléances n'ont été entendues. Ils ont vécu tout le printemps 1923 dans la peur et la colère.

Cette croyance que le cap Diamant était fragile et inhospitalier, voire dangereux, remontait à des temps immémoriaux.

D'abord, on l'avait longtemps cru inhabitable. Parce qu'il ne s'y trouvait pas de bonnes sources d'eau fraîche, qu'il y avait trop de vent, qu'il y faisait trop froid plus de la moitié de l'année.

Champlain, fondateur de Québec, père de la Nouvelle-France, avait commencé par bâtir en bas, sous le cap. Et même plus tard, après qu'il eut érigé son fort Saint-Louis tout là-haut, c'est par en bas que la ville a continué de se développer, et que se sont organisés le commerce et la vie économique et sociale. Le petit fort érigé sur le cap n'était au départ qu'un ouvrage de défense, une tour de garde, sorte de vigie ou de hune d'où l'on pouvait voir venir l'ennemi, le danger. Ce n'est que beaucoup plus tard qu'il est devenu le lieu du pouvoir et de l'administration.

Puis les communautés religieuses de femmes, les Ursulines et les Augustines, parce qu'elles ont toujours aimé vivre à proximité du pouvoir qu'elles servaient d'ailleurs avec passion, se sont très rapidement installées là-haut elles aussi. Pas les communautés d'hommes cependant. Les Jésuites ou les Récollets, qui s'étaient donné pour mission première d'évangéliser les Indiens, ont d'abord choisi de s'établir le long de la rivière Saint-Charles qui donnait accès aux grandes routes d'eau.

Pour le monde ordinaire, qui à cette époque était tout sauf contemplatif, habiter sur un sommet était pure folie, c'était difficilement accessible, impraticable et inconfortable. Et très tôt, on avait acquis cette conviction que le cap était friable et fragile. Ça se voyait d'ailleurs sur ses parois qui n'étaient jamais lisses, et dont se détachaient chaque printemps de larges desquamations.

La croyance s'était peu à peu ancrée dans l'esprit populaire qu'un monstre était couché là-dessous, endormi, lové dans une large anfractuosité de la matière rocheuse. Et qu'un jour, il s'éveillerait de nouveau, comme il avait fait, le 5 février 1663, à la tombée du jour.

Le baron Pierre du Bois d'Avaugour, qui gouvernait alors la Nouvelle-France, se trouvait au château Saint-Louis, sur les hauteurs du cap Diamant. Il sommeillait devant le foyer crépitant, quand tout s'est mis à bouger autour de lui. Mu par l'épouvante, le baron s'est levé. Il y avait des cris partout, des pleurs. Il s'est approché d'une fenêtre du côté du fleuve. Jamais de sa vie il n'oublierait le terrifiant spectacle qui se déroulait sous ses yeux.

Il a vu sur le fleuve les glaces onduler, se soulever, se fracasser, s'empiler en monstrueux amoncellements. On aurait dit Léviathan brusquement éveillé. Le baron s'est par la suite souvenu avoir entendu à ce moment-là la clameur hideuse des cloches agitées, celles du couvent des Ursulines, celles de l'église Notre-Dame-de-la-Paix, de Notre-Dame-des-Victoires, sinistres glas.

« C'est la fin du monde », a-t-il pensé. Et il s'est agenouillé.

Il avait peur et il était en colère. Son château était en si mauvais état que c'était miracle s'il ne s'écroulait pas. Lorsqu'il était arrivé en Nouvelle-France, un an et demi plus tôt, le 31 août 1661 pour être précis, d'Avaugour avait été comme ses prédécesseurs consterné par l'état lamentable des lieux. Et depuis, tout n'avait fait qu'empirer.

Depuis un an et demi, il vivait dans un château croulant et branlant, mal chauffé, mal construit, exposé à tous les vents. Les Ursulines et les Augustines étaient mieux logées que lui. Et les marchands et les commerçants qui habitaient la basse-ville avaient de belles maisons bien abritées, faciles à chauffer, solides et confortables.

Les religieuses étaient, pendant ce temps, en prière dans leurs couvents. Tout le monde à Québec a cru sa dernière heure venue, ceux qui se trouvaient sur le cap pensaient qu'ils allaient débouler avec lui, ceux qui étaient sous lui craignaient d'être écrasés par le château qui s'écroulerait avec ses dépendances et le roc sur lequel il était posé.

Mère Marie de l'Incarnation a longuement décrit ce tremblement de terre dans une lettre à son fils. Et l'atmosphère unique qui régnait par la suite dans Québec. Nous savons par elle que le séisme a duré le temps d'un *Ave Maria*, qu'il s'est apaisé, puis a repris avec plus de violence, le temps cette fois d'un *Pater Noster*…

Le lendemain, on a examiné les fondations du château. Au grand étonnement de tous, on a constaté que rien n'avait bougé. On n'a pas trouvé la moindre fissure dans les murs de maçonnerie de ce taudis qu'était la résidence du gouverneur de la Nouvelle-France.

Par contre, d'importantes plaques de roc s'étaient détachées des flancs du cap et de nouvelles fissures étaient apparues sur ses parois, du côté du fleuve. C'est alors sans doute qu'est née cette croyance que le cap Diamant était un lieu dangereux, habité par un monstre qui pouvait se réveiller n'importe quand, et tout renverser. Des gens ont même cru qu'il était un volcan et que ce tremblement de terre n'était qu'un hoquet précurseur, que le cap vomirait bientôt laves et scories.

Dans les années 1920, quand on a planté cette haute tour centrale dans la cour du château de Bruce Price, ceux qui croyaient que le monstre finirait par s'éveiller et que le château tomberait un jour ou l'autre du cap Diamant, ont évidemment fait le lien avec le naufrage du *Titanic* que tous avaient encore frais à la mémoire. Et ils attendaient que la construction soit achevée pour la voir s'écrouler. Certains se souvenaient du scandale que le promoteur Van Horne avait déclenché à Montréal, quelques années plus tôt, quand il avait fait mettre au fronton de la gare montréalaise du CPR alors en construction une grande affiche clamant : « *Beats all Creation. The new CPR Station*». On faisait maintenant le rapprochement avec les armateurs du *Titanic*… Van Horne et ses comparses, le *boys club* du rail, étaient de la même trempe que les armateurs sans foi ni loi qui avaient construit le *Titanic* et l'avaient lancé à sa perte.

En outre, nombreux étaient ceux qui trouvaient que le château prenait déjà beaucoup trop de place. Par sa présence, il écrasait un bâti harmonieux et il occultait tout un passé.

La nouvelle construction, cette tour de plus de 20 étages, allait en effet transformer le profil de Québec, briser la ligne d'horizon, accentuant démesurément la masse du château sur le cap Diamant. Jusque-là, il se mariait bien au paysage, comme s'il avait poussé naturellement sur ce roc. Cette tour respectait le vocabulaire architectural de Québec, mais proposait une toute autre échelle. Elle allait attirer à elle tous les regards et casser les rythmes de cette symphonie de pierre que constituait la vieille ville.

Avec ses échauguettes surgissant aux encoignures, ses guérites placées en encorbellement, ses lucarnes gothiques, ses mâchicoulis faisant saillie au sommet, tous des ouvrages jadis fonctionnels, mais qui n'avaient plus qu'une valeur purement décorative, le château rompait avec les traditions architecturales militaires et fonctionnelles du Vieux-Québec.

Certains avaient par ailleurs rappelé que sous son écrasante masse reposaient toujours de graves secrets. Et des morts respectables, parmi lesquels se trouvait peut-être le fondateur de la Nouvelle-France, Samuel de Champlain lui-même, dont on n'avait jamais retrouvé la dépouille mortelle.

Toutes ces légendes, ces peurs et les rumeurs les plus farfelues ont refait surface au début des années 1920 quand on a entrepris de dynamiter et de creuser la cour intérieure du château Frontenac pour faire place à la nouvelle tour.

Mais même s'ils étaient inquiets, les gens de Québec étaient fascinés par la richesse, la puissance, l'intelligence, la grandeur souveraine des entrepreneurs. La construction même de la tour a été un sujet de fascination. On utilisait des techniques très modernes, des matériaux de première qualité. On agissait toujours dans le plus strict respect des normes de sécurité alors en vigueur. Tout était plus haut, plus neuf, plus cher que tout ce qui s'était construit à Québec.

Au sommet de la grande tour, au 19e étage en fait, on allait installer 2 citernes contenant plus de 100 000 litres d'eau, qui s'ajoutaient aux 170 000 déjà contenus dans les citernes que portaient les ailes inférieures. Ainsi, 270 000 tonnes d'eau seraient désormais pompées et stockées en permanence dans les viscères mêmes du château.

Puis on a posé les dalles du toit sur les chevrons et les fermes. On a riveté des lattes de métal sur les dalles qu'on a couvertes d'un ciment très fin auquel on avait mélangé des fibres d'amiante, ce qui rendait le toit incombustible. Le tout a été recouvert de cuivre. Pour le coup d'œil.

Non encore oxydé, en cette fin d'été 1923, ce cuivre brillait comme de l'or roux. Et le soleil du matin y arrachait des reflets qu'il décochait vers la Côte-du-Sud et jusque sur les sommets des Appalaches. Les gens disaient que le toit brillait comme un ostensoir.

Le Temps Perdu

La maman d'Odile et de François est morte un peu avant les Fêtes. À l'époque, quand mourait une mère de famille, on plaçait les enfants dans la parenté ou à l'orphelinat. Les plus vieux, s'ils avaient de bons bras, restaient auprès du père, sur la ferme. Et avec eux, l'aînée des filles, pour tenir maison.

La grande sœur d'Odile, 16 ans, allait donc s'occuper de son père et de son frère aîné. Le troisième est parti travailler à Shawinigan où il était assuré de se trouver du travail dans les usines de pâtes et papiers ou dans les alumineries que les Américains venaient d'installer à proximité des centrales hydroélectriques qu'ils avaient construites sur la rivière Saint-Maurice.

Au printemps, dès que les chemins ont été praticables, la tante Ursule est venue chercher Odile et François. En même temps que les trois goélettes que l'oncle Bébé avait mises dans des bouteilles pendant l'hiver et les oiseaux, des chouettes surtout, certaines aux ailes déployées, qu'il avait sculptés dans le frêne et le chêne, polis, vernis, soigneusement emballés dans de la paille.

La veille du départ, Bébé a donné à Odile un tout petit chien qu'il avait sculpté et peint en jaune très vif, le portrait tout craché de Barabbas qu'elle pouvait tenir dans le creux de sa main. Il avait sa grosse queue touffue dressée.

« On dirait qu'il jappe, a dit Odile. Tu penses qu'il est fâché?

— Je pense pas, non. Il jappe parce qu'il est content.
— Content de quoi?
— Content d'être avec toi, c'est tout. »

Une pluie froide et drue tombait. La voiture à cheval de la tante Ursule n'ayant pas de toit, on a dû attendre au lendemain pour descendre à Sainte-Marie. Au matin, François avait disparu. Le père et la tante étaient fâchés. Odile était inquiète, mais surtout peinée que son frère se soit enfui sans elle.

On l'a retrouvé dans la cabane à sucre où il avait passé la nuit avec Barabbas dont il refusait de se séparer.

La tante Ursule et les enfants sont partis un peu après midi. Barabbas enfermé dans la grange aboyait à fendre l'âme.

Trois heures plus tard, en entrant dans Sainte-Marie, Odile et François ont aperçu pour la première fois de leur vie, pétaradant, fumant, terrorisant les chevaux, une automobile.

À Sainte-Marie, le ciel semblait plus petit, plus étroit. Le regard se butait de tous côtés aux maisons et, derrière elles, aux collines. Les premiers temps surtout, Odile et François avaient l'impression de manquer d'air. Chacun gardait sa peine bien sage au fond de son âme, comme un petit étang tranquille et noir. À l'école du village, ils ne connaissaient personne. Jamais ils ne parlaient, ni entre eux, ni à leur tante, ni à personne, de leur mère, de la Crapaudière, ou de Barabbas.

Heureusement, il y avait la rivière Chaudière qui passait à une vitesse folle juste derrière la maison de la tante Ursule. Pendant des heures, Odile regardait ses eaux boueuses qui charriaient parfois des arbres entiers arrachés aux rives…

La tante Ursule avait l'électricité dans la cuisine, dans le salon, même dans sa chambre à coucher. Et François, qui avait lu sur le sujet, était tenté de toucher aux fils, pour sentir le courant traverser son corps.

Il y avait de beaux objets aussi, à Sainte-Marie, surtout dans l'église si richement décorée, toute remplie de ces belles choses que les filles ne pouvaient jamais toucher. François feignait l'indifférence, mais la première fois qu'il était entré dans cette église, il n'avait pu cacher son ébahissement devant ces statues si finement ouvragées, ces ors, ces festons et ces oves, tous ces bois travaillés et l'harmonieuse géométrie des colonnades, des voûtes, des cintres.

Et puis, de jour en jour, en même temps que leur peine, la rivière s'est apaisée, elle s'est sagement retirée au mitan de la plate vallée, découvrant sur ses bords de larges prairies couvertes de joncs et de carex, soyeuses chevelures qu'agitait le doux vent de mai. Les fermiers de la vallée de la Chaudière appelaient cet espace le Temps Perdu, parce que tous les ouvrages, constructions ou clôturages qu'on pouvait y faire pendant la belle saison étaient détruits et emportés par les grandes crues du printemps.

Quand il n'était pas à l'école, François allait se promener dans le Temps Perdu, pendant des heures, seul. Il pouvait marcher certains jours jusqu'à Saint-Joseph, en suivant la rivière. Ou il errait dans la montagne, emportant parfois un livre qu'il avait pris dans la petite bibliothèque du sous-sol de l'église, des vies de saints, puisqu'il n'y avait que cela.

Un dimanche, à la fin de l'été, Odile et sa tante ont conduit François à Vallée-Jonction où il allait prendre tout seul le train de Québec. Le curé de Sainte-Marie s'était chargé de le faire entrer au petit séminaire de Lévis où il ferait ses humanités. Il l'avait pourvu d'une petite pension et lui avait trouvé une bienfaitrice parmi les rentières de la paroisse. Celle-ci, qui collectionnait les indulgences, avait exigé qu'on taise son nom. « Charité tue, grande vertu », disait-on.

Les enfants étaient assis l'un contre l'autre, tout petits, sans un mot, la gorge nouée, main dans la main. Quand la voiture s'est arrêtée devant la gare, François est descendu de la voiture, il a traversé la gare et est monté à bord du train sans se retourner, la tête basse, fâché, triste.

Odile était plus que jamais seule au monde. Elle avait tout perdu, sa mère, son père, son frère, son chien Barabbas, l'oncle Bébé, le ciel de la Crapaudière, la vue de là-haut jusqu'à l'autre bout du monde. Et elle n'irait plus à l'école.

« Te voilà assez grande maintenant. Tu vas travailler avec moi », a dit la tante Ursule.

À faire des catalognes et des courtepointes.

Depuis quelques semaines, Ursule travaillait à une courtepointe pour un grand lit carré. Le dessin qu'elle avait d'abord tiré sur papier représentait un paysage qui, avec le temps, allait devenir familier et rassurant : au creux d'un vallon, quelques maisons pelotonnées autour d'une église, «l'église de Saint-Hénédine», a pensé Odile, et une rivière le traversant, «c'est sûrement l'Etchemin».

Ursule composait ses courtepointes avec les tissus qu'on lui apportait ou qu'elle collectait dans le village, des retailles, des vieux bas, des robes et des chemises usées, des jupons, du linge de femme surtout, plus coloré, plus fin, que celui des hommes.

Cet été-là, Ursule et Odile avaient recueilli beaucoup de rouille, du cramoisi, du jaune, de l'ocre, coloris à la mode deux ou trois ans plus tôt, si bien que peu à peu le paysage auquel elles travaillaient a pris les teintes de l'automne. Elles passaient chaque jour des heures penchées sur ce village, y vivant, ajoutant ici un peu d'or dans les vieux érables qui entouraient l'église, là un peu de fumée, des fleurs d'arrière-saison dans un champ, un nuage dans le ciel très bleu…

La tante Ursule était une jeune femme d'à peine 30 ans, sans enfant, son mari étant mort de la grippe espagnole moins de trois mois après leur mariage. Elle avait hérité d'une belle maison avec des lucarnes, une grande galerie, un jardin sur lequel le soleil d'été se couchait et qui donnait sur la rivière Chaudière, sur le Temps Perdu…

Elle avait des cheveux blonds très lourds, comme la mère d'Odile, qu'elle ramenait parfois en chignon, découvrant sa nuque forte. Et des yeux d'un bleu très foncé, «un bleu marine», pensait Odile. Et la peau hâlée, parce qu'on était à la fin de l'été et qu'elle travaillait presque tous les jours après dîner, souvent une heure ou deux dans son jardin. Et qu'elle aimait, quand il faisait vraiment trop beau pour travailler, aller se promener elle aussi du côté du Temps Perdu qui en été est un si bel endroit, paisible et frais, avec au milieu, la rivière, devenue si sage, qu'on ne peut croire qu'elle a été capable en d'autres temps de si terribles débordements.

Peu à peu, une sorte de complicité s'est établie entre la jeune femme et la jeune fille, seules âmes de ce village qu'elles étaient en train de créer.

Odile triait les tissus et préparait les retailles et les guenilles, qu'il fallait ensuite assembler, en agençant les couleurs, et piquer sur le molleton pelucheux. Elle ne pensait plus au château Frontenac. Ni même à sa mère, ni à François qui lui avait si cruellement manqué au début, et qui lui écrivait maintenant du collège de Lévis pour lui dire que le fleuve était gris, pas bleu comme ils l'avaient imaginé tous les deux, que le pont de Québec n'avait rien d'une merveille, et qu'il allait s'évader du collège à la première occasion, qu'il irait la chercher à Sainte-Marie et qu'ils partiraient ensemble pour les pays chauds « où se trouvent les seules vraies merveilles du monde ».

Puis le temps s'est mis à passer très vite. Tout un hiver, un printemps, un été. Odile est devenue une vraie jeune femme, avec des seins, de lourds cheveux blonds, des yeux très bleus, « bleu nuit », pensait Odile. Elle a réalisé un jour qu'elle examinait son reflet dans la fenêtre, qu'elle ressemblait beaucoup à sa mère elle aussi et à sa tante, elle était ronde et rose, comme elles, forte. Elle avait leurs lèvres pulpeuses, très rouges. Et leurs yeux du même bleu profond. Ce jour-là, pour la première fois de sa vie, elle a pensé qu'elle était peut-être belle.

Elle s'amusait à dessiner, comme sa tante Ursule. Presque toujours le même paysage, un village, quelques maisons dans un vallon, une église, de beaux gros arbres, une rivière et des champs, quelques vaches, un cheval parfois. Jamais personne.

Il venait peu de gens chez la tante Ursule. On voyait arriver le curé, quelquefois, jamais annoncé, toujours l'air maussade ; il se retirait avec la tante dans le salon dont ils fermaient soigneusement la porte. Et au bout d'un moment, immanquablement, Odile entendait monter la voix de l'homme, une voix sourde, en colère. Il partait presque toujours en claquant la porte.

De temps en temps aussi, après s'être annoncé plusieurs jours à l'avance, monsieur Marius Barbeau, le collectionneur de chansons et de contes qu'Odile avait aperçu déjà à la Crapaudière, si poli, si gentil, venait passer quelques heures à la maison. Odile avait l'impression qu'il faisait la cour à sa tante qu'il vouvoyait, même si elle était plus jeune que lui de quelques années et qu'ils s'étaient connus, « mais si peu », disait-il, comme à regret, sur les bancs de l'école.

Les jours où il venait, Ursule arrangeait mieux ses cheveux, elle portait une belle robe élégante, jamais la même. Elle lui préparait du thé vert qu'elle servait avec des biscuits aux œufs qu'elle avait faits pas plus tard que la veille, très minces et secs, comme il les aimait.

Il s'assoyait devant Ursule et Odile et les regardait travailler. Il faisait des croquis des catalognes et des courtepointes qu'elles étaient en train de confectionner. Parfois, il leur demandait de reprendre un geste très lentement, afin qu'il puisse en noter chaque détail. Et il disait à Ursule que le thé était excellent. Il lui redemandait sa recette de biscuits.

Odile aimait bien ces atmosphères studieuses et troubles.

Tout autre était la présence de monsieur Godin qui, à l'automne et au printemps, venait de Québec passer quelques jours dans la Beauce. Il était brocanteur au service du château Frontenac et de quelques riches familles de Québec. Il faisait le tour des rangs, il achetait des catalognes et des courtepointes, des meubles aussi, des bahuts, des chaises berçantes, de vieux outils de jardin, des raquettes à neige. Il s'arrêtait chaque fois chez Ursule qui lui remettait ses ouvrages et ceux de son frère Bébé. Et monsieur Godin avait toujours un cadeau pour elle, de la fine lingerie, des bas, une chemise légère qu'il la pressait d'essayer, un parfum, un miroir ouvragé. Il avait apporté du vin aussi, qu'ils buvaient ensemble. Et ils riaient très fort tous les deux. Et parfois, ils partaient ensemble dans sa voiture et Ursule ne rentrait qu'à la nuit tombée.

La première fois qu'Odile l'avait vu, il était reparti avec la belle courtepointe à laquelle sa tante et elle avaient travaillé tout l'hiver, ce village de guenille où elle s'était réfugiée, qui était devenu pour elle plus réel que Sainte-Marie, et dont la perte l'avait beaucoup peinée.

Un jour, à la fin de l'été suivant, en rentrant à la maison plus tôt que prévu, après être allée chercher un colis au bureau de poste et, au magasin général, du fil, des aiguilles et de la ouate, Odile a surpris sa tante et M. Godin au beau milieu de leurs ébats amoureux. Elle s'est assise dans la balancelle du jardin, troublée, fascinée, écoutant par la fenêtre les soupirs et les cris, les bruits de baisers, les rires.

Elle comprenait fort bien ce qui se passait. Elle avait toujours su au fond qu'il y avait quelque chose entre sa tante et ce monsieur Godin. Quand il venait à Sainte-Marie, ils trouvaient toujours un prétexte pour l'éloigner de la maison ou ils partaient ensemble. Et chaque fois qu'elle rentrait de Québec où elle se rendait deux ou trois fois au cours de l'hiver, Ursule apportait de substantielles retouches aux catalognes ou aux courtepointes qu'elle avait en chantier. Et elle avait soit un nouveau parfum, soit une robe très osée.

Odile comprenait enfin pourquoi la tante Ursule avait dans le village cette réputation sulfureuse, pourquoi le curé était venu plusieurs fois lui parler et qu'il repartait en colère. La tante Ursule était une belle femme encore jeune qui aimait et qui excitait les hommes.

Elle s'est bien doutée qu'Odile les avait surpris dans leurs ébats. Et cet incident allait changer leurs relations. Après le départ de monsieur Godin, elles ont eu leur première vraie conversation d'adultes. Elles s'étaient assises côte à côte dans la balancelle, regardant la rivière et le Temps Perdu, les arbres qui commençaient à se colorer, comme si le paysage, la nature et la réalité imitaient le village qu'elles avaient créé.

« La prochaine fois que Jean-Marie (c'était le prénom de monsieur Godin) va venir, pour la cueillette du printemps, tu partiras avec lui, a dit Ursule. Il va te trouver une place à Québec, comme fille de chambre au château Frontenac. Mais si tu te sers de ta tête et de tes beaux yeux, tu peux trouver mieux. Il y a de l'avenir pour toi, là-bas. »

Puis elle a ajouté, rêveuse : « Moi, je vais attendre à demain pour aller à confesse. Parce que dans le moment, je me sens pas encore capable d'avoir le ferme propos de ne pas recommencer. »

Dès lors, une complicité chaleureuse s'est développée entre Odile et sa jeune tante. Celle-ci lui a montré à se coiffer, à se maquiller un peu. Elle lui a donné un soutien-gorge orné de dentelles, une grande nouveauté importée de France. Et elle lui a parlé des hommes, de l'amour.

« Au château, tu pourras te trouver un homme, disait-elle. Prends-le beau et riche. Et fais pas comme moi avec Jean-Marie. Prends-le surtout pas marié. Et fais-le souffrir. Autrement, c'est toi qui vas pâtir. »

Odile a compris que sa tante Ursule, si belle, si forte, n'était pas tout à fait heureuse elle non plus. Et qu'elle avait, comme son frère Bébé, des regrets, des rêves inassouvis, déjà beaucoup de temps perdu.

Le cœur perdu

ODILE n'avait jamais pensé sérieusement qu'elle pouvait elle-même choisir la manière dont sa vie serait faite. Ce que les adultes lui proposaient était inéluctable et incontestable, ce qu'ils disaient était parole d'évangile. Et elle croyait qu'ils agissaient en toutes choses pour son plus grand bien. Elle était donc entre leurs mains comme une bonne pâte docile et molle qu'ils pouvaient modeler à leur guise.

Un jour peut-être, elle déciderait de la marche de sa vie. Mais ce jour n'était pas encore venu. Peut-être même qu'il ne viendrait jamais. Et ça n'avait sans doute pas beaucoup d'importance.

Au printemps de 1925, elle est donc partie pour Québec en compagnie de monsieur Godin. Avec au-dedans d'elle une sourde envie de pleurer. Et aussi, quelque chose de très excitant, la perspective et l'attente du changement, de l'inconnu, dont sa tante Ursule lui avait, d'une certaine manière, donné le goût.

Elle s'était attachée à cette femme qui avait en quelque sorte parachevé son éducation. Elle savait déjà confusément qu'elle ne serait plus jamais très proche d'elle. Elle savait, pour avoir déjà connu des départs, pour avoir été arrachée à des paysages et à des visages qu'elle avait aimés qu'on ne revient jamais sur ses pas, qu'on ne revit jamais ses anciennes amours, qu'on ne retrouve jamais réellement ceux qu'on quitte. Ou alors, ils ne sont plus les mêmes.

« Partir, c'est mourir un peu », disait souvent la maîtresse d'école qu'Odile avait tant aimée, mademoiselle Régina, qui, selon François, n'avait jamais mis les pieds en dehors de la Beauce et n'était jamais partie pour nulle part.

« Elle n'est jamais allée plus loin qu'à la grand-messe à Sainte-Hénédine. Comment peut-elle savoir que partir, c'est mourir un peu ? »

Odile était quelques fois retournée à la Crapaudière, seule ou avec sa tante Ursule. Elle réalisait chaque fois qu'elle était de plus en plus étrangère à ce lieu. Il y avait même entre elle et son père, sa grande sœur, son grand frère, une sorte de distance, presque de gêne, de longs silences... Et avec l'oncle Bébé, les liens ne s'étaient jamais refaits comme autrefois. Tous les liens se défont toujours. Il suffit de regarder ailleurs un moment, de partir un peu. Et on est de nouveau tout seul.

Barabbas avait compris lui aussi. Peu de temps après le départ d'Odile pour Sainte-Marie, il avait quitté la Crapaudière pour n'y jamais revenir.

Au moins, l'idée de revoir François réjouissait Odile. Au cours de cette dernière année, le ton de ses lettres avait beaucoup changé. Il ne parlait plus de s'enfuir. Il semblait même aimer le fleuve, Québec, le collège. Il racontait ses excursions à l'île d'Orléans, ses traversées du fleuve sur la glace ou en bateau, et les longues marches qu'il faisait avec ses camarades dans les campagnes environnantes.

« Je te ferai voir tout ça, promis. »

Le jour du départ, la tante Ursule a remis un cadeau à Odile : des dessous féminins très fins, très osés, qu'elle avait dû acheter à Québec ou qu'elle avait fait venir par catalogue, des États-Unis peut-être ou de France. Elle l'a aidée à préparer son trousseau : quelques articles de toilette, brosse à cheveux, brosse à dents en os, deux robes, deux jupes, trois chemises, quelques mouchoirs, deux soutiens-gorge, deux paires de chaussures, des bas de cachemire, un vieux kimono de chenille, aucun bijou, aucun objet-souvenir sauf le petit Barabbas sculpté par l'oncle Bébé, son porte-bonheur.

Dans la petite gare de Vallée-Jonction, devant sa nièce, devant des gens de la région qui pouvaient la reconnaître, Ursule a embrassé son amant, sans retenue, en se pressant tout contre lui. Et Odile a vu plein de larmes dans ses yeux...

Il a plu pendant presque tout le trajet. Odile n'a pratiquement pas vu le fleuve, ni le pont de Québec, huitième merveille du monde. Elle a seulement sursauté quand le train s'est engagé dessus dans un infernal martèlement. Et elle a vu défiler l'enchevêtrement des poutrelles contre le ciel crépusculaire. En bas, tout baignait déjà dans une pénombre opaque.

Il faisait nuit noire quand le train est entré en gare du Palais. Monsieur Godin y a retrouvé un homme qui sentait fort le tabac et la bière et qui a pris le sac d'Odile, sans la saluer, sans même la regarder. Et il a aidé monsieur Godin à transporter dans la voiture à cheval les ballots de catalognes et de courtepointes et les boîtes contenant entre autres choses les bateaux en bouteilles et les oiseaux, « les rêves de l'oncle Bébé », a songé Odile.

La voiture à bord de laquelle l'homme a fait monter Odile s'est faufilée dans des rues étroites bordées de hautes maisons aux façades plates, « une fosse », pensait Odile, « ou un labyrinthe ». Il y avait de la lumière électrique à presque toutes les fenêtres. Puis, tout au bout, on est entré sous un porche très sombre dans une sorte de rue couverte, « on dirait un tunnel », a pensé Odile, « ou des catacombes ». L'homme a rangé la voiture devant une porte étroite et sans fenêtre. Il en est descendu sans dire un mot, sans même mettre d'entraves au cheval ni de frein à la voiture.

Odile est restée un long moment toute seule dans la voiture, dans ce sombre tunnel qu'un vent humide et froid traversait d'un bout à l'autre. De temps en temps, le cheval piaffait. Deux jeunes garçons sont venus chercher les catalognes et les courtepointes. Puis l'homme est revenu, il a pris le sac d'Odile et d'un mouvement de tête lui a fait signe de le suivre. Ils sont entrés par la porte étroite dans une petite pièce rectangulaire et vivement éclairée, deux chaises, un crucifix au mur, très haut, un petit secrétaire, des photos d'hommes à l'air très sévère, la plupart portant la barbe, des favoris, des moustaches, des cols droits, montés. « Sans doute des rois. Ou des Américains. »

L'homme a posé le sac par terre et, sans un regard, sans un mot, il est parti. Odile est restée debout dans la petite pièce, absorbée par une affiche grande comme une fenêtre de maison. Au premier plan, on voyait une jeune skieuse au sommet d'une montagne, son foulard et ses cheveux blonds flottaient au vent, ses joues étaient très roses, «sûrement fraîches au toucher», pensait Odile, son regard bleu très déterminé était lancé au loin, très loin dans le firmament radieux, et un grand sourire vainqueur illuminait tout son visage qui était celui du bonheur, de la santé, de la force et de la beauté. «Une Américaine», s'est dit Odile à voix basse. Et elle a tout de suite prêté à cette jeune fille de grandes qualités d'audace et d'intelligence, une extraordinaire aisance dans la vie, tout le bonheur du monde. Derrière elle, on apercevait des remparts crénelés, une tour, des oriflammes... «C'est le château», chuchotait Odile. Au bas de l'affiche, des mots qu'elle ne comprenait pas, «de l'anglais».

Et elle a pensé qu'elle serait grandement intimidée si jamais elle rencontrait la jeune fille de cette affiche à laquelle elle a spontanément prêté une véritable réalité. Selon elle, le dessinateur devait en effet s'être inspiré d'une vraie personne, en chair et en os, qui à l'heure actuelle se trouvait sans doute quelque part dans le monde... Odile n'avait jamais imaginé encore qu'on puisse inventer de toutes pièces des êtres, des visages, des histoires.

Elle fut tirée de sa rêverie par une jeune femme grande et rougeaude, tout de blanc vêtue, qui est venue vers elle avec assurance.

«Je m'appelle Léona, lui a-t-elle dit. Viens, je vais te montrer la chambrée.»

Son sourire n'avait peut-être pas la fraîcheur et le bonheur de celui qu'arborait la jeune fille de l'affiche, mais il était chaleureux, rassurant.

Il y eut une enfilade de longs corridors mal éclairés, un escalier, d'autres corridors, très longs, trop larges, des fenêtres grillagées qui ne laissaient passer aucune lumière. Odile était complètement désorientée, étourdie et fatiguée. Tout était si neuf, les couleurs, la matière même dont les murs étaient faits, les lampes murales d'où coulait une lumière mate et ambrée le long des corridors et des escaliers que Léona et elle empruntaient, les portes hautes et lourdes qu'elles franchissaient. Et elle se demandait si elle pourrait, seule, retrouver la sortie.

Devant elle, Léona chantonnait d'une petite voix de tête, un air qu'elle semblait avoir inventé. Elles sont entrées dans une toute petite pièce aux murs gris, dénudés; Léona a fait glisser une grille devant la large porte qui s'était refermée d'elle-même, elle a actionné une manette et pesé sur un bouton, la pièce a eu une sorte de frémissement et la porte a semblé glisser vers le bas. « Un ascenseur! » a pensé Odile.

Quand elles en sont sorties, elles étaient devant un autre corridor très semblable à celui qu'elles venaient de quitter. Avant de s'y engager, Léona a fait de la lumière. Puis elle a dit à Odile :

« Viens, je vais te présenter aux filles de la chambrée. Ça tombe bien, c'est l'heure du coucher. »

Elles sont entrées dans un petit dortoir où se trouvaient alignés sur deux rangées huit petits lits de fer-blanc. Contre le mur du fond, un long lavabo muni de quatre robinets. À gauche, des fenêtres étroites et hautes dont les rideaux étaient tirés. Aux murs, un grand crucifix, un rameau bénit, des portraits d'hommes parmi lesquels Odile a reconnu le roi d'Angleterre et l'acteur Valentino qu'elle avait souvent vu dans les magazines français que sa tante Ursule recevait par la poste.

Posés sur le matelas nu d'un des lits se trouvaient des couvertures et des draps blancs impeccablement pliés, un oreiller et sa taie, une serviette, une débarbouillette, un savon, une couverture de laine grise. « C'est mon lit », s'est dit Odile.

Léona lui a présenté chacune des filles et l'une d'elles, sa voisine, une grande fille brune très belle, l'a aidée à faire son lit et à ranger ses affaires dans un petit bahut qui se trouvait à droite du lit. Odile a caché au fond du tiroir le soutien-gorge orné de dentelles que lui avait donné sa tante. Et dedans, le petit Barabbas sculpté par son oncle Bébé.

Malgré la fatigue du voyage, elle a été longue à s'endormir. Elle n'avait retenu le nom d'aucune des filles que lui avait présentées Léona. Elle avait cependant remarqué que, sauf celle qui l'avait aidée, elles étaient toutes plus âgées qu'elle; il y en avait même deux au moins qui avaient des cheveux gris et l'une d'elles était équipée d'un nez très long, de petits yeux noirs et perçants, d'une grosse verrue sur la joue, «une sorcière, on dirait».

Odile s'est réveillée en sursaut. Debout près de la porte, très droite, immobile, «une vraie statue, on dirait», la Sorcière surveillait les filles en train de faire leur toilette et leur lit. Sauf Léona qui, toujours en jaquette et encore assise dans son lit, s'étirait et bâillait, elles portaient toutes la même jupe noire, un chemisier à col et un tablier impeccablement blancs, une petite coiffe qu'elles ajustaient sur leur tête avec beaucoup de soin.

Odile avait une furieuse envie d'aller regarder par la fenêtre pour voir un peu où elle se trouvait, ce qui, croyait-elle, aurait dissipé la sensation d'étouffement qu'elle ressentait. Mais elle n'a pas osé se glisser entre les lits. Elle a passé la petite robe à pois que sa tante lui avait donnée, elle est allée faire sa toilette au lavabo, elle s'est brossé les dents, les cheveux, et elle a attendu debout près de son lit, répondant timidement aux sourires que lui faisaient les filles…

Quand toutes furent prêtes, sur un signal de la Sorcière, elles se sont dirigées vers la sortie. Odile s'apprêtait à les suivre quand la Sorcière est intervenue, sèchement.

«Toi, tu restes avec moi.»

Quand elles furent seules, elle a raconté à Odile la journée qu'elle allait vivre. Ou plutôt qu'elles allaient vivre toutes les deux, parce qu'elle disait toujours nous.

«La couturière nous attend à huit heures», «Claire ou Sophie va nous montrer comment faire une chambre», «La gouvernante va nous voir après dîner.»

Elle parlait sans remuer les lèvres, sans cligner des yeux, les mains nouées sur sa maigre poitrine comme si elle était en prière. Sans jamais poser à Odile la moindre question. Pas même : «As-tu compris ce que je te dis?» Odile l'écoutait, la suivait, un ascenseur, de longs corridors, des escaliers, la cafétéria au sous-sol, jamais de fenêtre. «Comme des fourmis sous la terre», pensait Odile.

À huit heures, elle s'est retrouvée debout au beau milieu du petit atelier de couture où une grosse femme poussive, que la Sorcière appelait Dorothée, prenait ses mensurations, lui levait et lui abaissait les bras, la faisait tourner sur elle-même. Elle parlait d'Odile sans jamais s'adresser à elle, comme si elle n'était pas là.

« D'où ça vient cette belle fille-là ?
— De la Beauce, répond la Sorcière.
— Quel âge, ça a ça ?
— Ça s'en va sur ses 17 ans. »

Des dizaines de costumes « de princes et de princesses » étaient suspendus à des cintres. Des rayons étaient remplis de rouleaux de tissus de toutes textures et de toutes couleurs. Odile pensait au plaisir qu'aurait sa tante Ursule en ce lieu. Il y avait des brocarts à ramage, des tissus de soie rehaussés de dessins brochés en fils d'or et d'argent, des toiles de coton d'une exquise finesse, de la mousseline. Des mannequins sans bras ni tête portaient des robes de dentelles à longues traînes. Il y avait sur d'autres rayons des jabots, des tiares, des étoles, des couronnes de reine. Des râteliers remplis de souliers, de bottes et de bottines. Et des uniformes militaires. Et même des épées, des chapeaux à plumes, de larges ceintures, des bottes de mousquetaires… Toutes sortes de vêtements et de chaussures qu'Odile aurait été bien embêtée de nommer.

En quinze minutes, on a trouvé tout ce dont elle avait besoin, jupes, chemisiers, bas et chaussures, coiffe et tablier. Tout ça plus ou moins usagé, mais propre, bien repassé. En deux temps, trois mouvements, la grosse Dorothée avait rétréci les deux jupes à la taille et les avait légèrement rallongées.

« C'est une pas mal grande fille qu'on a là. »

Les jupes de lainage, amples et plissées, descendaient jusqu'à mi-mollets. La Sorcière a montré à Odile comment placer la petite coiffe dans ses cheveux, comment nouer le tablier en faisant une grande boucle dans son dos.

Elle était debout devant Odile et la regardait fièrement. Elle posait les mains sur ses épaules. « Ses mains, on dirait des plumes », pensait Odile.

« Voilà, t'es prête à être une fille de chambre », lui a dit la Sorcière en lui faisant un large sourire, comme si le simple fait de voir Odile portant l'uniforme des filles de chambre du château l'avait elle-même transformée, rendue moins sèche, moins sorcière.

«Merci madame.
— Tu m'appelles Hortense, compris?
— Compris.
— Mais tu me dis "vous".
— Compris.»

Pendant des jours, Odile allait apprendre de madame Hortense quoi faire, où trouver quoi, qui faisait quoi, quand et comment, et quoi dire si jamais elle rencontrait des clients de l'hôtel qu'elle devait autant que possible éviter. Elle se familiarisait avec les lieux, découvrait le fonctionnement des systèmes d'alarme et d'incendie, des sonneries d'appel pour les filles de chambre, des horloges, l'itinéraire des rondes qu'effectuaient les gardiens de nuit, les tubes pneumatiques où circulaient les mémos internes et les lettres que les clients désiraient poster, tout le fonctionnement de cette machine qu'était l'hôtel Frontenac.

«François serait heureux de voir ça, pensait-elle. Tout est moderne ici, tout est neuf.»

Elle travaillait sous l'œil à la fois bienveillant et terrifiant de Hortense, que les filles appelaient le plus souvent la Mère supérieure. Celle-ci la laissait seule dans une chambre en désordre. Elle y revenait au bout de trente minutes. Elle trouvait toujours très rapidement quelque chose qui n'allait pas, une trace de doigt sur le miroir ou la robinetterie, un cerne dans la baignoire, une gomme à mâcher collée sous un fauteuil ou contre la patte du secrétaire, un faux pli sous le couvre-lit, dans les rideaux.

Parfois aussi, elle disait à Odile :

«T'as pas fini, ma pauvre fille, je reviendrai.»

Odile restait seule, debout au milieu de la chambre, à se demander ce qu'elle avait bien pu oublier. Elle lissait de nouveau les draps, le couvre-lit, les taies d'oreiller, les serviettes, elle essuyait encore le lavabo, le miroir, le plancher de la toilette, elle regardait sous le lit et les meubles. Hortense revenait, elle parcourait des yeux le tour de la pièce, se dirigeait vers le calorifère, se penchait, écrasait une araignée ou ramassait une épingle à cheveux tombée entre le tapis et le mur qu'elle exhibait fièrement. Odile était chaque fois sidérée, au point parfois de croire que Hortense était réellement une sorcière.

Chacune des filles était responsable de 14 chambres. Certaines faisaient les mêmes depuis des années, jusqu'à en connaître les moindres recoins. Elles disaient d'ailleurs : « mes chambres, mes clients, mes lits ». Certaines connaissaient même les occupants, car beaucoup d'habitués, par superstition ou par nostalgie, demandaient la même chambre chaque fois qu'ils descendaient au château.

Avant d'avoir 14 chambres sous sa responsabilité, Odile allait devoir pendant quelque temps s'occuper chaque matin, après le départ des filles, de balayer, d'épousseter et de ranger le dortoir. Puis elle partait aider celles qui en avaient le plus besoin.

Pendant ses premiers jours d'apprentissage, elle ne savait pas vraiment où elle se trouvait. Les fenêtres du dortoir donnaient sur une cour intérieure très étroite. Et, dans les chambres où elle montait aider ses consœurs, les rideaux étaient toujours tirés, comme le voulait la règle. Odile n'osait demander pour quelle raison. Elle vivait donc dans ce château, mais sans jamais le voir, sauf de temps en temps, quand elle pouvait jeter un regard par une étroite fenêtre, presque toujours grillagée, ou un puits de lumière. Elle apercevait alors un autre pan de mur percé d'innombrables fenêtres, et des lucarnes tout là-haut, et pas même assez de ciel pour savoir le temps qu'il faisait… Elle pensait à la Crapaudière, où le ciel était toujours si vaste. Elle vivait désormais dans des catacombes, dans des oubliettes, « comme un ver dans une pomme », pensait-elle.

Le dimanche enfin, elle s'est rendue avec les filles entendre la messe à la basilique Notre-Dame-de-la-Paix. Elles sont sorties par cette porte étroite qui donne sur l'espèce de tunnel par où Odile était arrivée quelques jours plus tôt. Elle a revu en passant le beau visage rieur et rose de la skieuse qui l'avait alors tant impressionnée. En traversant la place d'Armes, elle s'est retournée pour voir la masse écrasante du château basculer contre le ciel… Mais tout de suite, elle entrait avec ses compagnes dans l'étroite rue du Trésor.

« Quel trésor ? me demandera François. Où ça, un trésor ? »

Mais elle était de nouveau perdue, désorientée. De quel côté est le fleuve ? Où est la Crapaudière ?

Quand elle est entrée dans la basilique, qu'elle a vu l'immense baldaquin bordé d'or en festons que des anges portaient au-dessus du maître-autel, avec ces rutilants soleils d'or, et la lumière irisée coulant des vitraux, tout ça baignant dans la musique des grandes orgues, elle a pensé : « C'est ça, le trésor, certainement. Ça ne peut pas être autre chose. » Elle n'avait jamais rien vu d'aussi beau, jamais rien d'aussi grandiose, pas même l'église de Sainte-Marie-de-Beauce. Et elle était rassurée, presque heureuse, entourée des filles de la chambrée, qui en quelques jours en avaient fait l'une des leurs. Elle connaissait maintenant leurs prénoms, elle reconnaissait la voix de chacune d'entre elles lorsque le soir, après que Hortense eut éteint la lumière, elles se racontaient dans le noir des histoires et des peurs…

Léona, venue la chercher à son arrivée, était la plus colorée de toutes, la plus chaleureuse aussi, le genre de fille qui n'a jamais froid aux yeux, qui parle fort et rit beaucoup. Toutes l'aimaient. Et d'emblée Odile lui avait fait confiance. Léona avait été fille de chambre pendant près de deux ans. Parce qu'elle avait beaucoup d'entregent, on lui avait confié un poste de serveuse dans l'un des restaurants du château, le Café de la Fontaine. Voilà pourquoi elle n'avait pas le même horaire ni le même costume que les autres filles. C'était elle qui avait punaisé au mur du dortoir la photo de l'acteur Valentino dont la séduisante langueur la ravissait. Et tous les soirs, elle se livrait devant lui à des numéros de pâmoison qui faisaient rire toutes les filles, sauf la prude Sophie.

Celle-ci, sans doute la plus âgée, avait les cheveux presque blancs, un petit visage plissé, ratatiné. Elle avait peur de tout, du péché, du plaisir, des hommes, des fantômes. Elle ne sortait à peu près jamais. Sauf pour venir à la messe, à confesse ou au salut du saint sacrement. Elle considérait que l'admiration « forcenée » que Léona vouait à Valentino était de l'idolâtrie et de l'impureté, « des péchés mortels, tu sauras ».

Laurence, qui avait aidé Odile à faire son lit et à ranger ses choses le premier soir, était certainement la plus belle d'entre elles, toute jeune elle aussi, 16 ou 17 ans, et très timide, comme Odile, mais plus élancée, avec de beaux grands yeux noirs.

Claire était courte et brune, elle avait sous son lit un petit accordéon dont elle jouait parfois, le soir. Et les filles dansaient et chantaient avec elle.

Hélène et Thérèse, deux cousines germaines sorties du fin fond de la Gaspésie, étaient si peu loquaces qu'Odile s'était demandé les premiers jours si elles étaient muettes.

Quant à Hortense, elle prenait très au sérieux son rôle de Mère supérieure, elle donnait les assignations, elle rappelait les filles à l'ordre quand l'accordéon de Claire les excitait trop, elle éteignait la lumière chaque soir à neuf heures et demie, après avoir fait réciter les prières en commun. Et elle faisait rapport à la gouvernante, laquelle coordonnait les activités des quelque 50 filles de chambre, des équipiers et des préposés à l'entretien.

Hortense était entrée au service du château en novembre 1893, quelques semaines avant l'ouverture officielle. Elle aimait rappeler qu'elle avait fait les chambres des tout premiers clients, des notables, des invités de marque qui avaient passé ici la première nuit, celle du 17 au 18 décembre 1893. Parmi eux se trouvaient le premier ministre du Canada sir Wilfrid Laurier et sa charmante épouse, sir William Van Horne lui-même, l'homme qui avait fait construire le château. Et des lords, Strathcona, Angus, Shaughnessy. Et Bruce Price, bien sûr, le premier architecte du château, et la fille de ce dernier, Emily, maintenant célèbre aux États-Unis sous son nom de femme mariée, Emily Post, pour ses cours et ses livres sur la bienséance et l'étiquette, le bon goût, la décoration…

« Dans les années qui ont suivi, racontait Hortense, monsieur et madame Price venaient souvent passer quelques jours au château, avec Emily qui était encore bébé. Et le soir, quand ils sortaient, c'était toujours à moi qu'ils demandaient de la garder. »

Hortense était bien fière de tout cela, d'avoir pratiquement vu naître le château. Et d'avoir été « dressée », c'était le mot qu'elle utilisait, par nulle autre que madame Newkoch, la première surveillante générale, qui avait occupé cette fonction dans les grands hôtels de New York. Elle parlait du premier gérant, monsieur Dunning, comme s'il eût été un véritable saint. Quand au chef cuisinier, monsieur Henry Journet, il fallait savoir qu'il avait été en service à l'Élysée sous la présidence du maréchal Mac-Mahon.

Il n'y avait pas de meilleure façon pour entrer dans les bonnes grâces de Hortense que de lui demander de parler de cette époque, de ce qu'elle avait vu, des gens illustres qu'elle avait aperçus, à qui parfois même elle avait parlé. Mais elle ne révélait jamais rien de leur vie, jamais rien de personnel. Elle disait seulement que William Van Horne par exemple était un monsieur, que la femme du premier ministre Laurier était une grande dame, qu'Emily Price était une enfant adorable. Elle n'en dirait jamais plus.

« Une bonne soubrette ne voit rien, n'entend rien, ne répète jamais rien », avait-elle maintes fois répété à Odile et à ses compagnes.

Entre elles cependant, les filles parlaient de tout ce qu'elles avaient vu et entendu ou cru voir et entendre. Léona aimait rappeler comment, quand elle était fille de chambre, elle avait quelques fois surpris des couples en train de faire l'amour.

« Et tu es restée plantée là ? lui reprochait Sophie. C'est péché, tu sauras.

— Mais pas du tout, c'étaient des gens mariés.

— Peut-être, mais pas toi, ni moi. On n'a pas d'affaire à voir ça, ni à en parler. »

Les filles de chambre ne pouvaient en effet se marier. Dès qu'elles avaient de sérieuses fréquentations, la Mère supérieure, qui de mémoire de soubrette n'en avait jamais eu, se faisait un malin plaisir de leur rappeler que leurs jours au château étaient comptés. À moins qu'elles ne se trouvent d'autres fonctions... Mais c'était chose rare. À cette époque, c'étaient presque exclusivement des hommes qui, dans l'industrie hôtelière, avaient affaire au public. Sauf de rares exceptions, les femmes étaient soit soubrettes, soit confinées au secrétariat, à la buanderie, aux cuisines ou aux ateliers de couture qui se trouvaient aux sous-sols.

Les filles de chambre étaient soumises à une discipline simple et stricte. La journée de travail, d'une durée indéterminée, « t'as fini ta journée quand ton travail est fait », commençait assez tard ; beaucoup de clients restaient dans leur chambre jusqu'à huit ou neuf heures, certains, qui y prenaient leur petit déjeuner, n'en sortaient parfois qu'à midi. Quant à ceux qui quittaient l'hôtel, ils avaient jusqu'à 7 heures du soir pour libérer la chambre. À tour de rôle, les filles travaillaient donc le soir pour que les chambres soient prêtes le lendemain matin…

En principe, faire une chambre prenait une demi-heure. Mais ça pouvait se faire beaucoup plus vite. Il y avait des clients qui, on aurait dit, ne touchaient pratiquement à rien, qui n'écartaient même pas les rideaux, qui dormaient sans froisser les draps, qui essuyaient parfaitement le lavabo, qui ne laissaient aucune trace.

« J'en ai même vu qui faisaient leur lit avant de partir, a dit Léona. T'avais pas encore mis les pieds dans la chambre que le travail était fait.

— C'est pas d'avance des gens qui font leur lit, reprenait Sophie, que la joie de vivre de Léona semblait toujours attrister. Si ça se trouve, il faut que tu défasses le lit pour changer les draps, les taies d'oreiller. Moi, j'aime mieux un lit déjà défait. C'est plus normal. »

Parfois, parce que leurs occupants avaient été négligents ou malpropres, certaines chambres pouvaient exiger jusqu'à une heure de travail. Et même plus.

« J'ai déjà vu trois heures de travail à deux filles », racontait Léona.

Une fille devait toujours laisser la porte ouverte quand elle était en train de faire une chambre. Et avoir une routine bien établie, afin de ne rien oublier.

Elle commence par vider les lieux de toute saleté : la corbeille à papier, le crachoir, s'il y en a un, la poubelle de la salle de bains s'il y en a une. Puis elle lave la cuvette des toilettes, elle rince et essuie le lavabo et le bain, s'il y en a un, elle enlève les draps sales, les taies d'oreiller, les serviettes et les débarbouillettes, qu'elle entasse dans le corridor où l'équipier viendra les ramasser.

Elle regarde ensuite sous le lit, sous le bahut et les fauteuils, derrière les meubles, partout, dans tous les coins et recoins. S'il manque quelque chose, une serviette par exemple, elle doit le signaler à la gouvernante. Si elle trouve quelque chose que les clients auraient oublié, ne fût-ce qu'une brosse à dents, une pipe, de la menue monnaie, elle apportera ses trouvailles à la Mère supérieure qui en prendra note et les déposera aux Objets perdus.

Ensuite, la fille réaménage la chambre, elle remplace la savonnette, si besoin est, et le papier hygiénique. Faire le lit est un art, il faut savoir lisser les draps, gonfler les oreillers, tendre le couvre-lit. Il faut ensuite essuyer la porcelaine, la table de nuit, le dessus du secrétaire dont elle referme les tiroirs et rabat le panneau.

Quand elle a fini, elle fait une dernière vérification, elle tire les rideaux, réduit le chauffage, s'assure que les fenêtres sont bien fermées, que tout est propre et frais, même l'air, qu'il n'y a plus de braise dans le foyer, que la trappe est bien fermée.

«Au prix que payent les clients de l'hôtel (jusqu'à neuf dollars par jour pour une chambre avec bain), ils méritent qu'on s'occupe bien d'eux», disait la Mère supérieure. Et pour bien s'occuper des clients de l'hôtel, une fille devait se tenir en bonne santé, «corps et âme», ajoutait-elle.

Si une fille voulait sortir le soir, elle devait demander la permission à la gouvernante et être de retour, changée, sa toilette faite et ses prières récitées, en jaquette et au lit, à 9 heures et demie.

Les filles qui passaient leurs soirées à la chambrée jouaient aux cartes, ou elles chantaient et dansaient toutes ensemble sur la musique de Claire.

Odile a vite compris que Léona, qui aurait bientôt 21 ans, n'avait pas l'intention de coiffer sainte Catherine. Elle voyait déjà sérieusement un garçon, un des mitrons, Damase, qui travaillait avec le maître boulanger du château, monsieur Paradis.

Léona et Damase, jeune homme rieur et rondelet, se rencontraient régulièrement, jusqu'à deux fois dans une même journée. Il entrait au travail à trois heures du matin. Et parfois Léona se levait avant l'aube, une bonne heure avant les autres, pour passer un peu de temps avec lui. Elle revenait au dortoir les cheveux enfarinés, des marques de mains blanches imprimées sur sa jupe. Du temps où elle était fille de chambre, Damase se risquait parfois aux étages où elle travaillait. Et alors, celle-ci ne paraissait pas au réfectoire pour le dîner. Son amie Claire lui apportait une pointe de gâteau, un fruit, qu'elle mangeait à la hâte avant de reprendre son travail. Depuis qu'elle n'était plus fille de chambre, Léona comptait sur la complicité de Laurence pour avoir pendant une petite heure une chambre à sa disposition où elle pouvait aller se détendre, comme elle disait, avec son Damase.

La belle Laurence non plus ne dormirait vraisemblablement pas longtemps dans le petit dortoir des filles. Elle avait un prétendant, George, un grand maigre aux yeux globuleux, aux cheveux rares et gras, qui travaillait comme plombier au château. Il la cherchait, l'attendait, la suivait partout. Hagard, sombre et possessif, il ne parlait jamais à personne, sauf à elle. Et toujours tout bas, de manière que les autres ne puissent entendre ce qu'il lui disait.

Laurence ne pouvait mettre un pied hors du dortoir sans qu'il se manifeste. Était-elle cinq minutes en retard au réfectoire qu'il la cherchait partout des yeux, allant d'un groupe à l'autre, effrayant, haletant, demandant à la ronde où elle était passée. Le dimanche, à la messe et aux vêpres que la majorité des employés du château allaient entendre à la basilique Notre-Dame-de-la-Paix, il s'assoyait toujours avec elle. Il marchait à ses côtés sur le chemin du retour.

Léona ne se gênait pas pour dire, même devant Laurence, surtout devant Laurence, qu'un homme aussi collant était une véritable calamité.

« Et il me fait peur, ce gars-là, lui disait-elle. T'aurais jamais dû coucher avec lui.

— Moi aussi, il me fait peur », avouait Laurence.

Durant les soirées au dortoir, les filles se racontaient parfois des peurs, comme elles disaient. Même après que la Mère supérieure eut soufflé la lumière. L'obscurité rendait la vieille Sophie plus loquace, moins prude. Quand elle se mêlait à la conversation, elle ne manquait jamais d'évoquer le fantôme du château, le fantôme du comte de Frontenac, qu'elle jurait avoir aperçu.

«Et deux fois plutôt qu'une. Vrai comme je vous vois.
– Mais tu vois rien, disait immanquablement Léona. Il fait noir comme chez le loup ici-dedans.»

Sophie ajoutait qu'elle n'était pas la seule à avoir vu le fantôme et que, dans chacun des dortoirs, plusieurs filles et même des équipiers avaient déjà fait cette macabre rencontre.

Les filles riaient, mais elles devaient trouver un certain plaisir à entendre ces histoires parce que, lorsque Sophie entreprenait de les raconter à Odile, elles se taisaient et écoutaient, même Hortense.

«Quand il est mort, le comte était séparé de sa femme depuis déjà un bon bout de temps, racontait Sophie. Entre eux, ça n'avait jamais vraiment marché. Il l'avait souvent trompée. Elle aussi d'ailleurs. Et même, paraîtrait, avec le Roi-Soleil lui-même. Avant de mourir, le comte de Frontenac avait demandé qu'on envoie son cœur à Paris, à cette femme qu'il n'avait jamais vraiment aimée. Quand le colis est arrivé là-bas, celle-ci l'a refusé, elle a dit qu'elle ne pouvait accepter ce cœur qui de son vivant n'avait jamais battu pour elle. Voilà ce qu'elle a dit. Et le messager est reparti avec son colis. Et personne ne sait où il l'a mis. Même aujourd'hui, on ne sait pas où se trouve le fameux cœur du comte de Frontenac.»

Elle se taisait un moment pour permettre aux filles de mesurer toute l'horreur de son récit.

«Or le corps du comte de Frontenac qui est resté ici, sous la basilique Notre-Dame-de-la-Paix, ne trouvera pas de repos tant et aussi longtemps qu'une femme n'acceptera pas de recevoir son cœur. C'est pourquoi il sort souvent, il hante ce château qui porte son nom et où il a vécu. Il est à la recherche d'une femme qui voudra bien de son cœur.

– Et il se serait offert à toi? demandait à Sophie la malicieuse Léona.

– Je l'ai vu, je vous jure. Tu sais que c'est vrai, Léona. La gouvernante m'a défendu de vous dire dans quelle chambre pour ne pas vous effaroucher. Mais je l'ai clairement vu de mes yeux vu. Il était habillé comme dans le temps, avec son épée, son pourpoint, ses bottes aux genoux et son chapeau à plumes, il regardait par la fenêtre, du côté du fleuve. Quand je suis entrée, il s'est tourné très lentement vers moi et il m'a fait un sourire très triste… Il était tout pâle, presque vert et j'ai vu qu'il avait les dents et le blanc des yeux jaunis. Et j'ai senti le froid qui se dégageait de lui, même s'il était à plus de 10 pas de moi.

— Qu'est-ce que t'as fait ?

— J'ai appelé. Et Jules est arrivé. »

Jules, vieux garçon efféminé, était l'un des équipiers chargés de descendre les draps et les serviettes sales à la buanderie, d'en ramener des propres et d'approvisionner les filles de chambre en serviettes, débarbouillettes, savonnettes, papier hygiénique. On soupçonnait Sophie d'avoir été depuis toujours secrètement amoureuse de lui. Sans que jamais bien sûr, personne ne pouvait en douter, quoi que ce soit n'ait été consommé entre eux.

Jules était donc entré dans la chambre et n'avait vu personne. Mais il n'a pas ri de Sophie. Il a même dit qu'il y avait « une présence » dans la pièce et « une odeur de fleurs fanées et de cendres froides ».

Des clients, qui connaissaient l'histoire du château, s'informaient de temps en temps du fantôme de Frontenac. Des clientes ont même déjà demandé de dormir dans l'une des chambres où il aurait été aperçu. L'une d'elles a dit un jour à un équipier rencontré dans le corridor, qu'elle souhaitait vivement faire sa connaissance.

« Si jamais vous le voyez, dites-lui dans quelle chambre je dors. Et que je suis seule. Vous pouvez l'assurer qu'il sera bien accueilli et que je ne lui ferai pas mal. »

Cela dit avec un sourire et un regard lubriques.

L'équipier s'est par la suite demandé, mais trop tard, s'il s'agissait d'une invite et s'il aurait lui-même été bien accueilli dans la chambre de la dame.

Odile aimait bien écouter la vieille Sophie raconter ses peurs. Elle aimait bien le comte de Frontenac aussi, même si la seule idée de se retrouver un jour face à face avec son fantôme la terrorisait. La maîtresse d'école qu'elle avait tant aimée, mademoiselle Régina, celle qui disait que partir, c'était mourir un peu, avait souvent raconté comment il avait sauvé la Nouvelle-France.

C'était à l'automne de 1690. L'amiral William Phipps s'était présenté devant Québec avec 34 navires de guerre, et 2300 hommes. Sûr et certain de sa victoire. Il venait de prendre Port-Royal et l'Acadie que la France avait abandonnées, laissées sans défense et dans une misère inconcevable. Il était persuadé que Québec était aussi très mal défendue et qu'il ne s'y trouvait qu'une toute petite garnison et quelques canons. Les Anglais avaient alors des espions à la cour de Louis XIV, et ils savaient bien, comme tout le monde en Europe, que le Roi-Soleil, tout occupé qu'il était par ses fêtes et ses femmes, négligeait ses colonies.

Dès qu'il fut devant Québec, Phipps a envoyé un petit mousse, tout seul, porter un ultimatum à Frontenac. Le petit mousse n'avait pas encore mis le pied à terre que les soldats français s'emparaient de lui et lui bandaient les yeux. Puis on lui a fait faire un long détour, dans la basse-ville d'abord, autour de la place Royale, avant de l'emmener par la Côte de la Montagne au château Saint-Louis qui se trouvait au sommet du cap Diamant, à l'emplacement aujourd'hui occupé par le funiculaire et la statue de Champlain, juste à côté du château.

Pour se rendre là-haut, on avait pris un chemin fort long. Et partout sur le passage du petit mousse, on faisait grand bruit pour qu'il croie que la ville était remplie de soldats en armes. Quand il fut entré au château Saint-Louis, on lui a enlevé son bandeau. Il avait devant lui le comte de Frontenac qui était un homme terrifiant, entouré de ses plus vaillants soldats, les plus costauds de la colonie. Par les fenêtres qui donnaient sur le fleuve, le petit mousse voyait les navires anglais et, au premier plan, les canons français pointés sur eux.

C'était un brave petit mousse. Malgré les dangers qui le menaçaient, il a transmis mot à mot la sommation de son maître Phipps.

« Rendez-vous avant la nuit, sinon la ville sera détruite. Le général Phipps attend votre réponse. »

Le comte de Frontenac n'a pas bronché.

« Mais on voyait bien qu'il était en colère », disait mademoiselle Régina.

Il a laissé filer un long moment de silence. Puis il a dit au petit mousse entre ses dents :

« Allez dire à votre maître que je lui répondrai par la bouche de mes canons. »

L'attaque dura cinq jours.

À part ceux qui nourrissaient les canons, tout le monde à Québec était en prière, les Augustines et les Ursulines, les Récollets, les Jésuites, dans leurs couvents, et les gens du peuple dans chacune des maisons… Jour et nuit, Phipps faisait pleuvoir des obus sur la ville qui a beaucoup souffert, mais ne s'est pas rendue.

« Dieu a entendu les prières des Français, disait mademoiselle Régina. Il s'est mis à tomber une pluie glacée qui, la nuit venue, s'est changée en neige et en verglas. Les Anglais, craignant l'hiver qui approchait, ont levé l'ancre. Québec était fatiguée, beaucoup de maisons avaient été lourdement endommagées. Mais grâce au comte de Frontenac, la Nouvelle-France était toujours libre. »

Odile avait gardé cette histoire en tête. Et elle eut beaucoup de plaisir à se la rappeler, pendant que Sophie parlait du cœur perdu du comte de Frontenac.

Elle éprouvait alors une troublante sympathie pour le petit soldat britannique tout seul dans cette ville ennemie. Jamais, quand mademoiselle Régina racontait cette histoire, elle n'avait pensé à lui de cette manière. Mais aujourd'hui, elle se sentait très proche de lui. Elle aussi avait eu l'impression en entrant ici qu'on lui avait bandé les yeux. Elle aussi, comme lui, avait été perdue dans les rues tortueuses qui entouraient le château et dans ses corridors et ses labyrinthes. Et elle avait été longtemps étourdie, comme devait l'être le petit mousse quand on lui avait enlevé son bandeau.

Elle essayait de penser à la Crapaudière, de revoir l'immense panorama qu'on découvrait depuis là-haut, avec la gigantesque fosse du fleuve juste sous l'horizon. Mais très vite, son esprit décrochait et s'égarait…

Et puis elle s'endormait. Et ce même rêve qu'elle avait souvent fait lui revenait. Elle se trouvait au sommet d'une montagne. Était-ce la Crapaudière? Était-ce le cap Diamant? Le vent était frais et doux. Elle sentait une présence à ses côtés. Elle levait les yeux. Et la jolie skieuse, rose et blonde, celle-là même qu'elle avait aperçue sur la grande affiche le jour de son arrivée au château, lui faisait un sourire, moqueur et vainqueur, dur, méchant, un sourire de défi. Et elle dévalait la pente sous les yeux d'Odile incapable de la suivre.

Odile se réveillait, triste, seule…

Un jour, en tirant les rideaux d'une des chambres du dix-septième étage, un coin du réel paysage au sein duquel est planté le château Frontenac lui est apparu. Dans son énervement, elle n'a pas pris le temps de le comprendre. Il y avait des montagnes au-delà d'une très large vallée. Beaucoup de vert et de bleu, un ciel très vaste. Elle a vite refermé les rideaux, de peur d'être surprise. Mais le paysage lui est resté en tête. Et le soir dans son lit, avec son Barabbas au creux de la main, elle a rouvert les rideaux, décortiqué le paysage comme une noix et l'a regardé attentivement, pour le détailler.

En revoyant les montagnes, elle avait pensé à la longue-vue de l'oncle Bébé. Elle s'était dit que, si depuis la Crapaudière elle pouvait autrefois voir le château, elle devrait voir jusque là-bas, depuis le château, jusque chez elle, jusque dans son enfance, jusqu'à ce temps béni où elle était encore plus petite qu'aujourd'hui.

Et elle a eu envie de son enfance comme jamais de toute sa vie, envie de son passé, de la présence de sa mère, de ses frères et de sa sœur, de l'oncle Bébé, de Barabbas, de la tante Ursule. Et pendant un très court moment, tout lui est revenu. Très précisément.

Mais en même temps, elle réalisait, dans la moite chaleur du dortoir, qu'elle s'était trompée. Le fleuve n'était pas dans le paysage qu'elle avait entrevu ce matin-là. Il n'y avait qu'une très large vallée au-delà de la ville, une rivière sur la droite, elle n'était pas sûre, mais certainement pas le fleuve géant, le Saint-Laurent, le plus beau du monde. Ces montagnes qu'elle avait vues au-delà de la vallée n'étaient donc pas les siennes dont le fleuve la séparait, puisqu'elle l'avait traversé le jour de son arrivée en franchissant la huitième merveille du monde. C'étaient d'autres montagnes, celles de l'autre côté du fleuve, les Laurentides. Elle devrait donc aller dans les chambres de l'autre côté du corridor pour voir le fleuve et la Crapaudière.

Dès lors, sans pour autant négliger son travail, elle s'est mise à regarder par les fenêtres de toutes les chambres qu'elle devait faire. En faisant semblant, même toute seule, d'épousseter, de lisser le couvre-lit, de vider et d'essuyer les cendriers. Elle regardait le paysage qu'elle tentait de comprendre.

Voilà enfin qu'un beau matin, pendant la creuse saison de l'avent, Hortense l'envoya dans la suite chinoise, la 4151, aider la vieille Sophie qui s'était fait un tour de reins. Odile n'avait jamais mis les pieds dans ces grandes suites de la rotonde. En entrant ce matin-là dans la Chinoise, elle est restée un long moment interdite. Jamais nulle part, pas même dans l'église de son enfance, ni même dans la basilique Notre-Dame-de-la Paix, elle n'avait vu tant de beauté, une telle richesse, une telle profusion de couleurs, de bibelots. Elle n'osait s'approcher des bow-windows.

À son grand étonnement, c'est la vieille Sophie qui l'a appelée.

« Viens voir. »

Et Odile le vit enfin, le plus beau fleuve du monde, le Saint-Laurent, tout frémissant de lumière. Sophie s'était elle-même arrêtée pour regarder. Après un moment de recueillement, elle lui a nommé tous les éléments du paysage. Droit devant, elles voyaient l'île d'Orléans, avec le clocher de Sainte-Pétronille.

« C'est là que je suis née, a dit Sophie. À droite, c'est Lauzon, à gauche le bassin Louise et l'embouchure de la rivière Saint-Charles, les chantiers maritimes, là où tu vois des grues et des remorqueurs. Et au fond, là-bas, la grosse bosse avec la couronne de nuages, c'est le cap Tourmente. Juste en dessous, tu la vois pas, mais il y a l'île aux Coudres d'où vient ma mère. »

Et Sophie lui rappelait combien le bon Dieu était grand, lui qui avait fait tout cela. Et que, quand elle était petite, elle avait vu le château en construction. Elle avait même connu l'autre château, celui qu'il y avait autrefois ici même sur le cap Diamant, le château Haldimand, à l'emplacement exact du château Frontenac. Elle y était venue avec son père, un matin d'automne, livrer des mannes de pommes.

Odile n'a pas osé lui demander si elle savait où pouvait bien se trouver la Crapaudière dans ce paysage trop plein déjà de noms de toutes sortes. Sophie ne savait probablement pas. Personne, semblait-il, ne connaissait l'existence de la Crapaudière.

Quelques minutes plus tard, en faisant la chambre, dont les fenêtres donnaient sur le sud-ouest et l'amont du fleuve, Odile et Sophie se sont arrêtées devant un autre paysage, les hautes falaises du fleuve, et Lévis, ses pierres grises. Et à droite, tout près, la citadelle, la redoute, le sommet du cap Diamant, aussi élevé, sinon plus que la chambre où elles se trouvaient. En bas, le fleuve encore, moins bleu qu'elle n'aurait cru. «Et là-bas, au loin, tu as le cap Rouge, a dit Sophie. Et le pont de Québec. Tu peux pas le voir, mais il est là, pas loin.»

Les montagnes qui formaient cette barre sombre sur l'horizon étaient les siennes, Odile en était certaine cette fois. Fébrilement elle cherchait des yeux la Crapaudière. Mais elle a vite compris que, si de là-bas on voyait le château, l'inverse n'était pas nécessairement vrai. La Crapaudière faisait partie de ce monde d'où on pouvait voir sans être vu.

Il y a des mondes et des personnes qui sont vus de tous; d'autres qui restent presque toute leur vie invisibles. Mais qui voient tout. Ou presque.

«Comme moi», pensa-t-elle, sans savoir si elle devait en tirer quelque satisfaction ou pas.

Le lendemain, dans l'après-midi, Odile a glissé dans sa mitaine le petit Barabbas sculpté que son oncle lui avait donné (il y avait si longtemps déjà, dans une autre vie) et elle est sortie du château, toute seule, par cette petite porte qu'elle avait empruntée le jour où elle était arrivée à Québec. Elle a évité cette fois de regarder la belle skieuse qui l'intimidait tant. Elle a pris à gauche et remonté la rue du Trésor qui passe sous le château et débouche sur la rue du

Mont-Carmel qu'elle a descendue, longeant le jardin des Gouverneurs, apercevant au passage les larges portes cochères qui donnent accès à la cour intérieure où, devant l'entrée principale, des chasseurs en livrée étaient en train de charger des malles à bord d'une voiture qu'ils couvraient d'une bâche…

Elle s'est ainsi rendue sur la terrasse Dufferin, le cœur battant. Elle est restée un long moment tout au fond, longeant le mur du château, comme si elle avait peur de s'en éloigner, ou peur qu'on la voie, peur de n'être pas à sa place, d'être trop visible et trop seule sur cette immense scène qu'est la terrasse. Le fleuve était gris, le vent qui en montait faisait voleter la première neige de l'hiver.

Odile s'est finalement avancée, elle s'est approchée de la balustrade, s'y est appuyée, pour regarder Lévis où se trouvait son frère François, les toits des maisons juste sous elle… Avec toujours le petit Barabbas dans sa main qu'elle caressait distraitement.

Puis elle a entrepris de faire le tour du château, s'enhardissant à chaque pas. Elle est passée près du funiculaire, elle a contourné la statue monumentale qu'elle avait quelques fois aperçue depuis les fenêtres des chambres où elle travaillait. Et elle s'est approchée pour lire l'inscription. C'était la statue de Samuel de Champlain, le fondateur de Québec, érigée en 1908 à l'occasion du troisième centenaire de la ville.

Les arbres de la place d'Armes avaient perdu toutes leurs feuilles. Elle est passée devant l'autre porte cochère, celle qui montait vers l'entrée principale, parallèlement à cette rue du Trésor, le tunnel, où se trouvait l'entrée des employés. Elle avait ainsi fait le tour du château.

Lorsqu'elle est rentrée, elle sentait que sa vie venait de changer. Elle savait enfin où elle était, à quel endroit exactement dans le monde. Et elle en ressentait une grande joie, une grande force, la certitude qu'elle ne serait plus ballottée désormais, qu'elle pourrait aussi se souvenir, qu'elle serait un jour maîtresse de sa vie et qu'elle pourrait elle-même choisir la manière dont son avenir serait fait…

Cette fois non plus, elle n'a pas regardé la skieuse de l'affiche. Pas parce qu'elle craignait d'être intimidée, mais simplement parce qu'elle ne pensait plus à elle.

Partir

François allait bientôt terminer sa rhétorique au séminaire de Lévis. Il passait de temps en temps au château, sans jamais prévenir, en coup de vent. Quand elle avait congé ou quelque temps libre, Odile allait marcher avec lui sur les plaines d'Abraham. Parfois, ils descendaient flâner dans la basse-ville. Et ils montaient à bord du traversier de Lévis. C'était toujours elle qui payait, François n'ayant jamais un sou. Ils regardaient les gens, le monde, ils se racontaient leur vie, leurs rêves.

Les gros glaçons que charriait le fleuve heurtaient la coque du bateau avec un bruit sourd. Au fur et à mesure qu'on se détachait du quai et qu'on s'éloignait de l'abrupte muraille du cap, lentement, on voyait le château basculer contre le ciel, sa masse, d'abord très sombre, pâlissait peu à peu et se colorait, sa silhouette s'allongeait, s'affirmait, comme s'il émergeait, majestueux, du paysage environnant. Et ses tours se dessinaient avec netteté, la plus haute affichant ses façades ocre, ses fenêtres, ses pignons et ses flèches, ses antennes, le cuivre de ses toits maintenant tout à fait oxydé, vert-de-grisé.

Les samedis et les dimanches, il y avait toujours plein de gens sur la terrasse, des habitués, des passants. Beaucoup venaient s'appuyer à la balustrade, comme s'il se fût agi de la passerelle d'un paquebot géant. Et ils regardaient le temps passer, et le fleuve.

François voulait toujours tout connaître de la vie de sa petite sœur, le nom de chacune des filles de la chambrée, et comment était aménagé le dortoir, en quoi consistait leur travail, à quelle heure elles se levaient, se couchaient, où et comment elles faisaient leur toilette, et ce qu'elles mangeaient au réfectoire… Et toujours, plein de choses le révoltaient.

« Comment ça, pas le droit de parler aux clients? Comment ça, pas le droit de tomber en amour? »

Odile se disait parfois qu'il avait sans doute raison de contredire les grands et de toujours dire le contraire de ce que tout le monde voulait entendre. Elle voyait bien qu'il avait raison quand il disait que le château était fait pour des princesses et des rois, et pour des Américains, et qu'elle n'y entrerait jamais par la grande porte.

Depuis plus de six mois qu'elle était fille de chambre, elle n'avait encore jamais vu les salles de bal et les salons somptueux dont lui parlaient au réfectoire ou au dortoir les garçons et les filles qui, lors des grands banquets, portaient ces beaux costumes d'époque qu'elle avait vus dans les ateliers de couture le lendemain de son arrivée.

En fait, elle n'était jamais vraiment entrée dans ce château, sauf pour aller aux chambres qu'elle devait ranger, et toujours en empruntant des ascenseurs et des escaliers de service. Et quand elle croisait des clients dans les corridors, elle devait les saluer sans jamais chercher leur regard ni leur adresser la parole, à moins qu'ils ne lui aient fait une demande précise.

« C'est vrai, disait-elle, j'ai beau dormir là-dedans, je n'ai rien d'une châtelaine.

— Compte-toi chanceuse, lui disait François. Un jour, tu vas voir, les temps vont être durs pour les princesses. »

Ils étaient rendus sur les hauteurs de Lévis d'où ils découvraient Québec, les Plaines très nues, les arbres n'ayant pas encore fait leurs feuilles, la citadelle, le château.

Et le cap Diamant faisait penser à un navire, long et mince, haut de bord, tout hérissé de coupoles, d'antennes et de tourelles, de clochers pointés vers le ciel, un cuirassé taillé dans le roc qui fendait avec majesté le vieux paysage, emportant dans ses flancs près de 400 ans d'histoire, voguant tantôt vers autrefois, tantôt vers demain, comme le grand fleuve qui le porte et dont les marées, à Québec, inversent deux fois par jour le courant.

Sur ses flancs, de vieux quartiers fatigués alignaient leurs façades décaties. Autrefois prospères, du temps des grands voiliers et du commerce du bois, quand les ouvriers et les contremaîtres des chantiers maritimes y habitaient, ces quartiers étaient devenus au cours de ces années 1920 plus pauvres que jamais.

Là-haut, par contre, tout était toujours d'une irréprochable propreté, le vent toujours frais et pur, toutes les constructions bien rangées le long des rues.

«Tu vois, disait François, il y a deux mondes dans cette ville. Ils sont séparés par des côtes et des escaliers, des préjugés, l'argent, le pouvoir. Ceux d'en bas rêvent de monter; mais en haut, il y a des portes. La haute-ville de Québec est restée une forteresse. J'ai des amis au séminaire qui sont incapables d'y entrer tellement ils sont intimidés. Mais moi, personne ne va m'empêcher d'entrer où je veux. Même dans ton château, si je veux y aller, j'irai. Moi, je vais partout où je veux... »

Il racontait à Odile les randonnées qu'il avait faites ou qu'il se proposait de faire, seul ou avec ses amis. «On choisit un point quelque part dans ce paysage, un grand arbre, un rocher, un clocher. Dès qu'on peut sortir du séminaire, on prend le traversier et on y va.»

Depuis quelque temps, il songeait à laisser ses études. Pour voir le monde, pour naviguer peut-être, comme l'oncle Bébé qui, après avoir été tant méprisé, était devenu aux yeux de François une sorte d'idole ou de modèle. Parce qu'il avait toujours fait autrement que tout le monde. Et refusé, comme disait son neveu, d'entrer dans le moule.

En attendant de partir, beau temps, mauvais temps, seul ou avec d'autres, le neveu de Bébé marchait. Quand ses pas le portaient du côté de la haute-ville, il s'arrêtait parfois rue de Buade, à la librairie Garneau, où le commis, un ami, le laissait regarder les livres qu'il feuilletait avec gourmandise, surtout ceux qu'il savait plus ou moins interdits, que les libraires ne pouvaient vendre qu'à des prêtres et qui au collège étaient rangés dans cette partie de la bibliothèque qu'on appelait l'Enfer et à laquelle seuls les enseignants avaient accès.

Autant François détestait l'étude imposée, autant il aimait se plonger dans les poèmes de Victor Hugo, de Louis Fréchette, de Pamphile Le May, du très mélancolique et troublant Émile Nelligan ou de Robert Choquette qui, à 20 ans à peine, venait de publier un recueil de poésies, *À travers les vents*, dont François avait fait ce printemps-là son bréviaire.

« Tu t'en irais où? demandait Odile.

— Je m'en irai, un point, c'est tout. Je m'en irai sans but. Nulle part. C'est voyager qui m'intéresse. Pas arriver.

— Et ta bienfaitrice? Et monsieur le curé? Et papa?

— Je ne leur ai jamais rien demandé. »

Elle n'osait ajouter : « Et moi? » En fait, elle y pensait à peine. Odile ne pouvait croire qu'elle pût compter pour quelque chose dans la vie de qui que ce soit, même pas de son frère François.

Le soleil déclinait doucement. La citadelle et le château levaient leurs ombres opaques contre le ciel rougeoyant. Et en bas, juste en face, la basse-ville s'éveillait pour la nuit. On aurait dit une caverne de lumière, une crèche de Noël creusée à même la sombre masse du cap Diamant. Odile et François ont descendu main dans la main vers le quai de Lévis, où elle a pris le traversier qui l'a ramenée au château.

En haute saison, le dimanche, les filles de chambre d'un grand hôtel sont très occupées. Beaucoup de clients ont fêté tard la veille au soir et sentent le besoin de faire la grasse matinée. Certains même ne vont pas à la messe et restent au lit jusqu'à midi, ils y déjeunent, ils font l'amour. Ranger leurs chambres prend toujours un peu plus de temps.

Parfois, Odile ne pouvait voir son frère que quelques minutes, ils s'embrassaient, il lui tenait les mains, il lui demandait si elle était heureuse, il l'appelait « ma petite sœur d'amour ». Et il partait.

Il était grand et beau, le plus souvent seul… Et Odile aimait se blottir dans ses bras, l'embrasser, marcher à ses côtés bras dessus, bras dessous. Les gens qui les croisaient croyaient qu'ils étaient amoureux. Elle lui a présenté ses amies, Léona et Laurence dont la beauté a eu sur François un effet du tonnerre.

Odile avait le sentiment qu'un monde se refaisait autour d'elle et de son frère, un monde de jeunes, tous excités par les changements que vivait l'époque, les musiques nouvelles qu'il y avait dans l'air, la mode si joyeuse, si audacieuse.

Un après-midi de congé, ils sont allés tous ensemble marcher sur les Plaines. Même Laurence qui avait pu échapper à son très accaparant George, car ce jour-là il travaillait à parachever les raccords entre les tuyauteries de l'ancienne aile Riverview et de la tour centrale.

Odile a vu comment son frère regardait Laurence et comment, chaque fois qu'il parlait, il la cherchait ensuite des yeux pour voir sa réaction. Laurence ne le regardait pas, mais elle souriait, songeuse, radieuse.

Odile rêvait elle aussi de connaître l'amour. Qu'un homme l'aime, mais surtout qu'elle aime, elle.

L'amour est venu, mais il avait un tout autre visage que celui qu'elle avait imaginé.

Un pauvre amour

Odile devait souvent aider Claire, la joueuse d'accordéon. Celle-ci n'avait pas de suite sous sa responsabilité comme la vieille Sophie, mais elle s'occupait, entre autres choses, lourde charge, des chambres habitées en permanence par des gens de la direction du château et du bureau d'architectes et d'artistes responsables de la construction et de la décoration, toujours en cours, de la nouvelle tour.

C'est ainsi qu'Odile est entrée un jour dans une pièce très encombrée. À l'ameublement régulier, on avait ajouté une table à dessin, des papiers, des crayons et des plumes, de grands cartons, des compas, des règles, des équerres et des tés, plein de livres. Et partout, éparpillés sur la commode, les fauteuils, le lit et le guéridon, des dessins, des feuilles, certaines blanches, d'autres couvertes de gribouillis. Dans un coin, un trépied replié et un bizarre objet muni d'une courte lentille, «un appareil photo», pensa-t-elle. Et d'autres machines, des boîtes métalliques, un appareil radio peut-être… Aussi, beaucoup de cartes postales représentant le château, vu de la citadelle, vu du fleuve, de Lévis, du traversier, de l'île d'Orléans. Et de nombreux croquis de bateaux, des dizaines d'esquisses hâtivement jetées sur des feuilles volantes, beaucoup de bateaux à voiles à un, deux, trois mâts.

Elle a pensé à l'oncle Bébé, à ses bateaux en bouteille, à ses rêves brisés.

À la tête du lit, posé sur l'oreiller, un grand livre ouvert présentait sa couverture sur laquelle elle a pu lire : *Dictionnaire raisonné de l'architecture française du XIe au XVIe siècle.*

Et, en caractères plus petits, le nom de l'auteur, Eugène Viollet-le-Duc.

Elle ne savait par où commencer, et n'osait pratiquement pas bouger. Il devait bien y avoir dans ce fouillis un ordre qu'elle ne devait pas briser. Elle est restée plantée là un long moment, fascinée, inquiète.

Elle s'apprêtait à aller demander à Claire comment ranger cette chambre sans créer de désordre superflu, quand elle a aperçu des jumelles posées sur le bord de la fenêtre. Sans réfléchir, elle s'en est emparée, elle a écarté les rideaux et s'est mise à regarder le panorama, cherchant vaguement la Crapaudière, même si elle savait qu'elle ne pourrait probablement pas la voir. D'autant plus que le ciel était gris ce jour-là, très nébuleux. Elle s'est cependant laissée absorber dans la contemplation du paysage.

Elle voyait le vieux Lévis, les structures de pierres grises du séminaire, de l'église, du presbytère et du couvent. Et même des gens marchant dans les rues, de l'autre côté du fleuve. Elle pensait à son frère François, à ses rêves d'aventures et de voyages au bout du monde.

Et puis soudain, elle a réalisé qu'il y avait quelqu'un d'autre dans la chambre. En se retournant, elle a aperçu un jeune homme grand et très mince debout derrière elle. Elle est restée un moment interdite, immobile, les jumelles à la main. Il n'a pas dit un mot. Avec un très léger sourire aux lèvres, il regardait cette toute jeune fille un peu ronde et toute rose, pulpeuse, aux cheveux blonds et lustrés remontés en un lourd chignon dégageant la nuque solide et forte, aux yeux très bleus; et, sous la blouse, la poitrine qu'il devinait généreuse et ferme. Il se dégageait d'elle une énergie innocente et incontrôlée, une puissance physique qu'il n'avait sans doute pas, lui, tout maigrelet, pâlot et souffreteux qu'il était.

Et puis, comme s'il venait soudainement de s'apercevoir de la présence de la jeune fille, il secoua vivement la tête, sourit plus encore et entreprit de s'expliquer, comme si c'était lui-même, et non elle, qui avait été pris en défaut.

« Excusez-moi. J'étais venu chercher cela », dit-il en ramassant une bonne douzaine d'esquisses de bateaux dont il forma une liasse. Il avait un accent anglais. Une mèche de cheveux lui tombait sur l'œil droit. Il a ramassé ses dessins rapidement, il a quitté la chambre, puis il est revenu sur ses pas.

« Je m'appelle Ted », a-t-il dit. Et il est resté un moment immobile sur le pas de la porte.

Odile n'a pas bougé, elle a baissé les yeux en rougissant. Elle avait un peu chaud, et se sentait légèrement essoufflée. Quand Claire est arrivée, Ted venait de partir. Odile était toujours debout au milieu de la chambre, tenant les jumelles dans ses mains.

Si elle a perçu son trouble, Claire l'a mis sur le compte du désordre qui régnait en ce lieu. Elle lui a expliqué en quelques mots que Ted était attaché au cabinet d'architectes Maxwell qui avait conçu la tour centrale et en avait dirigé la construction et la décoration.

« C'est un artiste, dit-elle. C'est pour ça que tout est à l'envers dans sa chambre. Et quant à moi, ça peut rester comme ça. C'est pas lui qui va s'en apercevoir. »

Elle n'aurait su dire à quoi allaient servir tous ces dessins de bateaux, ces goélettes, ces caravelles, ces drakkars, que Ted avait jetés sur papier, pas même si c'était pour s'amuser ou si ça faisait partie de son travail.

« On est mardi, tu changes les draps, les serviettes, tu époussettes, tu balaies. Le reste, c'est lui qui s'arrange avec. »

Le mardi suivant, quand Odile est venue faire la chambre, elle a trouvé Ted penché sur sa table à dessin. Elle voulait partir ; il a insisté très gentiment pour qu'elle fasse son travail. Elle a laissé la porte ouverte et a entrepris dans un silence tendu de changer le lit et de nettoyer la poussière. Elle sentait son regard sur elle. Elle se tournait parfois vers lui, il lui souriait. Une feuille a glissé sur le tapis. Et Ted est allé fermer la porte. Et Odile a songé :

« Il aurait pu couper le courant d'air en fermant la fenêtre plutôt que la porte. »

Mais elle n'a rien dit, elle a continué son travail. Et quand leurs yeux se sont croisés de nouveau, elle lui a fait un sourire. Ils ont ainsi pris l'habitude l'un de l'autre.

Quelques semaines plus tard, en entrant dans la chambre de Ted, elle aperçut l'étrange boîte noire montée sur son trépied. Ted était là qui lui a demandé si elle voulait bien se laisser photographier. Et sans même attendre sa réponse, il l'a placée devant une grande tapisserie, sur laquelle on voyait des femmes à demi nues tenant des lévriers en laisse et des ombrelles, et autour d'elles, des ruines couvertes de lierre, des colonnes cassées, tombées, des angelots de pierre. Ted a travaillé très longuement à préparer la pose, les éclairages.

Puis il s'est approché d'Odile très doucement. Il s'est arrêté à moins d'un pas et a regardé très intensément ses cheveux, ses bras nus, ses mains, son cou et sa nuque, le grain de sa peau satinée, si fine, si lisse et rose, son corsage. En silence. Odile n'entendait que sa respiration. Et les battements de son cœur.

Elle est restée médusée, piégée. Comme l'oiseau que le chat regarde. Elle a baissé les yeux. Elle s'est laissée regarder. Il y eut des pas dans le corridor. C'était peut-être Claire. Ou la Mère supérieure qui faisait sa ronde. Odile a levé vers Ted un regard suppliant dans l'espoir qu'il s'écarte. Mais Ted avait les yeux rivés sur elle, les yeux dans ses yeux. Elle a levé la main pour fermer sa chemise. Lui aussi a levé la main dans un geste à la fois autoritaire et suppliant. Mais sans la toucher. Et elle a interrompu son geste, elle a laissé bâiller l'échancrure de sa chemise, et le regard de Ted se couler entre ses seins.

Les pas se sont éloignés. Ted aussi, tout doucement.

Par la suite, Odile s'est demandé si elle avait commis un péché mortel. Et si Ted n'était pas un pécheur invétéré. Ou si, étant donné qu'il était Anglais, donc protestant, il avait le droit de faire tout cela. À tout hasard, elle en parlerait à confesse.

Mais elle avait aimé ce plaisir trouble que lui avaient procuré les regards pénétrants de Ted. Elle savait bien qu'elle se laisserait de nouveau piéger par lui. Et regarder. Et qu'elle n'aurait jamais la force de dire à la Mère supérieure qu'elle préférait ne pas faire la chambre de Ted.

Chaque fois qu'une fille de chambre avait quelque problème de ce genre avec un client, elle n'avait qu'à demander de ne plus aller dans sa chambre. Mais Odile voulait garder cette aventure secrète. Dans l'espoir plus ou moins avoué qu'elle dure.

Ted était toujours dans sa chambre le mardi après-midi. Il s'approchait d'elle, plaçait la main dans son dos, et la poussait gentiment, sans un mot, près de la fenêtre, il défaisait les deux premiers boutons de sa chemise, il en écartait les revers et plongeait ses regards dans son corsage. Odile, qui s'attendait à cela, portait le soutien-gorge que sa tante Ursule lui avait donné, avec dentelles et guipure. Ted plaçait deux doigts entre ses seins, il écartait tout doucement le tissu de dentelles, et il regardait, sa tête proche de celle d'Odile, toujours médusée. Elle sentait alors une voluptueuse chaleur l'envahir, comme une petite musique, la petite musique du plaisir.

Le confesseur lui avait dit que ce qu'elle faisait avec Ted était péché mortel. Mais Ted ne pouvait pas selon elle perdre son âme déjà perdue, puisqu'il était protestant. Et elle, elle avait la certitude qu'elle vivrait très longtemps, sans doute plus de neuf vies, et qu'elle avait amplement le temps d'être pardonnée.

Elle ne dévisageait jamais Ted, elle le laissait simplement promener sur elle ses regards. Mais elle pénétrait, d'une tout autre manière, très profondément dans l'intimité de celui-ci. Les filles de chambre, surtout à l'époque, quand les clients faisaient le plus souvent de longs séjours dans les hôtels, finissaient par connaître leurs secrets les plus intimes, même quand elles ne les rencontraient pratiquement jamais. Elles rangeaient leurs vêtements, leurs papiers, leurs photos-souvenirs, leur paperasse d'affaires, leur courrier. Elles changeaient leurs lits, vidaient la corbeille à papier.

Odile était donc voyeuse elle aussi. En l'absence de Ted, elle ouvrait ses tiroirs, y découvrait partout le même désordre. Elle regardait son courrier. Elle a ainsi découvert en soulevant le panneau du secrétaire des images de femmes complètement nues, qui souriaient, dans des poses lascives, les mains derrière la tête, parfois même les jambes écartées, offrant leur nature aux regards. Ted ne pouvait ignorer qu'elle trouverait ces photos un jour ou l'autre. Il les avait même très probablement laissées ainsi exposées pour qu'elle les voie. Elle a pensé qu'il lui demanderait tôt ou tard de poser nue elle aussi. Et qu'elle le ferait. Elle a pensé alors à tous ces hommes qui regarderaient ces photos, qui promèneraient sur elle leurs regards brûlants, sur son ventre, ses seins, ses cuisses. Elle le ferait, elle se laisserait photographier, nue, si Ted le lui demandait.

Si jamais elle était surprise avec lui, elle perdrait son emploi, elle serait chassée du château. Ted aussi. Pas plus que la gouvernante, monsieur Maxwell, le patron de Ted, n'entendait à rire avec ce genre de choses. Mais ce danger qu'elle courait l'excitait davantage, cette peur la grisait.

Elle s'est demandé ce que ferait sa tante Ursule, si elle était à sa place, si un homme lui faisait ce genre de proposition…

« Trouve-toi un gars beau et riche, lui avait-elle dit. Et fais-le souffrir. Autrement, c'est toi qui vas pâtir. »

Elle ne voulait pas faire souffrir Ted, et elle craignait de pâtir, tôt ou tard. En attendant, il y avait ce plaisir qu'il lui procurait, il y avait ce désir qu'il faisait monter en elle. Et qui deviendrait bientôt intolérable. À moins qu'il ne la touche enfin, qu'il ne la prenne dans ses bras, qu'il ne pose ses lèvres sur les siennes et dans son cou et sur ses seins.

Elle savait confusément qu'il y avait entre Ted et elle un fossé pratiquement infranchissable, comme entre la basse et la haute-ville de Québec. Ted faisait partie du monde de la connaissance, de la culture et du pouvoir. Il était riche et instruit. Il était toujours d'une extrême délicatesse avec elle. Jamais il ne l'avait d'aucune manière violentée. Mais il ne lui parlait pas beaucoup plus qu'il ne la touchait. Elle savait bien qu'il ne la forcerait jamais à faire quoi que ce soit. Elle savait aussi qu'elle ferait tout ce qu'il voudrait. Elle poserait nue pour lui, s'il le voulait. Elle se laisserait regarder, elle fermerait les yeux, elle attendrait qu'il la touche.

Pour la première fois de sa vie, elle cachait quelque chose, elle commettait, croyait-elle, un vrai péché mortel. Mais, de même que les grands blessés découvrent souvent que la douleur ressentie n'est pas si grande qu'ils l'avaient imaginée, elle trouvait peu de gravité à la faute commise, et le châtiment mérité lui inspirait infiniment moins de frayeur qu'elle n'aurait cru.

Un jour, en rangeant les papiers de Ted, elle s'est arrêtée à contempler les esquisses des voiliers auxquelles il semblait avoir longuement travaillé. Elle connaissait chacun de ces bateaux. Ils étaient tous dans le livre de l'oncle Bébé et celui-ci en avait d'ailleurs reproduit plusieurs en bois, il en avait même mis quelques-uns dans des bouteilles.

Or Ted, ça sautait aux yeux, ne connaissait pas grand-chose aux voiliers. Il s'était lourdement trompé à plusieurs reprises. Dans les voilures surtout. Il avait donné à la *Santa María* de Colomb des allures de brick gréant des huniers carrés. Pire, il avait mis deux mâts au *Pélican* de Le Moyne d'Iberville, ce qui aurait enragé l'oncle Bébé, qui avait toujours eu une vive admiration pour d'Iberville, parce qu'avec un petit voilier de rien du tout, un voilier à un seul mât, il avait réussi à chasser les Anglais de la baie d'Hudson.

Odile a signalé à Ted plusieurs erreurs de ce genre. Il a semblé émerveillé et amusé par ses connaissances. Mais il n'a pas pour autant corrigé ses esquisses. Il lui a expliqué simplement qu'il ne cherchait pas à être fidèle, mais plutôt à évoquer par ces dessins l'époque des Grandes Découvertes. William Maxwell, qui dirigeait la décoration de tout le château, lui avait demandé d'approvisionner en modèles les artisans, sculpteurs et verriers qui préparaient, pour les fenêtres des halls, du Palm Room et du Ball Room, des vitraux où étaient représentés, entre autres choses, les bateaux des grands découvreurs, comme le *Victory* de Nelson, le *Don de Dieu* et *L'Émérillon* de Champlain, la *Santa María* de Colomb, le *Michael* de Martin Frobisher.

L'un des thèmes majeurs évoqués dans la décoration et la promotion du château relevait en effet de la mythologie des transports et de l'aventure, depuis les grandes découvertes des XVe et XVIe siècles jusqu'à la construction des voies ferrées et des systèmes maritimes modernes qui allaient permettre de pénétrer loin à l'intérieur des continents et de les relier les uns aux autres, saga dans laquelle le Canadien Pacifique, propriétaire du château, avait joué un rôle de premier plan.

Ted était également reponsable de la *Traveler Exhibit*, une exposition permanente installée dans le large corridor qui menait du hall d'entrée, qu'on appelait parfois la salle des pas perdus, à la salle d'écriture qui se trouvait dans la rotonde, derrière la réception. Il s'agissait d'une gigantesque mappemonde sur laquelle on pouvait voir en relief tous les continents, avec leurs chaînes de montagnes, leurs grandes villes, leurs déserts et leurs jungles, leurs rivières. On y avait tracé les grandes routes ferroviaires et maritimes du WGTS (World Greatest Transport System), du CPR&S (Canadian Pacific Railway and Steamship). En appuyant sur un bouton, le visiteur pouvait illuminer les routes maritimes ou ferroviaires qui convergeaient toutes, de tous les coins du monde, vers Québec et Montréal, vers les Grands Lacs et Vancouver.

Dans des châsses, on pouvait admirer des objets d'art d'Orient, d'Australie, de Nouvelle-Zélande et même de l'Afrique noire, des idoles, des bibelots et des bijoux de jade, de porcelaine et d'ivoire, des coffrets laqués, des manuscrits ornés de riches enluminures, des amulettes, des armes et des outils. Pour la très grande majorité des clients de l'hôtel et des visiteurs, tout cela était lourdement chargé d'exotisme. C'était aussi le monde moderne en marche. Tous s'arrêtaient longtemps devant la *Traveler Exhibit*. Ils y voyaient l'avenir, un ordre solide et immuable, impérieux. Et ils rêvaient à des îles au soleil, à des vahinés.

Le XIXe siècle s'était entiché des explorateurs et des aventuriers savants, David Livingstone, John Rowlands Stanley, Mungo Park, Heinrich Barth, qui au péril de leur vie avaient percé les secrets les plus intimes de l'Afrique. Les fantastiques récits de Jules Verne et tout ce qu'on appelait le récit d'anticipation étaient alors en grande vogue.

Au début du XXe siècle, c'était la conquête des pôles et des grands déserts froids que la presse et le public suivaient avec passion. Les acteurs de cette saga des espaces glacés, Roald Amundsen en tête, étaient d'immenses héros, les plus admirés de l'époque.

Ils fascinaient François plus que tous les autres héros. Ayant appris que le capitaine Bernier, incontournable figure de la grande époque de la navigation à voile, était de passage à Québec, il s'était amené au château un beau matin de mai dans le seul but d'interviewer le grand homme pour le journal du collège auquel il collaborait plus ou moins régulièrement.

Joseph-Elzéar Bernier n'était plus un jeune homme, mais il restait auréolé d'un grand prestige, non seulement au Canada français, mais dans tout l'Empire britannique. Il avait été, dès l'âge de 17 ans, capitaine de son propre bateau.

Pendant des années, il avait livré en Angleterre des voiliers construits à Québec. Il avait bourlingué sur les sept mers du globe, traversant l'Atlantique plus de 250 fois. En 1909, il était parti explorer l'archipel arctique et il avait pris possession, sur l'île Melville, de cet immense territoire au nom du Canada, achevant le travail de découverte amorcé près de quatre siècles plus tôt par Jacques Cartier. Le capitaine Bernier, l'un des derniers grands explorateurs de l'histoire, a ainsi mis l'une des touches finales au dessin de la planète.

Il était donc tout à fait à sa place au château Frontenac, dans cette espèce d'Olympe des découvreurs et des explorateurs. Il a reçu François dans sa chambre qui occupait l'angle de la haute tour. Il a fait infuser du thé vert, « rien de mieux pour le système digestif », disait-il. Ils se sont installés dans le minuscule salon qui occupait l'intérieur de l'échauguette. Par la fenêtre, on voyait le fleuve du côté de l'île d'Orléans, de la mer. Le capitaine semblait avoir tout son temps. Mais il s'est passé une chose étrange que François n'allait réaliser qu'après avoir quitté le vieil homme : il n'avait pratiquement posé aucune des nombreuses questions qu'il avait préparées. Tout au contraire, c'était le capitaine qui l'avait interviewé, sur ses études, sur ce que pensaient les jeunes, sur le genre de musique qu'ils écoutaient, sur les rêves qu'ils faisaient.

Et François, bouleversé, n'a pas osé rédiger son article.

Un jour, en entrant dans la chambre de Ted, Odile aperçut une grande tapisserie qui couvrait tout un mur, on y voyait un paysage d'une autre époque, « la Renaissance », lui avait expliqué Ted, un jardin avec, au fond, des ruines envahies par le lierre, une fontaine, des bancs de pierre. Et devant cette tapisserie, un fauteuil de rotin.

Ted a déshabillé Odile très lentement, silencieusement. Puis il a fait une demi-douzaine de photos, l'une où elle ne portait que ses dessous, une autre où elle n'avait qu'une longue écharpe, enfin tout à fait nue, relevant ses cheveux, assise, debout, souriant toujours.

Elle avait ressenti un vif plaisir.

Mais Ted n'a pas cherché à la toucher. C'est elle qui s'est approchée de lui, nue, qui s'est pendue à son cou, s'est collée contre lui. Il est resté un moment interdit, puis il s'est libéré et s'est éloigné.

Du jour au lendemain, « est-ce à cause de ce que je lui ai dit ? de ce que je lui ai fait ? », Ted a changé d'attitude, il a cessé de la regarder, il a cessé d'être là quand elle venait faire sa chambre…

« En fait, songeait-elle, il a ces images de moi, c'est tout ce qui l'intéresse. » Et elle n'a même pas cherché à les voir.

Étrangement, elle se sentait délivrée. Elle ne verrait plus Ted. Elle pensait souvent à lui cependant. Et avec beaucoup de tendresse. En se disant que c'était un bien pauvre amour qu'il lui avait donné.

« Au moins, il ne m'a pas fait de mal », se disait-elle. Il lui semblait qu'il l'avait changée et, d'une certaine manière, libérée des vieilles peurs qu'elle portait depuis toujours en elle.

Elle croyait être prête désormais pour l'amour. Et elle l'attendait avec impatience. Elle savait pourtant qu'il n'apportait pas toujours que de la joie. Elle voyait bien que Laurence tirait peu de plaisir de l'amour aveugle que George lui portait. Et que François s'en désolait, même s'il en parlait peu.

Comme chaque année depuis qu'il était au collège de Lévis, il est allé passer l'été à la Crapaudière, où Odile ne faisait plus que deux courtes visites par année, pendant l'avent et le carême, périodes creuses dans l'hôtellerie. Elle s'y sentait chaque fois de plus en plus dépaysée, plus vraiment à l'aise. François, lui, y retrouvait sa joie et sa forme. Il aidait son père et ses frères à faire les foins, à épierrer les champs, à réparer les clôtures. Début septembre, il était de retour au séminaire et au château, tout bronzé, plus costaud, plus fort. Et il reprenait ses longues marches. Il passait au château, toujours en coup de vent, déjouant toute surveillance, retrouvant sa sœur dans les chambres où elle travaillait, demandant chaque fois des nouvelles de Laurence.

Odile avait envie de lui dire que Laurence avait autant de peur que de plaisir à le rencontrer. Ça se voyait. Chaque fois qu'on prononçait devant elle le nom de François, elle était troublée. George, son amoureux, lui avait certainement interdit de le voir, de lui parler, de penser à lui, comme il lui avait interdit de danser, parce qu'il ne dansait pas, lui. Et comme il la privait de toute joie, parce qu'il n'en avait pas, lui.

En octobre, par une belle journée de l'été des Sauvages, le groupe d'amis s'était retrouvé sur le pont du traversier, avec l'intention de faire quelques allers et retours entre Québec et Lévis. George était là qui entraînait toujours Laurence à l'écart, comme s'il voulait la garder pour lui. Mais tout le monde pouvait voir les regards que François et elle s'échangeaient. Même George, surtout George, dont le visage s'était davantage assombri.

Dès que la passerelle du traversier fut jetée sur le quai de Lévis, il a pris Laurence par le coude et l'a forcée à débarquer. Tout le monde les a suivis du regard, elle tête baissée, lui la tenant toujours par le bras, relevant son épaule, comme une enfant qu'on gronde.

Le groupe d'amis est rentré à Québec sans eux. François silencieux, Odile et Léona inquiètes.

La Mère supérieure venait d'éteindre quand Laurence est rentrée. Dans la nuit, Odile l'a entendue qui pleurait. Et au matin, elle a vu ses lèvres tuméfiées.

«Il t'a fait ça!»

Laurence n'a rien dit et elle s'est remise à pleurer.

Le midi encore, elle était en tête à tête avec lui au réfectoire. Loin des autres, seule, pitoyable.

Quelques jours plus tard, alors qu'elle se promenait avec Odile et Léona sur les Plaines, George était apparu, l'œil mauvais. Laurence l'avait suivi, sans dire un mot. Et dès lors, elle s'était sans cesse éloignée, elle ne sortait plus jamais avec les filles, elle ne leur parlait pratiquement plus, pas même le soir, au dortoir. Elle restait dans son coin, silencieuse, perdue dans ses pensées. Et si François apparaissait au château, elle le fuyait, terrorisée. Elle s'enfonçait dans sa tristesse qui, à l'approche des Fêtes, ne faisait que grandir.

Comme la plupart des filles de chambre, Odile et Laurence avaient travaillé plusieurs soirs d'affilée à monter des arbres de Noël dans les suites les plus luxueuses. Elles avaient même participé à la décoration de crèches dans lesquelles on plaçait des personnages de cire fabriqués par les religieuses, l'Enfant Jésus, la Vierge Marie, saint Joseph, les bergers, leurs moutons, le bœuf, l'âne.

Lorsqu'elles se retrouvaient le soir au dortoir, les filles étaient trop fatiguées pour danser ou se raconter des peurs. Comme disait Léona, «ces Fêtes-là, c'est surtout pas les nôtres».

Les filles de chambre, comme les garçons d'étage, comme tous les corps de métier, devaient en effet rester à l'écart, pratiquement invisibles, mais attentifs, vivant et travaillant dans cet autre château, sans luxe, sans beaucoup de lumière, presque sans fenêtre, un monde furtif et confiné à ses quartiers, utilisant des escaliers et des monte-charges dérobés et dont la grande majorité des clients de l'hôtel ne devaient même pas soupçonner l'existence.

L'avent n'était pas terminé que déjà des Américains arrivaient par trains entiers, de New York, de Boston, de Chicago. Ils venaient, en hordes exubérantes, passer Noël et le jour de l'An au château.

Et bientôt, l'esprit des Fêtes pénétrait partout et s'emparait de chacun. Malgré la fatigue, les filles dansaient au son de l'accordéon de Claire… Jusqu'au milieu de la nuit, des musiques et des cris leur parvenaient, et des parfums, des fumets. Elles croisaient au réfectoire des garçons costumés, des pages en culottes de satin, en gilets de brocart, en chapeaux à plumes, fiers, qui décrivaient ce qu'ils avaient vu et fait. Elles les regardaient sortir des cuisines, portant sur des brancards recouverts de lits de verdure des cochons et des veaux de lait entiers, des barons de bœuf pesant plus de cent kilos. Ils allaient entrer dans de grandes salles illuminées. Derrière eux venaient les chefs portant de hautes toques et de longs tabliers, armés de leurs couteaux à dépecer. Et le vin et la musique coulaient à flots.

Seule Laurence semblait intouchée par l'esprit des Fêtes. Un soir, elle avoua à Odile et à Léona que George et elle s'étaient fiancés.

«Mais pourquoi t'as fait ça? demandait Léona.
– J'ai peur de lui.»

Et elle avait fait jurer à Odile de ne jamais raconter à François ce qui s'était passé.

Ce dernier était allé passer quelques jours des vacances de Noël à la Crapaudière. Dans la soirée de la Saint-Sylvestre, il est arrivé au château et s'est rendu directement au réfectoire où on avait organisé une petite fête pour les employés qui n'étaient pas en service. Il y a retrouvé sa petite sœur, Léona, quelques autres filles qui prenaient un peu de repos.

Voyant qu'il cherchait Laurence des yeux, Odile lui a dit qu'elle était avec George, qu'ils s'étaient fiancés.

« Elle ne peut pas aimer ce gars-là, tu le sais.
– Elle a peur de lui.
– On peut pas laisser faire ça. »

Depuis la salle de bal, on entendait des charlestons, une musique qui faisait alors fureur, même si monseigneur l'archevêque l'avait pratiquement interdite, comme il interdisait toutes danses, même pendant les Fêtes, à part les quadrilles et les cotillons. Beaucoup de gens du peuple approuvaient ces interdits. Ils considéraient le château comme un lieu de perdition et appelaient sur lui un juste châtiment. Des rumeurs couraient. On disait qu'il y avait des danses lascives, des soûleries immondes, des fumeries d'opium… Et que des prêtres apostats et corrompus participaient à ces orgies. De méchantes langues racontaient que même aux États-Unis, où la vente et la consommation d'alcool étaient prohibées, le château Frontenac et toute la ville de Québec avaient mauvaise réputation. Des Américains sans conscience venaient ici s'encanailler et se soûler, perdre leur âme. Ils rentraient chez eux souillés, la marque du péché sur leur visage.

Un châtiment viendrait. Terrible et mérité, sûr et certain.

Un bel objet

Pendant la Grande Guerre, les hauts fonctionnaires du gouvernement et les gens d'affaires de passage dans la Vieille Capitale avaient pris l'habitude de descendre au château et d'y tenir leurs réunions et leurs colloques. Ils se mêlaient aux touristes américains dont le flot n'avait pas diminué de façon sensible, même au plus fort du conflit. Après la guerre, en haute saison, il était presque impossible d'aller au château sans avoir réservé plusieurs semaines à l'avance.

On a donc décidé d'agrandir. On a appelé pour ce faire les frères Edward et William Maxwell, architectes montréalais déjà fort bien établis au Canada. Ils avaient déjà marqué profondément le paysage architectural de ce pays, réalisant une collection sans pareille de bâtiments qui témoignaient d'une ère prospère et d'une société richissime, heureuse et cultivée, presque exclusivement anglophone.

Très érudits tous les deux, infatigables et ambitieux travailleurs, ils avaient voyagé seuls ou ensemble à travers l'Europe, visitant minutieusement Florence, Vérone, Venise, Chartres, toute la Loire, Paris, bien sûr, et Londres, etc. Aux États-Unis, ils ont admiré les belles grandes maisons des richissimes Américains du Rhode Island, cherchant partout la nouvelle beauté des bâtiments, des meubles, des bibelots, des bijoux. Ils connaissaient tous les musées, tous les châteaux, le neuf tant que le vieux, le privé tant que le public.

Ils ont toujours été de grands admirateurs d'Eugène Viollet-le-Duc. Celui-ci, longtemps directeur des monuments historiques de France, restaura baucoup de monuments du Moyen Âge, dont l'abbatiale de Vézelay, le château féodal de Pierrefonds, la forteresse de Carcassonne, la cathédrale Notre-Dame de Paris.

Il jouait très librement avec les formes les plus vénérables, interprétant les monuments architecturaux un peu comme fait le pianiste d'un concerto. Il avait publié, entre autres choses, des *Entretiens sur l'architecture* et l'incontournable *Dictionnaire raisonné de l'architecture française du XIe au XVIe siècle*. Ces ouvrages définissaient les bases d'un nouvel esthétisme et d'un nouveau rationalisme en architecture et en art.

Les frères Maxwell avaient, bien sûr, lu et relu Viollet-le-Duc. Bruce Price, leur prédécesseur, aussi. Comme eux, il était fasciné par l'architecture des châteaux de la Loire, en particulier par celui, peu connu mais fort joli, de Jaligny-sur-Besbre dans l'Allier.

Né en 1845, dans le Maryland, Price s'était établi à New York en 1877. Il avait dessiné l'American Surety Company Building à Manhattan, pendant un temps le plus haut édifice de la ville. Comme ses maîtres européens, il voyait aux moindres détails, non seulement de la construction, mais aussi de l'aménagement et de l'ameublement, touchant à tout, ébénisterie, sculpture, ferronnerie et argenterie, tapisseries et vitraux, jusqu'aux reliures des livres de la bibliothèque, jusqu'au design des cuvettes, des lavabos et de la robinetterie.

Comme tous les architectes nord-américains de leur génération, les Maxwell avaient également subi la riche influence du célèbre Henry Hobson Richardson qui avait dessiné et érigé entre 1872 et 1877 la fameuse tour de la Trinity Church, à Boston. Les jeunes architectes nord-américains qui en avaient les moyens se rendaient en pèlerinage admirer cette tour qui, selon leurs maîtres, proposait un style architectural à la fois neuf et très classique. Elle allait d'ailleurs donner le ton au développement ultérieur de la ville de Boston.

Richardson, que beaucoup d'historiens de l'architecture considèrent comme le plus brillant architecte américain du XIXe siècle, a été l'initiateur de ce qu'on allait appeler le renouveau gothique aux États-Unis. Même s'il puisait son inspiration dans un lointain passé, il a créé un style typiquement américain dont Bruce Price et les frères Maxwell ont laissé des traces abondantes au château Frontenac. Un style dans lequel on retrouve l'empreinte des bâtisseurs du Moyen Âge et de la Renaissance. Les frères Maxwell, eux, sont allés chercher, en outre, les influences des dessinateurs et des architectes européens des années 1920, ceux du Bauhaus, de l'Art nouveau. Et ils ont composé avec toutes ces influences, celles de l'Amérique qui s'inspiraient à des modèles anciens ; et celles étonnamment modernes de la Vieille Europe.

Le dessin de la nouvelle tour centrale érigée dans les années 1920 était inspiré du bâti déjà en place. À part un changement d'échelle, des matériaux et des techniques de construction très modernes, il ne proposait apparemment rien de neuf. Même la couleur de la brique était restée la même. Et les fenêtres, les toits, les encoignures n'offraient rien de nouveau. Si bien qu'un observateur peu attentif pouvait croire que le château avait été érigé tout d'une pièce.

C'est à l'intérieur de ce bâtiment, dans l'ameublement et la décoration, que les frères Maxwell ont laissé éclater une certaine modernité et un éclectisme résolument débridé, empruntant, à gauche et à droite, des éléments et des idées qui auraient sans doute étonné Price et Van Horne… Empruntant à qui ? Aux meilleurs, bien sûr. « *If you copy, copy from the best.* »

En 1921, les travaux allant bon train, Edward en avait laissé la direction à son jeune frère et il était parti pour l'Europe où il a visité quelque 35 villes, à pied le plus souvent. À l'automne de 1922, il ramenait dans ses cartons des centaines d'esquisses, des affiches, des milliers de notes prises ici et là.

Quelques semaines plus tard, un bateau anglais déchargeait, quai du Roi, une impressionnante cargaison d'objets d'art qu'Edward avait acquis là-bas pour le château, des choses jamais vues à Québec, ni même à Montréal, ni nulle part au Canada : une tête de lit de style jacobin, des pupitres Chippendale en acajou, des bahuts Sheraton, un secrétaire Queen Ann en noyer, une table Adam en bois de rose, deux armoires en palissandre, des miroirs, beaucoup de miroirs.

Edward, comme son époque, adorait les vitraux et les miroirs. Il en avait déniché de magnifiques; aux Pays-Bas, avec des appliqués en écaille de tortue; en Italie, dans des cadres richement sculptés; en France, un Louis XV avec des moulures d'or. Des lits aussi, lits de jour Charles II, fauteuils de l'époque Cromwell, des chaises, des lampes. Des affiches au graphisme onduleux du Hollandais Jan Toorop, aux lignes sinueuses et aux motifs floraux du Tchèque Alfons Mucha, des dessins de l'architecte autrichien Otto Wagner…

Jamais sans doute une aussi grande variété de meubles et d'objets d'art de styles différents n'avaient été importés au Canada. Price avait lui aussi importé d'Europe et des États-Unis des meubles et des idées. Mais avec la cargaison que rapportait Edward Maxwell, le château se constituait un fonds de mobilier et d'œuvres d'art considérable qui n'allait cesser de grandir au fil des ans.

En plus de ces objets, Edward avait glané çà et là des idées et des plans. Il avait lui-même tiré de nombreux croquis d'objets qu'il voulait reproduire ou dont il voulait s'inspirer.

Mais ce voyage et cette étude l'avaient épuisé. Il était miné par le surmenage et la maladie; il est mort moins d'un an plus tard, laissant à son jeune frère William et à ses associés le soin de parachever la décoration du château Frontenac.

William était branché lui aussi sur les courants européens de l'art et de l'architecture, il lisait les magazines et les revues spécialisés, découpait des images qui l'inspiraient, se nourrissait de tout.

Deux ans plus tard, il partait à son tour pour l'Europe. Là-bas, plus que partout ailleurs au monde, l'Art nouveau qu'on appelait *Modern Style* en Angleterre, *Tiffany Style* aux États-Unis, avait changé le décor et imposé une esthétique nouvelle. Ce mouvement exprimait la réaction des artistes contre le rationalisme géométrique cassant et carré de l'ère industrielle. Il glorifiait les courbes, les arabesques et les volutes, les thèmes floraux, les enchevêtrements, les coloris délicats et précieux.

William était fasciné par cet esthétisme rêveur et joyeux. Il dessinait sans cesse. Affiches, poignées de porte et leurs appliques, costumes de chasseurs des hôtels où il descendait, coiffes des filles de chambre, menus des restaurants, dessins ornant les grandes toiles qu'on tirait le soir sur les tables de billard, feuilles et fleurs grimpantes, acanthes et guirlandes qu'on enroulait aux colonnes ou accrochait aux chambranles des portes.

Brillant coloriste, il a travaillé très longtemps, très minutieusement, jusqu'à l'obsession, le décor du Palm Room du château Frontenac, composant avec la lumière du soleil qui en fin d'après-midi, à l'heure du thé, du fameux *High Tea* qui faisait courir tout le beau monde de Québec, s'éclatait dans les vitraux et inondait la pièce où parmi d'immenses plantes vertes on avait ménagé de très jolis espaces. Au plafond, il a jeté en abondance des fleurs et du feuillage, des motifs en camaïeu, beaucoup de bleus et de verts sur fond jaune, il a travaillé les contours, le modelé, fait du trompe-l'œil, du clair-obscur, des perspectives gratuites, profondes. Il y avait de l'esprit de Monet là-dedans, dans cette préoccupation de vouloir fixer les reflets les plus fugitifs de la lumière, la si vivante lumière qui transforme tout objet et le soumet à ses propres variations.

La salle de bal, où dominait le gris pastel, a été décorée en bleu royal et or. Aux fenêtres pendaient de lourds rideaux de brocart dont les cantonnières étaient rehaussées et filigranées de dessins de fils d'or et d'argent. Et des lustres de toute beauté. Les planchers étaient en chêne massif. Celui de la salle proprement dite avait été en partie recouvert d'un tapis de laine. Celui de la scène était nu. Tout ici était fait pour impressionner, pour éblouir. Autant le décor du Palm Room était joyeux et léger, autant celui de la grande salle de bal se voulait imposant, majestueux et grave.

Dans le grand hall, qui fait plus de 50 mètres de longueur sur 10 de largeur, Maxwell et ses artistes ont posé des bronzes et de riches boiseries, acajou, chêne, merisier, rosier, du marbre blanc, des meubles lourds, des divans profonds tendus de velours. Bien en vue, au-dessus des portes de chacun des trois ascenseurs, ils ont dessiné les armes de Frontenac. Et des dragons et des tritons, tout un peuple de monstres bienveillants et farouches. Aux murs, çà et là, des châteaux, les ancêtres de celui-ci, ses cousins d'Europe et d'Amérique. Et la lumière sur tout ça, très chaude, cuivrée, bronzée.

Le château Frontenac était ainsi devenu, dans ces années 1920, le lieu d'entrée de la modernité à Québec, lieu de grande créativité aussi, où se rencontraient, dans une atmosphère fort excitante, de nombreux artistes canadiens, américains, européens, les meilleurs, travaillant le bois et le bronze, le fer et le verre, la pierre et le plâtre, créant ensemble un bel objet de luxe, de gloire et de beauté. Un bel objet de controverse.

Le grand feu

Aux Rois, presque tous les Américains et les gros riches de Montréal et de Toronto étaient rentrés chez eux, laissant les lieux étrangement calmes, presque déserts.

Les hommes des services techniques et des corps de métier (peintres, plombiers, menuisiers, plâtriers) avaient entrepris ou poursuivi divers travaux de réfection, de restauration, d'entretien ou d'inspection de routine. Beaucoup de chambres étant inoccupées, les journées de travail des soubrettes étaient plus courtes, moins chargées. Et les tâches imposées, moins routinières. Les filles faisaient à deux ou à trois de grands ménages, retournaient les matelas, battaient les tapis, décrochaient les cantonnières, les tentures et les rideaux que les équipiers transportaient à la buanderie.

Odile était en train de refaire le lit d'une chambre du dixième étage, quand Léona est venue l'informer que son frère François était au château.

«Où ça?
— Je l'ai rencontré dans le hall. Je l'ai fait descendre dans la cave.»

Dès qu'elle a pu, Odile s'est rendue au sous-sol. Avec l'aide de Léona, elle a retrouvé François confortablement allongé sur des ballots de sacs de jute, au fond de l'immense garde-manger où étaient conservées bien au sec et au frais des tonnes de légumes et de fruits, pommes de terre, carottes, navets, oignons, betteraves, panais, rutabagas, prunes et pommes.

François était radieux. Il avait déjà amadoué un gros chat blanc qu'il avait appelé Charleston. Il a tout de suite dit à sa sœur qu'il n'avait pas l'intention de retourner au séminaire.

« Tu t'es enfui ? »

Il hésita un moment.

« Pas vraiment, ils m'ont mis à la porte. »

Il semblait honteux. Il aurait sans doute préféré être parti de lui-même. C'est ce qu'il avait si souvent dit qu'il ferait sans jamais s'y résoudre.

« Pourquoi ils t'ont mis à la porte ?
— Insubordination et mauvais esprit.
— Qu'est-ce que tu vas faire ?
— Pour commencer, je veux voir Laurence. »

Si jamais quelqu'un venait, ni les filles ni François ne pourraient expliquer leur présence en cet endroit. Heureusement pour eux, c'étaient surtout des aides-cuisiniers qui descendaient au sous-sol chercher des provisions. Et, comme disait Léona, entre jeunes, on pouvait toujours se comprendre et s'arranger. Il fallait cependant avoir l'œil et l'oreille aux aguets.

Il y avait toujours beaucoup d'action dans les caves du château, jour et nuit. Juste à côté des fruits et légumes se trouvait le cellier où dormaient, dans une paisible pénombre, des milliers de bouteilles de vin et de liqueurs rares. Le sommelier y descendait régulièrement jusqu'à minuit passé. Juste à côté, de lourdes portes s'ouvraient sur des entrepôts frigorifiques remplis de quartiers de viande, de poissons, de fruits rares et exotiques, puissamment parfumés, comme l'orange, le pamplemousse, l'ananas. Plus loin se trouvaient d'autres dépenses, boucherie, charcuterie, boulangerie, confiserie. À trois heures du matin, le mitron descendait chercher ses farines et ses épices. Des monte-charges menaient vers les cuisines et le bureau de l'intendant. Plus loin, au-delà d'une porte coupe-feu, on entrait dans la soute à charbon et la remise à bois, dans les ateliers de mécanique et de menuiserie, tout un monde qui de jour était fort animé, mais où, la nuit venue, on ne rencontrait à peu près jamais personne.

Les filles ont caché François pendant plusieurs jours. D'abord dans le cagibi où les rembourreurs entreposaient leur bourre et les ballots de tissus qu'ils utilisaient pour recouvrir fauteuils et divans. C'était un formidable fatras rempli de boîtes de clous, de coffres à outils, de pots de colle, de retailles diverses, tout cela couvert de poussière et d'une lumière glauque qui suintait des soupiraux aux vitres givrées qui devaient donner, croyait François, sur la rue Saint-Louis. De six heures du soir à huit heures du matin, personne ne venait jamais en ce lieu. Ni le samedi après-midi, encore moins le dimanche.

Plus tard, les filles lui ont trouvé de très confortables « crèches », des chambres qu'elles savaient libres et où il pouvait se sentir tout à fait chez lui, et même recevoir la belle Laurence pendant quelques heures. Il prit l'habitude de dormir le jour pendant que les filles faisaient les chambres. Et la nuit, parfois, il errait dans le château, il regardait les tableaux accrochés aux murs des corridors, représentant les promoteurs du Canadien Pacifique, les grands découvreurs, des rois, des princesses, et d'autres châteaux, Blois, Chambord, Chenonceaux, Azay-le-Rideau… Puis il descendait aux cuisines où il se préparait des sandwichs et où, pour le plaisir, il créait de minutieux désordres.

Il a passé des heures à bouquiner dans la bibliothèque. Il y avait là tout Kipling et tout Shakespeare, évidemment. Et des choses disparates comme *La Vie des abeilles* de Maurice Maeterlink, *Les Caractères* de La Bruyère. Et des auteurs qu'il n'avait jamais vus que chez Garneau ou jamais vus du tout, comme Joseph Conrad, Oscar Wilde, Henrik Ibsen, André Gide. Et d'autres, fascinants, qu'on ne trouvait que dans l'Enfer de la bibliothèque du collège, Jack London par exemple, ou Alexandre Dumas, Gustave Flaubert, plusieurs des œuvres de ces deux derniers en anglais et français.

Il a découvert, à son grand étonnement, une très importante section de livres canadiens. Il en avait lu ou vu certains au collège, comme *Les Anciens Canadiens* de Philippe Aubert de Gaspé et *La Légende d'un peuple* de Louis Fréchette dont il savait par cœur de longs passages. Il y avait aussi, qu'il connaissait vaguement, le *Chez nous* d'Adjutor Rivard, *Aux temps historiques* de Édouard-Zotique Massicotte, les trois tomes de l'*Histoire du Canada* de François-Xavier Garneau, le *Louis Jolliet* d'Ernest Gagnon, *Patriotes de 1837-38* et *Les Deux Papineau* de Laurent-Olivier David. Des écrits d'Arthur Buies aussi.

Tous ces livres, qui décrivaient les états d'âme du peuple canadien-français, étaient placés là à l'intention des clients du château Frontenac, des Américains pour la plupart, des étrangers, qui seuls (ou presque) avaient accès à ce lieu et qui sans gêne aucune regardaient à travers ces écrits, comme à travers une lorgnette, dans le passé de ce petit peuple défait. Et ils voyaient son désarroi, sa pauvreté, sa peur...

François s'est emparé d'un livre qu'il avait déjà feuilleté au collège, *Le Chien d'or* de William Kirby, traduit de l'anglais par le poète Pamphile Le May, dont il connaissait quelques poèmes. Un an plus tôt, il avait abandonné la lecture du *Chien d'or* après une cinquantaine de pages. Mais cette nuit-là, dans la bibliothèque du château, les scènes lues autrefois lui sont revenues en mémoire avec une telle netteté qu'il eut envie de retrouver les personnages de Kirby, en particulier Peter Kalm et le marquis de La Galissonière.

Kalm était ce naturaliste suédois qui, dans les années 1740, avait voyagé à travers l'Amérique du Nord. C'était un esprit curieux dont monsieur Marius Barbeau lui avait parlé déjà à plusieurs reprises. Botaniste éclairé, Kalm interrogeait les gens, comme monsieur Barbeau, et il notait tout ce qu'ils savaient sur le pays, sa flore, sa faune, les us et coutumes.

En 1748, de passage à Québec, il rencontrait le marquis de La Galissonière. Petit et laid, difforme et boiteux, mais possédant, disait-on, une intelligence et une érudition stupéfiantes, et un grand cœur, ce dernier a sans doute été le plus aimé de tous les gouverneurs de la Nouvelle-France.

Dans les premières pages du roman de Kirby, les deux hommes se trouvent sur les remparts de Québec. Kalm, qui en a pourtant vu d'autres, s'exclame à n'en plus finir devant les beautés du panorama qui s'offre à leurs regards.

« Québec est le piédestal de Dieu », dit-il.

Et, humant le doux vent d'été qui monte du fleuve, il ajoute :

« Voir Naples et mourir ! Monseigneur, il y a mieux à faire. Je dis, moi, "Voir Québec et vivre à jamais". »

François s'étonnait que ce roman, le premier qui décrivait avec tant d'exaltation la beauté de Québec et du panorama qu'on découvrait depuis les hauteurs du cap Diamant et qui rappelait la détermination du peuple abandonné et conquis à secouer le joug qu'on lui avait imposé, ait été l'œuvre d'un Américain.

Il retrouvait dans ce roman un personnage honni de tous, François Bigot, intendant malhonnête et débauché, dont l'administration fut marquée par les scandales. Une rumeur jamais démentie voulait à l'époque qu'il ait amassé et caché un fabuleux trésor quelque part du côté de Charlesbourg où se trouvait son domaine, Beaumanoir.

«On n'a jamais retrouvé ce trésor, songeait François. Y penser. Beau projet.»

Un homme de Québec s'était levé contre Bigot, le marchand Philibert. Au fronton de son hôtel particulier, il avait fait placer une pierre sur laquelle était sculpté un chien rongeant son os et ces mots :

> *Je suis un chien qui ronge los*
> *En le rongeant je prend mon repos*
> *Un temps viendra qui nest pas venu*
> *Que je morderay qui maura mordu*

François connaissait cette maison et ces mots de colère et de haine. La pierre sculptée ornait toujours la façade de la maison Philibert où était maintenant logé le bureau de poste de Québec, à deux pas du château Frontenac.

Pour l'Américain Kirby, c'était tout le peuple canadien-français qui rongeait son os et qui attendait le jour où il mordrait celui qui l'avait mordu. Mais Philibert a été assassiné. Il n'était toujours pas vengé. Pas plus que le peuple qui, bien au contraire, était plus que jamais soumis.

Quand il en avait assez de ressasser ces noires pensées, François descendait au Ski Hawk, la boutique de sport, qui occupait l'étage inférieur de la rotonde. Sur des râteliers étaient alignés les chaussures de curling et de ski, des patins, des mocassins, des guêtres, des raquettes, les coussins des traînes sauvages, les balais et les pierres de curling… Le foyer était rempli de braises parfois jusqu'au matin. Certaines nuits, François sortait voir travailler le sculpteur sur glace André Bastien à qui la direction du château avait commandé pour les festivités du Mardi gras une locomotive de glace grandeur nature, près de 15 mètres de longueur. Cet engin, qui dégageait une énergie à tout casser, symbolisait le modernisme, la puissance économique, le progrès en marche.

Depuis les Rois, un froid de loup sévissait sur Québec, ce qui faisait le bonheur du sculpteur. Il avait d'abord construit sur la terrasse, juste sous le jardin des Gouverneurs, un énorme bac de bois qu'il avait étanché et fait remplir d'eau, de manière à former un bloc de glace de près de 100 mètres cubes. Puis il avait entrepris de tirer de cette masse une locomotive à moteur diesel, avec sa cheminée, son réservoir, ses engrenages.

Pendant ce temps, Laurence préparait son évasion. Elle avait obtenu un congé de 24 heures sous prétexte qu'elle devait visiter une tante gravement malade. Le problème avait été d'écarter George qui aurait voulu partir avec elle. Odile et Léona avaient «réservé» pour elle et François la suite Chinoise. «Pour votre première vraie nuit d'amour.» Ils ont dormi dans le grand lit entourés d'oriflammes et de dragons. Avec vue, depuis le fond du lit, sur le fleuve, sur le collège de Lévis, et au loin la chaîne des Appalaches.

Odile pensait souvent qu'ils pouvaient tous se faire prendre. Par George, par la Mère supérieure, par une méchante fille qui bavasserait à la gouvernante. Et alors, ils seraient chassés sans ménagement du château. Mais elle n'avait pas vraiment peur. Léona était là. François aussi, qui la défendrait. Même s'il aimait Laurence, elle savait qu'il la protégerait, elle, sa petite sœur d'amour, quoi qu'il arrive.

«Nous sommes tous ensemble», se disait-elle.

Au matin, alors qu'elles se rendaient au réfectoire, Odile et Sophie ont rencontré George, le prétendant de Laurence, hagard et fou.

«Vous avez vu Laurence?»

Sans réfléchir, Odile lui répondit qu'elle était restée couchée parce qu'elle n'était pas bien.

« C'est pas vrai, tu mens, répliqua vivement George, l'œil mauvais, la voix rauque. J'ai vu la Mère supérieure qui m'a dit qu'elle était pas rentrée dormir de la nuit…

– Dans ce cas-là, je sais pas où elle est », admit Odile qui aussitôt regretta d'avoir menti devant Sophie, puis de s'être si vivement rétractée. Sophie la regardait d'ailleurs d'un air soupçonneux. Il était évident qu'Odile cherchait à couvrir Laurence.

« Si ton frère est avec elle, je l'écrabouille », a dit George.

Odile a senti, comme un souffle brûlant, la haine et la rage qui se dégageaient de lui. Elle a compris que l'affrontement entre George et François était désormais inévitable. George n'était pas du genre à accepter quelque explication que ce soit, il considérait que Laurence était à lui, que personne d'autre que lui n'avait le droit de l'approcher, de la regarder, même de penser à elle.

Au réfectoire, le bruit courait déjà parmi les filles de chambre et les garçons d'étage que la belle Laurence n'était pas rentrée dormir. Et tout le monde disait qu'elle serait très certainement mise à la porte. À moins que George ne la tue avant. À deux ou trois reprises, on l'avait vu entrer. Il regardait qui était assis à chacune des tables, il se parlait tout seul, il serrait les poings.

« Ça risque de mal tourner, cette histoire-là, souffla Léona à l'oreille d'Odile. On ferait mieux d'aider ton frère et Laurence à sortir d'ici. »

Dès que possible, Odile s'est rendue à la suite Chinoise où les amoureux avaient passé la nuit. Elle leur a rapporté les rumeurs qui couraient à leur sujet et les a prévenus que George cherchait Laurence partout et qu'il voulait écrabouiller François.

« Faut que vous sortiez d'ici sans qu'il vous voie.

– On est des clients de l'hôtel, a dit François en riant. On va prendre l'ascenseur des clients, on va descendre dans le grand hall, on va traverser la salle des pas perdus et sortir par la grande porte. »

Ils croyaient que George n'oserait pas utiliser cet ascenseur et les attaquer dans le hall d'entrée.

« Tu m'apporteras mes affaires, a dit Laurence à Odile. Demande à Léona de t'aider. »

Et elle entreprit de lui faire une sorte de testament, dressant une liste des effets qu'elle voulait emporter, de ceux qu'elle donnait aux filles de la chambrée. Un peigne en écaille à celle-ci, son manchon de fourrure de lapin à telle autre...

« Tu mettras mes vêtements d'hiver dans la petite valise rouge qui est sous mon lit.

– Où allez-vous? demandait Odile.

– À Neuville, chez un ami du séminaire », répondit François.

Ils ont convenu de se retrouver en bas, la nuit suivante, à une heure du matin. À cette heure, les préposés à l'entretien de nuit ont fini de balayer et d'épousseter le grand hall, ils ont vidé les cendriers, ils ont poli les bronzes, tout est très tranquille, surtout un 15 janvier, en pleine saison creuse.

En empruntant l'ascenseur des clients qui débouche dans le grand hall, ils ne risquaient pas de rencontrer un garçon d'étage ou quelqu'un du personnel. Quelques minutes plus tôt (pour qu'on soit sûr de ne pas avoir à l'attendre), Odile sera descendue par l'ascenseur du personnel qui fait dos à celui du grand hall, avec la valise rouge de Laurence, ses bottes et son manteau d'hiver. Quand Laurence et François sortiront par le hall, ils retrouveront Odile dans l'embrasure du corridor, juste à droite de la Grande Allée, ils prendront la valise, Laurence passera son manteau, ses bottes.

« Et on sortira d'ici comme des Américains », disait François.

En quittant son frère et Laurence, Odile était inquiète et regardait partout à gauche et à droite en descendant au dortoir par l'escalier de service. Cette fois, elle n'avait plus peur de rencontrer la gouvernante ou la Mère supérieure ou Sophie, mais George qu'elle savait en chasse, fou de rage.

Tout le jour, elle eut le cœur serré. Et en même temps, elle se sentait forte, dure.

Le soir venu, dans l'obscurité du dortoir, elle repassait sans cesse le fil des événements qu'elle devrait suivre.

« Je me lève, je prends la valise rouge de Laurence, je descends par l'ascenseur de service, j'attends derrière la porte qui donne sur l'allée... »

Elle devait rester éveillée. Et elle ne pouvait compter sur Léona qui, comme d'habitude, s'était endormie en posant la tête sur son oreiller. Elle avait retrouvé au fond de son tiroir le petit Barabbas sculpté de son oncle Bébé qu'elle gardait au creux de sa main, pour se rassurer. Elle s'était mise au lit avec son kimono par-dessus sa robe de nuit. Et, de peur de s'endormir, elle avait glissé sous elle sa brosse à cheveux et un soulier.

À une heure moins le quart, elle s'est levée, elle est restée un long moment à la porte de la chambrée, jusqu'à ce qu'elle entende la respiration de chacune des filles. Puis elle est allée chercher dans le placard où elle les avait cachés, la petite valise de cuir rouge, le manteau, les bottes de Laurence. Elle a pris l'ascenseur et s'est postée derrière la porte battante qui donnait sur la Grande Allée. Barabbas, son porte-bonheur, dans la petite poche de son kimono.

Par la porte entrebâillée, elle pouvait voir cette allée, à qui on avait donné le nom de l'artère la plus prestigieuse de Québec, qui traversait le château depuis l'entrée principale jusqu'à la réception et la salle d'écriture. Elle regardait le chatoiement des ors et des bronzes sous les lumières tamisées. Elle brûlait d'envie d'aller marcher sur les tapis moelleux, de s'approcher des tableaux accrochés aux murs. Elle attendait. Elle apercevait, de biais, de l'autre côté de la Grande Allée, le café-bar où travaillait Léona, le Café de la Fontaine, l'un des lieux les plus courus de Québec où se rencontraient tous les jours des ministres et de hauts fonctionnaires. Et, juste à côté, la *Traveler Exhibit* qui lui rappela Ted, ce pauvre Ted.

Puis elle entendit le sourd ronron de l'ascenseur, et les portes s'ouvrir. Elle s'approcha de la porte battante. Et attendit. Mais les choses ne se sont pas passées comme elle les avait cent fois imaginées dans sa tête.

Dès qu'ils eurent débouché dans le hall d'entrée, Laurence et François ont aperçu George debout près du comptoir de la réception et des bureaux de l'administration, juste sous le portrait en pied du comte de Frontenac.

Il a marché très vite et leur a coupé la sortie. Il avait une lourde clé à molette dans chaque main, ce qui, pour le chasseur et le concierge qui s'affairaient dans le hall, n'avait rien d'inhabituel. Ils savaient tous les deux que George était plombier et que des travaux étaient en cours... Normalement, il aurait dû faire le tour par les escaliers et les corridors réservés au personnel mais, à cette heure tardive, il était fort peu probable qu'il croise un client.

François et Laurence se sont engagés dans la Grande Allée. Quand Odile les a aperçus, ils couraient déjà vers l'intérieur du château. Sans réfléchir, elle s'est jointe à eux. Elle portait d'une main la petite valise rouge qu'elle devait remettre à Laurence; de l'autre, le manteau d'hiver et les bottes de celle-ci. Ils se sont dirigés tous les trois vers la salle d'écriture. La boutique du château sur leur droite, puis le magasin Holt & Renfrew; à gauche, la *Traveler Exhibit* et le Café de la Fontaine.

Avant qu'ils n'atteignent l'arche séparant la nouvelle tour du vieux château, George avait presque rejoint Odile et lui arrachait le manteau de Laurence qu'il a tout de suite laissé tomber. Un bruit sinistre s'est alors fait entendre devant eux. Après avoir frôlé la tête de François, l'une des clés à molette de George a fracassé 10 mètres devant eux le lambris de chêne à droite de la porte de la salle d'écriture où elle est restée fichée.

François, Laurence et Odile allaient entrer dans le hall ancien, où se trouvait autrefois la réception de l'hôtel, quand François a crié : «Pas par là, tout est fermé!» Ils se sont précipités dans le grand escalier de marbre dont les spirales menaient au sous-sol. Laurence et François d'un côté, Odile de l'autre, tenant toujours la valise et les bottes de Laurence.

En bas, ils avaient l'embarras du choix, ils ont hésité une ou deux secondes. François, qui avait erré plusieurs nuits dans le château, connaissait les lieux mieux que les filles. À droite, les cuisines, la taverne, la salle de billard; à gauche, une sorte de coursive qui conduisait vers la petite succursale de la Banque de Montréal, en passant devant l'échoppe du cireur de souliers et la boutique de souvenirs. Il y avait une porte tout au bout qui donnait sur la rue Saint-Louis et sur la place d'Armes. Mais ils n'auraient jamais le temps de s'y rendre. Devant eux se trouvait l'entrée du Ski Hawk, dont François a poussé la porte qu'il a refermée de peine et de misère et qu'il est parvenu à barrer.

Deux secondes plus tard, George était derrière eux et avait entrepris d'enfoncer la porte à grands coups d'épaule. Ils n'avaient pas le choix, ils devaient s'enfuir par la terrasse. Mais de ce côté, tout était froid, sombre et venteux. Odile et Laurence n'étaient pas vêtues convenablement. Et à cette heure de la nuit, ils ne trouveraient personne pour leur venir en aide, sauf peut-être André Bastien qui devait profiter du froid pour travailler à sa locomotive de glace.

Mais en tentant d'ouvrir la porte qui donnait sur les allées de curling, François constata qu'elle était barrée de l'extérieur. Et les fenêtres étaient munies de grillages de fer. François comprit alors que George avait sans doute bloqué d'une manière ou d'une autre toutes les issues du château, celle de la rue Saint-Louis qu'ils avaient pensé emprunter tout à l'heure, celle de la Banque de Montréal, celle des allées de curling. Sauf peut-être celle de la rue du Trésor qui était très passante, jour et nuit, et où il y avait toujours un gardien, mais qui leur était de toute manière pratiquement inaccessible, à l'autre bout du château. Voilà pourquoi George se trouvait à l'entrée principale à les attendre. Il savait qu'ils étaient ainsi pris au piège.

Et ce fou avait cessé de frapper à grands coups d'épaule dans la porte du Sky Hawk. On l'entendait qui travaillait plus doucement, sans doute pour ne pas alerter le portier de nuit et le concierge qui, là-haut, à l'autre bout de la Grande Allée, auraient pu entendre et venir. Il essayait de crocheter la serrure avec l'un de ses outils. On l'entendait ahaner. Ou pleurer, pensait Laurence.

« Regardez, là, une trappe », a dit Odile.

François s'est précipité et a soulevé l'abattant. À la faible lueur du foyer et des lampadaires de la terrasse, ils distinguaient une sorte de fosse dont le fond semblait couvert de gravier baignant dans une terre boueuse. Sans plus réfléchir, ils ont sauté tous les trois dans cette obscure tranchée. Et la trappe s'est refermée sur eux. Quelques secondes plus tard, ils entendaient George qui, ayant réussi à crocheter la serrure, entrait dans la pièce.

Il est resté un instant immobile près de la porte, sans doute à parcourir les lieux du regard. Ils pouvaient suivre ses pas qui, après un court moment, sont venus directement vers la trappe sous laquelle ils se trouvaient.

« On s'est jetés dans la gueule du loup », a pensé Laurence.

George était plombier. Il connaissait mieux que personne les catacombes du château où ils s'étaient enfermés. Ce trou d'homme par où ils étaient descendus donnait accès à son univers à lui, au vide sanitaire où dans un complexe réseau de tranchées et de galeries circulaient les tuyaux de plomberie, les égouts, les amenées d'eau, de même que tout le câblage électrique de l'édifice.

Ils ont entendu de lourds raclements. George tirait un meuble très lourd au-dessus de la trappe. Puis il a fait plusieurs allers et retours, vraisemblablement pour ajouter du poids au meuble, « des pierres de curling », a chuchoté François.

Il a craqué une allumette... Au-dessus de leur tête, des tuyaux rouillés suintaient et dégoulinaient. La fosse dans laquelle ils se trouvaient semblait conduire vers une étroite ouverture dans le solage même de la rotonde, ouverture qui donnait vraisemblablement sous la terrasse, du côté du fleuve ; de l'autre côté, la galerie s'enfonçait vers l'intérieur du château, plus ou moins dans l'axe de la Grande Allée. Sans s'être consultés, ils se sont dirigés tous les trois de ce côté. À quatre pattes.

La fosse était plus large dans cette direction ; son lit était propre et sec. Et la tuyauterie de cuivre semblait toute neuve.

« On vient d'entrer dans la partie neuve du château », a pensé François.

Ils ont débouché dans une sorte de grotte circulaire où se rencontraient tous les tuyaux, entrées et sorties, certains très froids, d'autres chauds ou tièdes. Juste au-dessus de leur tête, il y avait une trappe semblable à celle par laquelle ils étaient entrés. Un peu plus loin, ils ont découvert des tranchées secondaires, plus étroites où circulaient de gros tuyaux qui s'enfonçaient dans le noir, à droite vers les cuisines, à gauche vers la buanderie. Il y avait des outils d'électricien et de plombier bien rangés dans des coffres ; et des petites lampes à l'huile que les hommes des corps de métier du château devaient utiliser lorsqu'ils descendaient travailler dans ces tranchées. François a allumé l'une de ces lampes qu'il a confiée à Odile pendant qu'il entreprenait de soulever la trappe...

George était là, qui les attendait. Ils ont vu ses pieds un court instant. Penché vers l'ouverture, mais sans qu'on voie son visage, il leur a dit d'une voix sourde :

« Je vais vous avoir. Vous ne sortirez jamais de là. Tout est bouché, partout ».

Puis il a jeté dans la tranchée une bombe fumigène que les plombiers utilisent pour détecter les fissures dans les tuyaux. Bientôt, une épaisse fumée remplit tout l'espace, forçant Laurence, Odile et François à battre en retraite à la hâte et à tâtons vers le Ski Hawk, où ils retrouvèrent la petite valise de Laurence que dans sa hâte et sa peur Odile avait laissée tomber.

Ils se sont arrêtés juste sous la trappe, hésitant à franchir l'étroite ouverture du solage qui donnait sous la terrasse. La fumée n'avait pas progressé dans leur direction. Sans doute qu'un courant d'air la confinait à cette grotte centrale ou la poussait le long des tranchées conduisant aux cuisines ou à la buanderie.

« On ferait mieux de rester ici, dit Odile. Quelqu'un va finir par venir, on appellera au secours. »

Mais il y eut des pas là-haut, dans le Ski Hawk, des raclements. Quelqu'un faisait glisser les meubles posés sur la trappe dont l'abattant fut brusquement soulevé. Ils se sont écartés juste à temps ; une pelletée de tisons venait de tomber devant eux. Avec le rire étouffé de George. On l'entendit marcher vers le foyer, puis revenir et lancer encore une bûche incandescente, des pelletées de braises, de tisons.

Brûlé à une main, François a laissé tomber sa petite lampe qui s'est renversée. L'huile répandue s'est vite enflammée… Ils se sont jetés un à un dans l'étroite ouverture du solage par où la tranchée plongeait dans le noir absolu, hors du château, sous la terrasse Dufferin.

Ils ont attendu un long moment, effarés. La lueur du feu parvenait jusqu'à eux. Et, grandissant, un courant d'air glacé venu de l'autre bout du tunnel, du côté de la falaise.

« La tire du feu, a dit François.

— Faudrait remonter le courant, a suggéré Odile. Il doit y avoir une sortie de ce côté-là. »

Ils se sont enfoncés un peu plus profondément dans le roc, jusqu'à ce qu'ils ne ressentent pratiquement plus le froid. Ils avançaient lentement, hésitant, se demandant s'ils n'étaient pas en train de se fourrer dans un cul-de-sac. De temps en temps, François craquait une allumette, ils mémorisaient le paysage, reprenaient leur avancée. Cette portion du vide sanitaire n'avait visiblement pas été fréquentée depuis fort longtemps. Il n'y avait ni tuyau ni câblage, ni rien qui pût laisser croire qu'il y en avait déjà eu. Ils avançaient péniblement dans un grand désordre de pierres cassées. À plusieurs reprises, François a dû dégager le passage.

Ils ont ainsi progressé hors du château, vers la falaise, remontant ce courant d'air qui semblait sans cesse s'amplifier. Comme si le château derrière eux avait pris de longues inspirations.

« C'est la tire du feu », dit encore Odile.

François a réussi à rebrousser chemin jusqu'au premier détour de la galerie, près de l'étroite ouverture dans le solage de la tour, pour constater, stupéfait :

« Le château est en feu ! »

Ce puissant courant d'air était en effet généré par l'incendie, gigantesque poumon qui siphonnait et dévorait l'air. Ils allaient remonter ce courant jusqu'à sa source. Il y avait nécessairement, en amont, une importante prise d'air par où ils espéraient pouvoir sortir.

Mais ils se sont butés à une lourde grille de fer qui donnait dans le vide, au-dessus des toits des maisons de la basse-ville, de la petite rue Champlain. À travers un fouillis de branchages enneigés, ils distinguaient la masse noire du fleuve, quelques lumières au loin, Lévis sans doute, Lauzon, l'île d'Orléans. Ils entendaient des cris, des hennissements de chevaux. Mais ils avaient beau crier, personne ne les entendait dans le brouhaha, leurs voix se perdant du côté du fleuve. Et il faisait vraiment trop froid pour qu'ils restent ainsi près de cette ouverture.

En revenant sur leurs pas, ils ont emprunté une galerie perpendiculaire qui les a conduits, « du côté de la statue de Champlain et du funiculaire », a pensé François. Il y avait là une sorte de grotte au fond de laquelle ils ont découvert un mur de maçonnerie formant une enceinte bien délimitée, vraisemblablement les fondations d'une vaste maison, des pierres grises noyées dans le mortier. Le mur du fond était tiède. «On doit être appuyés sur la cabane du funiculaire», a dit François. Ils entendaient au loin le ronronnement de l'incendie, de sourdes clameurs. Ils étaient dans un cul-de-sac, mais au moins, ils étaient protégés du froid.

Ils venaient d'entrer tous les trois dans l'histoire du château Frontenac, de pénétrer dans les décombres, les vestiges du château Saint-Louis dont Samuel de Champlain, le fondateur de Québec, avait commencé la construction trois siècles plus tôt, en 1620.

Chaque fois que François craquait une allumette, ils voyaient briller dans le roc des étoiles d'or et des diamants. François avait enroulé Laurence dans son manteau.

Ils entendaient au-dessus d'eux des roulements sourds, les voitures des sapeurs-pompiers sans doute, et des explosions étouffées, un énorme tapage.

«On n'a rien qu'à attendre, dit-il. Le feu va finir par s'épuiser.»

En voulant ramener son kimono sur ses épaules, Odile a échappé Barabbas.

«Allume», dit-elle vivement à son frère.

Après un long silence percé de bruits mats et de jurons, François laissait tomber :

«J'ai plus d'allumette…»

Odile a cherché son petit chien de bois à tâtons, tout autour d'elle. Elle ramassait des éclats de pierre froide qu'elle palpait, qu'elle rejetait au loin. Et elle s'est mise à pleurer en silence. Elle savait bien qu'elle ne retrouverait jamais son porte-bonheur. À deux pas d'elle, François et Laurence s'embrassaient et se caressaient. Jamais, de toute sa vie, elle ne s'était sentie aussi seule, aussi démunie.

L'or des fous

Le château Frontenac est gigogne. Il contient non seulement l'œuvre moderne de nombreux architectes et artistes nord-américains et européens, et à travers eux l'esprit de la Renaissance et celui de l'Amérique du XIXe siècle et son dévorant appétit pour l'exotisme, les grands espaces, les machines et la rêverie, mais aussi les vestiges d'autres châteaux, de forts et de campements indiens.

Sous lui en effet reposent les ruines du château Haldimand démoli en 1892, et du château fort Saint-Louis érigé par Champlain d'abord, puis restauré par Frontenac, finalement rasé par un incendie en 1834. Le château Frontenac est un mausolée.

Les étoiles d'or que Laurence, François et Odile ont vues briller dans la pierre des catacombes où ils s'étaient réfugiés dans l'horrible nuit du 15 au 16 janvier 1926 n'étaient en réalité que de la pyrite de fer et de cuivre; et les diamants, que de vulgaires cristaux de quartz.

À son troisième voyage, en 1542, Jacques Cartier avait ramené en France un plein chargement de cette pyrite qu'il croyait précieuse et qui aurait fait sa fortune. Et qu'on a appelée très justement « l'or des fous », dès qu'on eut compris qu'elle n'avait aucune valeur.

Cartier avait reçu du roi de France mission de découvrir au-delà de la mer Océane un passage menant aux Grandes

Indes et, en plus, en passant, « certaines îles et pays où l'on dit qu'il se doit trouver grande quantité d'or et autres riches choses ». Il ne pouvait rentrer sans avoir trouvé de la richesse. Il s'est contenté d'un semblant de richesse.

Il ne fut pas le seul à commettre cette erreur. Verrazano, Cabot, tous ceux que les puissances montantes du XVIe siècle envoyaient de ce côté-ci de la mer Océane avaient pour mission de trouver, au haut des fleuves du Nouveau Monde ou à travers les îles de l'Arctique encore très mal connu, le plus court chemin reliant l'Atlantique au Pacifique et menant aux Grandes Indes.

Dès qu'ils avaient repéré du nouveau le moindrement prometteur, ils rentraient en clamant bien haut avoir découvert, sinon le fameux passage du Nord-Ouest, du moins de l'or et de l'argent ou des terres immensément riches et fertiles. Sinon, comment auraient-ils pu trouver de nouveaux commanditaires pour leurs expéditions ?

Chaque expédition était donc suivie au retour d'une retentissante campagne de promotion. Il fallait que les commanditaires soient vite persuadés que leurs investissements allaient un jour rapporter gros. La vérité finissait tôt ou tard par éclater. Cartier, qui avait pris le Saint-Laurent pour le passage du Nord-Ouest et la pyrite de fer et les micas du cap Diamant pour de l'or et des diamants, a connu la disgrâce. Comme Colomb quelques années plus tôt, comme Frobisher, quelques années plus tard.

Le cap Diamant sur lequel est posé le château Frontenac est truffé de quartz et de micas, pierres translucides qui accrochent la lumière, et de pyrite de fer et de cuivre, des sulfures naturels, qui donnent des cristaux à reflets dorés. Ces pierres ont fait rêver les premiers passants. L'Amérique, toute jeune, était déjà un inépuisable réservoir de rêves. Et de désillusions.

Les Blancs étaient arrivés, halés brutalement depuis l'autre bout du monde par leurs rêves fous, leurs irrésistibles rêves d'or, d'ailleurs et de jamais vu. Ils cherchaient un passage, mais aussi le bonheur, la fortune et la gloire. Comme tout le monde, depuis que le monde est monde. Mais chez eux, c'était une véritable obsession. Ils croyaient les trouver en remontant le fleuve.

Les Indiens les ont vus débarquer dans leur histoire et tenter de la refaire. Et en passant, tout chambarder, changer les noms, les lieux, les gens de ce pays. Magtogoek par exemple, qui n'avait ni commencement ni fin, ils l'ont nommé Saint-Laurent. Et ils ont entrepris d'aller vers sa source...

Mais on ne peut pas toujours fouiller l'inconnu et chercher de l'or et passer sans cesse son chemin. Peu à peu, les Blancs ont été retenus par ce fleuve et ses terres, à leur tour conquis par ce paysage, changés eux aussi, irrémédiablement... Et le premier endroit, si loin, si haut sur le grand fleuve qui les a retenus, entre la mer et l'eau douce, c'est ce cap, le roc Kébec, comme disaient les Indiens, leurs frères, leurs ennemis.

C'est ici que les Blancs sont d'abord restés. Tout en continuant à chercher. Sinon un passage vers l'ailleurs et le jamais vu, du moins de l'or, et un peu de bonheur.

Le site où allait être construit le château Frontenac, trois siècles et demi plus tard, ne pouvait passer inaperçu. Pendant près de trois siècles, jusqu'à l'émergence toute récente des grandes villes commerciales, le cap Diamant aura été le lieu le plus convoité du Canada.

Le paysage est grandiose. D'un côté, le fleuve lui-même, ses rives escarpées, puis les Appalaches, au sud-est. Au nord-ouest, au-delà d'une large vallée, ancien lit du fleuve, le regard se bute sur d'autres montagnes, vieilles, usées, les Laurentides, vaste plateau bosselé et désordonné, longtemps resté sauvage et indomptable, le pays des bûcherons, des coureurs des bois. Entre les deux, vers l'amont du fleuve, se trouve le sage et fertile domaine des agriculteurs, un plat pays vite dompté, défriché et mesuré, cultivé.

Les Laurentides et les Appalaches rejoignent le fleuve à Québec, créant un goulot d'étranglement que ferme le cap Diamant, vaisseau de roc stationné à la jonction de deux vallées, entre deux lits du Saint-Laurent, dont l'un a été depuis longtemps désaffecté. À bâbord, sous les Laurentides, derrière l'écheveau des autoroutes actuelles, c'est la vallée de la rivière Saint-Charles, les faubourgs Saint-Roch, Limoilou, le Colisée,

Charlesbourg, Wendake, le village huron, là-bas, tout au fond. Et à tribord, les houles de pierre des Appalaches, celles liquides du Saint-Laurent, celles changeantes du firmament.

Au bout de la terrasse, vers la poupe, par la passerelle accrochée à tribord au flanc du navire, les passagers du destroyer Québec peuvent accéder à la citadelle et à l'immense parc des plaines d'Abraham. Et loin derrière, dans l'axe de la Grande Allée, passé le bois de Coulonges, passé le pont de Québec et le cap Rouge, château de poupe, la dorsale laisse sur le pays un long sillage, le chemin du Roy, première voie carrossable au Canada qui, depuis plus de 250 ans relie Québec et Montréal, traversant les splendides villages, Les Saules, Neuville, Les Écureuils, Donnacona, Cap-Santé, Deschambault, Grondines, Champlain…

La cabine de pilotage, qu'on appelle ici le Parlement, est à l'avant du grand cuirassé. Tout à fait à la proue, dans l'enceinte fortifiée du pont supérieur, se trouve le château Frontenac, gaillard d'avant, élégante superstructure flanquée de ce magnifique pont-promenade qu'est la terrasse Dufferin, d'où l'on découvre le paysage, l'anse de Beauport, derrière le bassin Louise, la pointe de l'île d'Orléans, lourde et lente barge chargée à ras bords de « choses tranquilles », maisons anciennes, vieilles églises, moulins, vraie île au trésor, et livre d'histoire, autrefois nommée l'île aux Sorciers où l'Anglais Phipps, ce mécréant qui a cherché à s'emparer de la ville sainte, avait établi ses quartiers généraux… Et puis la côte de Beaupré, le cap Tourmente avec sa couronne de nuages, l'ouverture sur l'estuaire.

Québec est une ville-spectacle, un observatoire, la scène par excellence où se joue depuis quatre siècles notre théâtre de choc, ville-berceau, ville-forteresse et ville-musée, porte d'entrée, lieu de rencontre. Kébek, Stadaconé, « là où les eaux se confondent », « là où les montagnes se touchent », « là où le fleuve est barré ». Québec, champ de bataille, ville-capitale…

Quand, un beau matin de juin 1535, après une escale de quelques jours à l'île aux Coudres, les marins de Cartier, louvoyant sur leurs petits navires au sud de l'île d'Orléans, ont aperçu ce cap agressif, monté sur le paysage comme un prédateur sur sa proie, ils ont été profondément émus, et sont restés un long moment silencieux. C'est Cartier lui-même qui le dit dans son journal.

Ils se sont approchés très lentement. Ils sont restés pendant plus d'une heure en panne de vent, à la pointe amont de l'île. Le soleil se coulait derrière le mont quand la marée montante, inversant le cours du fleuve, les a poussés à l'embouchure de la rivière Saint-Charles, d'où le cap apparaissait alors dans toute sa force, formidable éperon de plus de 110 mètres de hauteur qui, croyaient-ils, leur barrait la route. Il y avait çà et là des affleurements rocheux, de larges déchirures dans la couette de verdure. Sous le soleil du matin, ces affleurements brillaient de mille feux. « Un diamant! » a noté Cartier dans son journal.

Le deuxième jour, stupéfaction! on a aperçu là-haut une épaisse fumée se détachant contre le ciel bleu. Dans l'après-midi, quelques hommes sont montés voir. Ils ont trouvé un village qui occupait un large replat adossé à la bosse la plus élevée de ce promontoire, qui le coupait des vents dominants qu'on savait déjà venir du sud-ouest. Mais il restait encore assez de vent pour chasser les moustiques. C'était un campement d'été qui s'appelait, « si on a bien compris », ont-ils rapporté, Stadaconé.

C'était tout petit, quelques cabanes de branchages sur lesquelles on avait jeté des peaux de bêtes. Et tout autour, ce paysage à couper le souffle. Ils en avaient pourtant vu d'autres, les marins de Cartier ; ils étaient passés sous les falaises d'Étretat, ils avaient longé les côtes échancrées de la Bretagne, certains avaient navigué jusqu'au fin fond de la Méditerranée, en mer du Nord, ils avaient vu les Cornouailles, les fjords de Norvège, les côtes d'Afrique, Bonifacio et Amalfi, les îles du Cap-Vert et le cap Vert lui-même. Mais ils découvraient ici, à Stadaconé (était-ce parce que c'était si peu peuplé, si neuf, si paisible?), un charme auquel ils n'ont pas été insensibles... Ils restaient silencieux, méditant, envoûtés.

Ils ont aperçu au sud-ouest, toujours sur le fleuve, un autre cap aux falaises rougeâtres. Et vers l'aval, cette autre montagne très haute, sous laquelle ils étaient passés quelques jours plus tôt après avoir quitté cette île où il y avait de si beaux coudres. Sur ces deux caps aussi, il y avait de hautes colonnes de fumée très droites, parce que c'était, d'un bout à l'autre du monde, un jour sans vent, tout bleu.

Ils ont compris aussi que le cap ne leur barrait pas la route. Et que le grand fleuve, Magtogoek, s'enfonçait plus loin dans les terres. Et ils ont cru avoir trouvé enfin le Passage.

Des sentiers partaient dans toutes les directions. Certains se jetaient sans ménagement en bas de la falaise à laquelle s'accrochaient des vinaigriers, des cenelliers, des érables aussi et des arbustes dont on ne connaissait pas encore les noms et que couvraient par endroits d'effrayantes colonies d'herbe à puce. On arrivait tout en bas dans un fouillis de saules et d'aulnes qu'on écartait pour découvrir, dans son intimité, le fleuve, ses battures, ses joncs, ses eaux couleur de mercure, ses odeurs.

Et eux, les hommes, les femmes et les enfants de ce village qui les avaient suivis, ils les regardaient sans dire un mot. Avec des sourires amusés, énigmatiques, chargés, ils n'auraient su le dire, d'ironie ou d'inquiétude.

Mais quelle idée de rester là-haut où il n'y a pas d'eau possible et où on est de tous côtés au soleil et au vent exposés!

L'hiver est venu. Et personne n'est resté là-haut. Les Français se sont enfermés dans leur campement à l'embouchure de la rivière Saint-Charles, protégés, croyaient-ils, des grands vents par la masse du cap Diamant. Et bientôt tout s'est arrêté sur la rivière et ses rives sans vie, sans voix, coulées, inertes et stériles, dans le froid le plus intense, écrasées de surcroît par l'assommante lumière qui certains jours tombait des nues. Plus rien ne bougeait, à part le vent qui nivelait et abrasait tout sur son passage, changeant sans cesse les formes, effaçant toutes les pistes…

Le fleuve est devenu un champ infini de décombres et d'accidents, paysage éclaté, bouleversé, mobile et changeant, fait de lignes brisées, de crocs et de griffes. Sous l'effet des forces internes, au gré des vents, des courants et des marées, les plaques de glace s'étaient soudées, disloquées, dressées les unes contre les autres en des amoncellements furieux, créant partout des crevasses, des fosses, des pièges. Le vent, loin d'aplanir et de niveler, semait partout ses congères, burinait et polissait, sculptait et resculptait la moindre forme dressée.

Et les Indiens? On ne les voyait plus. Disparus, les Indiens. Les Français étaient seuls.

Ce fut horrible. Vraiment. Il y eut bien quelques moments extraordinaires. Comme ce blizzard qui, un jour de mars, a étiré jusqu'à l'île d'Orléans, jusqu'au cap Tourmente, les écharpes diaphanes qu'il avait arrachées au cap Diamant. Ou le givre qui enveloppa un jour ce dernier et sur lequel le soleil levant fit jouer de grandes orgues de lumière. Ou ce matin si calme, si lumineux, où quelques hommes se sont aventurés dans l'effrayant désordre du fleuve gelé, où ils ont cru voir dans les lointains bleuâtres, qui une mosquée, qui une armée en marche, qui un château…

Mais tout le reste fut horrible… Vingt-cinq des cent dix hommes que Cartier a fait camper au pied du cap Diamant sont morts l'un après l'autre du scorbut.

Six ans plus tard, Cartier est quand même revenu avec l'intention de passer l'hiver ici. Il a construit deux forts un peu plus haut sur le fleuve, à l'embouchure de la rivière du cap Rouge : un sur la grève, l'autre au flanc oriental du cap même, en des endroits qu'il croyait mieux protégés. Pauvre fou! Ce fut encore plus horrible. En juin 1542, il abandonnait tout. Et rentrait à Saint-Malo avec sa cargaison d'or des fous.

À l'automne, un autre assoiffé d'or et de pouvoir, Roberval, est revenu. Et ce fut l'horreur, encore.

Cette fois, on avait compris.

Pendant plus de 60 ans, pas un chat d'Europe n'a remonté le grand fleuve… Ce n'est qu'en juin 1603 qu'on a vu paraître une autre voile, celle de Samuel de Champlain, lieutenant de Pierre du Gua de Monts à qui le roi Henri IV avait accordé le monopole de la traite des fourrures entre le 46e et le 40e degré de latitude Nord. Champlain a fait un aller-retour vers l'amont. Il a cru lui aussi avoir trouvé, à Québec, un incommensurable trésor.

Il note dans son journal : « Il y a le long de la côte dudict Quebec des diamants dans des rochers d'ardoyse, qui sont meilleurs que ceux d'Alençon. »

Mais il est parti, pour ne revenir que cinq ans plus tard, en juillet 1608. Après avoir exploré la côte acadienne et y avoir fondé une colonie.

Le très sévère et austère Samuel de Champlain n'avait rien d'un exalté. Il a été un très intrépide et intelligent explorateur, mais il n'était pas poète pour deux sous. Ses écrits nous révèlent un homme solitaire, plutôt sombre, pour qui la vie n'avait rien de drôle. À aucun moment, il ne parle de la beauté et des charmes du paysage; jamais de la vue splendide qu'on découvre du haut du cap Diamant où la première année, il n'a pratiquement jamais mis les pieds.

À son premier voyage, ce sont les pierreries dont le cap était serti et les cristaux dont il le voyait paré qui l'ont intéressé. Mais c'est pour profiter de son site et de sa force stratégiques qu'il s'est finalement établi à Québec. Il avait compris que là se trouvait la porte d'entrée d'un vaste continent, une place naturellement forte d'où il pourrait organiser le commerce des fourrures.

« J'établis cette demeure en une situation très bonne, sur une montagne qui commandait le travers du fleuve Saint-Laurent et qui est un des lieux les plus étroits de la rivière… Ceci est le vrai moyen de ne point recevoir d'affront par un ennemi qui, reconnaissant qu'il n'a que des coups à gagner, et du temps et de la dépense à perdre, se gardera bien de mettre au risque ses vaisseaux et ses hommes. »

Et il conclut, moralisateur, plus visionnaire que voyeur : « Il n'est pas toujours à propos de suivre les passions des personnes qui ne veulent régner que pour un temps; il faut porter sa considération plus avant. »

Mais il ne voulait pas bâtir là-haut, sur le cap. C'était trop haut, peut-être trop beau, trop charmant et troublant. Samuel de Champlain était du genre à se méfier de la douceur et de la beauté, le genre à craindre tout ce qui inclinait à la contemplation et à la rêverie.

Au cours de l'été et de l'automne de 1608, il a construit au pied du cap cet étrange bâtiment, l'Abitation, une œuvre improvisée, sorte d'agglomérat, trop vite fait, et sans expertise, sans connaissance pratique de l'hiver québécois.

L'édifice a donc très vite et très mal vieilli. Au point de n'être pratiquement plus habitable, quand en 1620 est arrivée

Hélène Boullé, que Champlain avait épousée dix ans plus tôt, alors qu'elle n'avait que 12 ans. Et lui, 43 déjà. La pauvre Hélène qui venait sans enthousiasme remplir ses devoirs d'épouse!

Tout porte à croire que la première grande dame de Québec n'y a jamais coulé des jours heureux. Sauf peut-être quand elle retrouvait son frère bien-aimé, Eustache. Ils passaient leur temps là-haut, sur le cap, où ils se sentaient sans doute plus près de Dieu. Ils regardaient passer le fleuve et les nuages, ils rêvaient, faisaient des prières interminables. Nés huguenots, ils étaient restés extrêmement pieux. Elle aurait voulu se retirer dans un cloître d'Europe. Mais son mari avait toujours refusé. On peut présumer qu'ils ne faisaient pas souvent l'amour, peut-être même jamais.

Louis Hébert, lui, a tout de suite aimé le cap et son sommet, où il a trouvé dans les grandes vasques de pierre que le temps avait creusées au sommet, à même le roc, de la bonne terre meuble, pas trop lourde, bien aérée.

Arrivé à Québec, en 1617, avec sa femme, Marie Rollet, et leurs trois enfants, il s'est établi sur le cap sans hésiter. Et il s'est mis à défricher, à jardiner, à planter. Il aurait fort bien pu faire tout cela le long de la rivière Saint-Charles, où il y avait encore plus de bonne terre arable que là-haut. Et de l'eau en masse. Et moins de vent.

Champlain et lui s'aimaient bien; ils avaient vécu ensemble les premiers hivernements à l'île Sainte-Croix et à Port-Royal, en Acadie, les plus éprouvants qu'on ait connus, parce qu'on était vraiment sans expérience aucune, qu'on n'était tout simplement pas prêts, mal logés, mal vêtus, mal nourris. Rentré en France après la déconfiture acadienne, Hébert s'était pris d'un furieux ennui pour la grande sauvagerie. Quelques années plus tard, il était de retour avec femme et enfants.

Mais qu'est-ce qui a bien pu l'attirer là-haut sur le cap Diamant? Rien, à part la vue, le panorama. Le blé n'y pousserait pas mieux. Bâtir sa maison exigerait autant sinon plus d'effort. Hébert s'est établi sur le flanc nord du cap, du côté des Laurentides, à l'endroit où se trouvent aujourd'hui la cathédrale et le petit séminaire de Québec. Au bout de son domaine, de tous côtés, il y avait ces incroyables panoramas.

Apothicaire de son métier, Hébert adorait herboriser. Il a identifié, le premier, plusieurs des essences des arbres et des herbes qui croissaient sur le cap et sur les berges du fleuve. Il avait apporté des plants de pommiers qui se sont fort bien adaptés et qui sont les ancêtres de tous les vergers du Vieux-Québec. Et des rosiers aussi, qui ont sans doute plein de descendants dans toute la région.

Les Hébert sont restés pendant plusieurs années tout seuls sur le cap. Le fondateur montait parfois les visiter, ce qui, pour l'homme vieillissant et souffreteux qu'il était devenu, représentait toute une entreprise. Il n'était plus l'homme infatigable qui, avec Hébert, Lescarbot, Poutrincourt et quelques autres, avait animé en Acadie les soirées de l'Ordre de Bon Temps.

Inspiré sans doute par l'ami Louis, le sombre Samuel allait cependant se résoudre à ériger sur le cap Diamant un fort et un corps de logis. Ce sera le fort Saint-Louis, ainsi nommé en l'honneur du roi Louis XIII dit le Juste. Québec devait devenir dans les plans de Champlain une acropole, une ville haute, une cité fortifiée et sacrée, une citadelle entourée d'une enceinte bastionnée.

Mais ce haut lieu ne se laissait pas facilement occuper. Il fallait d'abord y monter, non seulement ses propres os, mais aussi les vivres, de l'eau, ses armes et ses outils. La pierre et le bois d'œuvre, le gros des matériaux pour bâtir le fort, le logis et les ouvrages de fortification, on les trouvait heureusement sur place.

Il y avait déjà un chemin pédestre, un sentier qu'utilisaient les Indiens et qui décrivait depuis la décrépite Abitation un long S lové contre la falaise. On a plusieurs fois élargi ce sentier qu'on appelait, du vivant même de Champlain, la côte de la Montagne.

En décembre 1623, avec l'aide des Sauvages, on a traîné sur la neige les longues billes d'érable, d'orme, de frêne et de hêtre devant servir l'été suivant à la construction d'un fort et d'une palissade qui entoureraient la nouvelle habitation. À bras. On n'avait pas encore de chevaux. On a rangé les billes à l'écart. Et l'hiver est revenu, méchant...

Au moins, on commençait à savoir un peu à quoi s'attendre. C'était le quinzième hiver qu'on affrontait ; le dix-neuvième si l'on comptait les quatre passés en Acadie. On avait donc fait des provisions et du bois de chauffage en abondance. On souffrirait certes du froid, mais on savait qu'on pouvait s'en tirer. On allait cependant découvrir qu'il y avait là-haut un autre élément avec lequel il faudrait désormais composer : le vent. Qui allait d'une certaine manière contribuer à modeler cette ville…

Dans la nuit du 20 avril 1624 (le fleuve en crue charriait ses glaçons dans un vacarme d'enfer), un coup de vent venu du sud, tiède, violent, a emporté une partie de la toiture du corps de logis. Le fort Saint-Louis avait été mal conçu, mal construit, était trop haut.

Hélène de Champlain a eu la peur de sa vie. Et son mari a enfin compris que cet être neurasthénique et fragile ne pouvait rester dans ce lieu impossible. Il lui a promis de partir avec elle. Ou au moins d'aller passer à ses côtés quelques mois en douce France. Pas tout de suite cependant. Il fallait réparer le corps de logis et amorcer la construction du fort proprement dit. Parce que tôt ou tard, les Anglais allaient venir… Et il faudrait se défendre.

Après avoir procédé à la réfection du toit, on a utilisé le bois traîné à l'automne sur les premières neiges pour enfin « mettre le fort en défense ».

Le 15 août, Hélène et Samuel s'embarquaient pour la France. Avant de partir, Champlain avait ordonné, entre autres choses, qu'on achève la construction du fort Saint-Louis. Mais il savait bien dans le fond de son cœur que presque rien ne serait fait en son absence. C'est ce qu'il a laissé entendre dans son journal : « J'ai donné cet ordre, jugeant bien en moi-même que l'on n'en ferait rien. »

Effectivement, lorsqu'il est revenu deux ans plus tard (sans Hélène qui ne remettra jamais les pieds en Nouvelle-France), le fort était dans un piteux état. Personne ne semblait s'en être occupé. Champlain s'est donc résolu à abattre le vieux bâtiment pour en construire un plus grand, plus solide, plus digne. Dans son journal, cette belle phrase : « Selon l'oiseau, il fallait la cage. »

Or l'oiseau se sentait menacé. En France, tout le monde disait en effet que la guerre avec les Anglais était imminente.

Et en plus, en l'absence de Champlain, l'agressivité des Indiens à l'égard des Blancs n'avait cessé de croître. Champlain ne comprenait pas qu'on ait tardé à fortifier le fort. Il ne comprenait pas les Indiens non plus. Il ne s'intéressait pas plus à eux qu'aux paysages. Il était là pour coloniser.

Le deuxième fort Saint-Louis ne sera jamais tout à fait conforme au rêve et aux besoins de l'oiseau qui l'habitait. Celui-ci souhaitait que le roi de France lui envoie des soldats avec lesquels il aurait fait de Québec une véritable place forte. On ne pouvait vivre en un endroit stratégique sans avoir l'impression qu'on serait tôt ou tard attaqué.

En 1628, quand les navires des frères Louis et Thomas Kirke sont arrivés devant Québec, personne parmi les Français établis sur le cap Diamant n'a pu raisonnablement espérer pouvoir résister bien longtemps à leurs attaques. Mais, contre toute attente, les frères Kirke ont décidé de ne pas attaquer. Les gens de Québec ont cru qu'ils avaient été impressionnés et découragés par le site et la vue du fort qui, de loin, pouvait avoir l'air solide.

En fait, les frères Kirke avaient un meilleur plan.

Ils ont levé l'ancre et sont allés attendre dans le golfe le navire français qui devait venir approvisionner et ravitailler Québec pour l'hiver. Dès qu'ils l'ont aperçu, ils l'ont attaqué. Et coulé.

L'hiver 1628-1629 a été terrible. On manquait de tout, de farine, de sucre, de munitions, de nouvelles. Les frères Kirke le savaient; en juillet 1629, ils ont jeté l'ancre devant une ville fatiguée et affamée, sans aide aucune, abandonnée. Champlain n'avait pas le choix; il devait se rendre.

Le fort Saint-Louis a donc eu de nouveaux occupants. Pour la première fois dans l'histoire, des Anglais s'étaient établis sur les hauteurs du cap Diamant. Ils dormaient, dînaient, festoyaient dans le fort Saint-Louis.

Seule consolation pour Champlain, le fort qu'il abandonnait était en très mauvais état. Et ses nouveaux occupants ignoraient à quel point l'hiver en ce haut lieu pouvait être rigoureux. « Ils auront froid, faim et peur », se disait le fondateur.

Louis Kirke, qui a commandé la garnison d'occupation jusqu'au traité de Saint-Germain-en-Laye, le 29 mars 1632, a retapé tant bien que mal le fort Saint-Louis où il avait établi ses quartiers généraux, le rendant habitable, sans plus. Il y a passé trois hivers épouvantables, les plus éprouvants de sa vie. Assez pour regretter amèrement d'avoir pris Québec.

À l'été de 1632, la colonie ayant été rendue à la France par l'Angleterre, le fleurdelisé flottait de nouveau sur le cap Diamant. Emery de Caën habita le fort Saint-Louis en attendant Champlain qui est arrivé l'année suivante.

Presque tous les bâtiments de la ville, en bas comme en haut, étaient en très mauvais état. Le vainqueur occupant savait que tout était provisoire et que Québec serait tôt ou tard remise aux Français. Il n'avait donc fait aucun entretien des immeubles, des chemins, des débarcadères. La vieille Abitation érigée sous le cap 24 ans plus tôt n'était plus qu'un tas de décombres. Les jardins, les vergers, les roseraies des monastères et des couvents avaient été dévastés. Les églises, les chapelles, les couvents, proprement pillés.

Champlain avait alors 66 ans, il était fatigué, triste, seul. Il a fait du fort Saint-Louis rapidement restauré un lieu de dévotion et de pratique de la vertu. Il n'avait pas vraiment le choix. Que pouvait-il pratiquer d'autre? Pendant les repas toujours frugaux, on lisait des vies de saints. Trois fois par jour, la cloche sonnait l'angélus. Le soir venu, tout le monde se réunissait dans la chambre du fondateur pour une séance de prières qui n'en finissait plus. Et lui, taciturne, jonglait avec de sombres pensées, des regrets peut-être…

À l'automne de 1635, il est tombé malade. Il est mort au fort Saint-Louis, le jour de Noël. Son corps fut sans doute placé dans une bière qu'on a enveloppée d'une chape de plomb et rangée à l'écart en attendant le printemps. Et alors?

Il est plus que plausible que le corps ait été ensuite inhumé sous le château comme on faisait à l'époque avec les dépouilles des notables des colonies. Et qu'il y soit encore, quelque part sous la terrasse Dufferin, à deux pas du château Frontenac. Ou sous lui. Pas seul. Il y a sans doute d'autres corps dans ces soubassements, celui de Mésy peut-être qui est mort ici, comme Callière, Vaudreuil, La Jonquière, comme le détesté duc de Richmond et plusieurs autres.

Le château Frontenac serait ainsi une sorte de sarcophage, ce qui veut dire en grec ancien « qui mange, qui détruit les chairs ». On croyait anciennement que la pierre des tombeaux détruisait les cadavres non incinérés, qu'elle les avalait et s'en nourrissait en quelque sorte.

Ainsi, cette pierre au sein de laquelle François, Odile et la belle Laurence se trouvaient prisonniers en cette tragique nuit du 15 au 16 janvier 1926, était faite en partie de la chair et des os de Samuel de Champlain qui, trois siècles plus tôt, avait posé sur ce site exact la première pierre de construction.

Riverview

L E FEU a fait rage une bonne partie de la nuit. Le froid qui sévissait sur le cap, stratégiquement appuyé par le vent, lui donnait un net avantage sur sa grande ennemie qui défiait les efforts des pompiers. L'eau gelait dur dans les lances, les tuyaux, les pompes et les citernes que les chevaux tiraient sur la terrasse, où s'étaient massés les badauds, observant, dos au fleuve, le spectacle des flammes dévorant l'aile Riverview et la rotonde du château, pour entamer au petit matin les derniers étages de l'aile Citadelle.

On aurait dit un monstre enragé enfermé de force dans ce bâtiment et cherchant à s'en évader par tous les moyens, dardant ses longues langues de feu par les fenêtres, léchant les murs, jetant à la ronde ses sinistres lumières.

Laurence, Odile et François étaient toujours prisonniers du roc anthropophage où, par moments, le courant d'air généré par l'incendie devenait si puissant qu'il tirait des galeries et des corridors souterrains de véritables rugissements, une sorte de musique très pleine et lourde, faite de vibrations tantôt aiguës, tantôt basses, auxquelles se mêlaient des soupirs rauques, des cris, de longues plaintes, comme s'ils avaient été à l'intérieur d'un orgue gigantesque.

Odile ne pouvait s'empêcher de penser à toutes ces légendes dont parlait souvent la vieille Sophie. Celle-ci défaisait ses cheveux gris avant d'aller dormir et les laissait flotter, fins et légers, sur ses frêles épaules, ce qui lui donnait à elle aussi l'air d'une sorcière.

Elle disait que le cap Diamant était percé d'innombrables catacombes et de corridors, de cavernes, de tunnels et de grottes qui communiquaient les unes avec les autres, formant un labyrinthe où on pouvait facilement se perdre.

Elle prétendait qu'un tunnel passant sous le vieux marché joignait autrefois la basilique au collège des Jésuites. Et parfois, la nuit, des garçons du petit séminaire et des filles du couvent des Ursulines se rencontraient dans ces catacombes pour commettre ensemble d'immondes péchés. Plusieurs d'entre eux, incapables de retrouver leur chemin, étaient disparus sans laisser de traces, en état de péché mortel. Et on ne les retrouvera peut-être jamais, parce que le roc est bien capable de les avoir dévorés l'un après l'autre. Le roc se nourrit comme une éponge de tous ces corps qu'il avale.

Il y avait selon Sophie plein de morts vivants dans le cap, des morts malheureux, des fantômes et des revenants, des âmes en peine, errantes, dont celles du comte de Frontenac, du sieur de Champlain, de beaucoup d'autres qui vivaient terrés sous la basilique, sous le petit séminaire, sous le château Frontenac…

Beaucoup d'entre eux, qui par leurs actions ont marqué l'histoire de la ville de Québec, de la Nouvelle-France, du Canada, avaient leurs portraits accrochés aux murs des corridors et des salons du château Frontenac. Sophie prétendait les connaître tous, savoir ce qu'ils avaient fait, quand ils avaient vécu, de quoi ils étaient morts. À l'entendre, tous les grands hommes de ce pays, et quelques femmes, avaient fini dans les sombres galeries qui couraient au cœur du cap Diamant.

Blottie contre son frère et Laurence, Odile ne pouvait chasser de son esprit les images d'horreur qu'y avaient fait naître les récits de Sophie. Elle pensait à monseigneur de Montmorency-Laval, premier évêque de la Nouvelle-France, qui, disait-on, avait été enterré vivant. En fait, on le croyait mort, mais il s'agissait d'une fausse mort provoquée par une maladie mystérieuse qui plongeait les gens dans une profonde léthargie. Il se serait réveillé dans son cercueil et aurait essayé d'en sortir. D'après Sophie, il s'était même retourné à plat ventre. Il avait crié et pleuré, des jours, des nuits. Et pour se nourrir, il avait mangé un de ses bras. Et peut-être qu'il aurait désespéré de Dieu, et qu'il L'aurait même maudit, avant de mourir pour de bon. C'était la raison pour laquelle, personne n'ayant été témoin de ses derniers moments de vie, le pape n'a jamais voulu le canoniser.

« Oui, mais mettons qu'il n'a pas désespéré de Dieu, a repris François quand Odile lui a rapporté cette histoire. Mettons qu'il est resté calme et fort jusqu'au bout et qu'il a offert sa souffrance et sa peur à Dieu. Ce serait très injuste. Il est peut-être mort mille fois plus saint qu'on ne pense. On aurait pu lui laisser le bénéfice du doute. »

Odile ne cherchait plus son petit chien de bois. Elle sentait qu'il était perdu à jamais. Elle croyait par moments qu'elle aussi, peut-être, finirait ses jours dans ces catacombes sans lumière.

Personne en effet ne pouvait venir à leur secours. Léona, qui avait aidé à préparer leur fuite, n'avait aucune raison de croire qu'ils étaient toujours au château. Elle devait croire qu'Odile était partie avec eux. Quant à George, qui les avait enfermés dans les souterrains, il les croyait sans doute morts, brûlés vifs.

Au plus fort de l'incendie, quand le feu se fut assis dans le Ski Hawk, sa lueur et un peu de sa chaleur parvenaient par moments jusqu'à eux. Ce n'est qu'au matin qu'ils ont senti le monstre faiblir. Et peu à peu le courant d'air a molli. Les orgues se sont tues. Et l'odeur de la cendre humide et froide est venue, lourde, sinistre, jusqu'à eux.

Dès qu'ils ont pu, ils se sont approchés du château, jusqu'à cette dépression jouxtant le solage de la vieille tour. Un jour terne coulait par l'ouverture. Avec l'intense froid. De temps en temps, ils entendaient des voix et des cris au-dessus d'eux. Mais ils n'osaient appeler. George s'était peut-être mêlé aux badauds ou aux secouristes. Et comment auraient-ils expliqué leur présence sous la terrasse et sous le château? On dirait certainement qu'ils avaient eux-mêmes mis le feu.

François s'est hissé sous le Ski Hawk, dont le plancher s'était en plusieurs endroits effondré. Il a retrouvé dans les décombres les restes calcinés de la petite valise de Laurence. Et la lampe à l'huile fondue et tordue qu'il avait échappée et qui, croyait-il, avait nourri l'incendie engendré par les braises que George avait jetées dans la tranchée. Le bois de la colonne centrale, de même que le banc qui l'entourait, était presque entièrement consumé, mais le pilier métallique en son centre, comme l'aubier d'un arbre, tenait toujours très droit, de même que toute la structure de la tour.

Contre le mur, de chaque côté du foyer, des fixations de skis, des lames de patins, des pierres de curling se trouvaient mêlées aux tisons froids et aux glaçons. Par les larges ouvertures qu'avait pratiquées l'incendie dans le plafond du Ski Hawk, François pouvait apercevoir en partie le plafond de la salle d'écriture et à travers lui, celui du Salon Rose…

Sous une fenêtre béante, il aperçut un gros rat debout contre le mur, figé dans la glace qui l'avait saisi en pleine action, pendant qu'il s'agrippait au mur dans l'espoir d'atteindre la sortie. La posture avait quelque chose de véhément. François a senti monter en lui une troublante bouffée de sympathie pour ce pauvre rat qui avait sans doute tout essayé pour se sortir du brasier, et qui y était presque parvenu quand l'eau glacée l'avait rattrapé et tué.

Il s'est approché de la fenêtre et a risqué un coup d'œil sur la terrasse. Des hommes, pompiers et badauds, regardaient le château, quelques femmes et même des enfants se trouvaient parmi eux. Plus loin, on continuait d'arroser l'aile Citadelle. Des ouvriers avaient commencé à dégager les débris qui s'étaient amassés au pied des murs de l'aile Riverview, planches calcinées, meubles à demi consumés qu'ils entassaient sur de longs fardiers.

François repéra la tranchée qui menait sous la tour neuve, s'y engagea pour constater à son grand étonnement que l'incendie ne semblait pas avoir progressé de ce côté, se contentant de détruire l'aile Riverview. Il est tout de suite revenu sur ses pas pour chercher Odile et Laurence. Ils se sont rapidement rendus jusque sous les cuisines, dans la chambre souterraine où étaient entreposés les outils des plombiers, les petites lampes à l'huile et où se trouvait la trappe au-dessus de laquelle George avait tiré un meuble la nuit précédente. Ils ont pu cette fois soulever l'abattant.

Ils allaient sortir quand ils ont entendu des voix. Quelqu'un entrait dans la cuisine. Ils ont rebroussé chemin jusqu'à la bifurcation (sous la Grande Allée probablement pensait François) et ils se sont engagés, toujours à quatre pattes et à tâtons dans la galerie conduisant sous les buanderies où, grâce à un rai de lumière, ils ont pu repérer une autre trappe. Et ils sont enfin sortis des catacombes.

Dans les buanderies, personne. Les lieux n'offrant aucun confort, ils se sont rendus, sans rencontrer âme qui vive, dans les caves où étaient entreposés les fruits et les légumes. Ils étaient tous les trois très sales, couverts de boue, de suie, si fatigués qu'ils étaient incapables de penser, de décider quoi que ce soit. Ils ont dormi, tous les trois, sur des ballots de sacs de jute. C'est Charleston, le gros chat blanc avec qui François s'était lié d'amitié, qui les a réveillés en se frottant contre eux. Il semblait avoir eu une dure nuit lui aussi.

« On ne peut pas rester ici, a dit Odile.
— Je suis quand même pas plus sale que les gars qui travaillent dehors, a dit François. Je vais aller aux nouvelles.
— Trouve Léona. Elle va nous aider. »

Il régnait partout une telle confusion que François a pu aisément se mêler aux secouristes, aux travailleurs et aux badauds qui arpentaient la terrasse. Malgré le grand froid et le ciel gris, on se serait cru à une fête foraine. Quand il y a une catastrophe, les gens qui s'en sont sortis ressentent toujours une sorte d'euphorie. On ne savait pas encore s'il y avait des victimes. Et on ne connaissait pas l'étendue des dégâts. Du côté ouest, l'incendie avait été maîtrisé. On allait bientôt entreprendre de fouiller les décombres.

Une chape de glace recouvrait les étages inférieurs de l'aile Riverview. La rotonde où se trouvaient superposés le Ski Hawk, la salle de lecture, le Salon rose et les trois grandes suites, avait été très sérieusement endommagée ; son toit conique s'était effondré, toutes les fenêtres aux rebords desquelles pendaient de longues stalactites teintées de cendre et de suie avaient été défoncées, soit par les flammes soit par les lances ou les haches des sapeurs-pompiers.

Partout à la ronde, on était venu aux nouvelles. À l'île d'Orléans, à Beaumont, à Lévis, de tous les coins de la Côte-du-Sud, où beaucoup de gens avaient aperçu, au cours de la nuit, le monstrueux incendie occuper le sommet du cap Diamant, les plus effroyables rumeurs avaient commencé à circuler dans la matinée du 16 janvier. On disait que le château était totalement détruit ainsi qu'une partie de la haute-ville, la basilique, le petit et le grand séminaire. Et qu'il y avait des morts, beaucoup de morts. Et plus on était loin, pires étaient les choses.

Les hommes du Service des incendies de Québec ont fait dès que possible la tournée de toutes les chambres de l'hôtel, et on a publié dans la matinée un communiqué affirmant qu'il n'y avait pas de mort. Quant aux quelques blessures dont avaient souffert les hommes qui combattaient l'incendie, elles étaient dues plus au froid qu'à la fumée et au feu. Quatre sapeurs avaient dû en effet être traités à l'Hôtel-Dieu pour des engelures aux mains et aux pieds. Un client de l'hôtel qui, malgré les consignes, était monté à sa chambre pour y récupérer ses bagages avait été incommodé par la fumée. Un pompier avait souffert de blessures à la figure et aux mains quand une fenêtre près de laquelle il se trouvait avait volé en éclats.

Quelques clients ont râlé, bien sûr, comme lorsqu'on avait dynamité la cour intérieure pour ériger la nouvelle tour. Certains ont prétendu avoir été incommodés par la fumée, par le bruit. Mais la direction a rapidement fait savoir qu'elle allait assumer tous les frais, repas, logement, services. De toute manière, à part les ailes Riverview et Citadelle, tout l'hôtel fonctionnait encore parfaitement. À midi, l'électricité était revenue dans la salle des pas perdus et dans la tour centrale, et tous les services, momentanément interrompus, avaient été rétablis. On avait bien sûr manqué d'eau, les citernes ayant été rapidement vidées par les pompiers, mais elles furent remplies toutes les trois en moins de deux jours. Cet incendie, événement majeur, très certainement mémorable, allait ajouter au pouvoir d'attraction et au prestige du château. Et à la réputation du Canadien Pacifique.

Des rumeurs de toutes sortes couraient déjà à travers tout Québec. Plein de gens croyaient et affirmaient que cet incendie était l'œuvre d'une main criminelle. D'autres, ceux qui croyaient que le château était devenu un repaire de pécheurs et de suppôts de Satan, disaient qu'il s'agissait d'un juste châtiment. Dieu y avait vu, comme il avait vu au *Titanic*.

François s'était mêlé à la foule nombreuse que cette catastrophe semblait avoir exaltée. En s'approchant d'une voiture de pompiers, il a vu son reflet dans les chromes des ailes : il était couvert de suie et de boue. Mais il n'était pas le seul; personne en fait ne lui prêtait attention. Il a vite retrouvé George mêlé à un groupe de pompiers et d'ouvriers qui avaient entrepris de fouiller systématiquement les décombres. Il l'a suivi des yeux, sans être vu de lui. Persuadé qu'il chercherait à aller jeter un coup d'œil dans le trou d'homme du Ski Hawk où il les avait enfermés la nuit précédente, François s'y est rendu très vite, en passant par les allées de curling. Il a traversé le Ski Hawk en courant, il s'est emparé au passage d'un lourd tisonnier, et il s'est caché derrière la cheminée. George est entré une minute à peine après lui, il s'est rendu directement au trou d'homme. Quand il s'est penché pour y jeter un regard, François s'est approché.

« C'est moi que tu cherches ? »

George a fait un bond en arrière et a étouffé un cri. Avant qu'il ait le temps de réagir, François l'a poussé dans le trou d'un grand coup de pied. George a perdu l'équilibre, sa tête a heurté violemment le rebord de la trappe, et il est tombé au fond de la fosse. François s'est approché. George gisait, inerte, face contre terre. Du sang coulait de sa tempe et se mêlait à la boue. François a laissé tomber le tisonnier, et il a quitté le Ski Hawk, effaré, tremblant.

Il s'est retrouvé, sans trop savoir comment, sous la passerelle qui joint les ailes Riverview et Mont-Carmel. Il est resté un long moment caché dans l'encoignure, sous les petits balcons de pierre auxquels s'accrochaient de hideuses gargouilles.

« Il est mort, sûr et certain, disait-il à haute voix. Je l'ai tué, je l'ai tué. »

Des jeunes gens s'étaient arrêtés devant la locomotive de glace du sculpteur Bastien, fascinés par la machine même, par le travail du sculpteur, par les spectaculaires dommages que lui avait infligés l'incendie; toute la partie avant avait fondu et ne formait plus qu'une masse informe. Les jeunes avaient des flasques d'alcool qu'ils se passaient à l'un et à l'autre en riant très fort.

Soudain, François a réalisé que la nuit était venue, glaciale et glauque. La terrasse était déserte. Les jeunes gens étaient partis, laissant leurs flasques vides entre les roues arrière de la locomotive. Une douce torpeur avait envahi François, il ne tremblait plus.

« Je dois être en train de mourir de froid, se disait-il entre ses dents. Je suis mort, moi aussi. »

N'en pouvant plus d'attendre François, imaginant le pire, « George l'a vu et l'a tué », « non, c'est la police qui l'a arrêté parce qu'il a mis le feu au château », Odile et Laurence avaient quitté les caves du château et s'étaient aventurées sur les étages à la recherche de Léona. Odile était passée au dortoir où elle n'avait trouvé personne. Tout était en désordre, les lits défaits, les robes de nuit, les peignoirs, les kimonos traînaient par terre. Odile s'était changée et débarbouillée en vitesse. Elle avait réuni quelques vêtements pour Laurence qui avait fait sa toilette tant bien que mal dans une chambre de l'étage. Et elles étaient descendues par l'escalier de service dans la salle des pas perdus où se trouvait le gros de la clientèle et du personnel de l'hôtel.

On y servait du café et du thé, des sandwichs. Même de la bière et des liqueurs fortes aux hommes qui sortaient voir le spectacle de l'incendie. On avait distribué des couvertures et des oreillers. Des enfants dormaient encore dans les fauteuils et sur les canapés. Des pompiers et des ouvriers, le visage souillé, les yeux rouges, entraient se réchauffer quelques minutes...

Beaucoup de clients avaient récupéré et gardaient avec eux tous leurs bagages, leurs valises, leurs manteaux. Les réceptionnistes s'occupaient de loger ailleurs les clients qui, même si tout danger était écarté, ne voulaient pas rester au château.

Les boutiques de la Grande Allée étaient fermées, mais le Café de la Fontaine était archi-bondé. Et le personnel, débordé.

« Votre François, il est comme tous les hommes, avait dit Léona à Odile et Laurence. Il aime jouer avec le feu.

— Mais le feu est éteint, a dit Laurence. Il n'y a plus que de la fumée. Et il commence à faire noir. »

Odile était sortie, elle avait arpenté la terrasse, elle avait même jeté un coup d'œil à l'intérieur de la rotonde et revu, sinistre vision, la trappe béante où George les avait enfermés et devant laquelle elle est restée un long moment songeuse. Quand elle s'était retournée, la terrasse lui avait semblé étrangement vide et sombre. Malgré la nuit tombée, les lampadaires n'avaient pas été allumés, le feu ayant vraisemblablement endommagé les installations électriques. Elle s'était quand même forcée à faire le tour du château, appelant son frère à tue-tête. En passant devant la locomotive de glace, elle avait cru apercevoir une ombre sous les balcons de pierre et les gargouilles, entre les ailes Riverview et Mont-Carmel.

« François, c'est toi ? »

L'ombre n'avait pas bougé. Et Odile s'était enfuie.

En entrant dans le hall, elle s'était mise à pleurer, de fatigue, de peur. Elle ne trouvait plus Laurence, ni Léona qui avait terminé son quart au Café de la Fontaine.

Elle allait monter à la chambrée dans l'espoir de trouver de l'aide, quand elle a aperçu les deux filles qui passaient les portes tournantes. Et entre elles, une ombre chancelante, titubante, François.

« Il est gelé, a dit Léona. Va chercher une théière sur une des tables et suis-nous. »

Ils ont pris l'ascenseur et se sont rendus au huitième étage. Léona les a conduits dans une grande pièce dont elle avait la clé. C'était le débarras où les frères Maxwell avaient remisé les meubles et les objets d'art rapportés de leurs voyages en Europe ou aux États-Unis, et que les décorateurs n'avaient pas encore utilisés. De lourdes commodes, des fauteuils, des sofas profonds, des miroirs, des lampes et des lits, beaucoup d'objets dépareillés auxquels on n'avait pas encore trouvé de place ou de fonction.

« Avec ce qui vient de se passer, vous pouvez être à peu près certains que personne viendra vous déranger avant longtemps. »

François frissonnait tellement que Léona devait porter la tasse de thé à ses lèvres pendant qu'Odile et Laurence lui frictionnaient le dos et lui massaient les pieds et les mains.

Puis Léona a tiré des rideaux de brocart d'une étagère et a préparé un lit sur un divan anglais vieux de deux siècles. François restait hagard, silencieux.

« Tu sais ce que t'as à faire, a dit Léona à Laurence. Tu le déshabilles, tu te déshabilles toi aussi et tu finis de le réchauffer. »

Deux heures plus tard, quand Odile et Léona sont venues leur porter à boire et à manger, elles ont trouvé Laurence en larmes. Elle n'avait pas réussi à réchauffer François qui semblait s'être assoupi.

« C'est lui qui m'a refroidie », disait-elle en frissonnant.

Elles se sont couchées avec lui, Odile à sa gauche, Léona à sa droite, Laurence sur lui. Et les lourds rideaux par-dessus eux. Mais il leur a donné froid à toutes les trois. Odile pensait au fantôme du comte de Frontenac qui dégageait lui aussi tant de froid qu'il glaçait littéralement tous ceux et celles qui l'approchaient.

De temps en temps, François (ou était-ce le fantôme de François?) ouvrait les yeux.

« Qu'est-ce que j'ai fait? Qu'est-ce que j'ai fait? », disait-il.

Il n'a rien voulu avaler.

« Qu'est-ce que j'ai fait? Qu'est-ce que j'ai fait? »

Il restait prostré, hébété.

Quand elle a su où Léona avait trouvé François, dans le recoin entre les ailes Mont-Carmel et Citadelle, Odile a pensé que quelque chose de très étrange s'était produit.

« L'ombre que j'ai vue sur la terrasse, c'était donc lui. L'ombre qui m'a fait peur, c'était mon frère! Mais qu'est-ce qu'il pouvait bien faire là? Qu'est-ce qu'il attendait? Comment a-t-il pu ne pas me voir? J'étais devant lui, en pleine lumière! Et je l'ai appelé par son nom! »

À l'heure du coucher, Odile et Léona ont regagné la chambrée. Malgré la peur et la peine qu'il lui causait, Laurence a passé la nuit près de son amoureux.

Au matin, le corps de François dégageait toujours autant de froid. Il ne tremblait plus, mais il restait d'une pâleur effrayante. Laurence, fatiguée, se tenait loin de lui.

« Toute la nuit, il a répété la même chose : "Qu'est-ce que j'ai fait? Qu'est-ce que j'ai fait?"

– Qu'est-ce que t'as fait? lui demandait Léona. Dis-nous donc ce que t'as fait? »

Mais il ne répondait pas, comme s'il ignorait leur présence.

On lui a fait couler un bain très chaud dans la salle d'eau de l'étage. Quand il en est sorti à peine un quart d'heure plus tard, l'eau était glacée. Et lui aussi.

Il a cependant pris un peu de couleur pendant que Laurence et Léona l'essuyaient et le frictionnaient. Puis il a dit :

« J'ai tué George. »

Et il s'est mis à pleurer.

Les filles l'ont entouré. Et cette fois, elles ont senti un peu de leur chaleur pénétrer en lui, au fur et à mesure qu'il racontait ce qui s'était passé.

« Mais lui-même, il cherchait à vous tuer, disait Léona, à qui Odile et Laurence avaient raconté leur nuit d'horreur. Tu étais en légitime défense.

— Et personne ne le saura, ajoutait Odile.

— On m'a peut-être vu. Quand je suis entré dans le curling, il y avait plein de gens sur la terrasse.

— Et quand tu en es sorti ?

— Je ne m'en souviens plus. J'étais perdu, vraiment perdu.

— Mais de quoi as-tu peur ? a demandé Léona. Qu'on t'ait vu ?

— Je ne sais pas. J'ai peur de George. Un homme que t'as tué, c'est effrayant, ça te dévore, ça te hante. »

Léona et Odile sont allées aux nouvelles. Il était 10 heures du matin, une grande animation régnait encore autour de l'aile Riverview. Mais personne nulle part et à aucun moment n'a mentionné qu'on avait retrouvé un corps dans les décombres. Or des hommes travaillaient dans la rotonde et en sortaient les débris par les fenêtres. Ils avaient même commencé à défaire le plancher et les boiseries. La trappe était ouverte aux quatre vents, des plombiers y étaient descendus…

« S'ils avaient trouvé le corps de George, ça se saurait », disait Léona.

Elles sont allées acheter *Le Soleil* et *L'Action catholique* presque entièrement consacrés au cataclysme. Les deux journaux rapportaient les faits dans le menu détail et ne tarissaient pas d'éloges pour Lawrence Donnely, le chef du Service des incendies de Québec, et pour ses hommes qui, au moment de mettre sous presse, combattaient toujours l'agent destructeur. Le gérant du château, Benjamin Neale, avait droit lui aussi au dithyrambe. De même que le maire Joseph-Octave Samson et le grand patron du Canadien Pacifique, M. Beatty, dont on vantait le courage et le sang-froid.

« Qu'est-ce qu'il a fait pour mériter ça ? » demandait François.

— Il a suivi les événements au téléphone depuis sa somptueuse résidence montréalaise, répondait Léona.

— C'est tout ?

— Il a mis tout un train à la disposition d'un détachement de la brigade des incendies de Montréal et de Trois-Rivières qui est venu prêter main-forte aux pompiers de Québec.

— C'est bien beau, disait Odile, mais à leur arrivée, le feu avait déjà été maîtrisé.

— Il a aussi envoyé 25 wagons-lits, ajoutait Léona, le nez plongé dans *L'Action catholique*. Il en a même emprunté quelques-uns au Canadien National. Et quatre wagons-restaurants pour accommoder la clientèle du château.

— Dans *Le Soleil* aussi, ils parlent des wagons-lits du CPR, reprenait Odile. Ils disent que seuls quelques clients ont accepté de s'y installer. »

Et elle lisait :

« L'honorable Arthur Sauvé, député de Deux-Montagnes, chef du Parti conservateur du Québec et chef de l'Opposition à l'Assemblée législative (je sais où il habitait, dans l'aile Riverview justement, au troisième, j'ai souvent fait sa chambre) a momentanément élu domicile dans les wagons de grand luxe mis à la disposition des clients du château Frontenac.

— Au moment de l'incendie, continuait Laurence, on comptait au château 350 pensionnaires… (Ça, c'est dans *L'Action*.) Et quelques citoyens de Québec qui y avaient leurs appartements réguliers. Signalons, parmi ces derniers, la présence de sir François-Xavier Lemieux, juge en chef de la Cour supérieure du Québec, avocat de Louis Riel en 1885…

— À sa place, je ne m'en serais pas vanté, a dit François.

— … et d'Honoré Mercier, quand il a été impliqué dans le scandale ferroviaire de 1891.

— Plusieurs ont choisi de rentrer chez eux, précisait Léona. Quelques-uns ont été relogés dans d'autres hôtels de Québec. La majorité est restée au château, dans la tour centrale dont presque toutes les chambres furent ainsi occupées. »

À tour de rôle, les filles faisaient ainsi la lecture à François. Tous les journaux rappelaient à pleines pages la splendeur de l'édifice sinistré, on décrivait dans le menu détail les suites luxueuses et l'ancien hall, où une tapisserie rappelait la fondation de Rome.

Une première évaluation vite faite par les ingénieurs du Canadien Pacifique chiffrait les dommages à deux millions de dollars. On allait vérifier dans la journée l'origine d'une rumeur qui avait circulé au cours de la nuit, à savoir que l'incendie aurait éclaté dans l'une des chambres inoccupées du quatrième ou du cinquième étage, du côté est de l'aile Riverview.

« C'est bizarre, ça, a dit Odile. Personne n'a occupé ces chambres depuis plus de trois semaines. »

Le feu a peut-être été causé par une surchauffe des fils électriques. Et il peut avoir couvé très longtemps dans les murs. D'après les journaux, plusieurs personnes avaient signalé qu'une forte odeur de fumée s'était fait sentir dans les corridors et les halls plusieurs heures avant qu'on voie l'incendie.

Un journaliste du *Soleil* avait retrouvé et interviewé Ivan Nelson, professeur de ski et journaliste sportif, qui la veille au soir, un peu avant le souper, jouait au billard avec quelques amis au rez-de-chaussée du château.

« Dès que je suis entré dans le billard, j'ai remarqué l'odeur de fumée, racontait Nelson, mais je n'en ai parlé à personne. Je croyais que c'était l'un des foyers du Ski Hawk ou du lobby qui avait été mal nourri ou qu'une trappe trop tôt fermée obstruait une cheminée, comme ça se produit souvent. »

Mais une heure plus tard, les joueurs ont aperçu de la fumée qui sortait d'un puits d'aération du plafond du billard. Ils y ont déchargé tout le contenu d'un extincteur chimique. Ils ont cru un moment que la mousse carbonique avait fait son œuvre. Mais moins d'un quart d'heure plus tard, la fumée recommençait à envahir la salle de billard et continuait de s'alourdir. Alors seulement, ils ont donné l'alarme.

Ainsi donc, ce ne serait pas la petite lampe à l'huile que François avait laissée tomber qui aurait mis le feu au château. Ni les tisons que George avait lancés à pleines pelletées sous le Ski Hawk!

Le samedi matin, moins de 48 heures après l'extinction de l'incendie, des accords étaient signés avec des entrepreneurs et un cabinet d'architectes de Québec. Et on commençait à déblayer les décombres. Les experts rapportaient que la structure et la maçonnerie avaient fort bien tenu le coup. Et le Canadien Pacifique annonçait que le château ouvrirait dès le 1er juin.

Dans l'après-midi, un thé avait été servi dans la grande salle de congrès qui n'avait aucunement été endommagée. La salle d'écriture ayant été détruite, on avait disposé çà et là, le long du grand corridor et dans la salle des pas perdus, des tables avec papiers, plumes et encriers.

On servait des repas dans le hall d'entrée, dans le Palm Room, dans la bibliothèque. Toutes les habitudes et les routines auxquelles devaient normalement s'astreindre les employés avaient été bouleversées, et les contacts avec les clients beaucoup plus fréquents et étroits, de sorte que cette catastrophe avait pris des allures de joyeuse kermesse.

Dans l'après-midi du samedi, il fallut se rendre à l'évidence. Le corps de George avait disparu. En tout cas, personne, nulle part, n'en avait fait mention.

Odile a tout de suite pensé aux histoires de Sophie, qui prétendait que le roc du cap Diamant dévorait la chair des morts. Le roc avait peut-être avalé George comme il avait avalé Champlain et Frontenac et beaucoup d'autres.

« Moi, je pense que tu ne l'as pas tué, disait Léona à François.

— Il est mort, je le sais.

— Peut-être, mais c'est pas ta faute, disait Odile. C'est pas toi qui l'as tué.

— Tu ne l'as pas tué, reprenait Laurence. Il n'est pas mort. Il s'est caché dans un trou quelque part, il va revenir. »

Le lendemain, dimanche, 17 janvier, pour se changer les idées, Léona est allée aux vues à l'Impérial, où la pièce *Aurore, l'enfant martyre* venait de quitter l'affiche. On présentait ce jour-là *Stage Struck*, avec Gloria Swanson, l'histoire d'une serveuse de restaurant qui, pour plaire au cuisinier qui aimait les stars, avait décidé de devenir actrice.

« C'est l'histoire de ma vie », plaisantait Léona.

Quand elle est rentrée, elle a emmené Laurence et François aux Objets perdus où elle leur a déniché de bons manteaux, des chandails de laine, des gants, des tuques.

François avait encore des moments de léthargie, des bouffées de froid. Il pensait à George.

« Il ne peut pas être disparu comme ça, c'est trop simple. Il n'était peut-être que blessé. Il se sera relevé, il se sera enfui. »

Mais les jours passaient. Et pas de nouvelles de George. Il semblait être disparu sans laisser de traces.

Laurence et plus encore Odile ne pouvaient s'empêcher d'éprouver de la pitié pour lui. Léona n'avait qu'à leur rappeler ce qu'il leur avait fait subir pour que l'apitoiement s'atténue. Mais tous se demandaient non sans appréhension où il était passé.

La vie cependant reprenait son cours peu à peu. Le lundi matin, *L'Action catholique* annonçait que les patrons du Canadien Pacifique n'avaient pas attendu le rapport des experts qui devaient examiner l'édifice pour prendre la décision de reconstruire l'aile Riverview, quel qu'en soit l'état, et dans des délais très brefs, « certainement moins d'un an », précisait-on, et à partir des plans originaux de Bruce Price, le premier architecte du château.

Ce même lundi, dans ce château fraîchement sinistré dont tout le monde savait désormais qu'il n'était pas assuré contre le feu, se tenait, ironie du sort, le congrès de la Canada Life Insurance qui réunissait plus de 80 délégués, courtiers, comptables et agents d'assurances qui, rapportèrent les journaux du lendemain, « ont trouvé dans le vénérable hôtel tout le confort et l'accommodement des anciens jours ».

On fit savoir par les journaux qu'il n'était pas question d'annuler le derby de chiens, clou du carnaval d'hiver, prévu pour les 18, 19 et 20 février, dans un mois, exactement.

Laurence et François devaient partir. C'était ce qu'ils voulaient de toute manière, même avant le feu et toute cette folie. Partir très loin. Et revenir changés, après avoir vu le monde et ses merveilles. Ils ne pouvaient se cacher indéfiniment. Même si tout était à l'envers dans ce château.

Or ils avaient perdu, au moment où ils en avaient le plus besoin, la belle détermination qui était la leur, quelques jours plus tôt. Ils réalisaient qu'ils ne savaient pas partir, qu'ils n'avaient probablement jamais su. Et ils n'avaient pratiquement pas un sou. Les maigres économies de Laurence, moins de 50 $ retirés de la succursale de la Banque de Montréal du château la veille de l'incendie, s'étaient envolées en fumée en même temps que tous ses vêtements et les quelques souvenirs qu'elle avait mis dans sa petite valise rouge.

Elle sortait peu. On pouvait la reconnaître. Ou reconnaître le manteau d'Odile qu'elle portait. On pouvait aussi faire irruption dans le débarras et les trouver, elle et François, en train de faire l'amour ou de dormir. François descendait encore, la nuit, chercher des livres à la bibliothèque du château. La peur en lui. Voyant George partout, dans chaque ombre.

Ils avaient tous fini par croire qu'il n'était pas mort, qu'il était revenu à lui, qu'il était sorti de la rotonde et s'était enfui, les croyant morts, imaginant qu'on les retrouverait tôt ou tard asphyxiés, brûlés, calcinés, dans les galeries qui s'enfonçaient sous la terrasse.

« Il s'est jeté dans le fleuve, disait Laurence. C'est ma faute. »

Cette pensée l'affolait, lui gâchait le bonheur d'être avec François. Quant à Odile, l'image qu'elle se faisait du corps de George broyé par les glaces du fleuve, brisé contre ses durs coussins de pierre, gonflé, bleui par le froid, ses yeux glauques grands ouverts, la terrorisait.

« Il peut pas s'être noyé, disait François, le fleuve est gelé dur.

— Mais alors, s'il est vivant, il va revenir », pensait Laurence avec effroi.

Parfois aussi, les filles imaginaient que, dans son désespoir et sa folie, il avait enjambé le garde-fou qui borde la terrasse et qu'il s'était jeté en bas de la falaise, qu'il s'était écrasé derrière les maisons de la rue Champlain, 30 mètres plus bas. Ou il était resté accroché dans sa chute aux massifs de vinaigriers qui par endroits couvraient le roc. Et il était mort de froid, de faim, les membres broyés… Pire, il n'était pas mort; depuis des jours, il agonisait…

« Quelqu'un l'aurait vu ou entendu », disait François.

Il était quand même allé voir. Il était entré dans les étroites cours des maisons des rues qui se faufilaient sous le cap.

Ils étaient sans cesse sur leurs gardes.

« Quand on partira, tu viendras avec nous, disait François à sa sœur. Tu peux pas rester ici. George va vouloir se venger, il va s'en prendre à toi. »

Au fond de son cœur, malgré la peur qui le tenaillait, il souhaitait qu'il revienne au plus vite pour savoir enfin à quoi s'en tenir.

Léona est allée rencontrer Philippe Martel, le directeur des services techniques dont dépendait George. Phil, comme tous l'appelaient, avait une quarantaine d'hommes sous ses ordres, des plombiers, des électriciens, des plâtriers, des peintres, des ébénistes… Léona savait qu'il avait toujours eu un faible pour elle.

Il avait punaisé, aux murs du minuscule bureau qu'il occupait au sous-sol du château, des affiches représentant de grandioses paysages de montagnes autour desquelles il avait dessiné des cadres de fenêtres, de sorte qu'on avait, en entrant chez lui, l'impression de se trouver dans un chalet des Rocheuses dont les fenêtres donnaient sur un majestueux panorama.

Phil avait travaillé pendant plusieurs années dans les lodges et les hôtels que le Canadien Pacifique possédait dans l'Ouest canadien, dont le célèbre Banff Springs Hotel qui avait eu moins de chance que le château Frontenac. L'année précédente, en 1925, le feu l'avait complètement détruit. Ce bel hôtel, dessiné par Bruce Price, quelques années avant le château Frontenac, était un massif bâtiment de cinq étages, tout en bois. Il avait été lui aussi conçu comme un lieu de contemplation de la nature. À chaque étage, de larges vérandas permettaient aux quelque 280 hôtes qu'il pouvait recevoir d'admirer les Rocheuses et la rivière Bow qui coulait ses eaux vert émeraude vers la plaine centrale, vers les Prairies, vers Calgary.

Après l'incendie du Banff Springs, Phil avait été rappelé à Montréal où on lui avait confié la responsabilité des services techniques de la gare Windsor, autre œuvre de Bruce Price. Il avait fini par connaître en détails, presque intuitivement, les buildings imaginés et dessinés par ce dernier.

C'est ainsi qu'il était devenu directeur des services techniques du château Frontenac, poste qu'il était apte à occuper étant donné sa grande expérience, sa connaissance profonde des lieux et sa maîtrise presque parfaite de l'anglais.

Très peu de patrons du Canadien Pacifique parlaient français et, parmi les employés et les ouvriers du château, rares étaient ceux qui pouvaient se débrouiller en anglais. Il fallait donc entre ces deux mondes, des hommes (quelques femmes aussi, comme la gouvernante) parlant les deux langues.

Ces quelques personnes jouissaient au château d'un grand prestige ; elles formaient une haute caste, une classe charnière importante, connaissaient des choses tant du côté des grands patrons que des plus humbles employés. D'une certaine manière, c'était elles qui dirigeaient le château, car tous les ordres et toutes les requêtes, tous les renseignements, que ce soit vers l'aval ou vers l'amont, devaient d'une manière ou d'une autre, tôt ou tard, transiter par elles.

Phil était le patron immédiat de George. Autoritaire, solide, raisonnable, il était le genre d'homme qui saurait quoi faire, se disait Léona. Peut-être même qu'il savait où était passé George.

Elle portait un chandail de laine mohair fuchsia, très moulant. En s'assoyant devant Phil, elle a croisé ses longues jambes de manière à lui laisser voir, par l'ouverture de sa jupe portefeuille, la moitié de ses cuisses. Et elle lui a tout raconté. La liaison de François et de Laurence. La jalousie maladive et possessive de George. La terrible nuit qu'il avait fait passer à Odile, Laurence et François, sous la terrasse. La tentative de meurtre. Elle n'a cependant pas raconté que François l'avait frappé et poussé dans la fosse de la rotonde, la nuit de l'incendie. Elle a seulement dit que ses amis vivaient dans la peur depuis que George était disparu.

« Est-ce que tu saurais, toi, mon beau Phil, où il est passé ? »
Phil l'écoutait. Il semblait embêté et remué.

« Je te crois, disait-il. Quand il est fâché, ce gars-là est capable des pires folies. Et c'est dommage, parce qu'il travaille bien. C'est un de mes meilleurs hommes, celui qui connaît le mieux toute la plomberie du château. Tu comprendras que dans les circonstances, sa disparition m'embête énormément. »

On allait en effet profiter de la reconstruction pour refaire toute la tuyauterie de l'aile Riverview. Et tous les raccords avec la plomberie de la nouvelle tour.

L'entrepreneur Anglin-Norcross Limited à qui le Canadien Pacific avait déjà demandé d'être disponible pour la reconstruction de l'aile Riverview avait en effet contacté Phil Martel et il avait été entendu que les effectifs des services techniques du château travailleraient de concert avec ceux de l'extérieur. On voulait faire très vite. Déjà, dans les bureaux montréalais de la firme Maxwell & Pitts une armée d'architectes et de décorateurs étaient à leurs tables à dessin…

« Je peux pas vraiment t'aider, ajoutait Phil avec un regret sincère. Si je le retrouve, je peux l'avoir à l'œil, mais j'ai besoin de lui. »

Il aurait tant aimé faire plaisir à Léona qu'il trouvait réellement appétissante. Mais il était de ces employés pour qui l'intérêt du château primait sur tout. Ou presque. Le genre prêt à mourir pour le château et le CPR.

En fait, Phil était tenté de considérer toute cette histoire comme s'il s'agissait de simples enfantillages. Il connaissait Odile et Laurence de vue ; il savait qu'elles n'avaient pas plus de 17 ou 18 ans.

« De toute façon, dit-il, pour le moment on sait même pas où il est, votre George. Et même s'il était ici, t'as pas à t'inquiéter, je vais m'arranger pour le contrôler. »

Léona lui a parlé de la difficile position de François et de Laurence.

« Ce François-là, s'il est le moindrement vaillant, j'ai du travail pour lui. »

Il fallait en effet, avant que commencent les travaux de réfection, évacuer tout le matériel brûlé ou abîmé, meubles, boiseries, tuyauterie, tout ce qu'on allait remplacer. Jour et nuit (la masse même de l'aile Riverview faisant écran, les clients logés dans les autres ailes ne seraient pas importunés), des voitures à chevaux se relayaient sur la terrasse Dufferin pour emporter vers les dépotoirs du quartier Saint-Roch les restes calcinés du château Frontenac. Trois cents hommes travaillaient depuis le lundi suivant l'incendie, les équipes se relayant aux douze heures.

Les murs étaient en bon état. Extérieurement, apparemment, rien ne serait changé. L'intérieur cependant devait être entièrement remodelé.

François, qui connaissait bien les chevaux, a été affecté à une voiture attelée à un exubérant percheron qui, 12 heures par jour, faisait et refaisait le trajet depuis la terrasse jusqu'aux dépotoirs.

Le temps s'était heureusement radouci.

Peu à peu, pour François et les filles, l'aventure qu'ils avaient vécue était devenue presque irréelle. Il leur arrivait même par moments, chacun de son côté, de douter qu'elle se soit réellement produite. Et François ne fut pas vraiment étonné quand, un beau jour, il se retrouva nez à nez avec George et que ce dernier ne manifesta aucune émotion, comme si François avait été à ses yeux un pur inconnu. On aurait dit qu'il ne gardait en lui aucun souvenir des événements de l'autre nuit. Et n'eût été la profonde entaille qu'il portait au front, François aurait réellement douté que ce fût lui.

« C'est un autre homme », se disait-il, réellement intrigué, fasciné.

Pendant plusieurs jours, il fut obsédé par George, cherchant par tous les moyens à se rapprocher de lui. Pour comprendre ce qui s'était produit. Il en avait même parlé à Laurence. Mais celle-ci pour rien au monde ne voulait se retrouver en face de George.

« Tu sembles oublier qu'il a essayé de nous tuer, disait-elle.

– Je n'ai pas oublié, mais lui, par contre, il semble n'avoir aucun souvenir, répondait François. Il n'est même pas en colère, ni inquiet. Il ne s'informe pas de toi. Pire, il parle à tout le monde, il travaille fort, en sifflotant ou en chantant. C'est l'homme le plus étrange que j'ai jamais rencontré… Le plus heureux. »

Le déblayage et le nettoyage terminés, François fut engagé comme manœuvre par la Anglin-Norcross Limited. Laurence et lui s'étaient installés dans un tout petit logis de la rue Sous-le-Cap. Au début, ils ne s'y rendaient jamais qu'en regardant de tous bords tous côtés. Ils n'en sortaient jamais qu'avec une extrême prudence. Après son travail, François faisait mille et un détours avant de rentrer chez lui, errait parfois dans Saint-Roch ou jusque dans Saint-Sauveur ou même du côté de l'Anse-au-Foulon.

Souvent, sur le chantier, il apercevait George… Quelques fois, il a tenté de s'approcher pour lui parler, mais toujours quelque chose l'en empêchait. Jamais leurs yeux ne se croisaient. Jamais George n'a semblé être conscient de sa présence.

Et puis, un jour, François réalisa qu'il ne l'avait pas vu depuis une bonne semaine. Il était soulagé, mais vaguement déçu. Il aurait aimé avoir avec lui une vraie conversation. Et comprendre enfin ce qui s'était réellement passé. Il avait la désagréable impression que cette histoire n'était pas terminée. Il s'est informé auprès de Phil, le patron.

« Tu sais où est passé George le plombier ? »

Phil a eu l'air franchement étonné.

« George ? Mais on l'a pas vu ici depuis presque deux mois, depuis le feu en fait ! Et on le reverra pas de sitôt. Il est parti travailler dans l'Ouest. Et ça m'embête vraiment. C'était mon meilleur plombier. »

François n'a pas osé dire à Phil qu'il avait vu George tous les jours pendant un bon mois après l'incendie. Ça ne se disait pas. Parce que ça ne se pouvait tout simplement pas.

« Est-ce que je l'ai réellement vu ? se demandait-il. Ou cru le voir ? Est-ce que je l'ai inventé ? Ou était-ce quelqu'un d'autre ? »

Et peu à peu, pendant qu'on travaillait à effacer sur l'aile Riverview toutes traces de l'incendie, ils ont oublié, le souvenir de George s'est estompé. Et la vie a repris son cours normal.

Au printemps, la maçonnerie des fondations de l'aile Riverview et de la rotonde a été minutieusement inspectée et rafraîchie. Le passage qu'Odile, Laurence et François avaient emprunté dans leur nuit d'horreur pour sortir de la rotonde en feu a été colmaté. Barabbas, le petit chien de bois sculpté par l'oncle Bébé, était ainsi à jamais enfermé, perdu, au fin fond de la grande noirceur, comme le corps de Champlain et de tous les autres. Disparu, comme George. Peu à peu, oublié lui aussi.

En juin, 127 jours ouvrables après l'incendie, l'aile Riverview complètement reconstruite accueillait de nouveau des clients. Plus rien, à part la structure, ne subsistait du château original qu'avait conçu Bruce Price en 1892 et 1893. On avait cependant repris les plans qu'il avait dressés, en respectant fidèlement son style, son esprit. Mais à l'intérieur, William Maxwell et ses associés, à qui on avait donné carte blanche et des moyens techniques et financiers quasi illimités, s'en sont donné à cœur joie.

Tous les jours de cet été 1926, dans l'après-midi, le château accueillait par dizaines des visiteurs désireux de voir, sous la conduite d'un guide bien documenté, les merveilles de la salle Champlain et de la salle de lecture. Même les membres du personnel, par petits groupes d'une dizaine de personnes, avaient été invités par la direction à visiter les lieux. Odile et Léona y sont allées ensemble.

Elles se sont bien sûr ébahies devant les riches lambris de chêne sculptés de la salle Champlain où, disait le guide, toute l'histoire du pays est racontée. Elles ont touché le velours des lourds rideaux d'un brun chaud et aux reflets dorés, « on dirait de la tire d'érable », a pensé Odile, qui fermaient les grandes baies vitrées. Sur les poutres et les plinthes, elles ont vu les griffons, les salamandres et les dragons, la fleur de lis des rois de France et la rose britannique, et des effigies, des boucliers, des armoiries. Et sur les tables dressées déjà pour le banquet du soir, des nappes immaculées, de l'argenterie, du cristal, de la beauté partout. Et, à chacune des extrémités de la salle, une grande toile représentant Samuel de Champlain quittant Honfleur d'un côté, débarquant à Québec de l'autre.

Léona trouvait que c'était trop.

« Je trouve ça étouffant », disait-elle.

En mettant les pieds dans la salle de lecture, Odile est entrée en pâmoison devant la splendeur du plafond. Il était divisé en 12 panneaux formant une sorte de firmament en rosace. Dans chacun de ces panneaux, on avait dessiné un voilier célèbre de l'histoire. Elle a reconnu le *Victory* de l'amiral Nelson, la *Santa María* de Colomb, le *Don de Dieu* et *L'Émérillon* de Champlain… Ils étaient tous là, les voiliers de Ted, sur des mers démontées.

« Comme s'ils étaient sur le point de faire naufrage », s'est dit Odile.

Elle a senti monter en elle de la peur, de la tristesse, du regret.

« Viens, dit-elle à Léona, sortons d'ici. C'est pas notre place. »

L'AVENTURE

Le mardi après la mi-carême, c'était le pique-nique d'hiver des employés du château. Les filles sont allées glisser au Pain de sucre, ce sublime amoncellement de neige formé chaque hiver par les embruns qui se déposent au pied de la chute Montmorency.

Il faisait gros soleil et très froid. Léona arborait des lunettes fumées oubliées sur une table du Café de la Fontaine par l'épouse d'un Américain de Chicago participant au congrès annuel des dentistes qui s'était tenu au château la semaine précédente. En principe, tout ce que les employés trouvaient dans les chambres, les bars ou les salons devait se retrouver au Service des objets perdus. Par souci de discrétion, et parce que de regrettables drames s'étaient produits, on ne prévenait plus les clients qui avaient oublié quelque chose lors de leur séjour.

On avait retrouvé déjà dans une chambre des gants et un cardigan de femme. Pensant bien faire, un préposé à la réception avait expédié ces effets à leurs propriétaires. C'est ainsi qu'une dame de Cincinnati avait découvert que son mari n'était pas allé à Boston pour un congrès d'affaires, comme il lui avait dit, mais à Québec, et qu'il s'y était vraisemblablement rendu avec une autre femme. Le ménage n'allait déjà pas très bien. Elle en a profité pour demander le divorce. Son mari, furieux ou flairant la bonne affaire, avait menacé le château de poursuites judiciaires. Depuis cet incident, on ne prévenait plus les gens. La grande majorité d'entre eux écrivaient ou téléphonaient bien vite pour signaler leur oubli. Ceux qui omettaient de le faire avaient sans doute de bonnes raisons.

Si l'objet trouvé n'était pas réclamé dans les 90 jours, il devenait la propriété de la fille de chambre, du garçon d'ascenseur ou de la serveuse qui l'avait rapporté aux Objets perdus. Les bijoux de valeur étaient placés dans un coffre-fort pendant un an.

Mais Léona ne faisait jamais rien comme les autres. Elle avait décidé d'attendre un peu avant de déposer aux Objets perdus ces lunettes fumées qu'elle avait trouvées quelques jours plus tôt.

« Je vole rien, disait-elle. J'emprunte. Et, à ce que je sache, ça ne fait de tort à personne. »

Aux Fêtes, elle avait porté pendant quelques jours un joli petit chapeau de fourrure de chinchilla et le manchon assorti.

Les filles ont fait ensemble quelques descentes. Odile était d'une témérité qui impressionnait grandement ses amies. Elle montait jusqu'au sommet du Pain de sucre et dévalait la pente à plat ventre ou assise sur sa traîne sauvage, sans jamais freiner, dirigeant son frêle esquif avec une remarquable dextérité. Instinctivement, comme si elle avait toujours fait ça, elle créait par les mouvements de son corps une sorte de tangage qui rendait sa descente sinueuse et ondulante, très rapide. Elle allait entreprendre une nouvelle montée en contournant le Pain de sucre quand elle entendit derrière elle une voix d'homme qui l'interpellait :

« Odile! »

Elle s'est retournée. Et elle a reçu un choc droit au cœur. Ce jeune homme qui l'avait interpellée, elle ne pensait qu'à lui depuis des semaines. Sans le savoir, sans le vouloir. Elle entreposait, dans un recoin perdu de sa mémoire, des images de lui qu'elle regardait souvent, mais pratiquement à son insu.

« Odile! »

Et soudain toutes ces images lui tombaient dessus. D'abord, cette scène au réfectoire où il était entré un jour en compagnie de trois ou quatre ouvriers. Ils avaient gardé leur parka sur le dos, et ils tenaient leurs mitaines et leur tuque à la main. Ils s'étaient assis à une table un peu à l'écart.

Ils parlaient et riaient, ne regardaient personne. Odile, elle, n'avait d'yeux et de pensées que pour ce jeune homme rieur dont le regard bleu, balayant la salle distraitement, l'avait effleurée, puis s'en était allé ailleurs sans même l'avoir vraiment vue, mais ayant éveillé en elle un émoi profond.

Quelques jours plus tard, juste avant le jour de l'An, alors qu'elle se promenait avec les filles, place d'Youville, elle l'avait aperçu qui conduisait l'une des carrioles qui remontaient de la gare du Palais où elles étaient allées chercher les Bostoniens qui, comme chaque année, venaient fêter le jour de l'An au château Frontenac. C'étaient des gens très riches, capables de payer jusqu'à cent dollars par couple pour un voyage en train et cinq jours d'hôtel. Ils arrivaient le 29 ou le 30 au matin, après une folle nuit à bord du train.

Elle l'avait observé un peu plus intensément, un matin de janvier, par la fenêtre d'une chambre du septième étage. Il était en train d'arroser la glissoire, à l'autre bout de la terrasse. Elle ne pouvait distinguer son visage, mais elle le reconnaissait à ses gestes sûrs, à sa tuque rouge. Et elle avait pensé : « Il est tout le contraire de Ted. Il est fort, costaud, brutal sans doute. Et il ne me regarde jamais. Il ne me voit même pas. »

Odile était persuadée qu'il était heureux. C'était même ce qui chez lui la séduisait le plus, ce bonheur évident, gourmand, si semblable à celui de la radieuse jeune fille aux joues roses, l'Américaine, qu'elle avait aperçue sur l'affiche le jour de son arrivée au château.

Un soir, les filles étaient allées marcher sur la terrasse qu'on était en train de déneiger après une grosse tempête. Il faisait très doux. Elles regardaient le ciel et les lumières de Lévis, le fleuve encore immobile, tout blanc sous la pleine lune. Et tout à coup, le jeune homme était apparu dans un nuage de neige, maîtrisant deux chevaux attelés à une large pelle. En passant près des filles, il avait fait un grand sourire à Léona. Et Odile avait eu un pincement au cœur.

Mais tout cela s'était passé si loin au fond de son cœur que l'instant d'après, elle n'y pensait même plus, comme on ne pense plus, en s'éveillant, aux images des rêves qu'on a faits dans la nuit. Mais elles restent en nous et il suffit parfois d'un détail infime pour qu'elles nous reviennent avec une troublante vivacité.

«Odile!»

Un beau matin, il était venu à la table des filles au réfectoire et il avait parlé à Léona. Odile qui se trouvait juste à côté n'avait rien compris à ce qu'il disait, trop troublée par lui, par la peur qu'on voie son trouble, par la peine ou la jalousie qu'elle éprouvait de le voir parler à Léona qui a fait rapidement les présentations. Odile a vite levé les yeux vers lui. Elle avait chaud.

Quand elle est revenue à elle, elle a confusément entendu Léona qui disait à Claire :

«Je pensais te l'avoir déjà dit. Louis, c'est le garçon de ma sœur Ida.»

Après un moment d'hésitation Claire avait dit, amusée :

«Il pourrait t'appeler ma tante, si j'ai bien compris.

— Que je le voie m'appeler ma tante! J'ai pas six mois de plus que lui. On a même joué aux fesses ensemble dans la tasserie.»

Les filles riaient. Odile était radieuse. Elle venait d'apprendre le nom du beau jeune homme qui faisait battre son cœur, et de comprendre qu'il ne chantait pas la pomme à Léona, mais qu'il lui apportait simplement des nouvelles des siens. Les lèvres lui brûlaient; elle voulait demander à Léona plein de choses... Mais jamais elle n'aurait osé. Jamais elle n'avait imaginé qu'un si bel homme puisse s'intéresser à elle.

«Odile!»

Elle est restée bouche bée, médusée.

«Comment a-t-il pu savoir mon nom?»

Tout était si lumineux, le ciel, le fleuve derrière lui, tout blanc, et au loin, au-delà du champ de glace qui le couvrait, le cap Diamant que dominait le château et qui, comme lui, apparaissait en ombre chinoise contre le ciel très pâle, ce qui rendait la scène encore plus irréelle, si bien qu'elle s'est demandé un moment si elle n'était pas en train de rêver. Mais déjà il était auprès d'elle, il la prenait par la main et l'entraînait à l'assaut du Pain de sucre.

Il l'a fait asseoir devant, l'a entourée de ses bras et de ses jambes. Et ils ont dévalé la pente à une folle vitesse, tous les regards braqués sur eux. Mais ils étaient seuls au monde, emportés, enveloppés dans un même souffle chaud par une force et une joie paisibles, irrésistibles, n'entendant que le chuintement de la traîne sur la neige ferme, leurs cœurs battant à l'unisson.

Ils sont allés plus loin que tous les autres toboggans, traîneaux, traînes sauvages, jusqu'au chemin qui bordait le fleuve où, après avoir franchi un surplomb, leur esquif a continué de glisser très lentement, ils sont restés enlacés, même après s'être immobilisés. Quelques secondes de si grande et troublante joie qu'Odile faillit fondre en larmes.

Deux jours plus tard, Louis l'invitait à patiner. Mais Odile n'avait pas de patins.

« On n'avait pas de patinoire à la Crapaudière », lui a-t-elle dit. Et elle, si timide, qui jamais, sauf parfois à Laurence et à Léona, ne parlait d'elle-même, s'est mise à lui raconter son enfance, sa vie, ses rêves, lui décrivant longuement les paysages qu'elle avait aimés.

Ils sont allés glisser à la citadelle. Et encore une fois, par leurs prouesses et leur dextérité, ils ont épaté tout le monde. Et encore une fois, par la suite, elle s'est mise à parler, comme jamais elle n'avait fait.

Ils étaient sur les remparts, un soir très doux de la fin de l'hiver, quand ils se sont embrassés pour la première fois. Ils regardaient des voitures à cheval qui traversaient le fleuve sur le pont de glace. Ils ne disaient rien. Il s'est placé derrière elle et s'est appuyé très doucement contre son dos, puis la prenant aux épaules, il l'a fait pivoter tout doucement vers lui, elle s'est adossée à l'affût du canon, il s'est laissé aller contre elle… Pas une fraction de seconde elle n'a pensé lui résister.

Les fonctions de Louis au château étaient vaguement définies. Employé du gouvernement fédéral, il était responsable, entre autres choses, de l'entretien de la terrasse et du Jardin des Gouverneurs. Il s'occupait également de l'approvisionnement en bois de foyer. Deux fois la semaine, de novembre à mars, il livrait au château une demi-douzaine de cordes de bois.

Il travaillait aussi, pour son plaisir, avec son ami Arthur Beauvais, dresseur et entraîneur de la fameuse meute de chiens de traîneaux du château Frontenac. Beauvais, un Indien agnier de Caughnawaga, était un personnage célèbre. Beaucoup de touristes de passage à Québec se rendaient le voir à son chenil de l'Anse-au-Foulon. Pour quelques sous, et seulement si la tête du client lui revenait, Beauvais acceptait de signer une carte postale le représentant en compagnie de ses chiens.

Il parlait aussi bien (certains disaient aussi mal) anglais que français. Toujours habillé de cuir de la tête aux pieds, il portait ses longs cheveux en queue de cheval ou en tresses, des amulettes à sa chemise, des bijoux aux oreilles et dans le cou. Il avait un don étonnant pour deviner ce que les gens pensaient ou ressentaient. Il avait également une science très juste des choses de la nature, de la météo. Il savait toujours le temps qu'il ferait dans deux, trois et même quatre jours.

Beauvais était arrivé à Québec en même temps qu'une demi-douzaine de ses congénères, au moment où la tour centrale du château Frontenac n'était qu'un squelette d'acier trempé, silhouette encore trapue mais qui au cours des semaines suivantes s'était peu à peu élancée, huit, dix, quinze, dix-sept, dix-neuf étages... Il avait travaillé avec ses frères indiens à poser, étage après étage, les planchers de béton renforcé.

Il avait déjà à l'époque trois huskies qui le suivaient partout, qui l'attendaient, bien sagement, couchés au frais sous les arbres de la place d'Armes ou du jardin des Gouverneurs. Il habitait seul dans une cabane minuscule qu'il s'était construite sous la falaise, face au fleuve. L'hiver, il pêchait sous la glace et trappait le lièvre et l'écureuil sur les plaines d'Abraham.

Lorsque la tour fut achevée, son toit couvert de cuivre, Beauvais avait fondé, avec l'appui du Canadien Pacifique, le Eastern International Dog Sled Derby, sur le modèle du All-Alaska Sweepstake, une course de 240 kilomètres que la meute du château Frontenac avait plusieurs fois dominée. Cette meute était formée de huskies dans la force de l'âge. Le husky était à l'époque une bête mythique. Il avait permis à l'homme de se rendre aux confins du monde. Sans lui, Amundsen et Peary n'auraient sans doute jamais conquis le pôle Nord et la gloire.

Beauvais attelait ses chiens à la manière alaskane, en paires. Avec Mountie, le maître-chien, seul devant, au bout d'une laisse centrale. Originaire de Le Pas, dans le nord du Manitoba, Mountie avait servi pendant cinq ans dans l'Ouest canadien, comme maître-chien de la Royal Canadian Mounted Police. D'où son nom. C'était une bête féroce ne souffrant aucune concurrence. Par la force et l'intelligence, Mountie avait rapidement et incontestablement dominé tous les autres.

En 1925, le célèbre capitaine Joseph-Elzéar Bernier avait fait don à Beauvais d'un chien esquimau, Tiloup, qu'il avait lui-même ramené du Groenland. Tiloup, bête puissante et ambitieuse, était vite devenu un sérieux challenger, que d'aucuns croyaient capable de remettre en question le leadership de Mountie. À plusieurs reprises, Beauvais a dû intervenir pour les séparer. N'empêche qu'un beau jour, Mountie a tué son rival. Le prestige de la bête auprès des touristes n'en a été que plus grand. Tout le monde en effet demandait à voir le tueur.

Chaque année, des centaines de cartes postales de Mountie étaient expédiées un peu partout à travers le monde. Beauvais laissait croire (peut-être en était-il lui-même persuadé) que son maître-chien était issu du croisement d'un chien et d'une louve.

Il neigeait à plein ciel, le jour où Louis a emmené Odile pour la première fois au chenil de Beauvais qui se trouvait à deux pas de chez lui. Il l'avait prévenue :

« Ça se pourrait qu'il te dise pas un mot, ça se pourrait qu'il te regarde même pas. »

Effectivement, pendant la première heure qu'ils ont passée ensemble, Beauvais a fait comme si Odile n'était pas là. Les deux hommes ont travaillé à démêler et à réparer des harnais. Ils ont rivé un patin neuf à un traîneau accidenté. Quand ils sont sortis de l'atelier pour atteler les chiens, ils ont aperçu Odile dans l'enclos, à moins de deux mètres de Mountie. Lui, parfaitement immobile; elle, l'approchant très doucement, la main tendue.

« Odile ! »

Elle a continué d'avancer en faisant : « Doux, mon chien, doux, beau chien, bon chien. » Comme une supplique, une demande. À chaque grondement que faisait entendre Mountie, la voix d'Odile se faisait plus ferme, plus autoritaire. « Doux, doux », comme un ordre, une menace. Ils n'étaient plus qu'à un pas l'un de l'autre.

D'un geste de la main, Beauvais a fait signe à Louis de ne pas bouger. Il semblait réellement stupéfait. À part lui, jamais personne n'avait pu approcher Mountie. Pas même Louis qui le connaissait pourtant depuis longtemps. Or Odile avait enlevé sa mitaine et placé sa main nue tout contre la joue de Mountie et saisissant l'épaisse fourrure, elle lui secouait doucement la tête en disant, comme une caresse : « Beau chien, Mountie, beau chien. » Elle s'est accroupie, elle a placé sa tête tout près de celle de la bête qui lui a léché le visage.

Elle n'a pu s'empêcher de pouffer de rire quand, en se retournant, elle a vu l'air éberlué qu'affichaient Louis et Beauvais.

« J'ai toujours aimé les chiens », leur a-t-elle dit, comme si elle avait voulu se disculper.

Dès lors, Beauvais n'avait plus d'yeux que pour elle. Il lui a présenté chacune de ses bêtes, Hooch, Buster, Jeff, Smoke, Fang, Smarty. Et Odile a aidé les deux hommes à atteler la meute. Beauvais l'a fait asseoir à bord du traîneau et, laissant Louis tout seul au chenil, ils ont grimpé sur les Plaines par la côte Gilmour et ont filé jusqu'au pont de Québec.

Quand ils sont rentrés, une grosse heure plus tard, Louis n'était plus là. Craignant qu'il ait été froissé parce qu'elle l'avait abandonné, Odile s'est rendue chez lui et, pour la première fois, ils ont fait l'amour ensemble.

Il ne neigeait plus et la nuit tombait, quand ils sont retournés au château. Louis et ses hommes ont travaillé toute la soirée à déblayer la terrasse et la grande glissoire. Odile s'est couchée tôt, inquiète, heureuse.

Au cours des jours suivants, elle prit l'habitude, dès qu'elle avait terminé ses chambres en fin d'après-midi, de descendre au Ski Hawk où elle retrouvait Louis, Beauvais et Joe Stradthee, le directeur des sports du château.

Beaucoup de filles jalousaient Odile, parce qu'elle pouvait entrer au sein de ce petit cercle de privilégiés et fréquenter les gars les plus populaires du Tout-Québec, ceux que tous les jeunes touristes voulaient rencontrer.

À cette heure du jour, il y avait toujours une grande animation au Ski Hawk. Tous les gens qui rentraient du ski ou qui étaient allés patiner ou jouer au hockey ou glisser sur la terrasse ou à la citadelle venaient de rentrer, moulus et surexcités par le grand air. On leur servait des grogs, du vin chaud, du rhum au beurre. Et très vite, l'atmosphère était survoltée. Odile se mêlait timidement à cette jeunesse dorée qui ressemblait tant aux images peintes de la publicité.

Les murs du Ski Hawk étaient placardés d'affiches présentant Québec comme « *The Wintersport Capital of Wintersport Land* » ou clamant « Québec est au centre d'un paradis sauvage sans limite », « Québec, capitale mondiale des sports d'hiver ». On voyait partout la fine silhouette du château. Et des jeunes gens heureux, souriants, cette fille aux joues roses, aux cheveux blonds et au regard bleu qu'Odile avait aperçue dans l'entrée des employés le jour où elle débarquait dans cette nouvelle vie. Et qu'elle voyait aujourd'hui, buvant des grogs, riant, entourant comme les autres le beau Louis, son Louis.

Stradthee confiait à Odile diverses tâches, ramasser les bocks, vider les cendriers, ajouter une bûche au foyer… Torontois d'origine, Stradthee était un animateur charmant et brillant et un sportif hors pair. Il avait réorganisé le Service des loisirs du château qui offrait désormais aux visiteurs une étonnante diversité d'activités. De New York, Boston, Chicago, on arrivait à Québec par trains entiers pour jouer dans la neige et le froid.

Aux compétitions de saut à skis, aux courses de raquettes, aux matchs de hockey, aux glissades en toboggan sur la terrasse, il avait ajouté, avec la complicité de Beauvais et de Louis, des sports inédits. Ils s'ingéniaient sans cesse tous les trois à trouver quelque activité nouvelle, étonnante, présentant si possible quelque grand danger.

Stradthee leur était arrivé un jour avec une photo ancienne représentant une carriole munie d'un mât et d'une grande voile voguant, chargée de jeunes gens, sur le fleuve gelé. Ils avaient entrepris dès le lendemain de fabriquer un semblable engin. Ils ont trouvé une vieille carriole dont ils ont renforcé la structure, ils ont élargi l'empattement des patins, posé une sorte de gouvernail muni d'une lame... Mais la direction du château, craignant, non sans raison, de graves accidents, ne leur a pas accordé les moyens de poursuivre leurs travaux.

Ils ont eu plus de succès avec le ski joring, un sport de fous, pas mal dangereux, inspiré du ski-bottine que pratiquaient les garçons des faubourgs : un cheval (ou une automobile) traînait dans les rues enneigées de Québec une demi-douzaine de skieurs accrochés à de longs harnais fabriqués par Beauvais. On empruntait la Grande Allée jusqu'au monument aux Braves, on descendait parfois jusqu'à L'Ancienne-Lorette ou du côté de Montmorency. Où on pique-niquait.

Pour accompagner les groupes pratiquant le ski joring ou ceux qui partaient en excursion dans les environs, Stradthee cherchait quelqu'un qui connaissait bien la région et qui était capable de conduire une voiture à cheval.

«Il y aurait mon frère», a proposé Odile à Louis qui en a parlé à Stradthee. Et c'est ainsi que François est devenu guide d'hiver au Service des loisirs du château Frontenac. Il emmenait les touristes visiter le pont de Québec. «Trois mille deux cent trente-neuf pieds de longueur, mesdames et messieurs, cent cinquante pieds au-dessus du fleuve, un passé tragique.» Il faisait beaucoup de «*sleigh rides*» au lac Beauport, au Pain de sucre, à la chute Montmorency, même à l'île d'Orléans, par le pont de glace.

Et en plus, il servait de caution à Odile. Elle pouvait continuer de fréquenter le Ski Hawk sans qu'on la soupçonne d'avoir une liaison avec l'un ou l'autre des garçons qui y travaillaient.

Le *Spirit of Saint Louis*

Le printemps allait bientôt crever ses eaux. Déjà la lumière tombait des nues, déferlait en cataractes et en trombes, et venait exploser dans le miroir fractionné à l'infini des milliers de flaques qui constellaient l'immense champ de neige et de glace qui couvrait le fleuve.

Odile et Louis s'étaient mêlés à la foule du dimanche après-midi venue goûter le printemps sur la terrasse Dufferin. Louis avait quelques jours de répit. Les patinoires étaient en eau, les pistes et les sentiers de ski n'étaient plus praticables, il n'était plus question de faire du ski joring dans les rues boueuses et trouées… Il n'y avait rien d'autre à faire que regarder arriver le printemps.

Ils faisaient l'amour presque tous les jours, chez Louis, à l'Anse-au-Foulon, à deux pas du chenil d'Arthur Beauvais. Il n'y avait pas de rideaux aux fenêtres ; du chemin qui longeait la grève, on ne pouvait voir à l'intérieur de la maison, et les passants, même en été, étaient très rares. Depuis le fond du lit cependant, on pouvait suivre du regard les gros glaçons glissant sur le fleuve et les ruisseaux en crue qui se jetaient du haut des falaises de Lévis.

Odile ne refusait jamais l'amour. Elle s'abandonnait tout à fait quand Louis la prenait dans ses bras, quand il promenait sa bouche sur elle, quand il la pénétrait. Il était fort. Il était beau. Elle le désirait. Mais elle ne parvenait jamais, quand elle était dans ses bras, à entendre la petite musique du plaisir, pas même celle, ravissante, même si elle était à peine audible et trop douce, trop ténue, qu'elle avait connue jadis avec Ted. Il lui manquait quelque chose qu'elle n'aurait su définir, qu'elle craignait de ne jamais trouver dans les bras de Louis. Il y avait la peur de tomber enceinte, bien sûr, qui gâchait le plaisir de beaucoup de filles. Mais autre chose aussi qu'elle n'aurait su décrire.

Or, de même qu'elle laissait croire autrefois à l'oncle Bébé qu'elle avait aperçu quelque chose dans sa longue-vue, elle feignait avec Louis de connaître dans ses bras le pur plaisir. Et ce mensonge la rendait triste. Elle n'aimait pas mentir. Parce que mentir, c'était être seule. C'était poursuivre seule la quête du réel plaisir. C'était ne pas aimer vraiment.

Elle s'était confiée à Léona qui lui disait de continuer, que ça viendrait bien un jour. Elle voulait en parler à sa tante Ursule aussi. Celle-ci était arrivée au château l'avant-veille, en même temps que quelque 200 artisans et musiciens, violoneux, joueurs d'accordéon, gigueux, gosseux et patenteux de toutes sortes, conteurs et chanteurs, tisserandes, tricoteuses et brodeuses, ébénistes, venus de partout à la ronde participer au Deuxième Festival de la chanson canadienne et de l'artisanat.

Depuis deux jours, le château résonnait du matin au soir de leurs chansons, de leurs reels et de leurs rigodons. Dans le grand hall et tout au long de la Grande Allée, dans le Ball Room et le Palm Room, on pouvait admirer les plus beaux objets que fabriquaient les artisans canadiens-français et indiens de la région. Courtepointes, catalognes, lampes, tissus, ceintures fléchées. Même des Enfants Jésus de cire sortis des mains expertes des religieuses.

Cet événement était organisé par monsieur Marius Barbeau, ce chercheur qui venait autrefois chez l'oncle Bébé et chez la tante Ursule, et qui les regardait travailler pendant des heures en prenant plein de notes dans ses petits calepins.

Il y avait peu de touristes américains en cette saison. Mais monsieur Barbeau ne s'en plaignait pas. «Notre but, c'est d'abord et avant tout de créer des liens entre les artisans», avait-il déclaré dans son discours, le soir de l'ouverture.

Le lendemain, dans la journée, François était venu au château exprès pour le saluer. Odile, qui avait assisté aux cérémonies d'ouverture, n'avait pas osé se présenter à lui, même quand il était venu saluer sa tante Ursule.

« T'aurais dû, lui disait François. C'est un Beauceron, comme nous. Et même s'il a écrit des livres et s'il a fait le tour du monde, je suis sûr qu'il aurait pas été fâché de voir une belle fille comme toi s'approcher de lui. »

Odile avait alors pensé.

« Louis ne me dit jamais que je suis belle, lui. »

Louis était toujours à l'embrasser et à la caresser. Il avait les mains sans cesse fourrées dans son corsage ou sous sa jupe, mais il ne lui disait jamais, comme faisait son frère François, qu'elle était belle, jamais un compliment, jamais un mot tendre.

« Tout le contraire de Ted », songeait parfois Odile.

Ted pouvait la regarder pendant des heures, il l'admirait comme si elle avait été une statue, une icône dont chaque détail le ravissait. Sans jamais la toucher. Louis la touchait, il la léchait et la mordait, il entrait en elle avec fougue. Mais il manquait toujours à son amour cette musique, cette lumière.

Sa tante Ursule l'a emmenée ce même dimanche soir au Café de la Fontaine, où Odile était prise de fou rire chaque fois que Léona s'approchait pour les servir. Et Léona faisait exprès pour prendre un ton cérémonieux et leur prodiguer des conseils gastronomiques.

« En te voyant, j'ai su que tu avais un amoureux, a dit Ursule à sa nièce.

— Ça paraît donc?

— Ça se voit, oui. Peut-être pas pour tout le monde. Mais une femme qui a déjà aimé sait reconnaître l'amour là où il passe.

— Qu'il soit heureux ou malheureux?

— Qu'il soit heureux ou malheureux. »

Odile n'a pas osé parler à sa tante de son drame intime. Avec le temps, les liens qui s'étaient noués autrefois entre elles s'étaient relâchés. Une fois de plus, elle réalisait qu'on ne revient jamais sur ses pas, qu'on ne retrouve jamais vraiment ceux qu'on aime…

Elle ne lui a pas parlé de monsieur Godin non plus. Elle savait trop bien que les amours de sa tante n'avaient pas été souvent heureuses. Et qu'elles le seraient sans doute de moins en moins. Et en plus, elle n'avait jamais aimé parler aux autres de leurs peines, des fautes ou des erreurs qu'ils avaient commises, préférant leur laisser croire qu'elle les voyait ou les croyait heureux, sans peur et sans reproche, et qu'elle ne percevait chez eux que la réussite et la joie. Ainsi, elle ne voulait pas rappeler à sa tante l'échec de sa vie amoureuse.

Son monsieur Godin était au château lui aussi. Il fréquentait le monde de l'artisanat autant sinon plus que monsieur Barbeau. Pas pour les mêmes raisons cependant. Ce n'était pas la beauté des pièces qui l'intéressait, ni leur nouveauté, mais leur valeur marchande. Sur toutes choses, il savait mettre un prix. Il achetait les plus belles pièces pour les boutiques du château où elles étaient remises en vente à des prix exorbitants. Aux artisans révoltés, monsieur Barbeau avait conseillé de s'unir et de former une guilde. Et c'est à cela principalement que certains ont travaillé pendant les trois derniers jours du Festival. Mais ils se sont vite rendu compte qu'ils étaient trop isolés et dispersés, chacun faisant sa petite affaire dans son coin, à sa manière.

Le Festival s'est terminé le mercredi soir par un bal costumé que présidait l'épouse du premier ministre Louis-Alexandre Taschereau. Toutes les femmes portaient des jupes paysannes. Les hommes arboraient la ceinture fléchée, la tuque des Patriotes. Plusieurs portaient des mocassins. Il y eut des pièces musicales, des reels, des rigodons, certains exécutés, dans une atmosphère survoltée, par près de 50 musiciens.

Au milieu de la soirée, Odile, Louis, toute la bande du Ski Hawk, même François et Laurence, sont allés prendre l'air sur la terrasse. Et boire du rhum au beurre. Il faisait très doux. On entendait dans la nuit le tintamarre immense des glaces que charriait le fleuve affolé par les crues et la marée descendante. Son odeur montait jusque là-haut, troublante.

Odile a aperçu au loin sous l'un des kiosques de la terrasse une silhouette solitaire qui lui a fait penser à sa tante Ursule.

« Son monsieur Godin doit être au bal avec sa légitime », a-t-elle pensé.

Elle s'est souvenue de ce que lui disait la belle Ursule, en parlant de l'amour. « Ton homme, fais-le souffrir. Autrement, c'est toi qui vas pâtir. »

Elle n'avait aucune envie de faire souffrir son homme. Et elle n'arrivait pas à croire qu'elle pâtirait un jour ; la vie était trop belle, la nuit trop douce. Elle est retournée danser avec les autres.

Les arbres n'avaient pas encore commencé à faire leurs feuilles, mais le fleuve était libre de glace depuis au moins deux semaines, quand, le 24 avril, au début de l'après-midi, la nouvelle se répandit à travers tout Québec que Charles Lindbergh et son avion, le *Spirit of Saint Louis*, viendrait se poser dans l'après-midi sur les plaines d'Abraham. Dès 15 heures, les gens montaient de partout et s'assemblaient aux abords du parc des Champs-de-Bataille.

Il faisait encore un peu soleil. François avait entraîné Laurence, Odile et Louis, Léona et son nouvel amoureux, un gars de Charlevoix qui avait la charge de l'entretien des fenêtres du château. Tous les amis étaient là. Même Beauvais avec sa chienne Smoke, la seule qui soit « sortable dans le monde » comme il disait. Les autres chiens étaient trop agressifs, trop nerveux.

Il faisait très doux. Les autorités avaient balisé le parc des Champs-de-Bataille et mis en place un imposant dispositif policier. On disait dans la foule que Lindbergh avait quitté New York un peu après 16 heures et qu'il arriverait à Québec un peu avant la tombée de la nuit. Beaucoup avaient des flasques de gin ou de petit blanc.

Le bruit courait dans la foule que Lindbergh venait au secours d'un autre aviateur célèbre, Floyd Bennett, hospitalisé à Québec pour une grave pneumonie. Bennett était un grand héros lui aussi. Richard Evelyn Byrd et lui avaient été les premiers hommes à survoler le pôle Nord. Et ils projetaient de se rendre ensemble au-dessus du pôle Sud, très bientôt.

Ayant appris qu'un équipage germano-irlandais, qui tentait un vol transatlantique sans escale, était en difficulté sur des îles du détroit de Belle-Isle, Bennett avait décidé d'aller à son secours. Même s'il était très grippé. À Murray Bay, où il comptait faire escale, il avait été terrassé par l'influenza.

Prévenu que son ami Floyd avait des ennuis, Lindbergh venait lui porter secours.

« Il vient le chercher.
– Non, il apporte des médicaments. »
Il y eut des cris. « Là-bas, regardez ! » Tous les regards se sont tournés vers l'horizon, vers le sud, où, minuscule, se pointait le *Spirit of Saint Louis*.

« Il est au-dessus de la Crapaudière, a crié Odile. François, il est au-dessus de chez nous. »

Lentement, le point a grossi, puis on a entendu le vrombissement du moteur. L'avion a franchi le fleuve, et, tel un grand oiseau de proie, il a tourné lentement au-dessus de Québec.

Il était 18 heures 45 quand il s'est posé sur les Plaines. La foule timide et exaltée l'a tout de suite entouré. Quand Lindbergh est descendu, il y eut un long silence. Seuls les dieux descendent du ciel. Et Charles Lindbergh était presque un dieu. À 26 ans, il était en tout cas l'être le plus fameux et le plus adulé du monde.

Au printemps précédent, il avait effectué, seul sur son monoplan, le *Spirit of Saint Louis*, la traversée sans escale de l'Atlantique Nord, 5805 km en 33 h 29 min, les 20 et 21 mai 1927, sans radio, uniquement aux instruments. Quelques jours avant qu'il réalise son exploit, deux autres aviateurs, Nungesser et Coli, étaient disparus dans l'Atlantique Nord. Lindbergh était quand même parti. C'était un dur. Il croyait aux forts, aux vainqueurs, aux héros.

Il avait fait le voyage depuis New York en moins de trois heures et demie avec à son bord le docteur Thomas Applegath, qui venait soigner Floyd Bennett. Ils apportaient avec eux des sérums préparés par les plus savants chercheurs de l'Institut Rockefeller. Sitôt à Québec, le docteur s'était rendu directement à l'hôpital où reposait Bennett. Et Lindbergh s'était fait conduire au château Frontenac.

Il était près de 20 heures quand il s'est présenté à la réception. Il n'avait pas de réservation. Et pour tout bagage, qu'un petit sac de toile et son parachute.

Le soir même, le premier ministre Louis-Alexandre Taschereau invitait Lindbergh au banquet du Cercle de la garnison donné en l'honneur du ministre de la Colonisation, des Mines et des Pêcheries, Joseph-Édouard Perrault.

Lindbergh semblait au début intimidé. Il était de loin le plus jeune convive. Mais on a vite compris qu'il tenait à ses idées. Il a dû raconter encore une fois sa fameuse traversée de l'Atlantique. Il a parlé aussi de Sacco et de Vanzetti électrocutés quelques mois plus tôt. Il a parlé du danger que représentaient les communistes et les bolcheviks. Il a dit que, selon lui, la prospérité dont tout le monde parlait aux États-Unis n'était qu'apparente.

« Nous avons près de deux millions de chômeurs, rappelait-il. Ça ne pourra pas durer. »

Il croyait que l'Amérique avait besoin d'hommes forts comme l'Italien Mussolini ou l'Allemand Hitler, des hommes qui ont des idées, des patriotes. Et les autres invités, parce que c'était Lindbergh, acquiesçaient ou ne disaient rien.

Le maire Oscar Auger, dans son petit laïus, a fait le rapprochement entre le château Saint-Louis et le *Spirit of Saint Louis*, rappelant que le château Saint-Louis, construit trois siècles plus tôt sur le site du château Frontenac, avait ainsi été nommé par Champlain en l'honneur de Louis XIII dit le Juste. Mais Lindbergh ne s'intéressait pas aux propos de monsieur le maire. On était venu lui chuchoter quelque chose à l'oreille.

« Vous avez eu de mauvaises nouvelles ? demanda le ministre Perrault.

— Les médecins croient que mon ami ne s'en sortira pas. »

Le ministre mit une voiture à la disposition de Lingbergh qui se rendit au chevet de Bennett.

Celui-ci est mort le lendemain, dans l'avant-midi.

Lindbergh est resté deux jours à Québec, en attendant que soient remplies les formalités lui permettant de ramener le corps de son ami à New York. Il a décliné poliment toutes les invitations officielles qu'on lui a faites. Il se promenait, seul, dans la vieille ville. Personne n'osait lui parler, à cause de sa peine, mais on ne parlait que de lui, on n'avait d'yeux que pour lui, tout le monde savait où il était allé, ce qu'il avait fait. Et les femmes étaient folles de lui, il était beau et fort, très grand, jeune, riche, c'était un héros.

Un midi, Léona est venue dire à Odile qu'il se trouvait au Café de la Fontaine.

« T'as qu'à descendre, si tu veux le voir. »

Odile a pris l'ascenseur des employés et, passant par la porte battante qui donnait sur la Grande Allée, elle est allée se poster dans l'entrée du magasin Holt & Renfrew, d'où elle pouvait voir le Café de la Fontaine qui se trouvait juste en face. De chaque côté de la Grande Allée, une dizaine de personnes, des clients de l'hôtel, mais aussi des gars et des filles du service, faisaient comme elle. Mine de rien, ils observaient Lindbergh qui sirotait son thé en lisant le journal.

Odile faillit s'évanouir quand elle aperçut, remontant la Grande Allée, J. G. Stradthee et Louis, son Louis, qui sont entrés dans le Café et se sont dirigés directement à la table de Lindbergh, qui s'est levé, leur a serré la main et les a suivis.

En sortant, ils se sont arrêtés un long moment devant la *Traveler Exhibit* que Lindbergh a étudiée avec attention tout en parlant avec Stradthee et Louis. Puis ils sont sortis, tous les trois. Malgré la curiosité qui la torturait, Odile ne pouvait les suivre. Elle est retournée à ses chambres qu'elle a vite rangées. Puis sans même s'être changée, elle s'est précipitée au Ski Hawk, pensant y trouver Louis et Stradthee. Mais il n'y avait personne au Ski Hawk, peu fréquenté en cette saison. Elle a pris le funiculaire et a couru chez Louis. Personne. Elle est restée là, à attendre. Pas longtemps.

Quatre hommes venaient à pied sur le chemin de l'Anse-au-Foulon, Louis, Stradthee, Lindbergh et Beauvais. Odile, stupéfaite, a attendu qu'ils soient passés devant chez Louis pour sortir et se joindre à eux. Stradthee a fait les présentations. Quand elle a serré la main de Lindbergh, elle avait la gorge nouée par l'émotion et les mots qui sont sortis de sa bouche étaient totalement inaudibles.

Ils ont marché tous les cinq vers le Vieux-Québec, lentement, Lindbergh et Beauvais devant, Stradthee et Louis expliquant à Odile que l'aviateur avait lui-même demandé à voir Mountie et les chiens de la meute du château dont il avait beaucoup entendu parler. La demande était naturellement passée par le bureau de Stradthee qui, sachant Louis lié à Beauvais, l'avait invité à se joindre à eux.

Dans chacune des nombreuses entrevues qu'il avait accordées depuis sa légendaire traversée de l'Atlantique, Lindbergh parlait en effet de sa grande passion des animaux. On le voyait d'ailleurs très souvent photographié avec ses chiens.

Lindbergh a pris une bière au Ski Hawk. Odile n'a pas ouvert la bouche une seule fois. Malgré le grand plaisir qu'elle éprouvait de se trouver en présence du héros le plus adulé au monde et la certitude qu'elle vivait quelque chose de mémorable qui rendrait jalouses toutes les filles de la chambrée, Odile s'est sentie soulagée quand il a pris congé, après avoir très gentiment remercié et serré la main de tout le monde. Elle a senti que Stradthee et Louis avaient été eux aussi fort impressionnés. Quant à Beauvais, il était comme toujours impassible.

François est arrivé, 10 minutes à peine après le départ de l'aviateur.

« Je peux pas croire que j'ai manqué ça ! Je peux pas croire. »

Il voulait tout savoir.

« Qu'est-ce qu'il a dit ? Qu'est-ce qu'il a fait ? Qu'est-ce qu'il a pensé de la *Traveler Exhibit* ?

— Je pense qu'il a pas été très impressionné, a répondu Louis.

— Le contraire m'aurait étonné, a repris François. Il pouvait pas être impressionné. Pour un homme comme lui qui a vu le monde, il n'y avait rien là de très exotique, rien de moderne. »

C'était comme si, par son passage, Lindbergh avait fait vieillir plein de choses. Le World Greatest Transport System du Canadian Pacific Railway and Steamphip était dépassé. La *Traveler Exhibit* représentait un monde révolu.

Lindbergh leur avait laissé un goût d'ailleurs, un parfum de nouveau monde. Ils sentaient tous que le monde changeait. Ne venait-on pas d'inaugurer un mois auparavant la liaison téléphonique Paris-New York ? N'y avait-il pas ce jazz tout neuf qu'on entendait à la radio ? Bientôt, Lindbergh l'avait dit, des avions-cargos tisseraient autour du monde un vaste réseau de communications et de transport. Et alors, c'en serait fait de ces systèmes lourds et lents qu'étaient les chemins de fer et les voies maritimes.

Odile aussi était portée, comme tous les jeunes de l'époque, comme son frère François, comme Louis et Laurence, et tous les jeunes qui fréquentaient le Ski Hawk, par l'exaltation du changement, du nouveau. Tous les espoirs étaient permis. Et ces changements, on les sentait jusqu'au plus profond de soi, comme s'ils venaient en fait, non seulement de l'extérieur, mais de l'âme même des gens, de très loin, vague de fond montée du plus profond de la nuit des temps.

La nuit blanche

Louis avait fait un rêve inquiétant. Il marchait en raquettes dans une large vallée peu boisée, lourdement enneigée. Il suivait un chemin bien balisé qu'avait déjà emprunté un autre raquetteur. Il voyait sa trace dans la neige fraîche.

« C'est peut-être moi », pensait-il.

Puis il aperçut, sur ce même chemin, les pistes d'un petit renard. Il se retourna pour voir où elles s'étaient jointes à celles du raquetteur qui l'avait précédé, mais ce qu'il vit le stupéfia. Derrière lui, les pistes, ses propres pistes et celles du petit renard, semblaient se diriger dans l'autre sens. Il poursuivit cependant sa route. Au fur et à mesure qu'il avançait, les empreintes du renard se faisaient de plus en plus grandes.

« Ça doit être un loup », se dit-il.

Et bientôt, les empreintes du loup couvraient entièrement celles du raquetteur qu'il suivait. Il s'est réveillé fort inquiet, nauséeux.

« J'aime pas ce rêve-là. »

Il aurait voulu dormir encore un peu. Cette journée du 6 février serait très longue. Depuis plus d'un mois, avec toute l'équipe du Service des loisirs, il avait travaillé jusqu'à 16 heures par jour à organiser la grande fête de nuit qui clôturait le carnaval d'hiver 1929 qui serait cette année plus fastueux que jamais. Le monde était en liesse, riche, euphorique. Le monde était insatiable de fête.

Mille raquetteurs allaient simuler une attaque de la ville. Depuis la terrasse Dufferin ou, pour les douillets et les frileux, depuis les fenêtres de la salle d'écriture, des allées de curling, du Salon rose ou encore depuis leurs chambres, les clients de l'hôtel les verraient venir de partout, portant des flambeaux, descendant du bastion de la citadelle, traversant le fleuve depuis Lévis, Lauzon, l'île d'Orléans, gravissant la falaise, pour s'emparer de Québec.

Stradthee s'était entouré, en plus de son équipe habituelle, d'un metteur en scène de théâtre, d'un costumier, d'un historien. Il avait confié à Louis le soin d'équiper les 1000 raquetteurs recrutés en grande partie dans les Ligues du Sacré-Cœur et chez les étudiants en philosophie du grand séminaire et du collège des Jésuites.

Beauvais avait constitué trois meutes de chiens. La plus rapide, qu'il dirigerait, viendrait de la pointe de l'île d'Orléans. Les deux autres, conduites par Louis et François, traverseraient le fleuve depuis Lauzon et la pointe Lévis.

Sur les remparts, le canon tonnerait. Des hommes postés sur le fleuve déclencheraient des explosions simulant la chute des boulets. Les colonnes de raquetteurs monteraient à l'assaut du cap Diamant. Des caravelles hâtivement construites flamberaient sur le fleuve gelé. Des hommes tomberaient. L'affrontement final se ferait sur la terrasse et se terminerait par un feu d'artifice géant. Puis il y aurait un grand bal masqué, de la musique jusqu'au petit matin. Ce serait l'événement le plus spectaculaire jamais organisé à Québec, peut-être même au Canada. Les grands patrons du CP étaient venus y assister, de même que plein de riches Américains…

Il y avait eu de vives discussions au sujet des armes, des bannières, des étendards et des costumes que porteraient les raqueteurs parmi lesquels on verrait des commandos d'Indiens. Certains (dont plusieurs des patrons du CP) voulaient rappeler la prise réelle de Québec par James Wolfe. D'autres proposaient une pure fiction. Certains même souhaitaient une revanche, voir des soldats français à l'assaut du cap Diamant, fief anglais surtout depuis la construction du château Frontenac dont les patrons et les clients étaient en très grande majorité anglophones. Le débat, ayant débordé dans les journaux, était entré dans les chaumières.

Comment simuler une prise de Québec qui ne rappellerait pas la vraie conquête? Comment par ailleurs prendre une ville déjà prise? Si des soldats anglais en habits rouges y entraient par la force des armes, cela impliquait qu'elle était toujours possession française. Par ailleurs, ne serait-ce pas trahir l'histoire que de laisser les Patriotes canadiens-français et leurs alliés indiens s'en emparer?

Bref, cette histoire avait à plusieurs reprises failli mal tourner...

Louis n'avait suivi que de loin ce débat, tout occupé qu'il était à préparer ses soldats, ses chiens, ses raquettes, ses traîneaux. De plus, ces disputes d'intellectuels ne l'intéressaient pas vraiment.

Finalement, de peur de politiser le spectacle, Stradthee avait décidé de ne pas colorer ses armées. Chacun des figurants serait chaudement vêtu. Point final. On avait cependant créé des bannières, certaines purement fictives, la plupart bien réelles, inspirées soit de figures religieuses ou de certains commanditaires, soit des armes et des blasons de tous ces gouverneurs et grands hommes (quelques femmes) du Régime français et du Régime anglais qu'on trouvait sur les murs du restaurant Champlain, de la salle d'écriture, de la rotonde. Tous ensemble, Champlain, Montmagny et Frontenac aux côtés de Dorchester et Durham, les Jésuites et les Récollets, s'empareraient pacifiquement de Québec que défendrait une armée de civils.

Le nez collé à la fenêtre, Louis a vu qu'il neigeait. Une vague lueur paraissait cependant sur le fleuve. Si la neige ne cessait de tomber, le spectacle y perdrait énormément. Trop épaisse, elle rendrait pénibles, voire impossibles, les courses de traîneaux et la marche des raquetteurs. Et on ne verrait pas les armées sur le fleuve, ni le feu d'artifice et pas grand-chose de l'affrontement final sur la terrasse.

Le café chassa son mauvais rêve. Il sortit dans le jour levant et se rendit sous la neige tombante au chenil où se trouvait déjà le ténébreux Beauvais en train de soigner ses huskies. Il était, lui, de fort bonne humeur.

« Inquiète-toi pas, dit-il en voyant arriver Louis. Si la neige était pour tomber longtemps, les chiens seraient déjà couchés dedans. »

La neige cessa effectivement de tomber avant que le jour ne soit tout à fait levé. Et le soleil est apparu, radieux, découvrant le magnifique panorama. Une belle couche de neige légère couvrait la banquise, les remparts, les Plaines. L'attaque de Québec se déroulerait donc dans des conditions idéales.

« Y a un gars qui est venu ici hier soir, qui s'est informé de François et de toi, a dit Beauvais. Sa face me revient pas. J'aime autant te le dire.

— De quoi il a l'air? demanda Louis, surpris.

— Il a l'air de rien. Il s'appelle George. »

Tout ça n'augurait rien de bon. Dans l'après-midi, Louis s'est forcé à dormir un peu, histoire d'être en forme pour mener l'attaque. Et par la suite, fêter jusqu'aux petites heures du matin. Et faire à Odile la surprise à laquelle il avait pensé.

Vers huit heures du soir, Louis se trouvait sur le fleuve devant la pointe Lauzon. Ses sept chiens extraordinairement calmes et silencieux étaient couchés dans la neige. La nuit était sans nuages et sans vent, très douce. Les villages des rives du fleuve avaient été plongés dans le noir. Seuls, dans le lointain, le cap Diamant et le château Frontenac étaient encore fortement illuminés. À neuf heures pile, ils furent plongés eux aussi dans l'obscurité. C'était le signal de l'attaque. On ne voyait plus alors qu'une masse sombre posée sur la banquise, le cap, le château, la citadelle, le grand séminaire. On aurait dit que l'obscurité se dégageait de cette puissante masse.

Louis alluma les deux torches fixées à son traîneau tout en contenant les chiens brusquement excités. De Lévis à Sainte-Pétronille, de Lauzon à l'embouchure de la rivière Saint-Charles, 1000 torches constellèrent la nuit. On entendait dans le lointain des aboiements, quelques détonations. Louis n'eut qu'à faire claquer son fouet pour que la meute s'élance sur la banquise. Et peu à peu, toutes les lumières convergeaient vers la masse sombre de Québec, Léviathan couché dans la nuit.

Louis avait repéré sur sa gauche le traîneau de François. Il lui avait parlé de ce George qui le cherchait. Et ils étaient inquiets, tous les deux. Sur les remparts, déjà, le canon tonnait. Ils devaient, sur leur route respective, déclencher quelques explosions simulant l'impact des boulets. Bientôt, la masse du cap Diamant formait devant eux un mur terrifiant, le château se découpant très haut, très net, très noir, sur le ciel étoilé. Inexpugnable.

Louis pensait à Odile qu'il retrouverait tout à l'heure, quand toutes ces lumières, montées à l'assaut du cap, auraient inondé la terrasse. Ils iraient d'abord se changer, François et lui, et se préparer pour le bal masqué, où ils retrouveraient Laurence et Odile, Léona et son nouvel amoureux (elle en changeait tous les deux ou trois mois). Et ils devraient repérer leurs blondes parmi toutes ces filles costumées et masquées.

« À tâtons », avait dit François.

Cette soirée du 6 février serait la dernière avant longtemps. L'Église de Québec n'aurait pas toléré qu'on danse pendant le carême, même pas au château Frontenac, même pas entre protestants, ni même entre païens. « Il y a des limites », avait dit le cardinal Rouleau.

Louis ne dansait pas beaucoup, ni Odile. Ils préféraient tous les deux les activités de plein air, le sport extrême, le ski surtout qu'ils avaient pratiqué cet hiver-là aussi souvent que possible. François, lui, n'était pas vraiment bon danseur, mais il aimait voir Laurence portée, pâmée par la musique, de plus en plus sensuelle, et toute moite quand il la prenait dans ses bras pour un slow. Il adorait ces danses nouvelles que les filles aimaient tant, le charleston, le fox-trot que l'on exécutait sur des musiques saccadées, syncopées, avec des pas glissés en avant, puis en arrière ou sur le côté, des arrêts brusques, très courts, qui donnaient à la danse un caractère sensuel et créaient une intelligence troublante entre les danseurs.

Chaque fois que sur la route qu'il suivait avec ses chiens il s'approchait d'un tertre où il devait déclencher une explosion, il s'imaginait y trouver George armé d'une carabine ou ayant miné la banquise devant lui. Et alors la glace se déroberait sous ses pieds, il serait emporté par le fleuve sous la glace…

Louis, qui ne devait le rejoindre qu'à la Pointe-aux-Roches, sous le cap Diamant, s'était déjà rapproché, pressentant lui aussi quelque drame. Mais rien de fâcheux ne s'était produit quand ils ont atteint la Pointe-aux-Roches, bastion avancé de la ville de Champlain où dormaient sous la neige de courts obusiers depuis plus d'un siècle silencieux.

Ils ont laissé souffler les chiens un court moment, puis ils les ont lancés dans la côte de la Montagne. Excités par les vives lumières et la foule bruyante et rieuse, les huskies ont débouché sur la terrasse à vive allure.

À minuit, comme le feu d'artifice colorait le ciel et le fleuve, Louis et François longeaient la falaise jusqu'au chenil de Beauvais. Ils ont dételé leurs chiens. Ils ont couru se changer, Louis en cardinal, François en pirate, ils sont montés sur la terrasse par le funiculaire et sont entrés au château.

« Qui dois-je annoncer? demanda le gentilhomme costumé à l'entrée de la salle de bal.

— Le comte et la comtesse de La Galissonière, lui dit François avec assurance. »

Le gentilhomme costumé, un ancien du collège de Lévis, avec qui François avait fait quelques-unes de ses longues marches, s'inclina devant les deux jeunes gens et leur fit signe d'entrer après avoir clamé d'une voix forte.

« Le comte et la comtesse de La Galissonière. »

Bras dessus, bras dessous, Louis et François sont entrés dans la salle de bal. Ils sont restés un moment interdits, frappés par la chaude lumière ambrée des milliers de bougies et de chandelles, et des lustres qui se balançaient comme des astres rayonnants. Après le grand air et la nuit, le contraste était stupéfiant.

En cet hiver de 1929, moins de cinq ans après son achèvement, la salle de bal du château éveillait toujours la curiosité et l'admiration. La direction organisait des visites guidées pour les gens de Québec et pour les touristes qui venaient s'ébahir devant tant de luxe et de beauté. On disait que William Maxwell, qui avait décoré les lieux, s'était inspiré de la galerie des Glaces du château de Versailles.

Louis et François se sont mêlés aux danseurs, cherchant des yeux Laurence et Odile. Mais il y avait tant de marquises et de comtesses qu'ils ne savaient vers lesquelles aller d'abord. Elles étaient toutes adorables. Elles avaient toutes de lourds cheveux bouclés tombant sur leurs épaules nues, elles portaient toutes des masques ou des maquillages très élaborés qui rendaient leurs traits méconnaissables.

« Va falloir en essayer plusieurs », a dit François. Et il s'est avancé, les yeux gourmands.

Ils ont dû approcher une demi-douzaine de danseuses, des comtesses, des princesses. Les filles se laissaient embrasser et caresser un peu. Ils allaient ainsi de l'une à l'autre. Bien vite cependant, François a repéré Laurence, sa peau mate et un peu moite, ses lourds cheveux de jais, son parfum. Il a retrouvé sa sœur aussi, déjà dans les bras de Louis.

« Viens, je vais te montrer quelque chose », souffla Louis à l'oreille d'Odile. Elle l'a suivi hors de la salle de bal. Le château était étrangement calme. Dans la salle des pas perdus, personne. Ils ont pris l'ascenseur des clients, lui en cardinal, elle en robe de comtesse. Ils se sont rendus jusqu'au dix-huitième étage, le dernier habitable. Odile connaissait les lieux. Elle avait fait maintes fois toutes les chambres de cet étage.

Juste à côté des ascenseurs, une porte de service donnait sur les rangements, sortes d'entrepôts où les filles de chambre trouvaient draps, serviettes et savonnettes. Dos aux ascenseurs, le monte-charge. Contre le mur, un petit escalier de fer.

Louis s'y est engagé vers le dix-neuvième où il n'y avait pas de chambre, où Odile n'était jamais allée. Elle n'avait même jamais pensé aller là-haut. Ils se sont butés à une porte. Louis a sorti de sous sa soutane un trousseau de grosses clés. Après en avoir essayé deux ou trois, il a pu déverrouiller. Ils sont entrés dans une pièce très nue aux murs et aux planchers de métal peints du même gros gris. Ils ont pris l'étroit corridor sur leur droite. Louis a poussé une autre porte qui donnait sur une autre chambre remplie d'un sourd vacarme. De grosses machines électriques, des pompes, des chauffe-eau, des filtres, occupaient presque tout l'espace. Odile a eu un mouvement de répulsion. C'était noir et sale, et ça dégageait une forte odeur d'huile et de métal et une brutale vibration qui lui soulevait le cœur.

Il fallut se glisser entre ces machines, jusqu'à un espace minuscule, une sorte de puits où se tenait, très droite, une échelle. En haut de celle-ci, une trappe que Louis souleva. Le vingtième étage où ils sont montés était presque entièrement occupé par deux immenses réservoirs remplis d'une eau sombre, glauque, le château d'eau du château. Les murs étaient légèrement inclinés. Une lumière diffuse pénétrait dans la pièce par d'étroites lucarnes. Contre le mur, une échelle encore ; et là-haut, une autre trappe.

Ils ont ainsi accédé à une pièce très sombre. Louis a allumé une petite lampe à l'huile. Ils se trouvaient alors à l'intérieur du squelette du tout dernier étage, dans le comble, dans la tête du château. Y traînaient de gros tuyaux, des écheveaux de fils électriques, de grands bacs à mélanger le ciment sans doute abandonnés par les maçons ; il y avait une échelle de bois aussi couchée contre le mur. À cette hauteur, on ne percevait plus les vibrations des machines des étages inférieurs, mais plutôt une sorte de tranquillité irréelle. Et on sentait un mouvement, comme un léger tangage. Ça bougeait à cette hauteur.

« On dirait la cale d'un navire renversé », a pensé Odile, en regardant les poutrelles qui se touchaient là-haut comme les membrures d'une goélette se joignent à la quille.

Ils ont alors entendu de sourdes détonations. Et de longues tiges de lumière ont traversé çà et là la toiture.

« Vite, dépêchons », a dit Louis.

Il a appuyé l'échelle contre le chambranle d'une trappe qui se trouvait juste au faîte de la pièce. Et il a fait monter Odile. Quand elle fut là-haut, elle se buta à un abattant.

« Soulève-le », dit-il.

Elle a vu d'abord dans le ciel sombre plein d'étoiles scintillantes. Elle a senti sur son visage l'air vif et pur de la nuit.

« Vas-y, regarde », disait Louis.

Lentement, elle a sorti sa tête et ses épaules par l'étroite ouverture. Elle se trouvait alors sur la crête de la plus haute tour du château Frontenac. Elle voyait partout à la ronde les lumières des villages étincelant sur le feutre de la nuit. Et tout en bas sur la terrasse plein de gens tout petits. Elle entendait même leurs cris de joie quand éclataient les gerbes de lumière des feux d'artifice.

Elle sentit alors contre ses jambes les mains de Louis qui montaient doucement, et la caressaient. Puis il a glissé sa tête sous sa jupe. Et sa bouche courait sur ses cuisses, se posait entre ses cuisses. Et bien vite, elle a entendu, mêlée aux détonations du feu d'artifice, la petite musique du plaisir monter en elle et l'emporter.

La prise de Québec

Après la conquête de la Nouvelle-France, le vieux château Saint-Louis était en fort piteux état. Objet hautement symbolique, il avait été du début à la fin du siège de Québec la cible la plus régulièrement visée par les bombardements de James Wolfe. La plus souvent atteinte aussi. Pour lui redonner son ancienne splendeur, il aurait fallu refaire non seulement les toits, mais aussi les murs, la maçonnerie, les cheminées, toutes les fenêtres du côté du fleuve. Avant qu'il s'écroule, le gouverneur Frédéric Haldimand proposa de construire un nouveau château juste à côté, un peu plus en retrait de la falaise. On y donnerait les bals et les réceptions officielles, on y logerait les visiteurs de marque et les bureaux de quelques hauts fonctionnaires. Les travaux ont commencé à l'été de 1784.

Le 17 septembre au matin, en nivelant le terrain, on a découvert, presque à fleur de terre, une très belle pierre portant des traces de peinture rouge et sur laquelle étaient gravées des armes, quatre pointes de flèches formant une croix, et au bas, une date, 1647.

Le surintendant des travaux publics James Thompson l'a tout de suite fait mettre à l'écart. Et il est allé voir le gouverneur en lui disant qu'on avait trouvé une pierre taillée portant les armes des chevaliers de Malte. Et qu'on pourrait l'intégrer au mur du nouveau château.

Mais Haldimand, vieux militaire cassant et grincheux, qui voyait partout des ennemis de l'Angleterre et aurait souhaité faire disparaître toutes traces du Régime français, n'a rien voulu savoir.

On l'avait déjà assez ennuyé un mois plus tôt avec une découverte de ce genre. En dégageant le terrain où ils devaient poser les fondations du nouveau château, les terrassiers s'étaient butés à un gros mur de maçonnerie.

« Parfait, avait dit Haldimand, venu inspecter les travaux. On va utiliser cet ouvrage comme mur extérieur du rez-de-chaussée. Le nouvel édifice sera ainsi bien appuyé. »

Avant la fin du jour, des voix s'étaient élevées dans Québec protestant contre l'usage irrespectueux qu'entendait faire le gouverneur d'un élément du patrimoine canadien. Ce solide ouvrage était selon certains esprits éclairés une courtine joignant les flancs des deux bastions du fort Saint-Louis construit, reconstruit en fait, en 1693, par nul autre que le comte de Frontenac lui-même.

Haldimand n'avait rien voulu savoir.

« Votre courtine, puisque vous y tenez tant, je vais vous la mettre à l'abri des intempéries. »

Et il avait donné des ordres pour que les fondations du nouvel édifice fussent posées sur la vénérable courtine de nouveau enfouie sous le remblai.

« Alors votre pierre de Malte, a-t-il dit ce matin-là à Thompson, vous pouvez vous la mettre là où je pense. »

Fort heureusement, moins de deux mois après cet incident, Haldimand quittait Québec pour n'y plus revenir. Et le valeureux Thompson a fait en sorte que la pierre de Malte soit placée bien en vue dans la maçonnerie du nouveau bâtiment que Guy Carleton, fraîchement fait lord Dorchester par le roi et redevenu gouverneur du Canada, allait inaugurer deux ans plus tard, en janvier 1787.

Entre-temps, avec l'aide de quelques érudits, Thompson avait poursuivi ses recherches sur la fameuse pierre de Malte, sur son histoire et sur celui qui, quelque 140 ans auparavant, l'avait pour la première fois placée dans la maçonnerie d'un château disparu et, par le fait même, dans l'histoire du Canada, Charles Huault de Montmagny.

En 1647, celui-ci, successeur de Champlain, occupait depuis un peu plus de 10 ans le fort Saint-Louis et le site tant convoité du cap Diamant. Premier gouverneur de Nouvelle-France en titre, il avait entrepris de doter la haute ville d'un plan régulateur. Dès 1634, avec l'architecte Bourdon, il avait jeté sur papier les plans d'une citadelle et entrepris de construire sur les hauteurs de Québec non pas seulement un fort, comme celui qu'y avait érigé Champlain, mais un véritable château, le premier château de Nouvelle-France.

En deux étés, on a édifié un bâtiment de «86 pieds de long et 24 de large, cinq cheminées, le tout fait de bonne pierre et brique». Il avait quatre tours et reposait sur un contrefort de pierre, massif ouvrage de maçonnerie qui prolongeait en quelque sorte la falaise. On pensait ajouter une boulangerie, une prison, une citerne, même un pont-levis, une palissade, des fortifications. Mais d'abord, un prieuré, un couvent où auraient vécu, dans la prière et le recueillement, les chevaliers de l'Ordre de Saint-Jean de Malte, dont Montmagny et tous ses lieutenants étaient membres.

L'ordre, fondé à la fin du XIe siècle par des marchands italiens, avait pour mission première de défendre les pèlerins de Terre Sainte et de protéger les routes commerciales vers l'Orient. Or Québec occupait un site stratégique le long de ces nouveaux passages qu'on cherchait vers la Chine et les Grandes Indes et que Montmagny et ses chevaliers étaient déterminés à défendre.

Les Indiens avaient surnommé Montmagny Ononthio, ce qui dans leur langue voulait dire grande montagne, *mons magnus* en latin. Le nom Ononthio était doublement adéquat, le cap Diamant étant également un *mons magnus*, un *ononthio*.

Le gouverneur Ononthio observait les règles très strictes d'obéissance, de pauvreté, de chasteté que l'ordre imposait à ses membres. Quatre frères de l'ordre vivaient avec lui à Québec. Antoine de Bréhaut de l'Isle, son lieutenant et bras droit, Isaac de Razilly, Bras-de-Fer de Châteaufort et Noël Brulart de Sillery qui se fera prêtre.

Pendant une douzaine d'années, ces cinq hommes ont imposé leur régime sectaire à la jeune colonie. Aucune joie autre que mystique n'était tolérée. Les chevaliers de Malte étaient si dévoués à leur ordre que le roi de France et son conseiller, le cardinal Richelieu, en ont pris ombrage, et n'ont jamais encouragé financièrement leurs projets.

Montmagny avait cependant fait graver sur une pierre une croix de Malte et une date, 1647. Cette pierre serait incluse dans la maçonnerie de son prieuré. Il rêvait de faire du cap Diamant une acropole réservée aux clercs, aux prêtres, aux dirigeants. Il avait toujours soutenu que ce sommet était peu favorable à l'établissement d'une ville. Mais il voulait y concentrer les bâtiments administratifs et publics. Il concéda en outre de vastes terrains aux communautés de femmes, Ursulines et Augustines.

Dans son plan, les marchands devaient habiter en toute logique sous le cap, à proximité des cours d'eau, là où battait la vraie vie, où se déroulait l'action. La basse-ville s'est donc développée plus rapidement, elle est vite devenue plus animée, surtout autour des rues qui jouxtaient les ruines de l'Abitation.

En haut, on pensait, on méditait, on priait. En bas, on vivait, on commerçait... Ainsi, dès Montmagny, ce partage spatial des fonctions, de l'esprit et des classes, à Québec, a été clairement défini.

Le château Saint-Louis fut achevé à l'automne de 1648 peu avant le départ de Montmagny qui s'en fut mourir aux Antilles. Il avait cependant pris soin de placer sa pierre de Malte bien en vue dans la façade.

Elle était toujours là, en septembre 1672, quand débarquait à Québec le flamboyant Louis de Buade, comte de Palluau et de Frontenac. Pas très pieux, jamais sombre et austère comme la plupart de ceux qui l'avaient précédé, Frontenac était un homme enchanté. Autoritaire, colérique, mais enchanté.

« Rien ne m'a paru si beau et si magnifique que la situation de la ville de Québec », écrivait-il à son ministre peu de temps après son arrivée.

Par contre, le château qu'avait construit Montmagny alias Ononthio était déjà en très mauvais état. Ce n'est qu'à son deuxième séjour en Nouvelle-France que Frontenac obtint des subsides pour le démolir et le reconstruire.

Il est très possible que la fameuse pierre de Malte ait été égarée à ce moment-là, en 1694. Elle aurait très bien pu être mise au rebut, dans le tas des pierres taillées anonymes qu'on gardait toujours à l'écart pour des réfections ou des constructions secondaires.

Beaucoup de témoins et de visiteurs en avaient parlé auparavant. Mais à partir des années 1690, plus jamais personne n'en fera mention. Pas même le très curieux et rigoureux Peter Kalm, ce naturaliste suédois, ami du marquis de La Galissonière, dont William Kirby a fait un personnage important de son roman *Le Chien d'or*.

Il n'est quand même pas impensable que Frontenac l'ait placée dans la maçonnerie du nouveau château (mais en un endroit pas très en vue puisqu'il n'avait pas de sympathie particulière pour les chevaliers de Malte, lesquels n'avaient plus aucun représentant à Québec) et qu'elle ne soit tombée qu'à l'été de 1759 pendant les bombardements.

Quoi qu'il en soit, fraîchement tombée ou enfouie depuis quelques décennies sous divers décombres dans la cour du vieux château Saint-Louis, la pierre de Malte était retrouvée ce matin de l'automne de 1784 par James Thompson, identifiée par lui au cours des jours suivants et intégrée quelques mois plus tard au nouveau château Haldimand.

Celui-ci, mal proportionné, trop haut, trop long, trop étroit, n'était pas vraiment beau à voir. La seule chose réellement intéressante était l'abondante fenestration, tant du côté du fleuve que de la place d'Armes. On avait, de tous côtés, des vues magnifiques. Tout autour, le terrain était très dégagé, presque sans arbres. Des allées de gravier menaient au jardin des Gouverneurs, au château Saint-Louis.

Ce dernier, malgré sa vétusté, restait pour le peuple de Québec, le lieu par excellence du pouvoir, le seul vrai château chargé de symboles et d'histoire, rempli d'allure et de panache. Il fut de nouveau restauré au début du XIXe siècle. Les gouverneurs britanniques, le préférant au jeune et insignifiant château Haldimand, en firent leur domicile. Ils continuèrent d'y donner des bals et des banquets et d'y recevoir les visiteurs de marque.

Mais dans la nuit du 23 janvier 1834, un incendie détruisit le château Saint-Louis de fond en comble. La *Gazette* du surlendemain racontait que le feu avait pris vers midi dans une chambre du troisième étage, du côté sud du bâtiment. Cette chambre était occupée par le capitaine McKinnon, aide de camp de Matthew Whitworth Aylmer qui, en qualité de gouverneur général, habitait alors le château Saint-Louis. Avec son épouse, ses grenadiers, ses aides de camp, dont ce pauvre McKinnon que la culpabilité allait sans doute étreindre pour toujours.

On rapporte qu'il faisait très froid ce jour-là, 22 °F au-dessous de zéro. Les pompes à eau ne fonctionnaient évidemment pas. Le feu, incontrôlable, a fait rage toute la nuit du jeudi. Un violent vent d'ouest emportait étincelles et tisons jusque dans le bassin Louise. Et on craignait, comme de raison, pour les maisons de la basse-ville. Heureusement, la neige tombée au cours des jours précédents couvrait encore les toits, et l'incendie ne s'est pas propagé.

On a pu sauver presque tous les documents publics, l'argenterie, beaucoup de meubles. Mais au matin du deuxième jour, un sinistre spectacle se révélait au sommet du cap Diamant, visible depuis les hauteurs de Lévis, de la Côte-du-Sud et de la pointe de l'île d'Orléans : les fenêtres béantes du château Saint-Louis, ses cheminées mises à nu, ses pierres noircies par les flammes, les lucarnes et les toits effondrés.

Pendant quatre années, les plus agitées et troublées du XIXe siècle canadien, les ruines calcinées du château Saint-Louis sont restées plantées au bord du cap Diamant. Certains espéraient qu'on reconstruise le château. Depuis 214 ans exactement, en plus ou moins bon état, plusieurs fois remanié, menaçant souvent de tomber en ruines, il avait toujours tenu bon, symbole de la présence et du pouvoir français, recueil d'histoire, témoin unique.

Après l'incendie, le gouverneur Aylmer a déménagé ses pénates au Bois-de-Coulonges. Et le château Haldimand qui, depuis une cinquantaine d'années, occupait à deux pas du château Saint-Louis l'emplacement exact du futur château Frontenac, est devenu pour un temps le lieu exclusif de l'administration et du pouvoir.

Quelques mois plus tard, Aylmer était rappelé à Londres. On le jugeait trop conciliant avec les Canadiens français. On lui reprochait d'avoir laissé se créer un climat favorable à l'éclosion d'une insurrection qu'il ne parvenait plus à contrôler. Des rébellions secouaient la jeune société du Haut-Canada. Dans le Bas-Canada, le triple soulèvement des Patriotes révélait la profonde insatisfaction du peuple canadien-français.

C'est lord Durham, nommé gouverneur du Canada en 1838, qui fit raser et disparaître ce qui restait du château Saint-Louis. Et il commanda l'aménagement sur ses fondations et ses ruines rasées, aplaties, enfouies, à jamais occultées, d'une plate-forme, un corso de 50 mètres de longueur, auquel le peuple qui y avait accès donna tout de suite le nom de terrasse Durham.

Pendant qu'on posait son corso par-dessus les fondations du château Saint-Louis, John George Lambton Durham rédigeait dans le bureau qu'il occupait au château Haldimand son fameux rapport dans lequel il expliquait au roi d'Angleterre les raisons pour lesquelles on devait accélérer l'assimilation, de toute façon inévitable, des Canadiens français.

«Sa résistance est aussi désuète qu'inutile», écrivait-il.

La cohabitation était selon lui impensable. Il avait cru comprendre que ces deux peuples se haïssaient irrémédiablement, tant dans les colonies que dans les métropoles. Esprit libéral, il croyait qu'on ne devait pas contraindre ni brimer les droits des Canadiens français. Mais il proposait que pour leur plus grand bien et par commodité, pour que l'Histoire puisse suivre son cours sans trop de heurts, on les noie sous de fortes vagues d'immigrants anglophones fidèles à la couronne d'Angleterre.

Il pensait sincèrement que l'assimilation serait chose aisée, puisque les Français du Canada, lui avait-on dit (il n'avait consulté à Québec, et pendant ses brefs séjours à Montréal, que des Anglais), bien qu'ils soient gentils et polis, n'avaient pas réellement d'histoire, pas de culture propre, ni de littérature, rien de ce qui fonde et enracine un peuple dans un coin du monde.

En faisant raser les restes du château Saint-Louis, Durham éliminait un symbole, une preuve à conviction, un artéfact, toute trace réellement, socialement, politiquement significative qu'aurait pu avoir laissée ce peuple. Bien sûr, de nombreuses églises regorgeaient de très riches œuvres d'art. Mais le seul lieu de réel pouvoir, où s'étaient jouées pendant plus de deux siècles les destinées du peuple canadien-français, venait de disparaître à jamais.

Ne restaient plus sur le cap que la citadelle qu'occupait l'armée britannique, le château Haldimand où les fonctionnaires de la jeune reine Victoria voyaient à la bonne marche de l'État, et cette terrasse Durham, dont le promoteur ne put jouir bien longtemps. Rentré en Angleterre, le pauvre lord est mort de la tuberculose en juillet 1840. Comme son père, comme sa première femme et quatre de ses enfants. Et le peuple canadien-français s'est ingénié à lui donner tort, en se forgeant une histoire et une culture. Petite histoire et petite culture, mais increvables, impossibles à noyer.

La terrasse Durham eut cependant un très vif succès. À plus de 55 mètres au-dessus de la basse-ville, 60 mètres au-dessus du fleuve, on venait rêver devant le vaste panorama, les uns à la révolution manquée, les autres à cet empire sur lequel déjà le soleil ne se couchait plus.

Toutes les richesses de la colonie convergeaient alors à Québec, capitale du Canada-Uni. Pendant quelques années encore, elle serait l'une des villes industrielles les plus brillantes et les plus dynamiques de tout l'Empire britannique, un grand port océanique axé sur l'industrie du bois, un lieu de passage et de rencontres, où la révolution industrielle amorcée en Angleterre générait une intense activité économique. Au milieu du XIXe siècle, le port de Québec supplantait celui de Boston et se rangeait, en importance, juste derrière ceux de New York et de La Nouvelle-Orléans.

Coupée de l'Europe par le blocus continental imposé par Napoléon en 1806, l'Angleterre s'était tournée vers les forêts de ses colonies, dont le Canada, pour s'approvisionner en bois d'œuvre. Chaque année, 40, 50, 75 et bientôt jusqu'à 100 chargements de bois étaient expédiés à Londres depuis Québec. La vallée du Saint-Laurent semblait enfin être entrée pour de bon dans la grande histoire du monde.

Près de 500 moulins à scie étaient en activité dans la région de Québec. Des chantiers navals, qui engageaient 3300 ouvriers, sortaient les plus gros bateaux en bois jamais construits au Canada. Toute la basse-ville, du côté du fleuve et des chantiers, formait alors un quartier très vivant, très chaud, toujours animé, même la nuit.

À cette époque, Québec était, plus que jamais elle n'avait été et plus que jamais elle ne sera, une ville très cosmopolite. Au milieu du siècle, jusqu'à 10 000 matelots y débarquaient chaque été. Ils dépensaient sans compter. Les tavernes et les bordels faisaient des affaires en or. En 1860, on comptait 34 maisons de débauche à Québec, plus de 200 prostituées, des Canadiennes françaises surtout, et beaucoup d'Irlandaises, quelques Françaises…

Il y avait en plus, d'avril à novembre, un flot incessant d'immigrants de passage. Entre 1830 et 1865, 1 084 765 immigrants sont arrivés de Grande-Bretagne, pendant les 8 mois de la saison navigable, soit plus de 700 par jour. Ils ne restaient pas tous. Mais ils ajoutaient, en passant, à la fébrile activité qui régnait alors dans la capitale.

Pendant ce temps, les militaires cantonnés à Québec menaient une vie oisive et infiniment paisible. Ils organisaient des parades, ils faisaient de temps en temps tonner le canon, ils jouaient beaucoup, avec leurs chevaux, avec leurs voiliers sur le fleuve. Et ils peignaient abondamment.

Les armées ont toujours été à la fine pointe dans le domaine de la peinture paysagiste. Ses artistes devaient en effet dresser le théâtre des opérations, tout le décor de la guerre, révéler dans leurs dessins chaque bosse, chaque creux du terrain, pour que les troupes armées puissent s'orienter, se cacher, se mettre à l'abri, et pour que les artilleurs chargés d'orienter les canons sachent repérer les batteries ennemies et les points stratégiques.

À l'été de 1759, pendant le siège de Québec, le marquis de Townsend, commandant en second de l'armée britannique, a fait plusieurs portraits du général Wolfe dirigeant les opérations. Son aide de camp, un dénommé Smyth, a laissé lui aussi de nombreux croquis des troupes escaladant la falaise, des vaisseaux manœuvrant sur le fleuve, du cap Diamant, du château Saint-Louis d'abord en bon état, encore intact en juillet, puis de plus en plus troué, incendié, à moitié démoli.

Après la capitulation, Richard Short, commissaire sur le bâtiment de guerre *Orange*, a dessiné la petite ville sous tous ses angles, reproduisant fidèlement tous les édifices du Régime français, la basilique Notre-Dame-de-la-Paix considérablement amochée, le château Saint-Louis, des trous béants dans son toit, ses cheminées noircies, dressées comme de sinistres chicots.

Short a su rendre l'effarement, le désarroi, la peur ressentie par tous dans cette ville délabrée et défaite, même s'il n'y a jamais de visage dans ses toiles. Les personnages ne sont le plus souvent que des silhouettes, un peu comme dans les toiles de Canaletto dont les œuvres étaient bien connues à Londres où il avait fait de longs séjours au cours des années précédentes.

Lorsque toute menace de guerre fut écartée, les militaires sont devenus, dans la douillette oisiveté de leur garnison, de véritables artistes qui ont entrepris de représenter, non plus seulement la topographie, l'organisation de l'espace et les opérations militaires, mais l'âme même du monde dans lequel ils vivaient.

Québec et ses environs offraient aux paysagistes de l'armée une matière très riche. Le fleuve dans tous ses états, ses côtes, ses caps, ils les ont tous peints et repeints, en toutes saisons. Et les travaux et les jours. Les gens, leurs jeux, leurs prières. Et, bien sûr, l'inoubliable cap Diamant.

Les plus célèbres aquarellistes de cette époque furent sans doute les lieutenants-colonels Thomas Davies et James Pattison Cockburn. Marqués par l'esprit romantique, ces artistes militaires ont tenu la chronique de l'occupation, de la reconstruction, de la transformation sociale et architecturale de Québec.

À partir de la seconde moitié du XIXe siècle, ce sont les photographes plus que les peintres qui vont tirer le portrait de la société québécoise. Jean-Baptiste Livernois a ouvert son studio à Québec en 1854. Pendant plus d'un siècle, sa famille constituera un trésor de quelque 300 000 photos (scènes de ville, constructions, vie quotidienne, portraits), la chronique visuelle de la ville de Québec.

Au moment où on entreprenait de construire le château Frontenac, la ville de Québec était sans doute la plus représentée d'Amérique. Elle était cependant en plein déclin. Les grands apprentissages des XVIIIe et XIXe siècles (la construction adaptée au climat, la coupe du bois en forêt, son transport par flottage, la construction de grands voiliers) étaient brusquement devenus obsolètes. Des savoir-faire s'étaient perdus, ceux du draveur, du calfateur, de l'équarisseur.

Dès 1865, la ville avait en effet commencé à subir des changements dramatiques. On avait été d'abord confronté à l'épuisement des ressources forestières et surtout à l'ouverture aux Anglais des marchés scandinaves du bois, qui constituait un dur coup pour le Canada.

En même temps qu'elle voyait faiblir sa vigueur industrielle, Québec perdait, avec la Confédération, sa vocation politique nationale. Moins de quatre ans plus tard, en janvier 1871, l'armée britannique, en garnison depuis 1763, quittait la ville, la privant de très importantes retombées économiques, laissant la citadelle et les remparts déserts. Les canons, pratiquement inutilisés depuis près d'un siècle, ne seraient même plus entretenus. Cette machine de guerre montée sur le cap Diamant n'aurait donc pratiquement jamais servi. Sauf à donner à Québec une raison d'être illusoire, une sorte de grandeur purement théâtrale.

Pour beaucoup d'esprits romantiques, le départ de l'armée avait marqué la fin d'une humiliante occupation. Une certaine intelligentzia canadienne-française avait alors proposé de tout démolir.

« Faisons sauter les portes, rasons les murs et les remparts, jetons les canons en bas du cap, abattons la citadelle. Réécrivons l'histoire. »

Cette discussion (démolir ou pas, effacer ou pas les traces de l'occupant honni) battait son plein quand, au printemps de 1872, Frederik Temple Blackwood, marquis de Dufferin and Ava, 46 ans, bel homme, élégant et cultivé, débarquait à Québec, dans le faste qui convenait au gouverneur du Canada.

Déjà, avant son arrivée, on avait commencé à remodeler et même, dans une certaine mesure, à moderniser Québec. En 1854, on avait construit l'université Laval, dont le toit plat et les formes symétriques et rectilignes offraient un certain contraste architectural avec le vieux séminaire du XVIIIe siècle et plus encore avec le collège des Jésuites plus de deux fois centenaire.

En 1867, année de la Confédération, on avait inauguré une nouvelle porte Saint-Jean de facture très classique, mais plus fonctionnelle, permettant le passage simultané de deux voitures. Quatre ans plus tard, on avait procédé à la démolition de la porte Prescott et de son corps de garde dans le haut de la côte de la Montagne, de même que de l'ancienne porte Saint-Louis. Québec, même si elle avait commencé à sombrer dans les limbes, changeait quelque peu.

Lord Dufferin, qui s'intéressait à l'architecture et aux balbutiantes sciences de l'urbanité, s'est opposé catégoriquement à toute démolition hâtive et il a entrepris de faire lui-même l'inventaire du patrimoine architectural. Il a établi un programme de conservation et de reconstitution.

Mais il avait un faible pour la dimension militaire britannique du bâti. Le patrimoine français, pourtant plus vénérable, ne l'intéressait pas vraiment. Il pensait un peu comme Durham : à quoi bon conserver des traces d'une histoire qui ne mène nulle part ?

Pourtant, dès son arrivée, il avait demandé à connaître les architectes et les artistes de la ville avec qui il avait eu d'agréables échanges. Il a eu de très nombreuses rencontres avec le très talentueux Charles Baillargé, architecte-ingénieur municipal depuis 1866 (il le sera jusqu'en 1899), qui appartenait à une impressionnante dynastie d'architectes et de sculpteurs, tout dévoués à Québec.

Charles Baillargé avait lui-même conçu déjà d'importants édifices dont le Quebec Music Hall, l'université Laval, la magnifique église de Sainte-Marie-de-Beauce, inestimable trésor religieux. Il avait également dirigé la construction des premiers buildings du parlement d'Ottawa. Esprit moderne, chargé d'une solide culture et possédant des savoir-faire nombreux et originaux, il avait réintroduit à Québec une certaine imagerie française et l'usage répandu de matériaux nouveaux.

Les deux hommes, Dufferin et Baillargé, s'ils n'avaient pas la même vision ou la même conception de la cité, semblaient s'entendre à merveille. Ils connaissaient tous les deux l'Europe et les tendances et les idées de l'architecture nouvelle. Ils ont fait ensemble de longues promenades dans Québec, Baillargé indiquant à Dufferin les œuvres qu'avaient érigées ses ancêtres sur le cap Diamant.

Son arrière-grand-père avait dirigé la reconstruction de la cathédrale en partie démolie lors des batailles de la Conquête. Son grand-père, qui avait étudié à Paris, juste avant la Révolution, avait travaillé au mobilier et à l'ornementation de la cathédrale et de plusieurs églises de la région. Son oncle Thomas avait construit le palais épiscopal.

Charles Baillargé, brillant, curieux, artiste, vaillant, a été poussé par les siens, très motivé intellectuellement. Il avait développé compétence et savoir-faire non seulement en architecture, mais aussi comme ingénieur et mathématicien. Il savait également diriger des équipes d'ouvriers et d'artisans.

Dufferin et Baillargé ont mené ensemble plusieurs projets. La porte Kent par exemple, érigée à la place d'une ancienne poterne qui rendait la circulation difficile, a été dessinée par Baillargé à la demande de Dufferin. Baillargé en a de plus dirigé la construction. Mais leur grand projet a été cette terrasse que le gouverneur avait commandée dès son arrivée à Québec en 1872. Il s'agissait, en fait, d'un agrandissement de la terrasse Durham, de manière à faire du sommet du cap Diamant le délicieux endroit que l'on connaît aujourd'hui.

Charles Baillargé a su donner à cette construction un esprit profondément moderne et très français. Ces planchers de bois, cette balustrade de fer forgé, ces kiosques et ces bancs rappelaient mieux que toute autre construction en terre d'Amérique, la France de Napoléon III et du Second Empire.

Baillargé n'a malheureusement pas toujours su imposer sa vision à Dufferin. Il ne semble pas qu'il se soit opposé à la démolition du collège des Jésuites, l'un des plus beaux monuments hérités du Régime français. De plan et de cour carrés, cet édifice imposait son harmonieux équilibre sur le flanc nord du cap Diamant, dans une sorte de combe que Louis Hébert avait jadis cultivée.

Dès qu'ils furent officiellement maîtres de la ville, en 1763, les Anglais qui détestaient les Jésuites leur ont interdit de recruter des novices et ont fait de leur collège une caserne militaire. Quand l'armée d'occupation est partie, en 1871, le bâtiment, déjà passablement détérioré, avait été laissé à l'abandon. Invoquant des raisons de sécurité publique, et prétendant qu'on n'aurait pu le restaurer qu'à très grands frais, Dufferin ordonna sa démolition. Beaucoup de gens à Québec ont protesté énergiquement. Mais en vain.

Dufferin aimait les constructions imposantes, les perspectives lourdes, toutes marques d'un conquérant, ne distinguant dans la symphonie de pierre qui s'était développée sur le cap Diamant que la partition la plus facilement perceptible et accessible à un Britannique ayant baigné dans l'euphorie impérialiste. Ce qui a joué aussi, c'est que l'élite canadienne-française avait abandonné à l'occupant toute autorité sur le développement, adoptant le goût anglais pour le palladianisme et le classicisme, participant même à l'effacement des traces laissées par les bâtisseurs du Régime français.

Pendant des siècles, la place de Québec avait été objet de convoitise, une sorte de trésor protégé, tenu dans une enceinte fortifiée. Elle ne l'était plus dans les années 1880. C'était une ville fatiguée et défraîchie. Incapable de se raccrocher à la modernité, elle avait choisi de se replonger dans le passé, un passé somme toute peu glorieux que ses poètes avaient entrepris de magnifier et d'idéaliser.

Toute la société canadienne-française est entrée dans le XXe siècle à reculons, faisant dos à l'avenir, découvrant le monde comme ces voyageurs qui, dans les wagons de chemin de fer à bord desquels ils sont montés, se sont assis sur les banquettes faisant dos au paysage à travers lequel fonce le train. Sous leurs yeux, tout se défile, se dérobe, tout fuit. Tournés vers le passé, ils ne peuvent voir où ils vont.

À l'époque où le château est né, à la fin du XIXe siècle, l'âme canadienne-française, telle qu'elle s'exprimait à travers sa littérature, était engluée dans une désespérante nostalgie. Les poèmes et les contes que publiaient à l'époque Louis Fréchette, Octave Crémazie ou Pamphile Le May ne formaient pas réellement une littérature au sens moderne que venait de lui donner Rimbaud quand il écrivait : « La poésie ne rythmera plus l'action, elle ira en avant. » La poésie canadienne-française n'allait nulle part. Non seulement elle n'accompagnait pas l'action, mais elle restait accrochée au passé. De toutes ses forces, elle tentait de le maintenir en vie.

Pour les poètes romantiques de l'école de Québec, le passé était un refuge. Frileusement accrochés à la France qui les ignorait totalement, pauvres et défaits, sombres, neurasthéniques, ils dorlotaient les malheurs d'un peuple conquis, et exaltaient dans leurs œuvres tristes la grandeur d'un passé qu'ils voulaient glorieux et grand. Ils cherchaient désespérément dans leur histoire de l'héroïsme, une consolation, des miettes de gloire dont ils recouvraient les pauvres acteurs du mélodrame national, des perdants, dont ils cherchaient à faire des héros sans peur et sans reproche, parce qu'ils croyaient qu'on en avait besoin pour vivre, parce que leurs maîtres français en avaient eu un, géant, Napoléon, parce que leurs occupants anglais étaient des héros, des vainqueurs, des conquérants. Tous les acteurs de cette histoire magnifiée en épopée ont ainsi été sans aucun discernement glorifiés et sanctifiés, de Louis Hébert au marquis de Montcalm en passant par Dollard des Ormeaux, rien que des braves, des purs et des durs.

On ne s'est pas arrêté là. On a fait sien le plus grand de tous ces acteurs, le héros des héros, Dieu lui-même qui a supplanté l'Anglais.

Le déclin de Québec, irrépressible et prévisible, inéluctable naufrage, est inversement proportionnel à l'essor de son Église et de ses institutions religieuses. Pendant tout le XIXe siècle, l'Église catholique, farouche ennemie des idées modernes, a été obsédée par l'influence que pourraient avoir les penseurs de la Révolution française sur le peuple canadien-français. Et elle a lutté férocement contre la montée des idées libérales. Elle a d'ailleurs contribué à écraser les rebelles de 1837. Eussent-ils vaincu que le Canada français serait sans doute entré un siècle plus tôt dans la modernité !

On est plutôt entré en plein triomphalisme catholique. L'armée partie, toute autorité a été dévolue au clergé et aux communautés religieuses gonflés à bloc, puissants, riches à millions. La structure étatique mise en place par la Confédération amplifiait considérablement leur influence dans tout ce qui touchait le plus intimement la vie, dans l'éducation, la santé. Toutes les maisons d'enseignement, depuis l'école de rang jusqu'à l'université, étaient sous leur contrôle absolu, et les hôpitaux, les prisons de femmes, les orphelinats.

L'Église concentrait le nationalisme canadien-français, qu'elle avait considérablement altéré, désarmé, émasculé. Elle était à la fois contre le peuple et très proche des gens. Toute bonne famille rêvait de lui donner un prêtre. En 1890, au moment où le magnat William Van Horne et l'architecte Bruce Price jetaient sur papier les plans du futur château Frontenac, on comptait dans la province de Québec 1 prêtre pour 510 fidèles, 2 fois plus qu'en 1850. Ils étaient partout. Au fin fond des campagnes comme dans les arcanes du pouvoir, à tous les moments de la vie, du berceau au lit de mort.

Pour le commun des mortels canadiens-français, l'autorité vraie était exercée, non plus par les Anglais honnis, mais par une caste sacerdotale, par les représentants de Dieu sur terre, des hommes sacrés, quasi divinisés. Grâce à eux, Dieu occupait et ordonnait réellement le pays. Ils dirigeaient les consciences et les institutions, ils mobilisaient tous les talents du peuple canadien-français.

Ainsi, pendant que les artistes militaires anglophones représentaient le monde et la réalité et se laissaient émouvoir par les beautés de la nature, les artistes canadiens-français, s'inspirant le plus souvent de toiles européennes d'une autre époque, recréaient une imagerie religieuse et ecclésiastique désuète, racontant sur leurs toiles, dans le marbre et le bois, des vies de martyrs, évoquant des épisodes de l'histoire sainte, faisant inlassablement, toujours recommencée, l'infinie gloire de Dieu. Joseph Légaré, Antoine Plamondon, Théophile Hamel, Charles Huot peignaient et repeignaient des nativités, des annonciations, des immaculées conceptions, des crucifixions.

Tous les artisans de grand talent, peintres, sculpteurs, doreurs, orfèvres, œuvraient alors à Québec. Les Levasseur, Baillargé, Jobin, Ranvoyzé, Amyot fabriquaient des calices et des ciboires richement décorés, des balustrades et des chaires, des reliquaires et des ostensoirs en soleil radié, des croix de procession, des tabernacles, des encensoirs, toutes commandes d'un clergé de plus en plus riche et puissant.

Dans leurs couvents, les sœurs faisaient de la peinture pieuse à l'aiguille, de fines broderies, de magnifiques fleurs en papier, des Enfants Jésus de cire qu'on retrouvait dans les crèches de Noël de toutes les églises de la région. On cherchait partout l'image de Dieu, le visage de Dieu dans tous ses états, enfant, vieillard, pur esprit. Dieu, partout, tout le temps.

La semaine et le dimanche, on assistait à des cérémonies liturgiques à n'en plus finir. Grands-messes, messes basses, saluts du Très-Saint-Sacrement, neuvaines de toutes sortes, rogations, vêpres. Tout le monde y était, tout le monde priait, à genoux, assis, debout, tout le monde chantait les louanges du Seigneur. On savait qu'Il fermerait les portes de son paradis aux méchants Anglais. Et cette seule idée réjouissait infiniment.

L'occupant anglais était au fond un perdant lui aussi. La vraie gloire et l'autorité réelle, c'était auprès de Dieu qu'elles s'affirmaient et à travers Lui seul qu'elles s'exerçaient.

Les processions, comme celle de la Fête-Dieu, en juin, se faisaient dans un faste et une magnificence inouïs. Dieu en personne s'avançait sous le dais bordé de dorure, précédé de l'ostensoir rayonnant en or massif; suivaient les bannières des congrégations religieuses et des corps de métiers, pompiers, menuisiers, dames de Sainte-Anne, enfants de Marie, Ligue du Sacré-Cœur, Ligue Lacordaire. Tout ce beau monde participait quelques jours plus tard au défilé de la Saint-Jean, lui aussi plus sacré que profane.

Jusqu'en 1871, de temps en temps, passaient les parades militaires, avec fanfare, tambours et trompettes. Mais il y avait quelque chose de désuet dans tout cet apparat. Les derniers émois guerriers remontaient à 1812, quand pour la seconde fois, les Américains avaient tenté de s'emparer de Québec. Et ils n'avaient duré que quelques heures d'une froide et tempétueuse nuit d'hiver.

Et depuis, un peu comme le fleuve entre deux marées, le temps s'était arrêté. Il faisait du surplace, et même un peu de marche arrière, tout doucement. Québec n'était plus dans le siècle. Elle était devenue une ville sainte, entretenue par de nombreuses congrégations religieuses, grandes compagnies de célibataires formant un véritable gouvernement parallèle.

C'est dans ce contexte, dans cet esprit (triomphalisme de l'Église et glissement progressif hors du temps) que naquit le château Frontenac, lui-même anachronique, lui-même accroché à une certaine idée du passé.

Le 21 avril 1892, on a commencé à démolir le château Haldimand, pour construire à sa place ce grand hôtel. C'est alors que le trouble a commencé.

Que le château Haldimand disparaisse du paysage n'allait faire pleurer personne. Cependant, une fois sa démolition entreprise, une orageuse polémique s'est élevée après qu'on eut retrouvé, dans ses décombres poussiéreux, de l'histoire à l'état pur sous la forme de massifs et solides ouvrages de maçonnerie qui de toute évidence ne dataient pas de la veille.

Il s'agissait en fait de deux voûtes de maçonnerie placées dans une position légèrement oblique par rapport à la rue des Carrières. L'une d'elles était percée à son sommet d'une large ouverture. L'intérieur avait été, par commodité, habillé de lambris et recouvert de crépi, de sorte que nulle part, depuis l'intérieur du château Haldimand, cette structure courbe n'était apparente.

Bientôt, on ne parlait plus à travers la ville que de ces mystérieux ouvrages, ces deux voûtes de maçonnerie qu'on s'apprêtait à démolir et dont les pierres tirées jadis des carrières voisines serviraient de fondations au nouveau château, mêlées à d'autres qu'on avait commencé à extraire, à tailler et à acheminer sur les lieux.

La protestation s'est vite organisée. En moins de 12 heures, le bruit courait à travers la ville qu'on avait exhumé un trésor ou une sainte relique et que les païens qui voulaient construire un hôtel à la place du château Haldimand se préparaient à les faire disparaître…

Un dénommé James LeMoine accouru sur les lieux a alerté par écrit le *Morning Chronicle*, qui publiait dès le lendemain sa missive. Monsieur H.Y. Joly de Lotbinière l'ayant lue a avisé la Chateau Frontenac Company de la découverte qu'on venait de faire. Il savait que William Van Horne, qu'il avait rencontré à quelques reprises, serait sensible à ce genre de choses. N'avait-il pas tenu à ce que la pierre de Malte soit extraite de la maçonnerie du château Haldimand, et mise de côté pour être incluse quelque part dans le nouvel hôtel qu'on s'apprêtait à construire? N'avait-il pas eu l'idée de nommer le Fortress Hotel, château Frontenac, de manière à perpétuer l'esprit du Régime français? Et exigé qu'on mise sur le fait canadien-français, de manière à faire de cet hôtel quelque chose d'unique en Amérique du Nord, une fenêtre sur une société distincte, sur un certain exotisme, sur un passé glorieux et flou qu'on voulait magnifier?

Van Horne est lui-même venu à Québec. Il a fait interrompre les travaux. Il a rencontré James LeMoine. Celui-ci s'était bien documenté. Il était persuadé qu'il s'agissait de la « *vaulted house, originally a power magazine* », dont parlait James Thompson, celui-là même qui, un siècle plus tôt, avait signalé au gouverneur Haldimand la découverte de la pierre de Malte, dans son journal du 21 août 1787 où il donne une description détaillée du château Haldimand et fait le récit de sa construction.

L'ouvrage qu'on venait d'exhumer en 1892 était vraisemblablement celui que le gouverneur Haldimand avait « mis à l'abri des intempéries » en 1784. On avait cru alors qu'il s'agissait d'une simple courtine. On avait plutôt affaire à un magasin de poudre.

LeMoine avait une autre source. Il avait retrouvé dans les archives un ancien plan du fort Saint-Louis démontrant que ce magasin existait fort probablement en 1690 quand le comte de Frontenac avait repoussé Phipps. Il y avait plus de deux siècles donc. LeMoine était par ailleurs persuadé que le mur dégagé était l'intérieur de la dernière enceinte du fort Saint-Louis.

Selon l'historien Ernest Gagnon et quelques autres érudits, il s'agissait presque certainement de l'ouvrage que le gouverneur Denonville avait fait construire en 1685 par l'ingénieur Villeneuve.

Denonville, qui gouverna la Nouvelle-France entre les deux séjours qu'y fit Frontenac, a été le premier père de famille à occuper avec les siens le château du cap Diamant. Il avait des préoccupations de père et d'époux. Et il s'inquiétait que toute la poudre (celle des militaires et celle des habitants) fut alors stockée dans le minable château Saint-Louis, ce qui présentait un très grand danger. À la moindre étincelle, tout sauterait.

Il aurait donc fait construire en dehors de l'enceinte du fort ce fameux magasin de poudre qu'on s'apprêtait à démolir au printemps de 1892, 207 ans plus tard. Il y avait deux sections dans ce magasin. L'une pour la poudre de la garnison ; l'autre, de moindre importance, pour celle des habitants.

Après que LeMoine eut fait connaître les résultats de ses recherches, la polémique fut plus que jamais avivée. *Le Courrier du Canada* publiait un texte d'un certain E. Rimbault, qui ironisait sur «la vétustomanie», se gaussant de «ces adolescents, désolés de leur jeunesse qui viennent rêver sur les vieux murs et professent un respect de convention pour tout ce qui est craqué et lézardé».

Un beau matin de la fin avril, une forte détonation secoua le Vieux-Québec. Accourus sur les lieux, les bonnes gens du voisinage n'ont pu que constater que les deux voûtes s'étaient effondrées.

L'entrepreneur, Félix Labelle, a soutenu que les structures, déjà endommagées par le temps et par les travaux récents, étaient pratiquement irrécupérables, et que les voûtes ne pouvaient d'aucune manière être intégrées à la nouvelle construction. Il avait donc décidé de tout abattre, ce qui avait été fait de grand matin et de façon expéditive, afin de ne pas se compliquer la vie et d'éviter toute discussion stérile.

Dès lors, les choses sont allées très vite. Début mai, on avait déjà évacué les restes du château Haldimand. Et on commençait à couler les fondations du nouveau château.

Mais les gens restaient fâchés. Au cours de l'été, on s'est mis à murmurer. On croyait toujours, non sans raison, que c'était le Canadien Pacifique qui faisait construire le nouvel hôtel. Van Horne a protesté véhémentement. Le 3 juillet 1892, il affirmait : «Le Château Frontenac n'est pas construit par le CPR, comme le veut la rumeur, mais par un groupe d'individus dont certains sont liés au CP, d'autres pas.»

Au fond, qu'est-ce que ça changeait? Qu'est-ce qu'on y pouvait?

Le château Frontenac, joyau de l'entreprise ferroviaire, fut inauguré le 17 décembre 1893 dans un faste jamais vu à Québec.

Le 24 avril 1894, quatre mois à peine après l'ouverture, Van Horne écrivait à son ami Mount Stephen :

« Le château Frontenac va bien. Il fait des pertes que tout jeune hôtel connaît. Il n'est pas encore rentable, mais il a fait grimper nos revenus de railway jusqu'à $750 par jour. »

À l'automne, on savait déjà qu'il faudrait agrandir le château Frontenac. En attendant, en cette même année 1894, le groupe mené par Van Horne vendait à la compagnie Canadian Pacific Railway pour 200 000 $ d'actions. Trois ans plus tard, il lui cédait le reste, soit 80 000 $. À partir de ce moment, la compagnie de chemin de fer, qui pratiquement leur appartenait, détenait la totalité des actions du château Frontenac. La Chateau Frontenac Company avait été le cheval de Troie qui avait permis au Canadien Pacifique d'entrer dans Québec. Et les anciens propriétaires étaient encore plus riches… et tout autant propriétaires.

Ces tractations avaient cependant fait grincer des dents à Québec où la communauté d'affaires canadienne-française avait le sentiment, tout à fait fondé, d'avoir été tenue à l'écart d'une aventure fort prestigieuse et extrêmement profitable.

Certains disaient que les Anglais s'étaient de nouveau emparés de Québec.

La Crise

Un soir d'automne et de presque pleine lune, une rumeur s'est introduite dans le dortoir en même temps que la vieille Sophie. Cinq ans à peine après l'érection de la tour centrale, cette rumeur prétendait que la direction du Canadien Pacifique avait l'intention d'agrandir une fois de plus le château Frontenac que d'aucuns considéraient déjà comme le plus célèbre et le plus bel hôtel de toute l'Amérique du Nord, et l'un des plus importants centres de congrès du Canada.

« On va quand même agrandir, s'entêtait à répéter la rumeur.

— Jusqu'à 1000 chambres », précisait Sophie.

Le lendemain, au réfectoire, dans les corridors, les buanderies, les ateliers, partout, on ne parlait que de cela.

Beaucoup cependant n'y croyaient pas du tout. Pour la bonne raison qu'il n'y avait pratiquement plus d'espace disponible. À moins de construire encore en hauteur, ce que les architectes consultés avaient déclaré impossible et absurde, il eût fallu convaincre le gouvernement fédéral et la ville de Québec de céder du terrain du côté de la terrasse Dufferin, du jardin des Gouverneurs ou de la place d'Armes, ce qui était tout aussi aberrant et presque impensable.

Mais le Canadien Pacifique avait énormément de pouvoir. On disait qu'il était plus riche que le gouvernement du Québec, peut-être même autant, sinon plus, que celui du Canada. Tout le monde savait que la majorité des élus mangeaient dans sa main. Et en plus, l'époque voulait que tous les espoirs soient toujours permis. Beaucoup croyaient qu'il suffisait de rêver pour que les choses arrivent. Les affaires allaient bien, le monde était riche comme jamais il ne l'avait été, la science et la technologie promettaient des merveilles.

Début octobre, l'Association of Edison Illuminating Companies de New York avait tenu au château son congrès annuel. Pendant quatre jours, François avait rôdé parmi les congressistes. Il parlait avec eux dans son pénible anglais, il admirait leurs inventions, émerveillé par tout ce qu'on pouvait faire avec l'électricité, du froid, du chaud, du mouvement, des sons, de la lumière. Il disait que le monde allait très bientôt changer. Il avait vu des prototypes de robots, des mécanismes automatiques à commande électromagnétique, qui «un jour, dans pas longtemps, lui avait dit un ingénieur, vont se substituer à l'ouvrier pour effectuer toutes sortes d'opérations fastidieuses ou dangereuses».

Et François répétait à sa petite sœur Odile que grâce à l'électricité elle n'aurait plus à faire de lits et à balayer les planchers.

«Avant longtemps, les lits vont se faire tout seuls, disait-il...

— Et moi, qu'est-ce que je ferai de moi, d'après toi? Je vais me tourner les pouces?»

Or, au cours des mois qui ont suivi, loin de s'améliorer et de s'illuminer, le monde s'est drôlement assombri. Les ingénieurs de la très moderne et fascinante Association of Edison Illuminating Companies venaient à peine de quitter le château pour rentrer chez eux que, fin octobre, une autre rumeur y faisait son entrée fracassante. Elle prétendait que non seulement on n'agrandirait pas le château, mais qu'on allait bientôt le fermer. Déjà, beaucoup d'entreprises américaines et canadiennes avaient été forcées de mettre tous leurs employés à pied et de fermer leurs usines et leurs ateliers depuis ce jour fatidique d'octobre, quand la Bourse de New York s'était effondrée.

«Avant les Fêtes, vous verrez. Finie, la business. C'est la Crise, c'est le Châtiment.»

Fin novembre déjà, plein de gens avaient annulé leurs réservations. Et quand la neige est arrivée, on savait que, pour la première fois depuis une trentaine d'années, on ne verrait pas les joyeux groupes de Boston, de New York et de Chicago, qui depuis 30 ans au moins avaient l'habitude de venir passer les Fêtes au château et de faire de mémorables virées dans Québec.

Par esprit d'économie, on n'allumait plus les lampadaires de la terrasse, ni les luminaires qui d'ordinaire éclairaient les tourelles et les échauguettes. Le château, dont quelques rares chambres étaient occupées et éclairées, formait alors sur le cap Diamant une sinistre et sombre masse.

Aux Fêtes, il n'était pas fermé, comme avait prédit la rumeur, mais il y régnait un calme effrayant. On avait cependant gardé les traditions du *High Tea* et du dancing. Personne n'avait été congédié, bien que les salaires des employés et leurs charges de travail aient été considérablement réduits, comme partout ailleurs. Les filles de chambre étaient nourries et logées, même si certains jours elles n'avaient chacune que trois ou quatre chambres à ranger. On les occupait à diverses tâches, elles polissaient de l'argenterie, elles lavaient des carreaux, aidaient les couturières à raccommoder. Plus souvent qu'autrement, elles se tournaient les pouces. Et Odile taquinait François.

« Tu avais raison. Je n'ai plus de lits à faire. Et je peux me tourner les pouces à longueur de journée. »

Jusqu'à l'été, la clientèle d'affaires et celle des vacanciers ont continué de se raréfier. Mais étrangement, les grandes suites de l'hôtel, les plus chères, les plus luxueuses, étaient encore régulièrement occupées. Par des étrangers, des maharajahs et des cheiks, des empereurs et des rois, des magnats. Ils venaient de l'Europe, de l'Orient, toujours de très loin, ils passaient à Québec, comme ils passaient sans doute partout ailleurs au monde, pensait Odile. Elle était heureuse de ce changement. On voyait moins d'Américains, mais plus d'Européens et même des Arabes, des Russes, des Asiatiques, du monde jamais vu, des visiteurs prestigieux qui la fascinaient, qui la faisaient rêver à des pays perdus, au bout du monde.

À l'été, le roi et la reine de Siam sont venus, entourés d'un faste inouï, avec un train de maison d'une soixantaine de personnes, leurs propres filles de chambre, leurs masseurs et leurs cuisiniers, même leurs musiciens et leurs danseurs. Après leur départ, Odile avait travaillé dans l'une des suites qu'ils avaient occupée, tout imprégnée encore de parfums qui lui montaient à la tête. Elle avait trouvé sous un oreiller un mouchoir de soie qu'elle a gardé!

Elle s'était mise à souhaiter, pour le plaisir, que le pire se produise, que la Crise dure très longtemps et que le monde entier soit ruiné, que toutes les usines ferment et tous les hôtels, toutes les banques, les églises. Il n'y aurait plus de clients au château, que les amis qui occuperaient les lieux et feraient la fête. Toute la vie serait changée. Et avec Léona, Laurence et François, avec Louis surtout, elle s'amusait de cette idée.

Louis n'avait pas beaucoup de travail, lui non plus. Il ne livrait plus au château que deux ou trois cordes de bois de foyer par semaine. La grande glissoire, qui en temps normal requérait tant de soins, avait été laissée à l'abandon et, pendant l'hiver, on n'avait déblayé qu'un tiers environ de la terrasse Dufferin. François, lui, ne travaillait plus du tout. Il avait repris ses longues marches, laissant Laurence seule des jours entiers.

Chaque fois qu'elle le pouvait, Odile se rendait dans le petit logis de l'Anse-au-Foulon où elle faisait l'amour avec Louis qui savait si bien faire monter en elle la pure, la vraie musique du plaisir. Et après, très souvent, dans le calme si doux, sans trop savoir comment ni pourquoi, Odile se rappelait les paysages de son enfance, qu'elle revoyait alors avec une grande netteté comme dans la longue-vue de l'oncle Bébé, ce jour où pour la première fois, l'inoubliable fois, elle avait clairement vu quelque chose. Le jour où avait enfin cessé le mensonge.

Il lui semblait alors qu'il y avait eu de la joie et du plaisir partout. En pleine crise économique, en plein châtiment. Elle n'était pas la seule à penser ainsi. Tout le monde autour d'elle avait l'esprit à la fête.

« C'est la musique qui nous fait ça », disait Léona.

De la musique, il y en avait en effet partout et tout le temps, jour et nuit, beau temps, mauvais temps. Heureuse, enlevante. Non seulement dans le cœur des amoureux, mais sans cesse à la radio, dans les rues. Tous les soirs, les beaux jeunes gens de Québec accouraient au château pour danser sur les airs à la mode qu'exécutait l'orchestre de Gilbert Darisse. Celui-ci était une sorte de héros pour les jeunes, parce qu'il connaissait et pratiquait toutes ces musiques et qu'il était toujours habillé et coiffé à la dernière mode. Grâce aux musiciens américains qui venaient se joindre à son orchestre, il était en contact avec tout ce qui se faisait de neuf, en Europe, et surtout aux États-Unis. Il ne sortait pratiquement jamais. C'était un chasseur qui le plus souvent allait chez Garneau chercher les partitions qu'il avait commandées. Il avait un piano dans la petite suite qu'il occupait dans l'aile Riverview. Et souvent, l'après-midi, quand Odile venait ranger sa chambre, il pratiquait ses blues. Elle s'attardait le plus possible. Il voyait qu'elle ne faisait rien que l'écouter. Il lui souriait.

Bientôt, les années sombres n'étaient plus qu'un souvenir. Les Américains sont revenus en grand nombre, plus fêtards et plus dépensiers que jamais, toujours exubérants, toujours plus avides de plaisirs. Ils payaient jusqu'à sept dollars par jour et par personne pour une chambre, le déjeuner, le souper, ce qu'on appellait le plan américain. Et le château leur organisait toutes sortes de loisirs et de jeux.

Louis, Beauvais, Stradthee, toute l'équipe des Sports et Loisirs étaient de nouveau fort occupés. Fin janvier, début février, le Snowshoers' Convention, vite devenu le plus important congrès de raquetteurs du monde, attirait à Québec des amateurs de Boston, de Chicago, de Winnipeg, et même d'aussi loin qu'Edmonton, Vancouver, Whitehorse, Anchorage. Louis se levait à quatre heures du matin pour préparer les raquettes et baliser les pistes. Il y avait ensuite les courses en canot sur le fleuve, les fameuses Ice Canoe Races, et le très spectaculaire Easter International Dog Sled Derby d'Arthur Beauvais. Des attractions dont on parlait dans toute l'Amérique.

Mais de tous ces événements, l'International Curling Bonspiel était sans doute le plus connu, le plus couru, le plus dément aussi. C'était une fête ininterrompue de trois jours et trois nuits, si éclatée que le château devait, certaines années, engager des vigiles qui faisaient régulièrement des rondes de nuit sur les étages et surtout sur la terrasse et aux abords du château, pour ramasser les gars soûls qui tombaient endormis un peu partout et qui seraient sans doute morts de froid si on ne les avait retrouvés et ramenés inertes au Ski Hawk.

Le château proposait en outre à ses clients toutes sortes de sports intérieurs, badminton, billard, backgammon, bridge. Jamais, même les plus vieux le disaient, la vie n'avait été à ce point une fête. Étourdissante, continuelle! Et même les jeunes filles comme Odile et ses amies, qui ne pouvaient participer à cette fête et à ces jeux, en ressentaient l'esprit.

Parfois, quand elle avait congé et que Louis était occupé, Odile accompagnait son frère François qui travaillait comme guide pour une entreprise liée au château. Il emmenait des groupes de touristes américains voir les Indiens de Lorette ou visiter les habitants de l'île d'Orléans. Il poussait certains jours jusque dans Charlevoix ou sur la Côte-du-Sud, du côté de Montmagny, de Saint-Jean-Port-Joli, de Kamouraska, où leur mère, leur tante Ursule, leur oncle Bébé étaient nés et avaient passé leur enfance.

Les Hurons de Lorette et un groupe de Montagnais descendus de la Côte-Nord à La Malbaie avaient dressé à l'intention des touristes des sortes de théâtres où ils recréaient, comme dans un vivier, leurs conditions de vie d'autrefois, étalant aux yeux des curieux des objets anciens, leurs us, leurs coutumes. Et les touristes américains, fieffés voyeurs, allaient les regarder, les observer, les photographier, les voir fabriquer des canots, des paniers d'osier, des manteaux de peau, des mocassins. Ils leur achetaient toutes sortes d'objets, calumets et tomahawks, des arcs et des flèches, des outils et des armes dont les Indiens ne se servaient plus depuis fort longtemps, des idoles qu'ils ne vénéraient plus, qu'ils ne connaissaient plus… Mais pour plaire aux Américains, ils avaient inversé le cours de leur histoire, ils s'enfonçaient dans leur passé, corps et âmes.

François emmenait aussi ses clients voir les fermiers qui faisaient les foins, qui labouraient, semaient, trayaient leurs vaches, et les bûcherons, les ouvriers dans les vieux moulins à scie, les meuniers, les religieuses qui priaient dans les couvents. De retour au château, les touristes achetaient des cartes postales représentant ces mondes pratiquement révolus, presque en voie de disparition, déjà. Tout ce qui était en train de disparaître ou qu'ils croyaient ne plus jamais revoir prenait à leurs yeux une importance démesurée.

« Ils viennent ici comme dans un zoo », disait François en qui la colère montait.

Ses clients s'ébahissaient en effet devant les Indiens, les fermiers, les ouvriers, comme les visiteurs d'un zoo devant l'ours blanc, le zèbre ou la girafe. Ils regardaient tout ça de haut, même le beau monde de Québec, les bourgeois de la haute-ville qui, dans leurs plus beaux atours, tout astiqués et parfumés, venaient au *High Tea* de cinq heures ou au thé dansant du samedi après-midi ou qui fêtaient les baptêmes, les anniversaires, l'obtention des diplômes et les noces de leurs enfants. Et ils trouvaient charmant ce petit monde suranné.

« Nous sommes des bibelots pour eux, des pièces de musée, disait François. Ils veulent voir le typique, l'original, l'artificiel. Mais au fond ils ne veulent rien savoir de la vraie vie. »

Il aurait voulu leur montrer les 6000 ou 7000 ouvriers qui suaient dans les manufactures de souliers qu'on venait d'ouvrir dans le bas de la ville. Et les enfants de 12 ans qui travaillaient jusqu'à 10 heures par jour, 6 jours par semaine, dans les échoppes de Saint-Sauveur et de Saint-Roch. Mais les touristes n'étaient pas intéressés. De plus, la direction du château ne voulait d'aucune manière promouvoir ce genre de visite. « On vend du rêve », avait rappelé le directeur des loisirs à François qui n'avait pas osé lui tenir tête. Et il s'en était voulu terriblement. Il était complice, il acceptait par son attitude soumise qu'il y ait à Québec tout un monde tenu dans l'ombre, dans la pauvreté, dans la peur.

Odile, elle, n'aimait pas vraiment ce monde, dont elle aurait ignoré l'existence si son frère, qui vivait avec Laurence dans un tout petit logis de la rue Sous-le-Cap, ne l'y avait parfois entraînée. C'était un monde de promiscuité, de l'obscurité, du renfermé, de l'étouffant. Elle ne comprenait pas l'acharnement de son frère à vouloir le faire voir et connaître. Encore moins sa résignation à y vivre. Pourquoi faire connaître la misère quand on sait qu'on n'y peut rien changer ? Pourquoi ne pas s'en aller, ailleurs, là où la vie est facile et belle ?

Secrètement, elle rêvait plutôt d'appartenir à cet autre monde qu'elle avait entrevu au château, le beau monde qui baignait dans la lumière, la musique et les parfums.

BOULEVARD DES RÊVES BRISÉS

C'ÉTAIT au milieu d'une froide nuit. Depuis si longtemps, si longtemps. Odile ne dormait toujours pas, vaguement étonnée de n'être pas plus triste et désemparée. Elle cherchait cependant à pousser ses pensées le plus loin possible hors du château, jusqu'au pays de son enfance ou dans ces paysages pastel des affiches et des cartes postales qu'achetaient les touristes et d'où le malheur et la peine étaient de toute évidence absents et où parfois on voyait rire de beaux jeunes gens insouciants, jamais blessés, jamais seuls. Mais à tout bout de champ, ses pensées lui échappaient. Et avant qu'elle ait pu les rattraper et les maîtriser, elles étaient revenues vers Louis qui en aimait une autre et qui était parti, la laissant seule, désolée.

Elle écoutait les bruits du milieu de la nuit, le souffle très régulier de Léona qui dormait toujours si bien, celui de Claire, plus court, pénible, syncopé, celui de la Mère supérieure, qui ronflait toujours un peu, celui du vent d'hiver, un frôlement à la fenêtre, un bruit d'aile, on aurait dit. Et au loin, très loin (Léona avait beau lui répéter que c'était impossible, que la grande salle de bal était beaucoup trop éloignée, que la musique avait beau être forte, elle ne pouvait quand même pas traverser tous ces murs, ces plafonds, et monter jusqu'au dortoir, jusqu'à elle), Odile entendait, elle en était sûre, elle aurait pu le jurer, l'orchestre de Gilbert Darisse qui, huit étages plus bas, dans la grande salle de bal remplie de lumières et de parfums, reprenait les airs à la mode, en ce milieu des années 1930.

Odile entendait, très clairement, et bien malgré elle, comme si le son sortait de son oreiller, la trompette qui, à la toute fin de *Boulevard of Broken Dreams*, si doucement, si cruellement, lui rappelait qu'elle avait été abandonnée. Et pourtant, cette même mélodie, lorsqu'elle l'écoutait en compagnie de Louis, l'avait rendue si heureuse, comme quoi c'est le cœur de chacun qui reste le véritable interprète de toute musique. Tout à l'heure, quand la trompette aura disparu tout au fond de la nuit, le piano de Gilbert lèvera comme chaque soir une volée de joyeux accords, ceux de *Coffee in the Morning*. Odile connaissait par cœur toutes ces chansons, paroles et musiques, et l'enchaînement de l'une à l'autre.

Bientôt la voix de velours, si troublante, si chaude et alanguie, la voix honnie qu'Odile aurait voulu ne pas entendre, n'avoir jamais entendue, viendrait jusqu'à elle, avec des mots qui la tueraient encore et encore. Elle reprendrait avec son accent si charmant qui rendait fous les gars *Je suis amoureuse de la tête aux pieds*, la chanson qu'interprétait Marlène Dietrich dans *L'Ange bleu*, le si beau film qu'Odile comme la plupart des filles de chambre, même la vieille Sophie, avaient vu au Capitol, et deux ou trois fois plutôt qu'une. Elle aurait tant voulu que Léona ait raison, que la voix de celle qui lui avait ravi Louis soit étouffée, confinée à la salle de bal et qu'elle ne traverse pas tous ces murs et ces plafonds pour venir remplir son oreiller, sa tête, son âme.

Elle s'appelait Molly. C'était une Américaine, grande et très brune, avec des dents d'un blanc éclatant, des yeux d'un vert profond. Elle avait peur du vent, du froid, des chiens et de l'eau, des chevaux et des hauteurs. Elle ne sortait du château qu'enveloppée de fourrures, encapuchonnée, la tête engoncée dans les épaules, toujours poussant des petits cris et des rires pour que tout le monde sache qu'elle était là, entourée de ses admirateurs.

Molly avait découvert, pour ne pas dire inventé, un Louis qu'Odile ne connaissait pas vraiment et qu'au fond elle n'aimait pas beaucoup, un Louis qui portait de beaux vêtements tout neufs, trop à la mode, qui passait des heures au Palm Room ou à la taverne du château, à boire et à fumer avec les musiciens de l'orchestre, et avec les danseurs de la troupe de Broadway, Marvin & Deacon, et les artistes du Caravan Jongleur qui étaient arrivés au château un peu avant les Fêtes et qui allaient présenter leur spectacle trois ou quatre soirs par semaine, jusqu'au carême.

Et alors, Molly jetterait Louis et s'en irait chanter ailleurs, là où personne ne faisait carême. C'était ce que disaient les filles les plus âgées qui l'avaient vue faire depuis des années, elle et d'autres chanteuses américaines qui venaient au château susurrer des airs à la mode, croquer quelques beaux gars et s'en aller.

François avait raison : les Américains étaient des envahisseurs, des prédateurs pétris de suffisance et d'arrogance. Ils s'emparaient de tout. Même quand ils vous souriaient et qu'ils se disaient vos amis, ils avaient une manière de vous regarder de haut. Comme si tout, même votre âme, leur appartenait. Et le pire, c'est que ça devenait vrai. On finissait par vivre et par penser comme eux; on vénérait les mêmes idoles, les leurs, on aimait la même musique, la leur, ou plutôt celle qu'ils avaient volée aux Noirs, comme disait monsieur Barbeau. Ils s'appropriaient toujours tout; ils imposaient tout à tout le monde. La crise économique, c'était eux qui l'avaient créée, c'étaient eux qui en profitaient.

« Les gros riches prétendent que la Crise les a ruinés, disait François, mais ils ne se sont jamais autant amusés depuis que le monde est monde. »

Ils n'étaient pas les seuls à s'amuser. N'en déplaise au cardinal Villeneuve, les jeunes de Québec, même ceux de la basse-ville, de Saint-Sauveur et de Saint-Roch, qui travaillaient pour un demi-dollar par jour dans les manufactures de chaussures et de corsets, ne se privaient pas de danser. Dans la chambrée, tous les soirs, on écoutait les émissions américaines transmises par les stations de radio de Québec qui faisaient une impitoyable concurrence à l'accordéon de Claire. Souvent, les filles dansaient ensemble au son des *big bands* de New York ou de Chicago.

Et voilà que revenait cette voix si belle, qui chantait *Smoke Gets in Your Eyes*… Et Odile se répétait que c'était sa faute à elle si Louis et cette Molly s'étaient rencontrés. C'était elle en effet qui avait insisté pour que Louis vienne au bal masqué du 24 janvier, au moment de l'année où il était le plus occupé, avec toutes ces courses de raquettes, de traîneaux, de canots qu'il fallait organiser.

C'était la faute à Léona aussi. Léona organisait toujours la vie et les activités du groupe. Chaque fois qu'il y avait un bal masqué au château, elle proposait aux amis de s'arranger pour en être. Il était si peu concevable que des filles de chambre ou des garçons d'ascenseur ou des préposés à l'entretien entrent dans la grande salle de bal tout illuminée et se mêlent aux riches Américains et aux bourgeois de la haute ville en fête, que jamais personne parmi les dirigeants du château n'avait pensé interdire aux employés de participer à ces bals. Ils étaient une demi-douzaine à y aller régulièrement, Odile et Louis, Léona et son nouveau fiancé, ainsi que Laurence et François, qui n'étaient pas des employés du château. Laurence, la belle et timide Laurence, avait été élue presque malgré elle, poussée par ses amies et surtout par son employeur, les grands magasins Pollack, Miss Carnaval 1934. Déguisée en fée des étoiles, elle avait présidé le bal du jour de l'An et inauguré l'année en déclenchant d'un coup de baguette le feu d'artifice qui à minuit pile avait illuminé la terrasse.

Au milieu de son interminable nuit, Odile revit à son corps défendant les tristes événements de cette terrible nuit du 24 janvier. Louis a quitté le bal pour aller prendre l'air. Elle a préféré rester à danser le fox-trot avec les amis. Puis l'inquiétude était venue. Que fait-il? Où est-il? Elle se revoit, sortant à son tour de la salle de bal. Elle les aperçoit, eux, au pied de l'escalier monumental qui monte de la salle des pas perdus, juste sous le buste de James Wolfe posé sur le garde-fou. Elle les voit rire très fort. Et Molly, très doucement, lever le masque qui couvrait le visage de Louis. Elle voit leurs sourires, le langoureux regard qu'ils échangent.

Tout de suite, elle a compris que quelque chose de grave venait de se produire. Elle a pensé que même si elle s'était plantée sous leurs yeux, ils ne l'auraient pas vue. Pas Louis, en tout cas, qui était subjugué. Et elle les a détestés tous les trois, violemment, Louis, Molly et le général Wolfe, témoin impassible de la scène. Molly s'était emparée de Louis, comme Wolfe de Québec.

Et cette nuit, dans son lit, Odile songe, en souriant presque de sa naïveté, qu'elle a toujours détesté ce général de malheur. Par devoir en quelque sorte, par obligation, par patriotisme. Elle se souvient de ce que racontait mademoiselle Régina à l'école, que Montcalm était mort en disant : « Je meurs content, je n'aurai pas vu les Anglais dans Québec. » Et que ce même jour, le 13 septembre 1759, le jour où Québec était tombée aux mains des Anglais, le jour où la Nouvelle-France était morte et où il allait mourir lui aussi, le général Wolfe, qui était encore tout jeune, avait dit à ses hommes, au moment où il les lançait à l'assaut du cap Diamant : « Ce soir, je dînerai dans Québec ou chez Hadès. » Et mademoiselle Régina rappelait chaque fois à ses élèves que Hadès était le dieu des Enfers. « Souper chez Hadès, ça voulait dire être ami avec Lucifer », disait-elle. Odile croyait alors dur comme fer que Wolfe était à tout jamais damné. Il méritait certainement de l'être pour avoir commis ce crime odieux : s'emparer de Québec, une ville que Dieu chérissait entre toutes.

François, lui, qui faisait et pensait et disait toujours le contraire de tous les autres, s'affichait dès la petite école comme un fervent admirateur du général Wolfe qu'il considérait comme un grand guerrier, un stratège audacieux et ingénieux, un vainqueur. Il était parmi les curieux qui, à l'été de 1928, avaient assisté à l'inauguration du monument de Wolfe dans le jardin des Gouverneurs. Juste à côté de la statue de Montcalm, à deux pas du château. Chaque fois que dans leurs discours les édiles et les notables évoquaient ce dernier, François riait très fort et il disait tout haut que Montcalm était un imbécile, ce qui avait choqué et indigné beaucoup de gens. Un vieux monsieur l'avait traité d'impertinent et il avait tenté de lui rappeler que Montcalm avait pris plusieurs forts aux Anglais.

« Oswego, ça ne vous dit rien ? »
– Justement, Oswego, ça n'a rien donné. »

François avait tenu tête au vieil homme. Il avait dit, plus fort encore, pour que tout le monde entende, que si Montcalm était mort content, comme disait la légende, c'était parce qu'il savait qu'il n'aurait pas à subir l'humiliation de la défaite dont il était le seul et unique responsable.

«Il a été incapable de défendre Québec. Il a perdu la guerre. Il a perdu la Nouvelle-France. C'était un mauvais guerrier, un perdant, un pleutre. Il est mort d'une balle dans le dos. Il ne mérite pas d'avoir son monument aux côtés de celui du général Wolfe.»

Dans son lit, Odile songe qu'elle est elle aussi une perdante. Elle aurait dû défendre son Louis comme Frontenac avait jadis défendu le fort Saint-Louis. Elle aurait dû.

Et puis elle s'est endormie.

Plus tard, dans la nuit, les détonations des feux d'artifice sur la terrasse l'ont réveillée. Des lueurs fauves s'agitaient aux fenêtres. Elle a pensé à eux, Louis et Molly, qui devaient regarder le spectacle depuis le Riverside Lounge, un verre à la main. Et puis, sans savoir pourquoi ni comment, elle a senti monter en elle une petite joie très douce, radieuse. Elle se savait libre, jeune. La vie, toute la vie, recommencerait toujours. D'autres hommes l'aimeraient, elle en était sûre.

Mais elle, saurait-elle encore aimer?

Les demi-civilisés

Un épais brouillard enveloppait le château, si dense qu'Odile voyait à peine cinq pas devant elle. Pas de vent. Une sourde rumeur montait du fleuve. Odile marchait en se guidant sur les larges planches de la terrasse. Elle s'est ainsi rendue jusqu'au tout dernier kiosque, sous le Bastion du roi qu'elle ne voyait pas. Elle ne voyait rien, ni d'en haut, ni d'en bas. Elle s'est assise sur un banc de bois, en se disant que c'était ridicule, on s'assoit sur ces bancs pour admirer le paysage. Or il n'y avait aucun paysage, qu'une sorte de firmament gris perle, comme si elle avait été à l'intérieur d'un œuf.

Et soudain, un jeune homme et une jeune femme très élégants étaient appuyés à la balustrade, juste devant elle. Elle ne les avait pas vus venir. Elle n'avait pas entendu leurs pas. « Ils devaient être ici avant moi », a-t-elle pensé.

Elle a reconnu la jeune femme aux joues si roses, au regard bleu, qui était représentée sur les affiches du château. Et lui, il s'appelait Max Hubert, il était le directeur de la revue *Vingtième Siècle* que tous les jeunes intellectuels de Québec, et les étudiants, les amis de son frère François, lisaient avec avidité. Max s'est retourné vers Odile. Elle s'est levée, elle a marché vers lui, très lentement, très longtemps. Et la belle jeune fille aux joues roses et au regard bleu n'était plus là.

Ils sont restés ainsi un long moment, sans dire un mot, le regard perdu dans l'insondable brouillard. C'est elle, Odile, qui a rompu le silence pour demander à Max à quoi il rêvait.

Alors, il s'est mis à parler. Et, au fur et à mesure qu'il parlait, le brouillard se dissipait, comme si sa voix avait rempli tout l'espace. Un vent tout léger tiédissait le chaud soleil qui venait de percer le brouillard. Au pied de la falaise, les eaux du Saint-Laurent étaient bleu turquoise, traversées de courants très pâles, d'un vert argenté, avec au loin des plaques indigo. De grands navires, dont les cheminées rouges crachaient de lourdes fumées noires, glissaient dans ce berceau liquide, et on percevait jusque là-haut les vibrations de leurs machines. Dans le ciel flottaient de gros nuages blancs, que traversaient les goélands.

« Je pensais à nos pères et à nos mères débarqués ici, à l'embouchure de la rivière Saint-Charles, un jour pas si lointain. Ils étaient jeunes, beaux, courageux. Ils s'étaient évadés des traditions d'un monde déjà vieux pour venir cueillir ici les fruits d'une terre neuve et connaître la vraie liberté… Et je me disais que leurs descendants parmi lesquels je vis forment aujourd'hui un peuple que je trouve terriblement domestiqué. »

Puis il ajouta, avec de la colère dans la voix :
« Il faut cesser d'avoir peur. Il faut cesser d'avoir peur d'eux. »

Il avait l'œil droit tuméfié et portait une large ecchymose au front. Odile nota aussi que les jointures de sa main droite étaient déchirées.

« Vous étiez au château, hier au soir ? »
Il a ri. Très fort, très longtemps. Et Odile a pensé que son rire devait s'entendre jusque sur l'autre rive et jusque dans les chambres de l'hôtel. Tout le monde savait qu'il y avait eu, la veille au soir, une violente bagarre au bar du château et que Max Hubert avait presque assommé Thomas Bouvier à coups de poing. Bouvier était un grossier personnage, ivrogne, opiomane, disait-on, un débauché, qui passait ses nuits dans les bars et les lupanars et que protégeait néanmoins le tout-puissant Luc Meunier, père de la belle Dorothée dont Max Hubert était si désespérément amoureux.

Odile s'est approchée. Elle s'est blottie dans les bras de Max. Et tout a chaviré, le château, le soleil, le fleuve… Et elle s'est réveillée. Sans souvenir. Mais profondément troublée…

Ce n'est que plus tard dans la journée, en retrouvant dans le tiroir de sa table de chevet le livre de Jean-Charles Harvey que François lui avait prêté, *Les Demi-Civilisés*, qu'elle s'est souvenue de son rêve. Et le trouble savoureux qu'elle avait alors ressenti lui est revenu.

Ce Max Hubert était le héros du roman, fondateur et rédacteur en chef de la revue, *Vingtième Siècle*, qui «rompait avec le conformisme accepté, depuis un siècle et demi, par le troupeau servile ou terrifié».

Odile n'avait pas l'habitude de la lecture. Elle avait trouvé certains passages du livre de Harvey difficiles. Mais Max était si attachant, sa peine d'amour si touchante, qu'elle avait tout lu, jusqu'à ces mots terribles qui avaient fait frémir monseigneur Jean-Marie-Rodrigue Villeneuve, archevêque de Québec, lequel avait mis le roman de Harvey à l'index moins de deux semaines après sa parution. Odile commettait un péché en lisant ce livre. Harvey s'en prenait au clergé qu'il accusait d'avoir amassé illégitimement des biens immenses. Il dénonçait le pouvoir abusif de l'Église et le monopole qu'exerçait le clergé sur les connaissances, sur les écoles, les institutions. Il faisait dans son roman de saintes colères contre «le confort, le luxe et l'opulence édifiés avec la dîme du paysan ou du pêcheur, avec l'argent des gueux terrorisés par l'enfer».

«Il faut cesser d'avoir peur», répétait-il.

Harvey, lui-même rédacteur en chef du quotidien *Le Soleil* depuis 1927, avait créé un héros qui lui ressemblait, moderne, flamboyant. Toute la jeunesse de la province de Québec s'était entichée de ce héros, de ses idées. On reprenait ses paroles, on ressassait ses idées. Odile avait la certitude qu'elle n'était pas la seule à avoir rêvé de lui. Et elle souhaitait pouvoir encore le faire.

Comme son héros, Jean-Charles Harvey fréquentait les cafés de la rue Saint-Jean, de la côte de la Fabrique, même de la basse-ville et il parlait aux jeunes, aux intellectuels, aux ouvriers. Il disait tout haut ce que beaucoup de gens savaient et pensaient, non seulement que le pouvoir de l'Église catholique était abusif, mais aussi que les jeunes, malgré les interdits, s'aimaient et que les beaux soirs d'été, on pouvait entendre le long des sentiers qui sillonnaient les plaines d'Abraham les soupirs des filles en pâmoison, et qu'il y avait au château Frontenac des beuveries et des orgies auxquelles participaient non seulement la jeunesse dorée de Québec, mais aussi des hommes politiques, et même des ecclésiastiques.

Odile savait cela. Une fille de chambre voit et entend toujours plein de choses. Mais elle refusait, même ayant ces réalités sous les yeux, de les voir. En lisant Harvey, elle avait compris que ce qui à ses yeux était dépravé n'était pas le fait que les jeunes fassent l'amour hors des liens sacrés du mariage, ni même qu'ils se soûlent dans les bars et les tavernes de la basse-ville, mais le mensonge qui entourait tout cela, le mensonge obligé, imposé par la morale dominante des curés.

Dans son roman, comme dans ses éditoriaux, Harvey s'attaquait à l'élite de Québec, au clergé, aux notables, aux bourgeois grands et petits qui selon lui tournaient le dos à la modernité. Il traitait même les membres de la Ligue de moralité de stupides. Ces jeunes catholiques intransigeants et intolérants lacéraient les affiches de cinéma sur lesquelles paraissaient des femmes décolletées.

Odile n'ignorait pas que l'archevêché et les bourgeois grands et petits de cette bonne vieille ville de Québec avaient exercé de telles pressions sur les patrons du *Soleil* qu'ils ont contraint Jean-Charles Harvey d'abandonner son poste. Harvey ne fut pas le moins du monde étonné. Son propre héros Max Hubert, dont la revue *Vingtième Siècle*, était jugée trop libérale et anticléricale, avait été lui aussi mis au ban de la société québécoise.

Le premier ministre Louis-Alexandre Taschereau, dont il avait fidèlement et honnêtement servi les idées libérales, lui a trouvé au Service de la statistique un travail inepte qui lui a tout de même permis de faire vivre sa famille.

Quelques jours après avoir rêvé de son personnage, Odile aperçut monsieur Harvey sortant du château par la porte donnant sur la rue Saint-Louis. On le voyait souvent au château. Il avait toujours la tête haute, il saluait tout le monde, même les gens qu'il ne connaissait pas, et les chasseurs, les filles de chambre, les garçons d'ascenseur. Cette fois, il lui avait semblé triste, perdu dans ses pensées…

Odile a compris quelques jours plus tard la raison de cette tristesse. Jean-Charles Harvey était venu au château rencontrer le nouveau premier ministre du Québec, Maurice Duplessis, qui venait de prendre le pouvoir. Celui-ci avait signifié à Harvey qu'il était limogé et qu'il ferait mieux de s'effacer, de s'exiler à Montréal et d'y refaire sa vie. Ainsi, tant les unionistes que les libéraux le chassaient.

Harvey avait quand même semé dans la jeunesse de Québec l'idée du changement. L'élite n'a pas du tout été ébranlée, mais les jeunes, ceux qui avaient fait quelques études, ont reçu ses idées, ils ont été touchés et fascinés, mobilisés par son impertinence, son honnêteté, son courage. Et ses idées ont commencé à faire du chemin dans leur cœur.

Par le fait même de cette interdiction, son livre eut pour la jeunesse l'attrait du fruit défendu. Au moment où Odile en faisait la lecture, *Les Demi-Civilisés* avait eu déjà un grand retentissement. Toute la jeunesse le moindrement instruite l'avait lu et relu. Et parce que son héros Max Hubert était charmant, qu'il savait souffrir et se révolter, la jeunesse de Québec a voulu lui ressembler. Et comme lui, elle avait entrepris de changer le monde.

Une balle perdue

Odile déjeunait au réfectoire, quand un chasseur en livrée, un *bellboy*, comme on disait plus couramment à l'époque, est venu vers elle lui dire timidement qu'il s'appelait Frank Brettell et qu'il était originaire de Frampton, une petite communauté d'immigrants irlandais voisine de la Crapaudière.

« Je suis un Beauceron, comme toi, tu vois ! »

Il avait de beaux yeux noisette, le visage couvert de taches de rousseur et les cheveux roux, très abondants, très soyeux, « un renard », a pensé Odile.

Frank et Odile ont pris l'habitude de se voir, ils prenaient souvent leurs repas ensemble, ils allaient parfois au cinéma, le dimanche.

François, toujours curieux des fréquentations qu'entretenait sa petite sœur, a fait sa petite enquête. Il a vite compris qu'il n'y avait rien entre eux qu'une franche amitié. Et il s'est mis à sortir avec Brettell plus assidûment que ne l'avait fait sa sœur, descendant régulièrement dans les tavernes de la basse-ville où, certains soirs, ils se soûlaient copieusement tous les deux. Tous les trois devrait-on dire. Parce qu'il y avait toujours avec eux, formant ce qu'ils se plaisaient eux-mêmes à appeler le Trio infernal, un ex de Léona (et de nombreuses autres filles), typographe à l'atelier d'impression du château, beau bonhomme, très mince, très élégant, Roland, son nom, et très brun, mais avec une mèche blanche qui lui traversait la chevelure, comme un éclair. Il faisait de l'œil à toutes les filles, systématiquement. On disait que son métier de typographe au château était une couverture, qu'il entretenait divers trafics, qu'il fournissait de la drogue aux musiciens et aux artistes de passage au château. Et à certains clients. On croyait aussi qu'il avait passé de l'alcool aux États-Unis du temps de la prohibition. Il parlait parfaitement l'anglais. Nul ne savait d'où il sortait.

Roland était un excellent danseur. Une fille qui avait goûté au plaisir de faire quelques pas de fox-trot, de charleston ou, mieux encore, de rumba ou de samba avec lui ne pouvait plus lui résister.

Il n'était pas, comme François, habité d'idéaux. Chauffeur, cocher, guide, messager au service de divers fournisseurs du château, François avait beaucoup de relations dans toutes sortes de milieux, il fréquentait les intellectuels et les étudiants qui vivaient leur deuil de Jean-Charles Harvey, il avait, grâce à monsieur Barbeau, ses entrées chez les Indiens de Lorette, il connaissait bien les milieux ouvriers. Il parlait sans cesse de changer le monde, de renverser l'ordre établi.

Roland, lui, aimait mal faire, tout simplement. Lui-même le disait, parfois, quand il avait un peu bu. Tout ce qui était défendu, illégal, malséant, le fascinait. Il trompait ses blondes. En fait, il n'avait pas vraiment de blonde. Ou plutôt, toutes les filles étaient ses blondes. Et Odile, même si elle voyait tout cela, même si elle savait qu'il prenait plaisir à mal faire, et à mentir, aimait beaucoup être avec lui, surtout danser avec lui.

Frank, renard timide, réprouvait les idées excessives de François et l'immoralité de Roland, mais il était très impressionné par eux. Il était comme François farouchement antiroyaliste, « de père en fils et dans les siècles des siècles », disait-il.

Personne, pas même Odile, ne pouvait se mêler aux activités du Trio infernal. Elle avait cependant des liens étroits avec chacun de ses membres. Elle allait au cinéma avec Frank, elle allait danser avec Roland, elle allait chez les Sauvages avec François. Elle ne les voyait jamais ensemble.

Au printemps de 1939, un événement cristallisa les aspirations de chacun des membres du Trio infernal, la délinquance de Roland, les idéaux de François, l'anti-royalisme de Frank. Pour la première fois dans l'histoire de la Couronne, les souverains britanniques venaient en visite officielle au Canada. Le Trio infernal prit spontanément et unanimement la décision d'agir.

Escorté des destroyers canadiens *Skeena* et *Saguenay*, l'*Empress of Australia* à bord duquel se trouvaient Leurs Majestés a accosté à l'Anse-au-Foulon dans la nuit du 16 au 17 mai. Des milliers de gens s'étaient massés de grand matin sur les quais pour voir la reine et le roi du Canada descendre du paquebot royal, saluer la foule et monter dans la voiture tirée par six chevaux blancs qui les a emmenés à Spencerwood, la résidence du gouverneur général, lord Tweedsmuir.

Les souverains avaient été précédés de plusieurs centaines de journalistes et de photographes. Dès le vendredi précédent, le 12 mai, plusieurs s'étaient en effet inscrits au château Frontenac où on leur avait préparé un local de presse comme on n'en avait jamais vu au Canada. Tout le Café de la Fontaine et la petite salle attenante avaient été mis à la disposition des journalistes.

Pour la première fois dans son histoire, Québec avait été reliée par télétype, une invention toute récente, à toutes les grandes villes des États-Unis, de la France et du Royaume-Uni. Cet appareil ultra moderne permettait la transmission rapide non seulement des articles que rédigeaient les journalistes, mais également des téléphotos que les photographes développaient dans un laboratoire aménagé et équipé par le château à leur intention. Dès le lendemain, on était ainsi informé, à Montréal et à Ottawa, à Londres, à New York, à Paris, à Chicago, de ce qui s'était passé à Québec.

Parmi ces journalistes se trouvait le célèbre Webb Miller, gérant européen de la toute-puissante United Press, sans doute le correspondant de guerre le plus célèbre dans le monde entier, un héros et un modèle pour tous les journalistes. Il avait couvert la guerre d'Éthiopie, la guerre civile espagnole, l'envahissement de la Tchécoslovaquie par les troupes hitlériennes. Il avait écrit un livre fameux *I found no peace*, que François avait lu à l'époque où il rêvait de faire du journalisme.

François voulait rencontrer Webb Miller. Pour lui parler si possible du Canada français. Même le plus grand journaliste du monde ne pouvait, en ne passant que quelques jours dans ce pays, et au moment où des souverains y retenaient toute l'attention, comprendre les aspirations du peuple canadien-français. François voulait expliquer, il voulait que Webb Miller comprenne de l'intérieur les motivations profondes qui les poussaient, lui et ses amis, à commettre les actes qu'ils préparaient et qu'il en saisisse toute la portée.

Chacun des membres du Trio avait informé Odile du projet. Elle était de tout cœur avec eux. Une semaine avant le débarquement royal, *Le Soleil* avait publié les noms des huit jeunes filles préposées aux vestiaires des souverains. Et on rappelait avec fierté qu'elles étaient toutes filles de ministres. En lisant ce texte, en voyant la photo des huit jeunes filles souriantes, Odile avait eu un pincement au cœur.

« Pourquoi des filles de ministres ? se demandait-elle. Sont-elles plus propres que moi ? Savent-elles ranger, nettoyer, faire un lit, blanchir et repasser des vêtements, les empeser, les plier, mieux que moi ? »

Elle a cependant chassé ces pensées amères et refoulé sa colère tout au fond de son âme. François, lui, brandissait la sienne comme une arme. Il avait sursauté quand il avait lu, toujours dans *Le Soleil*, qu'il n'était pas « dans notre pays de groupe ethnique plus loyal à la couronne que les Canadiens français ». Et on parlait dans le même article de « la joie du peuple ».

« Quelle joie ? Où ça de la joie ? », demandait-il. Il voulait dire à Webb Miller qu'il n'y avait pas de joie dans ce pays. Que la presse ne rendait pas compte de la réalité, mais qu'elle ne faisait que louanger l'élite, mentir.

Mais François se trompait. De la joie, il y en avait partout, ou presque, plein les journaux, bien sûr, plein les chaumières aussi, et plein les rues. Une joie innocente, de la liesse pure... Comme s'il était flatté de voir son roi et sa reine débarquer chez lui, le peuple pavoisait, nettoyait et balayait ses rues, ses plates-bandes, ses parcs, il repeignait murs et clôtures.

Comme toutes ses amies, et malgré cette petite colère qu'elle avait en elle, Odile rêvait d'apercevoir les souverains, ne fût-ce qu'une seconde. Et chaque jour, elle lisait avec avidité les journaux qui donnaient à pleines pages mille et un détails sur l'événement attendu.

On savait que deux Buick, une Chrysler et une Lincoln V12 avaient été mises à la disposition des Majestés britanniques. Et on connaissait en détail l'itinéraire de leurs déplacements dans Québec. François et ses amis se proposaient d'intervenir. Sans violence, mais très ostensiblement et spectaculairement, pour choquer, « pour éveiller », disaient-ils.

Sur tout le parcours que les souverains allaient emprunter le jour de leur arrivée, Cap-Blanc, rue Champlain, côte Gilmour, parc des Champs-de-Bataille, sortie du monument Wolfe, Grande Allée et avenue Dufferin, on avait pavoisé et on avait rangé, de chaque côté du chemin, des centaines d'écoliers, de collégiens, de couventines, en plus des membres de la Ligue du Sacré-Cœur, des Lacordaires, des Dames de Sainte-Anne, des Enfants de Marie, des Croisés, des Scouts, des Zouaves pontificaux, de la Ligue de moralité, tous avec leurs couleurs, leurs bannières, formant une haie ininterrompue. Et le peuple, qui n'avait pas de drapeau à lui, agitait ceux de sa mère patrie, de ses colonisateurs, le bleu, blanc, rouge, le fleurdelisé, l'Union Jack, et les drapeaux du Vatican, chantant à tue-tête *J'irai la voir un jour* en même temps que le *God Save the King*. Tous ces hymnes et ces cantiques mêlés aux airs de fanfare formaient une extraordinaire cacophonie.

François et ses amis, une dizaine d'étudiants des séminaires de Lévis et de Québec, auxquels s'étaient joints Frank et Roland, s'étaient retrouvés au milieu de la côte Gilmour. Quand le cortège royal est arrivé à leur hauteur, ils lui ont ostensiblement tourné le dos et ont brandi à bout de bras le drapeau britannique qu'ils avaient monté à l'envers sur une hampe que Roland avait volée au Cercle Lacordaire. Du sommet du cap, des complices avaient lancé au vent des milliers de tracts (imprimés bien sûr clandestinement par Roland sur les presses du château) qui se sont posés, comme un peuple de colombes, sur la foule et sur le cortège. On y disait que l'archevêque de Québec était un traître à la patrie, que le gouvernement était dirigé par des vendus et que les souverains étaient venus chercher ici de la chair à canon…

Le lendemain, on parlait dans les journaux de «ces grossiers jeunes gens incapables du respect élémentaire que tout citoyen doit à ses souverains légitimes». Mais François était déçu. Leur geste n'avait pas eu l'impact souhaité. Nulle part on n'a repris une seule ligne des tracts qu'il avait si soigneusement rédigés. On a tout fait pour en minimiser la portée. Les journaux soulignaient au contraire que la visite royale allait donner une vigueur nouvelle à l'industrie du tourisme et un prestige accru au château Frontenac.

«La ville de Québec doit être reconnaissante à George VI d'avoir bien voulu l'honorer de sa présence», voilà ce que ne cessaient de répéter en gros les journaux et la radio.

François, lui, cherchait toujours à joindre Webb Miller qui aurait compris la nature de ce geste. Il l'avait entendu à la radio qui parlait en français de ses reportages et des guerres qu'il avait couvertes. Et il disait aux gens de Québec qu'ils devraient se compter chanceux de vivre dans un pays si paisible, loin des convulsions de l'histoire.

«C'est ça qui m'enrage, disait François. Et pour deux raisons. D'abord, c'est pas du tout une richesse que de vivre en dehors de l'histoire comme nous faisons. Ensuite, c'est faux de dire qu'il y a ici de la justice et de l'équité. Nous sommes un peuple conquis tous les jours, exploité.»

Mais il lui était impossible d'approcher du château. Des cordons de policiers interdisaient même l'accès à la place d'Armes, au jardin des Gouverneurs, à la terrasse.

Plein de gens s'étaient massés autour du château dans l'espoir d'entrevoir les souverains. Ceux-ci étaient si bien entourés et protégés qu'il était pratiquement impossible de les apercevoir.

Odile eut l'idée d'aller dans Saint-Sauveur sur le parcours que les souverains devaient emprunter le lendemain pour faire ce que François avait appelé «leur grande traversée du peuple».

Dans l'après-midi, à 14 h 40, après un déjeuner au château Frontenac, le cortège royal devait se rendre au parc des Champs-de-Bataille et à Spencerwood, après un long détour dans la basse-ville. Il traverserait les quartiers populaires de Saint-Roch, Saint-Sauveur, Limoilou en empruntant la côte de la Fabrique, les rues Saint-Jean, des Glacis, d'Aiguillon, les côtes d'Abraham et de la Couronne, les boulevards Charest et Langelier, les rues Saint-Joseph, Saint-Vallier, Montmagny, la côte Franklin, le chemin Sainte-Foy, l'avenue des Braves, enfin le chemin Saint-Louis jusqu'au parc des Champs-de-Bataille. Les journaux avaient publié l'horaire et l'itinéraire détaillés.

Les trois Beaucerons, François, Odile et Frank, et Roland avaient tenu à suivre l'événement. Ou plutôt à le précéder. Comme beaucoup de badauds, ils ont fait le trajet à pied, une bonne heure avant le défilé, constatant l'imposant dispositif policier qui les a forcés à plusieurs reprises à passer par des rues de travers pour contourner certaines places auxquelles n'avaient accès que les membres de quelque ligue ou confrérie, les Zouaves ou les Chevaliers de Colomb ou l'omniprésente Ligue de la moralité, qui avaient obtenu des autorités l'exclusivité de certains lieux stratégiques et qui entendaient faire régner partout la loi et l'ordre.

« Des vendus », disait François avec colère.

Il savait bien que le peuple était profondément et aveuglément antiroyaliste, même la majorité des curés, tout le bas clergé en fait, pour qui le roi d'Angleterre, protestant, représentait un danger mortel. L'élite par contre, et particulièrement l'élite religieuse, accueillait les souverains avec déférence et servilité.

Monseigneur Villeneuve, convaincu que Hitler et le nazisme faisaient courir le monde et la chrétienté à la catastrophe, s'était prononcé en faveur de la guerre totale et de la conscription. Cette prise de position en avait fait un ennemi des nationalistes canadiens-français parmi lesquels militaient François et ses amis.

L'archevêché, du haut des chaires de toutes les paroisses et par le truchement de son fidèle porte-voix, *L'Action catholique*, avait rappelé à ses ouailles que les souverains britanniques régnaient en toute légitimité sur le Canada, qu'on leur devait le plus profond respect et qu'il fallait les recevoir convenablement, leur manifester « notre reconnaissance et notre joie les plus sincères ».

Le roi et la reine ne s'étaient-ils pas adressés au peuple en français ?

« Faut pas se leurrer, disaient les nationalistes. Tout ça, c'est parce qu'ils ont besoin des soldats canadiens. L'Angleterre sera bientôt en guerre. Le roi est venu nous chanter la pomme pour qu'on lui envoie notre 22ᵉ régiment, sans lequel il ne pourrait jamais écraser Hitler. »

Toute protestation ouverte était téméraire pour ne pas dire suicidaire. Les journaux dissidents étaient muselés. Imprimé par *L'Action chrétienne* que contrôlaient les syndicats catholiques, *Le Nationaliste* avait été ipso facto censuré. Non parce qu'il avait fait déjà l'apologie de Hitler, de Mussolini et de Franco, mais parce qu'il s'opposait à la conscription, au pouvoir anglais, aux souverains, à l'élite religieuse. Et le peuple, malgré les réticences des curés, avait suivi. Québec a toujours raffolé des parades, militaires ou religieuses, des processions. Par sa seule présence à Québec, George VI apaisait toute colère et créait une fête.

Dans Saint-Sauveur, plus que partout ailleurs, on avait décoré et pavoisé. On avait tendu au-dessus des rues des centaines de banderoles sur lesquelles étaient écrits en grosses lettres rouges, bleues, dorées divers slogans, des devises et de pieuses invocations : *Saint Jean Baptiste, protégez notre race. Saint Joseph, donnez-nous des familles nombreuses. Sacré-Cœur, éclairez-nous. Sainte Jeanne d'Arc, sauvez la France.*

Les chants patriotiques se mêlaient aux cantiques. On entendait simultanément le *God Save the King* et sa version française que *L'Action catholique* avait publiée quelques jours plus tôt, le *Dieu protège le roi, en lui nous avons foi* que les enfants de plusieurs écoles avaient répété ad nauseam au cours des jours précédents.

Odile réalisa que son frère François regardait cette scène non plus avec la colère qui depuis des semaines l'emplissait, mais avec une sorte de sérénité et de détachement, comme s'il était tout à coup libéré de toute passion politique. Il regardait, sourire aux lèvres, la foule en liesse, la joie de ce peuple qui, parce qu'un défilé lui était offert, renonçait d'emblée à toutes ses idées, oubliait les dangers qui le menaçaient, l'entreprise d'enfirouapage dont il était l'objet.

Dans Saint-Sauveur, le sentiment antiroyaliste était extrêmement puissant. Mais il suffisait d'un peu d'apparat et de décorum (et bien sûr de la forte recommandation de l'archevêché) pour que tout soit oublié, que tout ne soit plus qu'une fête dénuée de tout sens politique. Les enfants infirmes de l'école Cardinal-Villeneuve avaient été installés sur les marches du musée provincial, des banderoles pendaient de partout, flottaient au vent, même les petits de l'école maternelle Notre-Dame-de-la-Providence avaient été amenés là par les sœurs qui en avaient la charge.

La rue Montmagny que devait emprunter le cortège royal était sans doute la plus décorée de toutes, comme si chacun s'était ingénié à faire mieux que son voisin. Les banderoles, les bannières, les drapeaux formaient au-dessus de la rue une sorte de dais. Devant certaines maisons, on avait même allumé des lampions et sorti et arboré bien haut le grand crucifix, des images du Sacré-Cœur, des cœurs saignants, des statues de la Vierge, des fleurs de papier, tout le beau, le précieux et le sacré qu'on possédait.

Une seule maison de cette rue n'était d'aucune manière décorée. Rien, aucun pavillon, pas même une fleur, pas le plus petit lampion. C'était une chose extraordinairement incongrue, comme un insolant et discordant silence au milieu d'un concert.

Sur le balcon de cette maison se trouvait une grosse femme à cheveux gris, en robe à pois, assise dans une berceuse. Une femme plus jeune, quarante ans peut-être, occupait avec un homme en uniforme de chauffeur d'autobus un vieux fauteuil d'automobile. Deux jeunes de l'âge de Frank et de François se tenaient dans l'ombre, derrière eux. Du haut de leur balcon, ils regardaient le spectacle de la rue et attendaient le défilé, sans participer le moindrement à la fête.

Intrigués, Odile, Frank, Roland et François tentèrent de s'approcher, remontèrent la rue jusque devant la maison, mais il leur fut impossible de traverser. La foule était soudainement devenue très dense et mouvante. Et les policiers du service d'ordre avaient formé de chaque côté une haie infranchissable. Le cortège royal approchait, précédé de la fanfare du 22e régiment dont on entendait déjà la musique qui prenait au ventre et y mettait de la joie, de la chaleur, de l'exaltation.

C'est alors qu'Odile a remarqué dans la foule, à quelques pas de l'endroit où elle se trouvait, un grand jeune garçon portant une casquette rouge et tenant nerveusement un gant de base-ball, les yeux rivés sur la maison d'en face, la maison sans décoration, sans lumière. En suivant son regard, elle a aperçu, à côté de cette maison, un peu vers l'arrière, vers le fond de la cour, de sorte qu'il n'était vu que par les quelques personnes qui se trouvaient juste devant lui, un garçon blond qui regardait dans leur direction. Odile a compris que quelque chose allait se passer. Et elle a fait signe à François.

« Regarde ce gars-là, au fond de la cour ! »

Quand le cortège est parvenu à leur hauteur, le garçon à la casquette rouge qui se trouvait près d'eux a tenu son gant bien haut, par-dessus les têtes des badauds. Et de l'autre côté de la rue, du fin fond de la cour de cette maison pas comme les autres, le beau garçon blond a lancé une balle de base-ball qui est passée devant la limousine royale, juste sous le nez des souverains, et est venue se loger dans le gant du garçon à la casquette rouge qui s'est aussitôt enfui, comme s'il venait de saisir un trésor.

Il y eut des cris, une formidable échauffourée, la limousine royale accéléra et disparut par la côte Franklin précédée et suivie des motards de la police et de l'armée. De chaque côté de la rue, les policiers repoussèrent brutalement les gens. Des agents de la Police provinciale ont fendu la foule et sont entrés en courant dans la cour où se trouvait le garçon blond. La grosse femme est descendue de son balcon pour les apostropher et les invectiver. Odile a cru voir un curé en soutane qui tentait lui aussi d'intervenir. Dans la bousculade, Odile, Franck, François et Roland ont été emportés. Ils ont quitté les lieux.

On a parlé abondamment de la balle de baseball dans les journaux des jours suivants, tous condamnant le geste du « jeune écervelé »… et puis tout fut oublié.

Ce ne fut que beaucoup plus tard, et dans de tout autres circonstances, que François entendit de nouveau parler de cet événement.

Conscrits et déserteurs

En septembre, sentant l'Angleterre et la France menacées, le Canada avait déclaré la guerre à l'Allemagne. François était entré, comme beaucoup de jeunes Canadiens français, dans une sainte colère.

« On ne doit rien à la France qui nous a abandonnés, disait-il. Et rien à l'Angleterre qui nous a colonisés, qui a tout fait pour nous assimiler. Je ne vois pas pourquoi on devrait aller se faire tuer pour elles. »

À Montréal et à Québec, les jeunes descendaient dans la rue, pour protester contre la conscription. À Québec, ils se réunissaient au carré d'Youville et sur la terrasse Dufferin. Odile se mêlait à eux, parfois seule, parfois avec Roland ou François ou Frank. Ils allaient dans les cafés de la rue Saint-Jean ou de Saint-Sauveur.

François distribuait sous le manteau des tracts qu'il avait imprimés avec la complicité de Roland, sur les vénérables presses à bras du château Frontenac que dirigeait depuis une dizaine d'années un certain monsieur Vachon qui, avec ses aides, imprimaient tous les menus des restaurants et les affiches qu'on plaçait dans les cages des ascenseurs ou sur les murs des corridors. À quelques reprises, à l'insu de son patron, Roland a pu imprimer de nuit les textes rédigés par François et ses amis nationalistes, des charges incendiaires contre l'establishment, contre les Anglais, quelques fois même contre l'Église.

Odile avait de plus en plus envie et besoin de sortir du château. Pour se retrouver là où il lui semblait que se trouvait la vraie vie, excitante, imprévisible, bouleversante.

Au château, on avait de plus en plus l'impression d'être hors du monde. Le gérant, Benjamin A. Neal, avait maintenu l'interdit sur les uniformes militaires. Les soldats qui entraient au château, quel que soit leur grade dans l'armée, devaient porter des vêtements civils. Neal avait connu les frères Maxwell et adopté leur vision. Il voulait que l'hôtel qu'il dirigeait, « qui ne ressemblait à aucun autre au monde », reste, du moins en apparence, une oasis et un havre de paix et que sa clientèle puisse, pendant le séjour qu'elle y faisait, échapper à l'inquiétude terrible qui partout au-dehors étreignait le monde. Le château restait ainsi un lieu unique où on s'efforçait d'oublier les malheurs qui frappaient l'humanité.

Dans cet esprit, et pour protéger ce lieu, la direction de l'hôtel insistait pour que les traditions de divertissement soient maintenues. On en a même élargi l'éventail, proposant à la clientèle un nombre toujours plus grand de loisirs, de jeux, de distractions.

L'orchestre de Gilbert Darisse devait régulièrement renouveler son répertoire et y inclure les airs et les rythmes nouveaux. Tous les soirs, beau temps, mauvais temps, le swing, moelleux, poignant et envoûtant, remplissait la salle de bal. Le doux Gilbert Darisse était un artiste comblé. Toutes les tendances nouvelles, il devait les connaître, les pratiquer. Son orchestre, qui comptait une formidable section de cuivres, recevait régulièrement des musiciens étrangers, de Montréal, New York, Chicago, La Nouvelle-Orléans. Chaque fois qu'elle le pouvait, Odile allait danser. Le plus souvent avec Roland. Elle fut quelques fois rappelée à l'ordre par la gouvernante informée de ses sorties nocturnes. Mais Darisse lui-même était intervenu. Il avait besoin de bons danseurs, en début de soirée surtout, pour créer une bonne ambiance.

Le château, parce qu'il était presque le seul endroit à Québec où descendaient des étrangers, beaucoup d'Américains branchés, jeunes, très actifs, restait le lieu d'entrée des nouvelles tendances du monde, des modes vestimentaires, artistiques, musicales. Nulle part ailleurs dans cette bonne vieille ville de Québec encore timide et prude on aurait pu produire impunément un orchestre de swing, encore moins de boogie-woogie. Sauf peut-être dans quelques bouges infréquentables de la basse-ville. Le pouvoir religieux fermait les yeux sur les activités ludiques que le château proposait à sa clientèle, puisque celle-ci venait en grande majorité de l'extérieur. Mais il voyait toujours d'un fort mauvais œil ses propres ouailles participer aux danses barbares, préludes selon lui à d'effroyables orgies, que proposaient ces musiques dangereusement suggestives.

Roland avait acheté à Odile des vêtements à la mode, il lui avait appris à se maquiller. Elle pensait à sa tante Ursule qui faisait de même autrefois. Elle se sentait devenir dure parfois, arrogante. Elle se plaisait à éveiller le désir chez Roland et à se refuser à lui. Elle savait bien au fond qu'il n'était pas un ange. Mais elle ne craignait rien de lui.

« Je ne l'aime pas. Et je le fais souffrir, ça se voit. Il ne peut pas me faire pâtir. »

Il était pourtant si beau, le flamboyant Roland, avec sa mèche blanche zébrant sa sombre chevelure, son sourire dévastateur… Odile n'aurait su dire pourquoi, mais elle savait qu'elle ne ferait jamais l'amour avec lui. Et elle prenait un malin plaisir à l'exciter. Quand elle le quittait, à 10 heures, ordre de la gouvernante, elle voyait bien que chaque soir plusieurs filles s'offriraient pour le consoler ou, comme disait Léona, le soulager.

Certains jours, Odile trouvait oppressante cette atmosphère trop paisible et irréelle qui régnait au château, cette sérénité artificielle.

« On n'a pas le droit de danser quand il y a la guerre, disait François.

— Il faut continuer à faire de la musique, répondait Darisse. La musique adoucit les mœurs, elle crée du bonheur et aide à vivre. »

François offrait toujours ses services de guide aux touristes du château. Mais peu à peu on aurait dit que ceux-ci se désintéressaient de l'étude des mœurs des habitants de l'île d'Orléans ou des Sauvages de Lorette qui, pendant des années, les avait tant passionnés. La guerre mobilisait désormais non seulement les jeunes hommes, mais également les idées, les pensées, les loisirs. Du Canada, de Toronto, de Montréal, d'Ottawa, presque plus personne ne venait au château. Sauf des ministres ou des fonctionnaires, des militaires et des industriels, préoccupés, nerveux, qui y faisaient de courts séjours, y tenaient de très secrètes réunions et repartaient bien vite.

De temps en temps, François agissait encore comme chauffeur, non pour les militaires et les politiciens qui étaient toujours accompagnés de leur staff, mais pour les industriels et les hommes d'affaires qui venaient s'entretenir avec eux. Comme les ingénieurs de l'Alcoa venus de Montréal, de Shawinigan et d'Arvida rencontrer le très coloré ministre des Munitions et des Approvisionnements, Clarence Decatur Howe, lui-même ingénieur, qui faisait campagne auprès des scientifiques et des industriels canadiens pour qu'ils participent à l'effort de guerre, qu'ils outillent leurs usines et les adaptent le plus rapidement possible à des productions de pointe.

Pour écraser Hitler, il fallait construire par centaines des avions et des tanks. Les alumineries et les aciéries devaient répondre aux besoins de l'industrie. Tout cela stimulait l'économie, créait beaucoup d'emplois, beaucoup de richesse.

Ces hommes d'affaires qui se rencontraient au château faisaient la guerre d'une certaine façon, même s'ils n'étaient pas militaires et même si au fond ils ne tenaient pas nécessairement à gagner cette guerre; ils voulaient en profiter, tout simplement. C'est ce que François et ses amis prétendaient, ils disaient que cette guerre était voulue non seulement par les Allemands, mais surtout par ces industriels et les barons de la haute finance. Et qu'il fallait lutter contre eux. Ne pas faire leur guerre.

Mais un beau jour, Roland fut conscrit. Pas une seconde la pensée qu'il devrait s'enrôler ne l'a effleuré. Au contraire, il était très excité à l'idée d'entrer dans la clandestinité.

«Je serai déserteur», disait-il, fièrement.

Plusieurs jeunes s'étaient enfuis dans des camps de bûcherons ou des cabanes à sucre. Mais Roland ne voulait rien savoir d'aller vivre au fin fond de la forêt beauceronne.

«Je suis un gars de ville, disait-il.

— Mais tu pourras jamais te cacher en ville. Tu vas te faire arrêter. Tu vas te retrouver en prison, comme Camillien Houde.

— Pas aux États-Unis. Ils sont pas en guerre, eux. »

Comme chaque année, les Américains sont venus en grand nombre passer les Fêtes au château, de New York, de Chicago, même de Los Angeles. Il y eut aussi quelques riches familles mexicaines et brésiliennes. Et les Bostoniens ont tenu leur party traditionnel, le plus gros, le plus joyeux, le plus sympathique de tous, sept wagons bien remplis (33,50 $ dans un wagon ordinaire, 44,50 $ pour une couchette), entrés à la gare du Palais au matin du 29 décembre. François a fait ce jour-là pas moins de cinq voyages pour transporter passagers et bagages.

Tous savaient bien que Roland saurait se débrouiller dans la clandestinité. Il connaissait plein de gens. Il avait partout des relations, son petit calepin rempli des adresses, des numéros de téléphone de tous ces musiciens qui venaient se joindre pendant quelque temps au *big band* de Darisse.

Il est parti sans faire d'adieu. Soudain, on ne l'a plus vu. Pendant un temps, Odile a beaucoup pensé à lui, l'imaginant dans les grandes villes de lumière où il faisait danser d'autres filles. Où peut-être de temps en temps il pensait à elle. Et c'était comme si elle avait voyagé un peu elle aussi, comme si elle était sortie enfin de ce petit monde étouffant et irréel auquel elle était confinée.

François fut à son tour conscrit. Mais quatre jours avant son examen, il s'est cassé une jambe en descendant trop vite d'une voiture qu'il croyait avoir immobilisée. Il s'est rendu à l'examen avec son plâtre et son billet du médecin de l'hôpital Saint-François-d'Assise. Il avait envie de dire au militaire qui l'interrogeait qu'il ne serait jamais allé à la guerre de toute façon, qu'il était contre la conscription, qu'il se serait laissé emprisonner, comme Camillien Houde, le maire de Montréal.

Québec se vidait. Les jeunes partaient soit pour les vieux pays, soit pour le fond des bois.

Dans sa solitude et son inactivité, François s'était mis à suivre avec passion les événements terribles qui se déroulaient en Europe. Sur une carte qu'il avait fixée au mur du logis qu'il occupait avec Laurence, il marquait au crayon gras les invasions et il suivait avec jubilation l'avancée des troupes allemandes. La Pologne écrasée par le Reich allemand, occupée depuis trois ans, l'invasion du Danemark et de la Norvège, puis de la Belgique et de la Hollande, plus tard, début 1941, de la Grèce et de la Yougoslavie, la défaite militaire et l'occupation de la France, l'attaque de l'URSS, et maintenant les U-Boot allemands se rendaient maîtres de la guerre sous-marine dans l'Atlantique.

Comme beaucoup de Canadiens français à l'époque, François admirait Adolf Hitler, le guerrier audacieux qui s'était emparé de l'Europe corps et âme. Sur une carte de l'Asie et du Pacifique, il a suivi les campagnes japonaises, en Birmanie, à Java, aux Philippines, dans tout le Pacifique Sud. Au Canada français, beaucoup de gens appuyaient comme lui les forces de l'Axe. Bien sûr, ces idées ne pouvaient être ouvertement exprimées depuis que le Canada était en guerre contre l'Allemagne. Adrien Arcand, le chef antisémite du Parti de l'unité nationale était interné depuis 1940. Mais la pensée fasciste continuait de circuler parmi le peuple. Les éditorialistes de *L'Action catholique* avaient écrit pendant des années qu'ils voyaient dans le fascisme un élément capable de préserver, de conserver les valeurs fondamentales sur lesquelles reposaient toutes les grandes institutions de la société québécoise.

Seul parmi les intellectuels canadiens-français, Jean-Charles Harvey, depuis son exil à Montréal où il dirigeait *Le Jour*, s'était dès le début du conflit prononcé contre l'Allemagne et pour la conscription. Il a vu, lui, dès le début, que cette guerre avait comme enjeux la liberté et la démocratie. Et qu'elle n'était pas, comme on avait écrit dans *Le Devoir*, un simple conflit commercial entre l'Angleterre et l'Allemagne. Et dès 1942, alors que *Le Devoir* trouvait normal, voire indiqué, que Vichy impose aux Juifs le port de l'étoile jaune, il dénonçait avec colère «l'extermination abominable et systématique» pratiquée dans le ghetto de Varsovie. Lorsque le général de Gaulle avait appelé à la résistance, Harvey avait été l'un des seuls intellectuels québécois à le soutenir sans réserve. Les autres, même les démocrates progressistes (comme Gérard Pelletier) se méfiaient de Harvey, parce qu'il n'était pas un bon catholique, parce qu'il était séparé et vivait en concubinage avec l'amour de sa vie, Évangéline Peland, la mère de son dernier enfant.

François cependant ne le lisait plus. Très peu de gens à Québec lisaient alors les journaux montréalais. S'il voulait s'enrôler, ce n'était pas pour défendre les idéaux que Harvey sentait menacés, c'était pour voir la guerre, ce monstre fascinant, puissant, effrayant, dont tout le monde parlait partout et tout le temps. Il voulait le voir, face à face, comme d'autres voulaient voir la tour Eiffel ou l'Empire State Building, ces merveilles du monde moderne. Il ne sortait plus. Il passait des soirées entières allongé sur le dos à regarder le plafond, à fumer, à écouter la radio qui diffusait des nouvelles de là-bas, insatiable, pensif, absent déjà.

Il avait tout simplement envie de voir la guerre, d'un bord ou de l'autre. Mais il n'osait pas le dire clairement, ni même s'avouer ses motivations intimes qu'il comprenait confusément. Il avait 22 ans déjà, tous ses cheveux, toutes ses dents, sa blessure n'avait laissé aucune séquelle, il considérait qu'il n'avait rien vu, rien fait de sa vie. Il voulait partir. Pas nécessairement pour aller sauver la patrie, ni même pour se battre contre les Allemands. Il voulait, bien égoïstement, connaître autre chose, voir le grand combat.

« Tout ce que je peux te dire, finit-il par avouer à Laurence, c'est que ça m'attire et qu'il faut que j'y aille. C'est comme un vertige.

— Si c'est voir la guerre qui t'intéresse, lui disait Frank Brettell, engage-toi comme reporter. »

Oui, mais où? Tout le monde savait fort bien que pour être reporter à Québec, soit au *Soleil*, toujours propriété de l'ex-ministre Jacob Nicol, ou à *L'Action catholique*, il fallait un mot de recommandation de son député libéral ou de son curé. François n'avait aucune chance, ni d'un côté, ni de l'autre. Sans être une figure publique, il avait trop souvent participé à des manifestations parfois violentes, pour n'être pas connu dans Québec comme un fervent de l'agitation politique et sociale. Et le curé de sa paroisse savait très certainement qu'ils vivaient dans le péché, lui et Laurence, comme mari et femme. Et qu'ils allaient rarement, pour ainsi dire jamais, à la messe.

Odile, elle, sentait qu'il n'y avait pas de place pour une pauvre fille dans cette histoire. C'étaient des hommes qui décidaient de tout, qui faisaient cette guerre, qui en profitaient.

De même qu'autrefois, toute petite, à la Crapaudière, elle admirait les beaux objets à l'église que les filles ne pouvaient toucher, elle se sentait tenue à l'écart du monde, enfermée dans ce château, murée, à l'abri étouffant des rumeurs de la guerre. Elle n'avait pas de rôle. Elle ne dansait plus.

Seuls des hommes étaient conscrits, eux seuls étaient exaltés, mobilisés corps et âmes par cette guerre. Elle voyait François si excité par tout ce qui se passait là-bas. Mais elle, pourquoi l'aurait-elle été? D'aucune manière, elle n'aurait pu prendre part à ce grand jeu.

La guerre appartenait aux hommes, comme tout le reste, l'argent, le pouvoir, même l'amour. Tous les hommes sont des Américains.

Mais des guerriers allaient bientôt entrer au château et briser l'enfermement.

Opération Overlord

Cet été-là, pendant trois semaines, l'hôtel Frontenac a été un château fort pratiquement inexpugnable, même pour ses habitués, même pour les employés qui en connaissaient tous les recoins et les entrées. Rue du Trésor, rue des Carrières, du côté de la terrasse, du côté du jardin des Gouverneurs et de la rue Saint-Louis, toutes les entrées étaient surveillées jour et nuit. Tous les employés du château et des entreprises qui faisaient affaire avec lui, fournisseurs, éboueurs, livreurs, messagers, furent interrogés un à un, épiés, fichés; certains, dont François bien évidemment, furent rapidement écartés. Les autres furent munis de laissez-passer, même les filles de chambre qui habitaient au château.

La terrasse Dufferin fut interdite au public. On inspecta minutieusement ses dessous et la falaise et les rues sous le cap, de même que toute la côte de Lévis où des surveillants furent postés en permanence. Sur le fleuve, la circulation fut contrôlée. On ferma le funiculaire. Les 849 clients de l'hôtel, y compris les six résidents permanents, dont Maurice Duplessis, alors chef de l'opposition, ont dû quitter les lieux. Quelque 2000 réservations ont été annulées. Pendant des jours, on a examiné avec le plus grand soin chacune des 723 chambres que comptait alors le château, jusqu'au fin fond des penderies, sous les lits et les fauteuils, même sous les tapis et derrière les calorifères.

À travers la ville, les rumeurs circulaient bon train. On disait que Churchill, Roosevelt et Staline allaient tenir une conférence au château. Que des sous-marins patrouillaient déjà le fleuve jusque dans le lac Saint-Pierre, que les canons de la citadelle et du Bastion du roi avaient été remis en état. Et que les Alliés établiraient leur quartiers généraux permanents au château Frontenac, parce que les grandes villes d'Europe étaient détruites et que les Américains, sans cœur comme toujours, ne voulaient pas de trouble chez eux. Les Allemands pouvaient donc attaquer d'un jour à l'autre. Québec deviendrait comme les grandes villes d'Europe un théâtre de guerre, menacée elle aussi de bombardements.

Les conférenciers sont arrivés le mardi 10 août, avec leurs gardes du corps, leurs aides de camp, leurs conseillers, leurs chauffeurs et leurs valets. Il s'agissait du premier ministre de la Grande-Bretagne, Winston Churchill, du président américain Franklin Delano Roosevelt et du premier ministre du Canada, William Lyon Mackenzie King qui, selon les observateurs, n'aurait pas vraiment son mot à dire dans les discussions et se cantonnerait dans le rôle de l'hôte. Au grand soulagement des bonnes âmes de Québec, Staline, ce mécréant qui persécutait l'Église catholique de Russie, n'était pas venu.

Churchill et Roosevelt, deux des hommes les plus puissants de l'époque, s'étaient déjà rencontrés en grand secret deux ans plus tôt sur le navire de guerre *Prince of Wales*, au large de Terre-Neuve. Les États-Unis n'étaient pas encore en guerre à cette époque, mais Roosevelt avait tout de même signé la Charte de l'Atlantique qui prévoyait entre autres choses qu'aucune modification territoriale ne serait faite en Europe, quoi qu'il arrive, sans l'accord des populations concernées et que les États agresseurs seraient désarmés. Roosevelt avait assuré Churchill que son pays, s'il participait au conflit, se rangerait du côté des Alliés. Les deux hommes s'étaient revus par la suite, en janvier 1943, à Casablanca. On savait qu'ils préparaient alors un plan pour envahir l'Europe que contrôlaient entièrement les nazis. La conférence de Québec avait sans doute pour but de peaufiner ce plan. Quant à savoir où et comment l'invasion serait faite, personne n'en avait la moindre idée…

Pour des raisons de sécurité, les chefs d'État ont été logés à la citadelle. Ils allaient cependant tenir leurs réunions au château où ils prendraient tous leurs repas et où habitaient tous leurs conseillers, de même que la majorité des journalistes et des photographes venus de partout au Canada, des États-Unis et de l'Angleterre pour couvrir l'événement.

Comme la majorité de ses amies, Odile cherchait à tout connaître de ces grands hommes, leurs habitudes, leur passé, ce qu'ils aimaient manger, lire, leurs couleurs préférées, leurs hobbies. Elle était fascinée par les gens célèbres. Les journaux de Québec donnaient chaque jour mille et un renseignements sur chacun d'entre eux, sur Churchill surtout, le plus glorieux, le plus admiré.

Le cuisinier du château, Leonard Rhode, avait rencontré les majordomes des chefs d'État pour préparer les menus qu'on a publiés. Churchill, rapportait-on, mangeait beaucoup et goulûment, bien qu'il eût près de 70 ans. Il prenait souvent deux fois de tout, potages, viandes ou poissons, desserts. Il adorait l'agneau, et les vins de Bordeaux. Roosevelt mangeait et buvait très peu, il aimait bien le homard et le hareng fumé, il prenait un ou deux verres de blanc peut-être, puis de l'eau plate pas trop froide. Quant à King, il n'avait pas de préférences gastronomiques, on le savait déjà, il mangeait de tout avec un égal appétit.

Après le repas du midi, sous les regards attentifs de nombreux gardes du corps, Churchill arpentait la terrasse, d'un pas très lent d'abord, puis de plus en plus rapide; il faisait de fréquents arrêts, regardait le paysage un moment, reprenait la marche, sa rêverie.

Odile l'a observé longtemps un jour depuis une fenêtre de la tour centrale. Il marchait, seul, tout de noir vêtu au gros soleil. « Doux Jésus qu'il doit avoir chaud! » pensait-elle. Churchill s'était arrêté pour parler à un garçon de la sécurité. Aux grands gestes qu'ils faisaient tous les deux vers l'horizon, Odile avait compris que Churchill avait demandé des renseignements sur les marées ou sur quelque élément du paysage, le nom d'un cap ou d'une anse, de l'île peut-être. Puis ils avaient longuement regardé du côté des Appalaches, dans l'exacte direction de la Crapaudière. Et Odile a pensé qu'elle aurait su, tout aussi bien que ce garçon, mieux certainement que ce garçon, décrire le paysage au premier ministre

Churchill. Et sans trop comprendre comment ni pourquoi, elle avait senti monter en elle cette petite colère ressentie pour la première fois quand le roi et la reine d'Angleterre étaient venus à Québec et qu'on avait affecté à leur vestiaire des filles de ministres plutôt que des vraies filles de chambre. Elle n'avait jamais accès aux grands, aux glorieux. Elle était toujours dans l'ombre, derrière des portes, des rideaux…

En fait, très peu de gens, même parmi le personnel de l'hôtel, ont pu approcher les chefs d'État. Bien que parfaitement bilingue, Frank Brettell ne fut jamais en contact direct avec les grands hommes, ni même avec leurs proches conseillers. Peut-être se méfiait-on de lui. Chaque après-midi, il desservait les tables du Salon rose où les chefs d'État et leurs conseillers tenaient leurs rencontres les plus importantes et prenaient quelquefois leurs repas.

François a fait quelques courses. Il est allé chercher, entre autres choses, du homard frais à la gare de Lévis, des boîtes de cigares, des caisses de whisky et de vin, et aussi des légumes et des fruits livrés par bateau de l'île d'Orléans au quai de la Reine. Mais jamais il ne remettait ses marchandises aux cuisiniers ou aux sommeliers du château. Des militaires venaient à sa voiture, s'emparaient des colis et, après les avoir inspectés, ils les acheminaient à qui de droit.

Odile, elle, était plus que jamais coupée du monde, prisonnière du château qu'elle ne pouvait quitter. Par commodité, pour s'épargner des contrôles fastidieux, les services de sécurité étant déjà débordés, on avait carrément interdit aux filles de chambre et aux quelques serveuses qui logeaient au château de sortir. Si elles voulaient ou devaient le faire pour une raison ou pour une autre, elles ne pourraient rentrer avant la fin de la conférence, le 19 août. Elles étaient donc confinées au château et au périmètre de sécurité qu'on avait dressé autour de la terrasse et du jardin des Gouverneurs.

Le temps était doux. Les filles avaient peu de travail. Beaucoup de chambres et de suites leur étaient en effet interdites, qui étaient rangées par des aides de camp. En soirée, elles avaient pris l'habitude de se promener deux par deux, parfois à quatre ou à six, se faisant face, les unes avançant, les autres à reculons, allant d'un bout à l'autre de la terrasse, inversant leurs marches, comme le fleuve son courant. Le jour, elles allaient s'abriter sous les kiosques, et pique-niquaient parfois dans un coin d'ombre sous les arbres du jardin des Gouverneurs. Tout ce déploiement de force, toutes ces précautions leur semblaient bien inutiles. Elles se disaient entre elles, avec des rires, que les militaires étaient ridiculement sérieux. Et pourtant, quand l'un d'eux, cherchant l'aventure, venait leur parler, elles gloussaient, elles l'écoutaient, il s'en trouvait presque toujours une pour suivre le beau parleur.

Odile se laissait sombrer tout doucement dans un douillet engourdissement. N'espérant rien, n'attendant personne, elle n'était ni heureuse ni malheureuse. Elle n'avait pas d'amoureux. Les jeunes militaires qu'elle rencontrait lui faisaient de l'œil, ils lui disaient qu'elle était belle, certains l'invitaient à faire une promenade ou à prendre un verre avec eux. Elle restait indifférente, froide. Le monde entier avait les yeux rivés sur le château Frontenac où quelques grands hommes étaient en train de décider du sort du monde. Mais par moments, on se serait cru dans les limbes. Odile aurait donné cher pour pouvoir en sortir, très cher pour aller danser avec son frère, avec Laurence, leurs amis.

Le soir surtout, le château était sinistre. On avait demandé à Gilbert Darisse de former un petit orchestre de chambre et de jouer des quatuors et des sonatines plutôt que du blues et du boogie-woogie. Le *High Tea* avait bien évidemment été interrompu. La grande majorité des conférenciers étaient des militaires et des fonctionnaires archi-sérieux et affairés qui ne buvaient pas vraiment, de peur de laisser échapper quelques secrets.

Quelques-uns cependant s'évadaient de ce triste lieu presque tous les soirs et, malgré l'interdiction formelle qui leur avait été faite, ils allaient prendre un coup dans la basse-ville où ils ne risquaient pas de rencontrer leurs supérieurs.

Un matin, comme Odile sortait de l'ascenseur de service pour se rendre au réfectoire, un jeune homme très élégant est venu vers elle avec sur le visage le plus troublant sourire qu'elle ait vu de sa vie.

« Je vous apporte les salutations de votre frère François et de Laurence », a-t-il dit.

Il parlait avec un léger accent anglais. Il a gardé la main d'Odile dans la sienne un long moment.

« Mon nom est Fleming, Ian Fleming, a-t-il ajouté.

– Moi, je m'appelle Odile », a dit Odile.

Elle a rougi. Se présenter ainsi était inutile et stupide. De toute évidence, ce Ian Fleming savait parfaitement qui elle était. Elle a quand même failli lui demander comment il l'avait reconnue, et comment il savait où et quand la trouver. Elle voyait bien dans son sourire et son regard qu'il était content de l'effet qu'il lui faisait. Et elle aurait souhaité le décevoir, elle aurait aimé lui dire qu'il se trompait de personne. Mais elle était déjà sous le charme. Et quand il lui a donné rendez-vous, « sous le dernier kiosque au bout de la terrasse, à cinq heures cet après-midi, si vous voulez, pour aller rencontrer votre frère », elle a tout de suite répondu dans un souffle :

« D'accord, j'y serai. »

Et elle y était, bien qu'elle n'eût pas toute sa tête à elle. Ils ont emprunté, tout au bout de la terrasse l'étroit sentier qui, accroché à la falaise de peine et de misère, passait sous la citadelle et rejoignait le sommet du cap Diamant derrière le manège militaire. Une grosse Hudson noire les attendait là-haut. Fleming a pris le volant. Il parlait peu. Il avait toujours ce sourire satisfait qui agaçait et séduisait Odile. Il semblait connaître Québec comme le fond de sa poche. Et pourtant, Odile était persuadée qu'il n'y avait jamais vécu, qu'il n'y était peut-être même jamais venu auparavant. Mais il était le genre d'homme qui semblait tout savoir et avoir tout vu et n'avoir jamais eu peur de rien ni de personne.

Ils se sont rendus dans le port, Fleming a stationné la Hudson devant l'auberge de l'Albion, un bouge effrayant et sombre déjà rempli de soldats, de marins et de débardeurs et, bien que la soirée fût encore toute jeune, de guidounes et d'ivrognes passablement éméchés. François n'était pas là. Ils l'ont cherché dans quelques autres tavernes de la basse-ville où il avait ses habitudes.

« Il doit être chez lui, a dit Odile.

– On peut y aller, si vous voulez.
– C'est sur la rue Sous-le-Cap. »

Elle lui a indiqué l'adresse. Il a laissé la Hudson sur un terrain vague de la rue Saint-Pierre. Il s'est rendu avec elle dans l'étroite ruelle qui, derrière les maisons de la rue du Sault-au-Matelot, se frôlait à la paroi rocheuse du cap Diamant. Dès qu'ils furent arrivés devant le logis de Laurence et de François, Fleming a prétexté une course à faire et il a laissé Odile en lui disant de saluer son frère de sa part et qu'il passerait la prendre à neuf heures et demie pour la ramener au château.

Odile est donc entrée seule chez son frère. Il était en train de souper avec Laurence qui avait les yeux tout rouges et n'avait pratiquement pas touché à son assiette.

« Tu pleures ?
– Ton frère est un fou. »

François ne disait rien. Odile s'est assise à leur table.

« On pensait te trouver à l'Albion, dit-elle à François.
– Qui on ?
– Ian Fleming, le gars qui m'a aidée à sortir du château.
– Fleming ? »

Il s'était levé d'un bond.

« T'as pas dit à Ian Fleming que tu venais ici, chez moi !
– Il était ici devant chez vous, y a pas deux minutes.
– T'as emmené Ian Fleming ici devant chez moi ! Mais t'as perdu la tête ! »

Il semblait terrorisé.

« Je suis pas sûr que je te crois », dit-il.

Il riait d'un petit rire nerveux, affolé. Laurence s'était remise à sangloter. Sans comprendre ce qui se passait, Odile réalisait qu'elle avait commis une grave erreur et, sans doute, mis son frère dans un drôle de pétrin. Il fallut de longues minutes pour que le calme revienne. François s'est rassis et a raconté à sa sœur.

La veille, en rangeant le Salon rose après une rencontre à laquelle n'avait participé que le plus haut état-major, Frank Brettell avait trouvé un document coincé entre le coussin et le bras d'un fauteuil. Il s'agissait en fait d'une chemise contenant des documents, certains dactylographiés, d'autres manuscrits, et des cartes topographiques barbouillées au crayon de plomb. Il avait jeté le tout sur sa desserte avec les bouteilles, les verres, les assiettes vides et les cendriers pleins. De retour aux cuisines, il avait ouvert le document et remarqué une chose que dans sa hâte il n'avait pas vue auparavant : au haut de chacune des pages, en caractères rouges, les mots TOP SECRET. Et sur chacune des cartes, les mots OPERATION OVERLORD.

« Deux heures plus tard, Frank m'est arrivé à l'Albion avec son document top secret sous le bras.

– Ton frère est un fou, répétait Laurence. Ils ont passé des heures à lire des choses qu'ils avaient pas le droit de lire et à regarder ces cartes géographiques qu'ils étaient pas supposés avoir entre les mains...

– Et c'est ça qui te fait pleurer ? »

Et Laurence s'est remise à pleurer de plus belle. Et peu à peu, en écoutant son frère, Odile a compris ce qui s'était produit. Ce fou s'était passionné pour l'extraordinaire projet dont faisaient état ces documents. Il était encore très lacunaire, mais sans doute trop avancé déjà, trop nécessaire pour qu'on y renonce. Il s'agissait de l'invasion de l'Europe, un débarquement quelque part sur la côte atlantique, vraisemblablement au Pas-de-Calais. On en avait souvent parlé à la radio et dans les journaux. Les Alliés allaient pratiquer une brèche dans le mur de l'Atlantique que les forces allemandes avaient dressé tout au long du littoral européen, de la Scandinavie à l'Espagne. Et s'introduire par cette brèche dans la forteresse Hitler. C'était ce qu'on avait tenté de faire à Dieppe, lors du débarquement raté de la tristement célèbre plage Bleue où les soldats des forces alliées avaient été massacrés.

François ne pouvait comprendre exactement à quel moment et comment se ferait le débarquement. Mais il était persuadé qu'il s'agissait de la plus importante opération militaire jamais entreprise depuis que le monde était monde. Et il voulait y participer. « Je ne peux pas passer à côté de ça, disait-il. Je m'en voudrais toute ma vie. » Il considérait comme un signe du ciel que ce projet ait été fomenté et mis au point, en partie du moins, à Québec et qu'il soit entré, lui, en possession de ces documents. Son idée était faite, il allait s'enrôler dans le

Régiment de la Chaudière qui partirait l'hiver prochain, vraisemblablement pour participer à cette opération Overlord.

« C'est ce que je venais de dire à Laurence quand t'es arrivée. »

Et il a tendu la main pour saisir le bras de sa blonde, mais celle-ci s'est éloignée brusquement, spontanément. Il a regardé sa sœur qui a vu dans son regard et son faible et triste sourire qu'il était déterminé, que jamais il ne changerait d'idée.

« Et le rapport avec Fleming? demanda-t-elle.
— Fleming, c'est le bras droit de l'amiral Godfrey.
— Et l'amiral Godfrey?
— C'est le grand responsable des services secrets britanniques.
— Et alors?
— Alors, figure-toi, qu'ils savent sûrement que Frank a mis la main sur ces documents.
— Quel rapport avec toi?
— Fleming a passé une partie de la soirée d'hier à l'Albion. On est sûr qu'il filait Frank et qu'il savait qu'il était sorti du château avec les documents. »

Odile n'écoutait plus. Quelque chose en dedans d'elle tremblait. Et ce n'était pas de la peur. Elle se sentait humiliée. Elle venait de comprendre que Fleming s'était servi d'elle pour savoir où habitait son frère.

« Ce Fleming, on l'a déjà vu, poursuivait François. Tout le monde qui sort le moindrement à Québec l'a rencontré au moins une fois. »

Depuis deux semaines, le beau parleur était en effet partout, dans tous les milieux.

« *Dry martini straight up, stirred, not shaken, with a twist of lemon* », voilà ce qu'il demandait chaque soir dans chaque bar où il mettait les pieds, sachant très bien que neuf fois sur dix le barman ne comprenait pas un mot d'anglais, qu'il n'y avait ni dry gin, ni vermouth, ni citron, et qu'il devrait demander, en français : « Une bière, s'il vous plaît ».

Il semblait connaître tout le monde, autant dans la haute que dans la basse-ville. Même Joli-Cœur, qui était dans la classe de François au collège de Lévis et dont les parents vivaient au parc des Braves, dans le plus chic et le plus cher quartier de Québec, l'avait croisé à quelques reprises dans les réceptions que donnaient les siens. Fleming avait toujours une opinion sur tout, sur Dieu et les femmes, sur la mécanique quantique, le cinéma, les Tropiques, les trains d'Europe, les avions américains, les armes de chasse, les vins, le ski, ayant toujours une observation originale à ajouter, cherchant toujours un verre.

« Champagne, mister Fleming ?
— Taittinger, si possible. »

Il avait des manières et des goûts de riches. Et pourtant, il était parfaitement à l'aise parmi les voyous.

« Moi, je me méfierais de ce gars-là, avait dit Joli-Cœur. Il parle quatre ou cinq langues. Et il connaît trop de monde. C'est un espion. Ou quelque chose du genre. »

En décrivant l'homme, François ne pouvait dissimuler une certaine admiration. Aux brefs contacts qu'il avait eus avec lui, il avait développé une soif insatiable de voir le monde lui aussi, d'en connaître les mystères, les merveilles, les secrets. Il croyait que si Fleming fouinait ainsi à travers toute la ville, c'était pour en connaître l'âme, pour savoir ce qu'elle pensait, ce qu'elle cachait. Comment expliquer autrement qu'il se soit mêlé à eux, comme il semblait s'être mêlé à tout le monde ?

« J'ai compris qu'il ne faisait pas ça pour son plaisir. Mais c'est sa job et ça doit être passionnant : connaître une ville, savoir ce qu'on y pense, ce qui se dit, qui fait quoi, qui en veut à qui. »

— Je comprends toujours pas ce qui t'inquiète, a dit Odile.
— Ce qui m'inquiète, c'est que Frank peut être arrêté. Et moi aussi. On avait pas le droit de voir ces documents.
— Rendez-les, alors.
— C'est l'intention de Frank. Mais je lui ai fait comprendre qu'il était trop tard. Il aurait fallu les rendre tout de suite après les avoir trouvés. À l'heure qu'il est, les services secrets britanniques savent qu'on a eu le temps de les lire, de les copier, de les montrer à plein de gens.
— Et que tu les as gardés avec toi, ajouta Laurence.
— Tu les as ici ? demanda Odile.
— Je voulais les détruire, mais il est trop tard. Ils savent où nous sommes, la maison est sûrement cernée.

« – Mais qu'est-ce que tu veux qu'ils fassent ?
– Ce qu'ils font à ceux qui détiennent des secrets. Ils les cachent. Ils vont nous cacher, si tu comprends ce que je veux dire. »

Et Laurence sanglotait plus encore.

« Fleming m'a dit qu'il viendrait me chercher à neuf heures et demie », a dit Odile.

Ils se sont demandé tous les trois comment sortir de ce pétrin. François aurait pu escalader la paroi derrière la maison.

« Mais ils vont t'attendre en haut, sur le cap. »

Laurence aurait pu se déguiser, se faire passer pour François et sortir avec Odile.

« Et ils croiraient que moi, c'est toi, disait-elle à François.
– Et ils sauteraient sur toi, croyant que c'est moi, répondait-il. Ils verraient que t'es pas moi, ils viendraient me chercher ici.
– De toute façon, avec la chaleur qu'il fait, tu pourrais pas te déguiser en homme, disait Odile. Et en plus, il fait clair jusqu'à huit heures et demie. »

À neuf heures et demie pile, on a frappé à la porte. François est allé ouvrir et Fleming est entré. Avec son sourire qui, pensa Odile, remplissait toute la pièce. Il s'est assis à la petite table de la cuisine. Elle aurait voulu le regarder en face, casser cet intolérable sourire. Elle en était incapable. Fleming a tout de suite parlé de ces documents ultra secrets que leur ami Frank avait trouvés.

« Il faut me les rendre, François. »

François est allé les chercher sous le matelas et les a posés sur la table. Fleming les a feuilletés distraitement. Mais eux n'osaient poser leurs regards sur ces secrets.

« Jamais, pas même entre vous, il ne faudra parler de ce que vous savez », a dit Fleming, toujours avec ce sourire suffisant, « fondant », a pensé Odile. Et ils étaient tous les trois comme des petits enfants qui se font gronder.

« Frank a été arrêté, a laissé tomber Fleming. Mais ne vous inquiétez pas pour lui. Personne ne va lui faire de mal. Venez, Odile, il faut rentrer. »

On a été sans nouvelles de Frank pendant plus d'une semaine. Il était vraisemblablement gardé à vue dans la citadelle. Des agents ont discrètement interrogé ses parents, ses amis, ses confrères. À qui ils ont finalement appris que Frank avait été transféré dans un autre hôtel du Canadien Pacifique, probablement dans l'ouest du pays.

François a croisé Fleming une fois, par hasard. C'était comme s'il ne s'était rien passé. Il était toujours affable, souriant et enjoué. François, lui, était humilié, il avait l'impression qu'il avait été possédé. Fleming, cet étranger, connaissait Québec, le fonctionnement de cette ville, ses secrets, mieux que lui.

Ainsi, il se passait plein de choses dans le monde, même dans son monde à lui, même dans sa ville, auxquelles il ne comprenait rien. Fleming était parti, tous les militaires avaient quitté Québec avec leurs secrets. François savait qu'il ne comprendrait jamais ce qui s'était passé. Il avait quand même ramassé un petit morceau du grand secret. Il savait qu'il y aurait un débarquement en Europe. Et il allait y participer. Et connaître l'épouvante.

Depuis quatre ans, il avait été de tous les débats, prenant parti à gauche et à droite, changeant 20 fois d'idées, s'enflammant comme beaucoup de ses contemporains pour le fascisme hitlérien et mussolinien. Ayant viré son capot de bord, il parlait maintenant de s'enrôler pour aller se battre aux côtés des Alliés qu'il avait autrefois pourfendus.

«Y a que les fous qui ne changent pas d'idée», répétait-il à Laurence dont les beaux yeux étaient baignés de grosses larmes claires qui restaient un moment accrochées à ses cils avant de rouler sur ses joues. Elle était résignée, navrée, noyée dans le chagrin que lui faisait François. Il avait choisi (l'horreur plutôt que l'amour) de partir à la guerre. Elle ne protestait même pas. La belle Laurence subissait toujours tout. C'est à son silence que répondait François, c'est avec sa peine qu'il raisonnait, à ses larmes qu'il tentait de s'expliquer, de justifier sa conduite. En même temps qu'il cherchait à comprendre comment un jeune homme comme lui avait pu changer si souvent d'idée.

En novembre, quand Roosevelt, Churchill et Staline se sont rencontrés à Téhéran pour finaliser l'opération Overlord,

François s'était déjà enrôlé. Il croyait posséder des secrets terribles. Il croyait que, contrairement aux milliers de militaires américains, britanniques et canadiens qui, au printemps de 1944, étaient cantonnés dans le sud de l'Angleterre, il savait, lui, où il allait. Sa peur et la fascination qu'il éprouvait n'en étaient que plus grandes. Mais il découvrit bien vite son erreur. Il rencontrait plein de soldats américains, canadiens, anglais, qui croyaient comme lui être détenteurs de secrets et que le débarquement se ferait sur les côtes du Pas-de-Calais.

Ce n'est que dans la nuit du 5 au 6 juin, quand il comprit que le navire à bord duquel il se trouvait se dirigeait, comme des dizaines d'autres, sur les côtes de Normandie, qu'il comprit qu'il avait été leurré et floué par Fleming et les agents des services secrets britanniques. Ce document que Frank avait trouvé avait sans doute été perdu exprès, pour que la rumeur circule, même parmi les Alliés, que le débarquement se ferait au Pas-de-Calais. C'était la plus vaste campagne de désinformation de l'histoire.

Il savait que quoi qu'il arrive, il ne serait plus jamais le même, que quelque chose en lui, peut-être même lui tout entier, corps et âme, mourrait.

Ainsi, le groupe d'amis qui s'était formé autour d'Odile avait été pulvérisé. Le beau Roland, déserteur, n'avait jamais donné signe de vie. Frank était à l'autre bout du continent. François était parti faire la guerre en Europe. Quant à Léona, ce qui devait arriver était arrivé, elle était tombée enceinte, non d'un membre du personnel du château, mais d'un contremaître dans une usine de corsets. Ils s'étaient mariés. Ils vivaient dans Saint-Sauveur. Odile était restée au château, plus seule que jamais. Et elle pensait de plus en plus souvent que la vraie vie et le vrai monde étaient ailleurs. Mais comment y aller? Comment vivre sa vraie vie?

L'ombre et la lumière

D'HABITUDE, Odile avait congé les mardis et les jeudis après-midi. Elle descendait alors en ville, parfois seule, le plus souvent accompagnée d'une ou deux filles en congé. Elles retrouvaient Léona dans son petit logis de Saint-Sauveur. Elles jouaient un moment avec son bébé, une adorable petite fille baptisée Odile, que Léona confiait à une gardienne. Et elles partaient toutes ensemble magasiner, boulevard Charest ou rue Saint-Joseph. Magasiner est un bien grand mot. En fait, elles regardaient les vitrines et les comptoirs des grands magasins, elles entraient au Syndicat, chez Paquette, et bien sûr chez Pollack où travaillait leur amie Laurence, au rayon des dessous féminins. Parfois, encouragées par Léona, les filles essayaient des tailleurs, des chapeaux, des souliers, que ni l'une ni l'autre n'auraient jamais les moyens d'acheter et dont elles n'avaient nul réel besoin. Mais c'était pour rire, pour rêver.

Un jour, chez Laliberté Fourrures, Léona a même essayé une étole de vison. Sans jamais perdre son sérieux. Il faut dire qu'elle portait un chandail de cachemire et une jupe de très beau tweed qu'elle avait jadis «empruntés pour toujours» aux Objets perdus du château, ce qui pouvait lui donner l'allure d'une grande dame. Malgré un genre un peu grivois qu'elle cultivait joyeusement, Léona savait mieux que toutes les autres imiter les bonnes manières de la haute; elle connaissait la géométrie la plus sophistiquée des gestes de table. La voir tenir ses ustensiles était un pur ravissement. Où qu'elle soit, elle avait toujours beaucoup d'aisance, elle savait parler, tant aux femmes qu'aux hommes, les faire rire, et rendre tout le monde de bonne humeur. Elle faisait et disait toujours tout ce qu'elle voulait. Odile lui enviait cette aisance et cette liberté, ce plaisir qu'elle prenait à toutes choses.

Elle croyait, elle, n'avoir envie ni besoin de quoi que ce soit ni de qui que ce soit. Et que personne, bien évidemment, n'avait besoin d'elle. Ses seuls plaisirs étaient ces sorties avec les filles. Et les lettres que lui faisait parvenir François. Mais celles-ci étaient de plus en plus courtes et de plus en plus rares. Celles que lui faisait parvenir Laurence aussi. Laurence détestait écrire. Bientôt, c'est en rédigeant ses propres lettres à son frère qu'Odile découvrit du plaisir et du bonheur.

Elle s'y révélait de plus en plus librement, et avec d'autant moins de retenue qu'elle avait fini par croire, François n'y faisant jamais écho dans ses rares et courtes lettres, qu'elles ne parviendraient jamais à destination. Elle s'interrogeait donc longuement sur la vie, sur l'amour et le bonheur. À travers ces réflexions, elle apprenait à se connaître mieux, à se voir dans le monde où elle vivait. Au fond, c'est à elle et pour elle qu'elle écrivait ces longues lettres qui constituaient une sorte de journal intime. Elle se découvrait peu à peu. Pour la première fois de sa vie, elle s'intéressait réellement à elle-même, elle se regardait et s'observait, elle s'exprimait et, en quelque sorte, s'inventait.

C'est ainsi qu'elle découvrit qu'elle n'était pas vraiment satisfaite de sa vie. Et qu'elle avait le devoir d'y apporter de grands changements. Elle retrouva, quelque part au fond de son cœur, de sa mémoire, cette petite colère qui lui était parfois venue, quand par exemple on avait choisi ces filles de ministres pour s'occuper du vestiaire des souverains. Et pour la première fois, elle n'a rien fait pour refouler cette émotion. Bien au contraire, elle la tisonna, la réveilla, l'entretint.

Elle ne savait pas encore, comme François, avoir une opinion sur tout et sur rien. Mais elle s'était mise à penser que chacun pouvait et devait arranger sa vie comme on arrange ses cheveux, son lit, ses affaires. Jusqu'alors, jamais l'idée qu'elle ait pu changer cette vie ne l'avait effleurée. Et voilà qu'elle s'interrogeait. Voilà qu'elle faisait des plans, qu'elle caressait des projets.

« Je ne sais pas encore ce que je veux faire de ma vie, écrivait-elle. Je ne sais même pas ce que j'aime, je ne sais même pas dire ce que je n'aime pas. »

Mais sa vie changeait, ses goûts aussi. Elle le voyait bien quand elle relisait les lettres qu'elle écrivait à François. C'est en lui racontant ses sorties avec les filles qu'elle a réalisé qu'elle s'était mise à aimer la basse-ville où les gens étaient si gentils. Saint-Sauveur et Saint-Roch qui s'étendent au creux du lit de la rivière Saint-Charles sont protégés du noroît par les contreforts des Laurentides et, par la masse du cap Diamant, des vents de suroît que le fleuve a rafraîchis. Les arbres, s'ils sont plus rares, y font toujours leurs feuilles plus rapidement que là-haut; et ils les gardent plus longtemps. Les lilas, les pivoines, les pieds-d'alouette et les quatre-temps y fleurissent toujours une bonne semaine plus tôt. En parlant à son frère de Léona, de ses amies, de leurs séances de magasinage, Odile découvrait que tout était plus doux qu'ailleurs, dans la basse-ville, non seulement le climat, mais aussi les gens…

« Et pourtant, je sais que ce n'est pas là-bas que je veux vivre, même si je vois bien que, pour une fille comme moi, le bonheur y est plus sûr que partout ailleurs. Parce que c'est ma place, en bas. Et pourtant, c'est en haut que je veux vivre, sur le cap Diamant. Et faire la grande vie. Pourquoi n'y aurais-je pas droit, moi aussi? Tu me demanderas sans doute ce qui m'attire là, je ne le sais pas, les lumières, la musique, les parfums, tout ce qui est beau. »

C'était comme si elle avait eu la nostalgie d'un monde qu'elle ne connaissait pas vraiment, où elle n'était jamais entrée autrement qu'en rêve.

Le dimanche après-midi, c'était Laurence qui montait se joindre aux filles du château parce que, ce jour-là, les filles de chambre n'avaient qu'une ou deux heures à elles. Elles marchaient sur les Plaines et sur la terrasse où des garçons les accostaient et leur faisaient des propositions. Depuis quelque temps, c'était surtout à Odile qu'ils s'intéressaient, encore plus qu'à Laurence, qui était pourtant toujours aussi belle, mais qui, pour des raisons mystérieuses, « peut-être que t'es belle à faire peur », disait Léona, excitait moins les hommes.

« Toi, tu as du sex-appeal, disait encore Léona, à Odile. Tu devrais en profiter. »

Léona aimait les mots américains à la mode. Elle utilisait souvent celui-là, sex-appeal, qui avait commencé à circuler depuis quelque temps. Il était pour elle pratiquement synonyme de réussite, de bonheur. Sans sex-appeal, croyait-elle, il n'y avait point de salut dans la vie, point de bonheur.

Odile se laissait quelquefois séparer de ses amies par un garçon qui l'emmenait sur les Plaines et qui tentait vite de profiter d'elle. S'il lui plaisait, elle se laissait un peu faire. Pour le plaisir. Parce qu'elle aimait voir le désir des garçons, leurs yeux gourmands; elle aimait les entendre dire qu'elle était belle et désirable… Mais elle n'allait jamais jusqu'au bout. Non par peur du péché, mais parce qu'elle n'avait pas le goût, simplement, et aussi parce qu'elle craignait de tomber enceinte comme toutes ces filles qui, au début du printemps, donnaient en adoption dans les crèches les bébés conçus avec les matelots de passage à Québec au cours de l'été précédent. Et leurs vies étaient brisées, celles de leurs enfants aussi qui, plus souvent qu'autrement, restaient dans ces crèches, et celles des parents qui devaient vivre avec la honte d'avoir une fille-mère.

C'est aussi en écrivant à François qu'Odile découvrit qu'elle avait des rêves et des projets, commes s'ils étaient nés sous sa plume. Elle se voyait, se décrivait travaillant à l'atelier de couture du château, où elle pourrait mettre en valeur des connaissances et des savoir-faire qu'elle était sûre de posséder. Elle savait coudre, piquer, broder à la main et à la machine. Parfois aussi elle s'imaginait en serveuse au Café de la Fontaine ou, mieux encore, au Palm Room. Elle se voyait fort bien dans cet uniforme si beau, propre, tout blanc, qui lui donnerait, comme à toutes les filles qui le portaient, cet air arrogant et hautain qui l'avait toujours tant impressionnée; elle parlerait anglais, peut-être même qu'elle sortirait de temps en temps avec des Américains, comme certaines des serveuses qu'elle connaissait.

Pour le moment, elle avait beau dormir toutes les nuits au huitième étage du château Frontenac, elle n'avait rien d'une châtelaine. Elle n'était jamais entrée à visage découvert dans la salle de bal, sauf lorsque celle-ci était vide, sans musique, après la noce et la fête, pour y faire du ménage, décrocher les lourds rideaux, épousseter les lustres, vider les cendriers et les verres… Et ça sentait la cendre froide, les fleurs fanées, les fruits trop mûrs, les plaisirs pris, les désirs assouvis.

Elle vivait, elle, au sein d'un petit peuple obscur et silencieux, à l'envers du monde, au verso du monde, dans un château sans luxe, sans couleur, sans beaucoup de lumière, auquel on accédait par des portes dérobées, en suivant de sombres couloirs, en empruntant d'étroits escaliers sans fenêtres. Et parfois, par des interstices, des entrebâillements, on apercevait ceux et celles de l'autre monde. Les voir et les observer sans être vu était sans doute un privilège. Les filles qui faisaient leurs chambres pouvaient même, en leur absence, voir des choses de leur intimité, vêtements sales, chaussures, objets personnels, brosse à cheveux, parfums. C'était un contact intime, étroit, étrange…

Elle rappelait à François ce qu'il lui avait dit déjà, qu'elle n'entrerait jamais au château Frontenac. « Tu avais raison. Il appartient toujours à des princesses, à des rois, à des Américains. Et moi, j'ai appris à y vivre sans être vue, tellement que même au-dehors, même dans la basse-ville, rue Saint-Joseph par exemple, dans les grands magasins, je suis toujours surprise qu'une vendeuse m'adresse la parole et me demande si elle peut m'aider. Quand je suis en devoir, personne ne me voit, personne ne m'entend. Je n'existe presque pas. Sauf parfois pour des hommes seuls qui veulent se payer une fille. Je comprends maintenant moi aussi qu'il y a deux mondes dans cette ville, comme partout ailleurs j'imagine. »

Des hommes offraient parfois de l'argent aux filles de chambre pour qu'elles couchent avec eux. Certaines y consentaient parfois. Se faisaient-elles prendre ou simplement soupçonner qu'elles étaient immédiatement congédiées. Dans les lettres qu'elle écrivait à son frère, Odile s'interrogeait sur leurs motivations. Les filles couchaient pour de l'argent, mais aussi peut-être pour ne plus être invisibles pendant un court moment, pour exister, pour passer dans l'autre monde. C'est cela qui était tentant, croyait-elle, beaucoup plus que l'argent...

Ainsi, c'est en écrivant à François qu'Odile réalisa qu'elle prenait de plus en plus de plaisir à être regardée. Et, afin de réaliser ses rêves de changement, elle décida de s'attarder plus longuement dans les chambres qu'elle rangeait, aux limites de la visibilité, à l'orée des deux mondes.

Et ça devenait un jeu excitant.

« Si ton client est bel homme, pourquoi pas ? proposait Léona. Si ça t'inquiète pour ton âme, t'as qu'à aller te confesser après. Et tu mets quelques sous dans le tronc des pauvres.

– Oui, mais si ça se sait ? Si jamais je tombe enceinte ? »

Un jour, un bel homme affable et élégant, encouragé peut-être par la lenteur à disparaître d'Odile, ses gestes trop lents, ses sourires, avait insisté pour qu'elle range sa chambre même s'il s'y trouvait. Il y avait des vêtements de femme sur le fauteuil et sur le lit, un soutien-gorge sur une chaise, une paire de bas sur le tapis. Odile, rassurée, avait décidé de ne pas résister au désir de sentir sur elle le regard de cet homme qui, de toute évidence, la désirait et qui peut-être engagerait la conversation. Mais dès qu'elle s'est penchée pour faire le lit, il s'est approché par-derrière et l'a poussée brutalement, il l'a renversée et s'est couché sur elle. Elle a senti alors, imprévue, infiniment plus forte qu'elle ne l'avait jamais imaginée, cette petite colère, qu'elle croyait devoir nourrir pour qu'elle ne s'éteigne pas, exploser littéralement et sourdre d'elle avec une violence qu'elle ne put contrôler, qui l'épouvanta. Elle a frappé l'homme de toutes ses forces. Elle lui a fait mal. En se débattant, elle lui a donné plus ou moins volontairement un coup de genou en plein visage. Et elle est sortie de la chambre en claquant la porte. Elle s'est enfermée dans le rangement, derrière les ascenseurs. Et elle a pleuré. De rage. De dépit.

« Il s'y est mal pris, avouait-elle un peu plus tard à Léona. Avec un peu plus de gentillesse et de finesse, il serait peut-être arrivé à quelquc chose. Probablement même. J'aurais peut-être couché avec lui ou je lui aurais fait des choses, s'il me l'avait demandé comme du monde, poliment, gentiment. »

Mais elle savait bien qu'un homme comme lui ne se donnera jamais la peine de faire la cour à une fille de chambre. Il ne l'emmènera jamais dans un restaurant pour lui chanter la pomme. Au mieux, il lui offrira de l'argent, deux, trois dollars, pour qu'elle se laisse faire, qu'elle ne parle pas.

C'était tout cela qui l'humiliait et la peinait. D'avoir été dupe, de se rendre compte que c'était elle qui, d'une certaine manière, avait pris l'initiative de ce petit jeu, parce qu'elle avait voulu tout simplement passer de l'autre côté, être vue. Elle avait été maladroite. Elle n'avait pas su se conduire dans le vrai monde. Elle n'avait pas compris qu'à ce petit jeu elle était fatalement toujours perdante.

Elle n'a pas revu l'homme blessé qui a quitté l'hôtel sans porter plainte. Quand la Mère supérieure, qui inspectait sans cesse ses filles, a voulu savoir ce qu'Odile s'était fait au genou, celle-ci lui a répondu qu'elle était tombée. Elle s'est demandé ce que l'homme avait bien pu raconter à sa femme pour expliquer qu'il avait la lèvre fendue et que sa chemise était déchirée.

Peu à peu, sa colère s'est atténuée, et s'est de nouveau blottie au fond d'elle-même. Mais Odile savait qu'elle ne la quitterait plus. Elle la porterait désormais comme une arme secrète. Et cette sensation d'étouffement reviendrait elle aussi. Et le désir de sortir de l'ombre.

« Je sais que l'homme que j'ai blessé ne m'oubliera jamais tout à fait, écrivait-elle à François, peut-être même qu'il n'oubliera pas de sitôt le désir que j'ai fait naître en lui. »

Elle se rendait compte qu'elle avait ce pouvoir sur les hommes. Ce que Léona appelait son sex-appeal. Et qu'elle pouvait peut-être s'en servir pour passer d'un monde à l'autre, pour changer de vie. Car elle savait qu'elle ne pourrait plus se contenter de son sort.

D'autres y parvenaient. Lionel par exemple, le bon, le doux Lionel. C'était un garçon timide, très réservé, toujours souriant et prévenant. Il avait sept ou huit frères qui travaillaient au château, des beaux-frères en plus, et des belles-sœurs, des neveux et des nièces. Ils formaient un véritable clan.

Lionel savait à peine lire, mais il était vaillant. Ce qui fascinait le plus Odile, c'était le bonheur de Lionel. Bien qu'il fût affecté aux plus humbles tâches, il était, lui, tout à fait heureux et satisfait de son sort. Et il aimait le château profondément, presque viscéralement; il aimait et respectait les patrons et les clients de l'hôtel. L'hiver, il portait du bois de foyer aux chambres; l'été, il livrait de la glace sur les étages, des tonnes de gros glaçons qu'il concassait, que les clients mettaient dans leurs drinks. Dès six heures du matin, il livrait aux chambres des petits déjeuners, toujours souriant, toujours heureux.

Comme Odile, c'était au château qu'il avait vu de la richesse pour la première fois de sa vie. Et le spectacle de la richesse le ravissait. Il le considérait sans aucune envie. Et plus on lui en demandait, plus il semblait heureux.

À son contact, tout autant que dans ses longues lettres à François, Odile constatait qu'elle avait beaucoup changé. Elle rêvait de rompre toutes les attaches, de faire autre chose, de mener une autre vie. Lionel était un garçon sage, parfaitement content de son sort, un homme de devoir, le genre d'homme qui serait fidèle et attentif toute sa vie à la femme qu'il épouserait, qu'il aimerait et respecterait. Odile enviait parfois cette femme, la vie paisible qu'elle mènerait.

Mais elle avait envie d'une autre vie, d'un tout autre homme. Entre elle et Lionel, il ne s'est jamais rien passé d'autre, que cette amitié douce, souriante.

Baseball

Qui vivait ou travaillait au château Frontenac dans ces années de l'après-guerre ne pouvait pas ne pas connaître, au moins de vue, Charles Lamarche, tout en longueur, tout en angles et en os. On ne savait trop s'il était l'employé du Canadien Pacifique ou le valet personnel du premier ministre Maurice Duplessis, lequel habitait au château depuis le milieu des années 1930, quand il avait été élu premier ministre pour la première fois. Ce que personne n'ignorait par contre, c'était que Charles Lamarche était tout dévoué au «cheuf», qu'il le voyait et lui parlait tous les jours.

Avec quelques autres employés de l'hôtel et une foule de commis et d'estafettes appartenant à l'Union nationale, il constituait de façon informelle la très puissante brigade d'espionnage du premier ministre. Il savait toujours qui mangeait avec qui, qui avait dit quoi à qui, qui avait trompé ou trahi qui et comment et pourquoi, et qui voulait savoir quoi sur qui, pourquoi, depuis quand et pour quoi faire. Et il rapportait tout au «cheuf» lui-même ou au responsable de ses services secrets, Émile Tourigny. Quand Duplessis répondait avec un clin d'œil et un sourire en coin que c'était son petit doigt qui l'avait renseigné, tout le monde savait que c'était en fait Charles Lamarche, si bien que plusieurs avaient pris l'habitude d'appeler ce dernier Ti-Doigt. Il était l'un des plus solides piliers du parti au pouvoir.

L'Union nationale que Duplessis avait fondée et qu'il dirigeait avec une souveraine autorité avait renversé l'ordre ancien du vieux Parti libéral qui s'était maintenu au pouvoir sans interruption depuis 1897. Le château, où il avait élu domicile, était devenu peu à peu un fief unioniste, où les jeunes intellectuels désireux de changer le monde aimaient se rencontrer. Duplessis était leur héros, leur seul espoir.

Avec eux, c'était aussi, c'était surtout le farouche nationalisme canadien-français qui avait fait son entrée au château Frontenac. C'est au château que le «Cheuf» fourbissait ses armes, préparait ses discours, les coups qu'il assénait au Parti libéral du Québec et aux fédéralistes. Il donnait des fêtes somptueuses, auxquelles aucun membre du personnel du château (à part Ti-Doigt bien évidemment) n'était admis.

Duplessis était habité par l'esprit de Frontenac qu'il ne manquait jamais de saluer d'un regard, parfois même, quand il était de très bonne humeur, d'un geste, d'un sourire, lorsqu'il sortait de l'ascenseur du grand hall. Frontenac était là, plus grand que nature, sur le mur du fond, à gauche, debout, l'épée au côté, flamboyant, le regard dur, vainqueur.

Le vénérable château sis au sommet du cap Diamant était redevenu, comme à l'époque des gouverneurs français, le lieu où tout se jouait, où se pensait et se décidait l'avenir de la nation. Duplessis, le maître du Québec, y habitait et y tenait sa cour. Ses hommes étaient à la taverne, se faisaient couper les cheveux par le barbier du château et cirer leurs souliers ferrés dans la petite échoppe qui donnait sur la terrasse, ils avaient à la cave leurs réserves personnelles de liqueurs et de vins, tous les droits.

Un libéral notoire, qui avait l'audace ou la naïveté de se présenter au Café de la Fontaine, était assuré d'être en butte aux quolibets; et, à la taverne du château, s'il tombait sur quelques unionistes le moindrement éméchés, il risquait de manger une puissante volée.

Duplessis occupait quatre chambres contiguës (de la 1217 à la 1220) au douzième étage de la tour centrale. Un château fort dans le château. Inexpugnable. Il avait son propre personnel, de sorte qu'il ne faisait à peu près jamais appel aux employés du château, pas de chasseur, pas de *bellboy*, pas de fille de chambre.

On le voyait tout de même très souvent. Il sortait souvent seul. Le mercredi matin par exemple, il descendait assister à la messe de 6 h 30 à la basilique Notre-Dame-de-la-Paix où il se rendait à pied. Quand il faisait doux, il marchait aussi jusqu'au Parlement, par la rue Saint-Louis et la Grande Allée. Avec son secrétaire. Ou avec un fonctionnaire ou un ministre qu'il voulait congédier ou à qui il désirait confier une mission délicate. Des gens le saluaient, certains lui adressaient la parole, lui demandaient une faveur…

Il tenait ses rencontres les plus importantes au château, soit au 12e, soit au Café de la Fontaine ou dans le Salon rose. Il y donnait des réceptions, des partys, vite célèbres à travers Québec et objets de légendes. On disait qu'il y avait parfois des filles de mauvaise vie, beaucoup de boisson. Vieux garçon, le premier ministre aimait répéter qu'il était marié à la province de Québec. Il régnait sur elle en maître absolu…

Odile revenait de son bain, enveloppée de son kimono, quand elle a aperçu à la porte du dortoir Ti-Doigt, qui lui a demandé :

« C'est toi qui fais les chambres du onzième ?
— Des fois, oui.
— Hier ?
— Hier, oui.
— L'Anglais de la 1118, il a reçu une femme cette nuit ?
— J'entre jamais dans les chambres en pleine nuit.
— Non, mais t'as pu trouver des cheveux de femme sur l'oreiller. Ou t'as pu sentir son parfum en entrant dans la chambre. Une femme, ça laisse des traces partout où ça passe. Surtout une femme de ce genre-là.
— J'ai rien vu, j'ai rien senti », répondit Odile.

Cet Anglais de la 1118 était un homme important, elle le savait. Un haut fonctionnaire du gouvernement fédéral ou un riche homme d'affaires canadien ou américain. Elle savait aussi qu'il recevait des femmes, presque chaque nuit, des guidounes. Elle en avait croisé quelques-unes déjà. Mais c'était un gentil monsieur qui laissait de bons pourboires. Et s'il recevait des guidounes, c'était son affaire.

« J'ai entendu dire que t'aimerais travailler au Palm Room. C'est vrai, ça ? demandait Ti-Doigt.

Comment savait-il? Elle en avait quelques fois parlé aux filles au réfectoire ou au dortoir. Et à Lionel, peut-être.

«T'aimerais ça ou t'aimerais pas ça?

— J'aimerais ça, oui.

— Ça peut s'arranger, tu sais.»

Elle était partagée, déchirée. Depuis toujours, la gouvernante répétait aux filles qu'elles ne devaient rien voir, rien savoir de ce qui se passait dans les chambres. Les clients payaient assez cher pour avoir droit à leur intimité. Mais ne devait-on pas toujours dire la vérité? D'autres le faisaient, des filles de chambre, des chasseurs, des garçons d'ascenseur. Depuis quelque temps, au château, tout le monde épiait tout le monde.

«Ton frère, il s'est trouvé une job depuis qu'il est revenu de la guerre? demandait Ti-Doigt.

— Pas encore, non.

— Dis-lui donc qu'on a besoin de chauffeurs, si jamais ça l'intéresse.»

Les soldats canadiens, de retour de la guerre, pouvaient entrer partout avec leur uniforme. Même dans les églises dont les curés s'étaient autrefois farouchement opposés à la conscription, de peur que leurs jeunes ouailles appelées sous les drapeaux ne soient corrompues par les sociétés européennes cyniques et dégénérées.

Au château Frontenac, où par tradition on avait toujours aimé la gloire et les armes, les soldats pouvaient impunément faire la fête, se soûler, se bagarrer. Plus personne ne voyait la guerre comme une menace. Pour la majorité des gens, l'uniforme militaire, autrefois honni, symbolisait la victoire et la paix, la joie retrouvée. Les gars le portaient donc avec beaucoup de fierté. Et de succès auprès des filles. Ils rentraient nimbés de gloire et chargés de souvenirs, d'expériences de toutes sortes, ils avaient vu des pays et des nations, ils avaient écrasé le monstre nazi. Ils étaient des héros.

François, lui, ne portait jamais son uniforme. Il avait été légèrement blessé à une jambe. Mais il faisait un effort pour ne pas boiter, et il en ferait désormais un autre pour qu'on ne voie pas qu'il était rentré de la guerre fatigué, hésitant, défait, même s'il était du côté des vainqueurs… Il tournait le dos à tout un passé, se disant qu'il y avait dans sa vie des choses qui resteraient échouées profondément en lui, des épaves de souvenirs, des visages, comme le souvenir de ce garçon mort là-bas avec qui il s'était juré tant de fois de prendre un verre au château Frontenac quand cette sale guerre serait finie.

Ce n'est qu'un bon mois après son retour qu'il a raconté à sa sœur l'histoire qui le torturait.

« Tu te souviens du grand gars blond de la rue Montmagny que tu avais trouvé si beau, celui qui avait lancé une balle de baseball devant George VI? Je l'ai rencontré à la guerre. Il m'a sauvé la vie. Et moi, je l'ai laissé mourir. »

Ils s'étaient rencontrés près de Caen, un mois environ après le débarquement sur les côtes normandes. Les gars étaient encore tétanisés par la peur. Ils avaient vu, en un mois, plus de morts, de corps déchiquetés, éventrés, démembrés, décapités, calcinés, plus d'horreur que tous les habitants de la ville de Québec réunis n'en avaient vu pendant tout un siècle. Tous, ils avaient tué des hommes par dizaines. Tous, ils avaient perdu des compagnons, les avaient vus souffrir et mourir.

Après un engagement particulièrement violent au cours duquel les gars de la division à laquelle appartenait François étaient venus à bout d'une division de panzers allemands, ils avaient établi leur campement un peu à l'écart d'un minuscule village du bocage normand.

Et un jour, ce gars-là était arrivé, sifflotant, le fusil en bandoulière, un brin d'herbe entre les dents, souriant. Il était le seul survivant de tout un détachement, c'est-à-dire qu'il avait vu mourir tous ses camarades. Pendant quelques jours, il a participé aux opérations de la division de François. Il semblait s'amuser ferme, parmi tous ces soldats, jeunes, terrorisés, épuisés, qui pleuraient et tremblaient. Il pratiquait la guerre comme un sport, saluant d'un grand cri de victoire ses bons coups ou ceux de ses camarades. Il était le meilleur tireur de tout le détachement. Et d'une extraordinaire témérité.

« T'es de Québec? lui avait demandé François.

— De Saint-Sauveur, oui
— Ton nom ?
— Guillaume Plouffe. »

Ce n'est que deux ou trois jours plus tard, au hasard d'une conversation, que François avait découvert que ce Guillaume Plouffe était le gars qui avait lancé la balle de baseball qu'ils avaient vue filer sous le nez du roi, rue Montmagny.

« Quand je lui ai dit que j'étais là, que j'avais tout vu, que je me souvenais même que son ami, celui qui avait attrapé la balle, portait une casquette rouge, nous avons ri tous les deux à s'en décrocher la mâchoire.

« Mais là où j'ai failli m'étouffer, c'est quand il m'a avoué en toute candeur avoir fait ça pour rire, tout simplement. Son geste n'avait aucune motivation politique. Moi, tu te souviens, tout ce que je voulais dans ce temps-là, c'était changer le monde.

« Guillaume m'a raconté que son père avait refusé de décorer sa maison, parce qu'il était contre les Anglais. Mais lui, il voulait juste s'amuser. Avec son copain, le gars que t'as vu avec la casquette rouge, il voulait faire un show, point final. Pour le plaisir, pour épater la galerie, pour faire rire.

— Et il s'est fait ramasser par la police, si je me souviens bien...

— Ramasser ! Il a pensé qu'ils allaient le tuer sur place. Il me l'a dit. Toute la peur de sa vie, il l'a dépensée ce jour-là... Et il a jamais refait le plein. Guillaume Plouffe n'avait aucune peur en lui, aucune idée non plus, aucune opinion sur quoi que ce soit. Il vivait, tout simplement. Et il était enchanté, comme il y a des forêts ou des flûtes enchantées. »

François en parlait tant et tant que Guillaume était devenu aux yeux d'Odile une sorte de héros mythique qui la fascinait.

Elle savait qu'il était capable, après une journée de combats harassants, de pénétrer tout seul dans les décombres encore fumants d'un village bombardé, d'entrer dans un bistrot ou dans ce qu'il en restait, de trouver sous les débris quelques bonnes bouteilles qu'il revenait offrir à ses compagnons. Elle savait que chaque fois qu'il voyait une belle fille, il lui faisait la cour, il passait parfois la nuit avec elle. Les gars l'avaient surnommé Tête heureuse. Il leur avait raconté que les Reds de Cincinnati lui avaient fait une proposition, un contrat de 25 000 $ par année pour jouer au baseball. Il disait qu'il aurait une voiture sport, plein de filles, l'amour, la fortune et la gloire… Et il répétait à François que dès qu'il aurait signé son contrat, ils iraient fêter l'événement au château Frontenac.

« On va virer le château à l'envers, disait-il. Ils auront jamais vu ça. Et ils seront pas près de l'oublier. Tu seras mon invité. Figure-toi qu'ils empêcheront pas un joueur des Reds de Cincinnati, un presque Américain, un futur millionnaire, de faire chez eux la pluie et le beau temps. »

Et François s'était mis à rêver avec lui. Et tous les jours, ils parlaient ensemble de la grosse brosse qu'ils allaient prendre au château dès leur retour.

Odile avait compris que son frère enviait à Guillaume cette insouciance, ce calme, ce plaisir innocent qu'il tirait de toute chose. La vie n'était pour lui qu'un jeu. Il faisait la guerre, il tuait des Allemands avec une déconcertante facilité, sans se poser mille et une questions d'ordre moral ou politique, pas plus qu'il ne s'en posait lorsqu'il éliminait un homme sur un champ de baseball.

François, lui, remettait toujours tout en question, il était torturé par l'idée de tuer un ennemi, non pas qu'il fût ignorant de la méchanceté du monstre nazi, mais parce que justement, sur le terrain, il ne voyait plus que des hommes, jeunes, comme lui, terrorisés, jetés par quelques fous dans cette horreur. Heureusement pour lui, dans le feu de l'action, cette hésitation se dissipait. Sauf cette fois, terrible, qu'il tentait d'oublier, et qui lui revenait aujourd'hui en tête et qu'il a racontée à Odile, avec des larmes.

C'était dans les tout derniers jours de la guerre, aux Pays-Bas, au sein d'une division chargée de nettoyer certaines poches de fanatiques nazis qui, contre tout bon sens, continuaient de résister, alors que tout le monde savait que l'Allemagne était irrémédiablement défaite. C'étaient des soldats désespérés, donc très dangereux. Ce nouveau théâtre de guerre semblait tout aussi effroyable que le bocage normand, pire même, parce qu'il était beaucoup plus dégagé, sans ces bouquets d'arbres et ces levées de terre qui, en Normandie, permettaient de se dissimuler.

Mais si tout se passait bien, ce matin-là serait le dernier de la guerre. Il faisait très beau, très doux. On allait vider un hameau des soldats nazis qui s'y étaient réfugiés, résolus à mourir. On ne ferait donc pas de prisonniers.

Au lever du jour, le détachement de François est tombé dans une embuscade. Celui-ci s'est retrouvé totalement isolé et il a paniqué. Il a pu se cacher dans une maison en ruines dont deux soldats allemands faisaient le siège. Guillaume est revenu sur ses pas; en moins de dix minutes, il a descendu les deux Boches. Et ils sont partis tous les deux rejoindre leur division. La guerre était finie.

« On entendait crier et rire en français du Canada. Après un affrontement, les soldats rient toujours, c'est nerveux. Guillaume me parlait des Reds de Cincinnati et de cette brosse inoubliable qu'on prendrait ensemble au château. C'est alors qu'on est tombés sur un Allemand embusqué qui a commis la maladresse de nous tirer dessus alors qu'on était encore trop éloignés. Il était sans doute blessé lui aussi. Et certainement à moitié mort de peur. Il m'a atteint au genou.

« On s'est couchés derrière un bosquet, que Guillaume a tout de suite entrepris de contourner pour prendre l'Allemand de revers. Celui-ci s'est alors placé dans ma ligne de mire. Et je l'ai tenu en joue un bon moment, deux, trois secondes peut-être. Je ne parvenais pas à tirer. Sais-tu pourquoi? Parce que ce gars-là te ressemblait. Il n'avait pas 20 ans, même pas de barbe, on aurait dit une fille, il avait des cheveux blonds, comme les tiens, et tes yeux, je voyais ses yeux très bleus…

C'est lui qui a tiré le premier. C'est ainsi que Guillaume Plouffe est mort, trois minutes après m'avoir sauvé la vie. »

François voulait aller raconter tout cela à la mère de Guillaume.

« Ça te donnera quoi? lui demandait Odile.

– La paix, peut-être.

– Ça ne changera rien à rien. Guillaume restera mort. Et toi, tu resteras triste. Tu n'auras fait qu'ajouter à la peine de sa mère. »

Elle savait au fond que François n'irait pas sur la rue Montmagny. Depuis son retour, il était irrésolu, sans cesse hésitant. Il ne faisait jamais ce qu'il voulait faire ou ce qu'il disait qu'il ferait.

Il n'avait pas cherché à revoir Laurence, même pas voulu savoir ce qu'elle était devenue. Lorsqu'il était parti, deux ans plus tôt, il ne lui avait pas demandé de l'attendre. Elle lui avait écrit à quelques reprises, la dernière fois pour lui dire qu'elle avait quitté son emploi chez Pollack et qu'elle épouserait bientôt un haut fonctionnaire du gouvernement provincial.

Quelques semaines plus tard, François s'est finalement résolu à aller prendre un verre au château à la mémoire de son ami Guillaume qui ne jouerait jamais au baseball pour les Reds de Cincinnati. Il est entré dans la salle des pas perdus vers cinq heures de l'après-midi, en même temps qu'un groupe de femmes qui venaient au *High Tea*. Par curiosité, il est monté avec elles au Palm Room. Le quatuor à cordes du château jouait de la musique d'un autre âge. François regardait la lumière tamisée jaune et verte qui faisait chatoyer les nappes empesées marquées aux armes de Frontenac, les vrais palmiers, les moelleux tapis, toute cette douceur qui aurait fait rire Guillaume, tout cet ordre qu'il se serait fait un joyeux plaisir de briser.

Les dames de la haute venues magasiner rue Saint-Jean et chez Holt & Renfrew qui tenait boutique au château, exhibaient leurs achats. Elles sirotaient leur thé en caquetant, se taisaient un moment pour porter à leur bouche un scone ou un petit four. Il y avait aussi quelques fraîches jeunes filles qui riaient et fumaient derrière les palmiers. François est resté planté debout au beau milieu de la pièce, comme s'il avait été seul au monde. Et pendant un moment, il s'est ennuyé de la guerre, du grand jeu, de l'action, de la peur. N'était-ce pas là-bas qu'était la vraie vie?

Quand le maître d'hôtel est venu, poli et froid, lui offrir son aide, François a eu un ricanement qu'il voulait méchant, méprisant. Il allait sortir quand une voix le héla. C'était Laurence.

«On s'est parlé un moment, a-t-il raconté à Odile. Elle est toujours aussi belle, mais elle n'a plus cette peur dans les yeux qui autrefois me touchait tant. À la place, j'ai vu quelque chose de dur et d'arrogant. Et je n'avais aucune envie de la prendre dans mes bras, ni même de parler plus longuement avec elle.»

Il est descendu à la taverne où il a vainement tenté de se soûler. C'était rempli de fonctionnaires et d'avocats. Un grand escogriffe, tout en longueur, tout en angles et en os, est venu s'asseoir à sa table.

«Comment va le genou?
– Comme un neuf, a répondu François.
– Tu peux conduire?»

François a pensé à Guillaume. Qu'aurait-il fait à sa place? Il ne se serait certainement pas laissé enliser dans l'inaction.

Trois jours plus tard, François avait sa casquette et sa livrée de chauffeur.

Meurtres à Québec

L'ÉDIFICE de facture très classique qui fait l'angle des rues Saint-Louis et du Trésor a longtemps abrité le Palais de Justice, ce qui, du lundi au vendredi, créait dans le voisinage du château Frontenac une vie de quartier très intense.

Tous les midis, beau temps mauvais temps, des juges, des avocats et leurs clients, des journalistes du *Soleil* et de *L'Action catholique* et parfois même, quand la cause justifiait leur présence en cour, des journaux anglais et français de Montréal, déjeunaient, dînaient et soupaient dans les restaurants et les cafés du château. Beaucoup aussi venaient y prendre un verre en fin de journée, quand leurs procès ou leurs audiences étaient terminés. Les journalistes, eux, qui devaient rédiger leurs articles, arrivaient beaucoup plus tard.

Avocats et juges avaient rendez-vous avec leurs très charmantes épouses au Palm Room où travaillait la belle Odile, 20 ans, un peu ronde et le teint rose, lèvres pulpeuses, grands yeux d'un bleu très profond. Elle portait une blouse blanche à collet et poignets de dentelle, une jupe noire, un petit tablier, une coiffe bien ancrée dans ses lourds cheveux blonds ramassés en chignon. Elle servait les scones et les cakes, les petits fours, les sandwichs. Elle apportait les théières (thés noir, vert, de Ceylan, de Darjeeling) et les cafetières, les chocolats chauds. Elle dressait, elle desservait les tables. Elle ne parlait jamais aux convives, sauf lorsqu'on lui adressait la parole. Elle n'était encore qu'une humble figurante dans ce théâtre magnifique, mais au moins elle n'était plus dans l'ombre, elle était désormais bien visible. Et branchée sur le grand monde.

En plus des juges, des avocats, des clercs et des journalistes, le Palm Room recevait plein de gens fort distingués. Été comme hiver, sauf pendant le carême. Le Club musical des dames et le Club des femmes canadiennes y tenaient leurs réunions. Le thé dansant du Samedi saint était depuis plusieurs années l'un des événements les plus courus. Il marquait non seulement la fin du carême et la reprise des festivités interrompues depuis le Mardi gras, mais aussi le retour du printemps, de la douceur.

Au Palm Room, pour peu qu'on tende l'oreille, on apprenait toujours des tas de choses. Rien ou si peu qui ait rapport aux affaires ou à la politique dont on discutait entre hommes au Café de la Fontaine ou à la taverne du château, mais de vraies choses, sur les gens, sur les amours qui se faisaient ou se brisaient, et bien sûr sur les procès qui se déroulaient juste à côté.

Jamais sans doute l'effervescence ne fut si forte qu'au moment de l'affaire Pitt et Guay, le couple maudit dont le crime et le sort ont ému tout le Québec et ont eu un tel retentissement en Amérique que des journalistes sont venus d'Ottawa, de New York, de Boston, de Chicago et même de Paris pour couvrir l'événement.

Odile s'était passionnée pour cette affaire, qui était au départ une histoire d'amour. Elle en suivait les péripéties dans les journaux et au hasard des conversations qu'elle entendait au Palm Room et qu'elle poursuivait avec les filles au réfectoire ou au dortoir. Elle arrangeait tout cela à sa manière, un peu naïve, très romantique, tirant des postulats ou des axiomes que rien ne pourrait par la suite ébranler. Elle croyait réellement, profondément, presque aussi sûr que deux et deux font quatre, que l'amour rendait bon et, vice versa, que la bonté favorisait l'amour. Elle était donc persuadée que si madame Pitt et monsieur Guay s'aimaient vraiment, ils seraient à coup sûr innocentés.

Ils étaient accusés d'avoir placé une bombe dans la soute à bagages d'un petit avion à bord duquel voyageait le mari de madame Pitt. L'avion avait explosé en plein vol et s'était abîmé dans le fleuve à la hauteur du Sault-au-Cochon, près de Forestville. Dès lors, disaient les gens, Pitt et Guay étaient libres de s'aimer. Odile ne comprenait pas. Ou plutôt, elle n'était pas d'accord. Elle voyait là, dans sa candeur, quelque chose d'incompatible. Comment des êtres méchants, capables de tuer d'autres gens, auraient-ils pu être amoureux? Comment pouvaient-ils être libres de quoi que ce soit? S'ils avaient réellement tué, se disait-elle, ils étaient incapables d'amour.

Pitt et Guay furent condamnés et pendus. Dès lors, Odile, qui contrairement à son frère François ne doutait pas de la bonté et de l'intelligence de la Cour, avait conclu qu'ils ne s'aimaient pas, qu'ils ne s'étaient jamais aimés.

Mais voilà qu'une autre affaire tout aussi spectaculaire secouait la bonne ville de Québec. Odile n'en a d'abord perçu que des échos épars. Un prêtre, l'abbé Michael Logan (on chuchotait son nom au Palm Room), était accusé de meurtre. Il aurait assassiné, disait-on, un homme témoin de ses amours avec une femme mariée.

On disait aussi qu'il était très bel homme. Chacune des femmes qui parlaient de lui au Palm Room prétendait l'avoir aperçu quelque part en ville, dans quelque salon. On le disait très moderne. Pour un curé. Paraîtrait même qu'il était venu, quelques fois, à la taverne du château, et qu'on l'avait vu aussi dans les cafés du bas de la ville, discutant avec des étudiants, des ouvriers.

Tout indiquait qu'il avait assassiné un monsieur Vilette, qui avait été témoin de sa liaison avec la femme d'un homme très haut placé au gouvernement. Par amour pour elle, ou par peur de voir sa réputation et sa carrière brisées, il aurait éliminé ce témoin. C'était ce qu'Odile avait fini par comprendre en tendant l'oreille aux conversations qui se tenaient au Palm Room. Le prêtre, croyait-elle, avait été arrêté.

Elle a compris après quelques jours que cette histoire dont elle n'avait saisi que des bribes était en réalité un scénario de film, intitulé *La Loi du silence*, que le célèbre Alfred Hitchcock allait bientôt tourner à Québec. Plein de gens avaient lu ou prétendaient avoir lu ce scénario dont plusieurs copies circulaient à travers la ville. Hitchcock avait en effet dû le soumettre à l'archevêché qui, chuchotait-on, avait exigé de nombreuses coupures. Le sujet était en effet par trop délicat.

Dans le scénario original, toujours selon ce qu'Odile pouvait saisir au hasard des conversations, l'abbé Logan aurait eu, avant d'être prêtre, un flirt avec la belle femme blonde. Ils auraient même échangé quelques mots tendres, quelques baisers, peut-être.

«Impensable!» avait éructé l'archevêque.

Il fallait qu'il soit tout à fait évident qu'il ne s'était jamais rien passé entre ces deux jeunes gens. La femme pouvait avoir aimé le prêtre, elle pouvait même s'être fait des illusions, les femmes sont si faibles! Mais rien de plus. Lui ne devait à aucun moment avoir été sous le charme de cette femme.

À l'été, deux gros mois après que ces rumeurs eurent commencé à circuler, le cinéaste est descendu au château Frontenac avec son équipe technique, caméramen, preneurs de son, scriptes et assistants, maquilleuses, habilleuses et coiffeuses, et avec ses comédiens, Montgomery Clift qui allait tenir le rôle de l'abbé Michael Logan, Ann Baxter qui jouerait la femme qui l'aimait et Otto Hasse incarnant l'immigrant Keller, l'assassin.

Odile avait vu, comme tout le monde, plusieurs des films de Hitchcock. *Les 39 Marches*, *Rebecca*, *L'Ombre d'un doute*, et l'année précédente *L'Inconnu du Nord-Express* qui avait eu un énorme succès en Europe et en Amérique du Nord. À Québec même, ce film avait tenu l'affiche en même temps qu'un film culte, *La Petite Aurore l'enfant martyre*, un mélodrame basé sur une histoire vraie qui, d'abord présentée au théâtre, avait fait courir la province entière.

La venue de Hitchcock et de vedettes de Hollywood créa dans la vieille capitale un puissant émoi. À trois reprises, monseigneur Maurice Roy, archevêque de Québec, a dîné au château avec le cinéaste et son équipe. Il lui a parlé longuement du peuple canadien-français, de sa candeur, de sa pureté, de son innocence. C'est ce qu'il a dit aux journaux qui l'ont interrogé. Et François disait que l'archevêque ne comprenait rien aux changements qui étaient sur le point de se produire.

Hitchcock, lui, racontait aux mêmes journaux qu'il avait été séduit par le château. Il avait même changé son scénario de manière à en faire, d'une certaine manière, non seulement le décor, mais aussi un personnage important de son film. Pour le générique d'ouverture, il a créé des images terriblement impressionnantes, sa caméra rasant les eaux sombres du fleuve et s'approchant du château qu'elle saisissait en contre-plongée sur une musique lourde et oppressante reprenant le motif grégorien du *Dies Iræ, dies illa*, « jour de colère que celui-ci ».

Dans le scénario original, après avoir abattu le prêtre devant le Palais de Justice, l'assassin s'enfuyait à travers les rues du Vieux-Québec où les policiers le pourchassaient. Tout le repérage avait été fait. Mais Hitchcock décida quelques jours avant le tournage que cette chasse à l'homme se passerait à l'intérieur du château. Et pour faire plus vrai, il a demandé à plusieurs membres du personnel, et au nouveau gérant de l'hôtel, le débonnaire et jovial George Jessop, de jouer dans son film.

Odile voyait régulièrement les comédiens au Palm Room, Ann Baxter surtout, en compagnie de sa camériste qui, de l'avis de tous, était au moins aussi belle et tout aussi charmante qu'elle. Otto Hasse venait aussi quelquefois, plus réservé, très gentil. Quant à Montgomery Clift, il se tenait plutôt au bar ou à la taverne. Chaque fois qu'elle le pouvait, Odile assitait aux tournages.

Certains jours cependant, parce que les comédiens avaient besoin d'une certaine intimité, ou parce que les caméras balayaient le décor, on tenait le public à l'écart. Deux jours de suite, des jours de semaine, on a tourné une scène sur le traversier de Lévis, le *Louis-Jolliet*. Au cours des jours précédents, par la radio et par des affiches nombreuses, on avait demandé aux gens d'aller se promener sur la terrasse, mais de ne pas braquer sur le traversier les jumelles de location qui se trouvaient sous les kiosques. Et on ne voulait pas voir d'uniformes. Odile et ses amies, habillées en dimanche, ont monopolisé dès le début de l'après-midi le kiosque vis-à-vis du jardin des Gouverneurs. Dans l'espoir de figurer, même parmi une foule anonyme qu'on ne verrait que de loin, dans un film du grand maître du cinéma, des centaines de personnes s'étaient rendues sur la terrasse où régnait, au beau milieu de la semaine, une atmosphère de fête.

Sur le traversier, on voyait le prêtre Montgomery Clift et son amoureuse Ann Baxter, épouse d'un ministre du gouvernement. Il portait la soutane. Elle avait une écharpe de soie qu'agitait le vent, comme une flamme.

Le prêtre, la tête penchée vers elle, semblait entendre la dame en confession. Il hochait la tête très doucement, ils faisaient quelques pas côte à côte, ils s'arrêtaient, le prêtre parlait, la femme mettait ses mains devant son visage, elle éclatait en sanglots. La caméra braquée sur eux. Et inlassablement ils reprenaient la même scène. Il se penchait vers elle, ils faisaient ensemble quelques pas sur le pont, il lui parlait tout bas, elle pleurait, la caméra se déplaçait lentement devant eux...

Trois jours plus tard, Odile se trouvait dans la foule qui remplissait le Palais de Justice où se déroulait le procès pour meurtre du bel abbé Logan. La femme blonde a été appelée à la barre des témoins. Un avocat lui a demandé si elle aimait le prêtre qui se trouvait dans le box des accusés. La femme a semblé hésiter, cherchant du regard quelque secours du côté des jurés. Odile, assise de biais, a pu voir qu'elle avait les yeux pleins de larmes. L'avocat, impitoyable, a répété sa question : « Est-ce que vous avez aimé l'abbé Michael Logan ici présent dans le box des accusés ? » Alors, relevant la tête très lentement, la dame a dit bien fort, presque crié, d'une voix qui ne tremblait pas : « Oui, je l'aime. Et je l'aimerai toujours. » Et elle s'est remise à pleurer, son visage dans ses mains. Et des larmes coulaient à travers ses doigts. Il y a eu un long silence. Et d'autres femmes et même des hommes dans la salle pleuraient avec elle.

Le beau Montgomery Clift fut acquitté. « Il y a un doute raisonnable sur sa culpabilité » a dit le porte-parole des jurés. Mais peu de gens parmi la foule qui emplissait le tribunal ou parmi ceux qui s'étaient massés par milliers sur la place d'Armes et même jusque sur la terrasse Dufferin croyaient à son innocence. On disait qu'il avait été innocenté parce qu'on ne pouvait pas pendre un prêtre. Et que l'archevêque était certainement intervenu.

Quand le prêtre est sorti du Palais de Justice, il a dû affronter une foule énorme qui le dévisageait en silence. Odile se trouvait sur le trottoir de la rue Saint-Louis, près du porche de la rue du Trésor. Elle a vu le prêtre hésiter, elle a vu la peur dans son regard pendant qu'il descendait dans la rue et qu'il s'avançait vers la foule silencieuse qui s'ouvrait devant lui, mais il marchait la tête haute, regardant par-dessus les gens, le ciel, au loin…

Alors, un homme s'est approché et tout s'est passé très vite, si vite, qu'il y eut un moment de stupeur et de silence, on aurait dit que le temps s'était arrêté. Et pendant un long moment, plus rien ni personne ne bougeait sur la place. L'homme a tiré à bout portant sur le prêtre, deux, trois coups de feu. Et, pendant que le prêtre s'effondrait, il lui criait des choses qu'Odile ne pouvait saisir.

Il y eut une formidable bousculade. Les gens couraient de tous bords, tous côtés. Odile a vu l'homme qui avait tiré entrer sous le porche principal du château, son revolver à la main, terrorisant les gens. Elle a remonté la rue du Trésor qui passe sous le château, et elle a pris l'entrée des employés. Elle se trouvait alors dans le Petit Château, l'aile des services, où sont logés les ateliers des menuisiers, des peintres, des plombiers, des couturières, la buanderie. À moins de très bien connaître les lieux, le fugitif, qui vraisemblablement était entré dans le château, ne pouvait venir dans cette aile. Mais par curiosité, Odile eut envie d'aller voir ce qui se passait. Elle est montée au troisième, en courant elle est passée de l'aile Mont-Carmel à l'aile Citadelle, puis elle est descendue dans le grand hall, sous le portrait en pied du comte de Frontenac.

Mais, dans le hall, régnait un calme absolu. Le comédien, son revolver toujours à la main, fumait tranquillement une cigarette en compagnie des policiers, du directeur-gérant du château, M. George Jessop et d'Alfred Hitchcock lui-même. Les techniciens, les éclairagistes, les cameramen préparaient un nouveau plateau. Le régisseur expliquait aux dames de chez Holt & Renfrew qu'elles devraient fermer les portes du magasin, et aux clients du Café de la Fontaine qu'ils devraient se jeter par terre, quand le tueur reprendrait sa course.

Mais il n'y eut pas d'autre tournage ce jour-là. Il fallait encore préparer des éclairages, corriger mille et un détails du décor, installer des rails pour les caméras. Ce n'est que le lendemain qu'on a commencé à tourner la scène de la poursuite. L'espace avait été clos. Seuls les comédiens et quelques figurants pouvaient y pénétrer. Odile aurait payé cher pour être parmi eux, pour figurer, ne fût-ce que quelques secondes, dans un film qui serait vu partout dans le monde. M. Jessop y était, lui, qui jouait son rôle de directeur-gérant de l'hôtel. Lionel à qui on avait demandé de porter un plateau a refusé.

« Pourquoi ? lui avait demandé Odile.

— Parce que ça me gêne. »

Odile avait alors senti sa petite colère s'éveiller et monter en elle. Elle aurait voulu secouer Lionel, lui dire qu'il était idiot de se résigner ainsi à ne vivre que cette petite vie que d'autres lui imposaient. Mais il n'aurait rien compris. Il était heureux de son sort. Elle ferait tout, elle, pour que sa vie change. Elle savait que son avenir et son bonheur dépendaient d'elle seule.

Dans l'après-midi, ayant appris que le meurtrier se réfugierait dans la grande salle de bal où il serait abattu par la police, Odile décida de s'y rendre. La Grande Allée étant interdite, elle a emprunté au sous-sol le long corridor qui contourne la tour centrale, passant devant le salon de barbier, la Banque de Montréal, l'atelier du cireur de souliers. Elle est entrée par l'escalier dérobé dans les coulisses de la grande scène qui dominait la salle de bal. Elle s'est avancée dans l'obscurité jusqu'au rideau qu'elle a tout doucement écarté, juste assez pour glisser un œil dans la grande salle. Toutes les tables avaient été pliées et entreposées. Elle a vu l'énorme caméra braquée dans sa direction. L'assassin Keller était juste au pied de la scène, tout près d'elle. Il était essoufflé, il tenait toujours son revolver à la main. Il parlait aux policiers. Il disait pourquoi il avait tué M. Vilette, pour de l'argent, pour ne plus être un immigrant pauvre, son nom était Keller, il voulait refaire sa vie, il voulait réussir, échapper à la misère, sortir de l'ombre, lui aussi.

Dans un geste désespéré, il a pointé son arme vers les policiers. Puis il a porté la main à sa poitrine, il a échappé son arme et il est tombé mort. Ce n'est que beaucoup plus tard, quand les caméras ont été braquées sur eux, que les policiers ont tiré sur lui. Odile n'a pas assisté à cette scène, elle était allée passer son uniforme et s'en allait servir le *Five O'Clock Tea* aux belles madames de Québec.

Un soir d'automne, en compagnie de Lionel, elle est allée voir *La Loi du silence*, version française de *I Confess*, qui tenait l'affiche au Capitol. La scène d'ouverture l'a terrorisée, quand la caméra se promène à fleur d'eau sur le fleuve si terriblement sombre et qu'elle s'avance vers le cap et la masse terrifiante du château. Même les gens qu'on voyait sur la terrasse avaient l'air méchant. Le ciel était lourd et menaçant.

Plus tard, il y avait cette fameuse scène du prêtre et de la dame sur le traversier à laquelle Odile avait assisté du haut de la terrasse. Et lorsqu'on apercevait le château, derrière les deux comédiens, Odile se cherchait du regard. Elle disait à Lionel : « Regarde, sous le kiosque de gauche, je suis là, avec les filles. » Et Lionel a ri de bon cœur, sans malice. Les filles étaient si petites que personne au monde, pas même elles, ne pouvait les reconnaître.

Mais cette fois, enfin, Odile entendait clairement ce que le prêtre et la dame se disaient dans cette scène tant de fois recommencée quand il se penchait vers elle, qu'il lui parlait tout bas, qu'elle pleurait. Elle a clairement entendu cette fois la dame qui disait, avec de bouleversants sanglots dans la voix : « C'est bien, Michael, je ne t'importunerai plus, si c'est ce que tu veux, je ne te verrai plus. Mais sache que je t'aimerai toujours, toujours. »

En rentrant au château, Odile a confié à Lionel qu'elle voulait être autre chose dans la vie que fille de chambre. Il n'a pas semblé étonné, il a même dit : « Je m'en doutais. »

Depuis une douzaine d'années qu'il était au château, il n'avait jamais manqué une seule journée de travail. Il avait toujours travaillé à Noël et au jour de l'An.

Il disait à Odile : « Pour que des gens s'amusent, il en faut qui travaillent.

— Tu es trop gentil, Lionel. »

Mais il était satisfait de sa vie. Odile réalisait qu'elle n'avait plus cette sagesse. Elle ne raisonnait plus tout à fait de cette manière. Ou plutôt, elle ne voyait pas pourquoi elle devait être de ceux qui travaillent plutôt que de ceux qui s'amusent. Lionel ne se posait pas de telles questions.

«Il faut bien qu'il y ait des riches, disait-il.
— Mais pourquoi? demandait Odile.
— Parce que c'est comme ça, il y en a toujours eu et il y en aura toujours. C'est écrit dans l'Évangile.
— Oui, mais pourquoi ce serait pas à ton tour d'être riche?
— Parce que c'est comme ça. C'est pas mon tour. Je suis pas riche.
— Et pourquoi c'est pas autrement?
— Parce que la vie l'a pas voulu.
— Si tu te fâchais…
— Mais je ne suis pas fâché, Odile. Et si je l'étais, qu'est-ce que ça me donnerait, dis-moi ? Si j'étais fâché, je n'aurais pas de job, le château ne voudrait pas de moi.
— Les riches partageraient, si des gens comme toi étaient fâchés, si beaucoup de gens se fâchaient.
— Mais je ne veux pas qu'ils partagent, je ne veux pas de la richesse des riches, je ne veux pas ce qui n'est pas à moi.
— Mais pourquoi?
— Parce qu'eux autres et nous autres, c'est pas du tout la même chose. Je ne serais pas bien dans leurs affaires, je ne me sentirais pas chez moi dans leur maison.»

Pour Lionel, il y avait deux races de monde. Il n'était pas de celle des riches. Et il n'essaierait pas d'en être. Il était heureux de son sort, il aimait son devoir et le remplissait auprès d'eux avec joie.

Odile, elle, ne trouvait plus aucune joie à faire des lits, ni à servir aux tables. La vie, la vraie vie, était selon elle ailleurs.

«Je ressemble de plus en plus à mon frère François», se disait-elle.

Ça lui était venu presque sournoisement, sans qu'elle s'y attende.

Au château cependant, la vie changeait tranquillement. La règle était un peu plus souple. Les filles ne pouvaient toujours pas découcher, sauf bien sûr si elles allaient dans leur famille.

Mais elles pouvaient sortir plus facilement, plus souvent et plus tard le soir et sans devoir obtenir des permissions écrites de la Mère supérieure ou de la gouvernante.

La vie changeait, mais pour Odile, pas assez vite.

Familles

Plusieurs garçons d'étage auraient donné leur âme pour être au service de la famille Jessop qui occupait deux suites contiguës dans l'aile Mont-Carmel, une pour madame et monsieur, l'autre pour leurs trois garçons, Tim, Tom et Jeff, âgés de 12, 10 et 6 ans. Mais c'est à Lionel, le plus timide de tous, sans doute le seul qui n'aurait jamais osé proposer ses services, que le directeur-gérant a fait appel.

Tous les jours de la semaine, Lionel accompagnait les deux enfants plus âgés, Tim et Tom, au collège St. Patrick, où ils faisaient leurs études. Il allait les chercher en fin d'après-midi, il leur servait une collation. M. Jessop père lui avait demandé de toujours parler à ses garçons en français, même si, depuis le temps qu'il était au château, Lionel avait acquis une assez bonne maîtrise de l'anglais. Avant de quitter les lieux, celui-ci dressait la table pour le dîner des Jessop et de leurs invités. Il aidait la femme de ménage, faisait quelques courses. Bref, le plus clair de son temps, il le passait désormais au service de la famille régnante, dans son intimité.

George Jessop était très présent au château et il s'impliquait beaucoup auprès de la communauté du Vieux-Québec. C'était un bel homme à la fois autoritaire et chaleureux, très solide et grand, le cheveu poivre et sel, de gros sourcils qui lui donnaient un air terrible. Il dirigeait son hôtel comme s'il se fût agi d'un théâtre.

« L'hôtellerie que nous pratiquons, c'est de l'*entertainment* avant toute chose », répétait-il à ses acolytes, aux chefs de service, à tous les employés qu'il réunissait parfois dans la grande salle de bal. Il se percevait et agissait comme un metteur en scène. Il aimait paraître, parler. On le voyait souvent dans le grand hall, dirigeant du regard ou de gestes discrets les chasseurs, les portiers, les garçons d'ascenseur. Il parlait bien français, ce qui créait au sein de sa «troupe de théâtre» une collégialité très forte.

Il répétait à ses employés qu'ils formaient une grande famille et que, lorsqu'ils franchissaient les portes qui donnaient sur les halls, les restaurants et les bars, ou qu'ils circulaient dans les corridors qui menaient aux chambres, ils devaient être impeccables, avoir de la fierté et une «attitude», comme il disait.

«Chacun doit connaître son rôle à la perfection, comme des acteurs quand ils entrent en scène. Dès qu'on vous voit, vous êtes en représentation. Vous êtes dans le show.»

Il ne prêchait pas dans le désert. L'esprit de famille, déjà très fort dans la société canadienne-française de cette époque, semblait avoir pénétré le personnel du château. On trouvait parfois, parmi les employés, des membres de plusieurs générations d'une même famille. Le grand-père, ses fils, ses filles, ses brus, ses gendres, et ses petits-enfants. Ou comme dans le cas de Lionel, sept frères, plusieurs de leurs enfants.

Les pique-niques d'hiver et d'été étaient de véritables institutions. George Jessop lui-même y participait avec femme et enfants. Hiver comme été, beau temps, mauvais temps, il faisait, après déjeuner, sa marche de santé d'un bout à l'autre de la terrasse Dufferin, presque toujours seul. Et on ne devait le déranger sous aucun prétexte, «sauf si quelqu'un a mis la main au collet du fantôme de Frontenac», disait-il. Certains jours, il montait sur les remparts. Ou il prenait le traversier de Lévis. Et il regardait le château, son château.

Odile le craignait bien un peu, à cause de ses épais sourcils, de sa grosse voix. Mais elle adorait sa façon de voir les choses. Il avait réussi à créer des liens entre les employés, à faire du personnel une grande famille très unie. Et avec lui, le travail était presque devenu un jeu. Elle n'était pas qu'une simple serveuse, elle était une jeune fille libre qui jouait à sa manière le rôle d'une serveuse dans ce théâtre magnifique. Dès lors, les clientes du *High Tea* étaient beaucoup moins intimidantes. Elles n'étaient pas des clientes, elles jouaient elles aussi, elles étaient des figurantes dans la troupe que dirigeait monsieur Jessop et qu'il protégeait contre toute intrusion, voyant à ce que rien ne vienne perturber le show, leur show.

Il n'avait rien contre la télévision, mais il n'en voulait pas dans son hôtel, pas dans les chambres en tout cas. Il s'était plusieurs fois expliqué lors de réunions plénières. Il considérait que la télévision était une dangereuse ennemie pour le type d'hôtellerie qu'il voulait pratiquer. Quelques années plus tôt, l'installation du téléphone dans les chambres avait rendu la salle d'écriture pratiquement obsolète. On avait remarqué également que les clients qui occupaient des chambres équipées de radio ne participaient presque jamais aux tournois de dames ou d'échecs, n'allaient pas à la bibliothèque, et pas souvent au bar ou à la taverne. Le dancing où, hier encore, triomphaient sambas, rumbas et mambos, était également déserté. On commençait d'ailleurs à se demander quoi faire du grand fumoir où pendant des années les hommes, et quelques femmes parfois, venaient le samedi soir écouter *La Soirée du hockey* à la radio.

Jessop avait quand même acheté trois téléviseurs, un à la taverne où les hommes pouvaient suivre le hockey, un dans une petite pièce attenante au Café de la terrasse, un troisième pour l'appartement qu'il occupait au château avec sa famille. Il ne pouvait évidemment pas empêcher les résidents permanents du château, comme monsieur Duplessis qui ne s'en était pas privé, de se procurer un téléviseur et de l'installer chez eux. Le château étant situé presque au plus haut point de toute la région de Québec, la réception du signal était remarquablement bonne, surtout évidemment dans les étages supérieurs de la tour centrale. Pour contrer l'influence néfaste, il disait « éparpillante » de la télévision, Jessop avait réorganisé les loisirs proposés aux clients.

Depuis plusieurs années, le château donnait, quelques jours avant Noël, une grande fête pour les enfants. Grâce aux Jessop, cette fête a pris une ampleur sans précédent. On y conviait non seulement les enfants du personnel, mais aussi ceux des clients de l'hôtel et des voisins du château, presque tous les enfants du Vieux-Québec. La fête durait tout le jour et mobilisait des filles de chambre, des chasseurs, des pages, des aides-cuisiniers, presque tous les jeunes du personnel qui, bénévolement, donnaient quelques heures de leur temps pour préparer et faire la fête.

Dès neuf heures du matin, les enfants étaient maîtres du château.

« Pas grave s'ils font un peu de dégâts, disait monsieur Jessop. On est là pour ramasser. »

Dans la salle de bal, les enfants coloriaient, se déguisaient, jouaient à la marelle, il y avait un théâtre de marionnettes. Et, bien sûr, des jeux extérieurs.

Odile avait accepté d'accompagner deux enfants dans la grande glissoire, Jeff, le fils de monsieur Jessop, et Pierre, le garçon d'un monsieur Lamontagne, chauffeur au service du château. Six ans tous les deux, charmants, très enjoués.

Il faisait juste assez froid pour que la glace qu'on avait arrosée pendant la nuit soit sans aspérités. Odile et les enfants étaient de loin les plus rapides de tous. Jeff était au comble du bonheur. Grisé par le froid et l'action, il voulait chaque fois aller plus vite, plus loin. Et plus haut.

Toutes les filles qui, comme Odile, accompagnaient des enfants se lançaient dans la glissoire à partir du second palier. Le dernier tronçon qui culminait à la hauteur du Bastion du roi était réservé aux adultes seuls.

Poussée par Jeff, Odile finit par se résoudre à y monter. Une fois là-haut, elle a placé les deux enfants devant elle, Jeff, le plus léger, à la proue, Pierre entre ses genoux. Dès la poussée de départ, elle sentit qu'elle était peut-être allée trop loin. À mi-chemin, le frêle esquif avait déjà atteint une si grande vitesse qu'il était pratiquement impossible de le contrôler. Au bas de la glissoire, Odile ne put éviter ceux qui les avaient précédés. La traîne s'est renversée. Il y eut une collision. Quand elle s'est relevée, elle vit que Jeff avait une large entaille au front.

Ils sont entrés au château en courant, Odile portant l'enfant dont le visage était couvert de sang. Elle l'a laissé dans les bras de l'infirmière. Et elle s'est enfuie. Elle est rentrée chez elle, rue Sainte-Ursule, dans le petit logis qu'elle partageait avec son frère. Elle a mis à tremper son manteau maculé de sang. Elle s'est couchée, en souhaitant dormir pendant 100 ans.

Elle est retournée au château en fin de journée. Cherchant partout Lionel qu'elle ne put trouver. Elle s'est rendue dans la grande salle de bal où, sous un arbre géant tout plein de lumières multicolores, une fée des étoiles et un père Noël remettaient des cadeaux aux enfants, des poupées aux filles, des jeux de mécano aux garçons, des vêtements, des poignées de bâtons forts, des oranges. Il y avait de la musique, des cris de joie partout, des chants. Elle avait la mort dans l'âme, imaginant le pire, elle, une petite serveuse de rien du tout responsable des blessures qui défiguraient l'enfant du patron, du grand châtelain.

Rentrée chez elle, elle trouva un mot de son frère. Il était passé en coup de vent, comme d'habitude. Et parti pour Montréal conduire des ministres ou des fonctionnaires. Il ne rentrerait que le lendemain, peut-être le surlendemain. Lui seul aurait pu la consoler, la conseiller.

« Mais non, probablement pas, se disait-elle. Il m'aurait dit que c'était un accident, que je n'avais pas à m'en faire, que je devais cesser d'être terrorisée par les patrons, par l'autorité, que Jeff Jessop ne valait pas plus cher que moi. »

Elle n'a pas dormi de la nuit. Cent fois dans ses cauchemars, la police est venue l'arrêter. Elle a quand même eu le courage de se rendre au château, comme d'habitude, un peu plus tôt; et la chance de trouver Lionel au réfectoire. Elle a fondu en larmes en le voyant. Au réfectoire, certains devaient penser qu'ils étaient des amoureux. Lionel l'entourait maladroitement de ses bras.

« C'est rien, lui disait-il. Je te jure, c'est rien qu'une petite coupure à la tête. Je l'ai vue. Le cuir chevelu, ça saigne beaucoup. Même une petite coupure, ça saigne beaucoup. »

Elle s'était ressaisie, elle avait même réussi à avaler la moitié d'un bol de gruau et un peu de café, elle était presque arrivée à oublier par moments l'incident et à faire son travail convenablement quand, au début de l'après-midi, un chasseur est venu au Palm Room lui dire qu'elle était attendue chez les Jessop à cinq heures. Prise de nausées, incapable de contrôler ses tremblements, blanche à faire peur, elle a dû quitter son poste. Sans réfléchir, elle est allée s'enfermer dans les toilettes du dortoir des filles, au huitième étage. Et elle a attendu, seule, prostrée.

Dans sa tête, les pires pensées se bousculaient. « Ils vont me chasser du château. Pire, ils vont m'accuser de négligence et m'emmener devant les tribunaux, me faire jeter en prison. Ils vont me parler anglais. Ils vont vouloir que je m'explique. »

À cinq heures moins dix, elle traversait le grand hall, passait devant la réception, puis devant le bureau de monsieur Jessop où elle aperçut sa secrétaire, mademoiselle Simonne, dont le regard lui a semblé chargé de reproches, elle prit l'escalier plutôt que l'ascenseur. Étrangement, malgré le sourd bourdonnement dans ses oreilles et bien qu'elle eût le souffle court, elle se sentait mieux.

« J'aurais dû bouger, se disait-elle, plutôt que rester enfermée dans les toilettes. »

Un peu avant cinq heures, elle frappait à la porte des Jessop. Pas de réponse. Elle attendit. Elle entendait de la musique, des voix nasillardes… Elle frappa de nouveau. La porte s'est brusquement ouverte. Elle vit l'aîné des fils Jessop qui déjà lui tournait le dos, sans même la saluer.

Le salon était sombre. Odile s'est avancée, tremblante, sentant sa peur se dissoudre. Elle venait de reprendre contact avec la réalité.

« Je vais me défendre », se disait-elle.

Jusqu'alors, cette idée ne l'avait même pas effleurée.

Dans le grand salon où elle venait d'entrer, elle aperçut d'abord la souris Miquette qu'elle avait déjà vue au cinéma, toute petite, baignant dans la lueur opalescente qui inondait le grand salon. « La télévision », a-t-elle pensé.

Les trois fils Jessop, le plus jeune, Jeff, sur les genoux de son père, regardaient l'écran, fascinés. Madame Jessop a fait signe à Odile de prendre place sur un fauteuil près d'elle. Et Odile a regardé la souris Miquette survolant des mers et des déserts dans son petit avion. Ces voix nasillardes qu'elle avait entendues étaient celles de la souris et de ses amis. Elle n'a pas osé s'asseoir, elle est restée debout derrière cette famille captivée qui semblait ignorer sa présence.

Quelques minutes plus tard, le petit film terminé, monsieur Jessop s'est levé, il a tourné un bouton et le téléviseur s'est éteint. C'est alors seulement qu'Odile a remarqué que

Jeff avait un pansement sur le front, tout petit, presque rien. Dès qu'il aperçut Odile, le visage de l'enfant s'est illuminé et il a voulu s'approcher d'elle, sa mère l'a retenu par l'épaule, lui a posé un gros baiser sur la joue, lui a dit quelques mots en anglais et les trois garçons sont sortis.

« *Hello* Odile. Ma femme est fâchée après toi, a dit monsieur Jessop. Jeff aurait pu se blesser. T'as pas été prudente. »

Odile a tout de suite pensé que si George Jessop disait que sa femme était fâchée, ça voulait sans doute dire qu'il ne l'était pas, lui. Ou pas trop.

« S'il m'appelle Odile, s'il me tutoie, c'est qu'il n'est vraiment pas fâché. S'il dit que Jeff aurait pu se blesser, c'est qu'il considère qu'il ne l'est pas vraiment. »

Mais elle gardait les yeux baissés. Et madame Jessop a corrigé, en français.

« Je suis pas fâchée, George, *my dear*, j'étais fâchée, très fâchée, parce que j'ai eu très peur quand j'ai vu le visage de Jeff en sang. »

Puis elle a fait un large sourire à Odile et lui a dit :

« Faut pas vous mettre à l'envers pour cette histoire, ma pauvre enfant. C'était pas bien grave, au fond. »

Odile comprit alors que Lionel, le bon, le gentil Lionel, avait parlé aux Jessop de son désarroi, de sa peur, de sa peine. Et encore une fois, elle s'est mise à trembler et à sangloter, si fort que madame Jessop a dû la prendre dans ses bras. Elle lui donnait des petites tapes dans le dos en disant : « *It's all right, love, it's all right.* »

Monsieur Jessop, que ces effusions semblaient mettre mal à l'aise, n'a rien trouvé d'autre que de lui offrir un cognac.

« George, *she's a child*, a dit madame Jessop, indignée.

— *She's a big girl*, a rétorqué monsieur Jessop. Quel âge tu as, Odile ?

— Vingt ans, monsieur Jessop.

— Prends ça, ça te fera du bien. »

Le verre était minuscule, mais le liquide ambré qu'il contenait était si fort qu'elle ne put le boire en entier. Mais elle a été prise d'un vrai fou rire qu'elle a communiqué aux Jessop.

Odile fut par la suite appelée régulièrement pour garder les enfants Jessop lorsque leur nurse, une grande Anglaise d'Angleterre, prenait congé.

C'est ainsi qu'elle est entrée, un beau mercredi soir, au sein de la famille Plouffe. Ou plutôt, que les Plouffe sont entrés dans sa vie, où ils ont fait un beau ravage.

La Famille Plouffe, télésérie inspirée du roman d'un jeune auteur de la basse-ville de Québec, Roger Lemelin, connaissait à travers tout le Canada français un énorme succès. Le mercredi soir, les églises et les tavernes étaient vides; tout le monde regardait à la télé vivre cette famille ouvrière de la rue Montmagny, au cœur du quartier Saint-Sauveur. Ceux qui n'avaient pas de téléviseur allaient chez des parents ou des amis.

Il semblait à Odile qu'elle vivait réellement dans cette histoire. Elle connaissait intimement chacun des personnages, les lieux, les décors, même les événements. C'était son monde qu'elle regardait chaque mercredi soir sur le petit écran, c'étaient les lieux qu'elle connaissait.

Un personnage surtout l'a fascinée, celui de Rita Toulouse, à qui elle s'est très intimement identifiée. Rita n'était jamais satisfaite de son sort. Elle portait en elle ce rêve de changer de vie qui s'était emparé d'Odile, mais en beaucoup plus fort, c'était un rêve rageur et dévorant. Rita voulait de toutes ses forces sortir de son petit monde, et monter vivre sur les lumineux sommets du cap Diamant, en haut de la Pente Douce, parmi les gens riches et célèbres.

Chaque fois qu'elle empruntait l'escalier de la rue de l'Alverne pour descendre dans la basse-ville du côté de Saint-Sauveur, Odile pensait à Rita Toulouse et à son mari Ovide Plouffe qui s'étaient embrassés pour la première fois de leur vie, sur le troisième palier de cet escalier, là où la vue sur Québec est si belle et où, qu'ils montent ou descendent, les gens toujours s'arrêtent pour regarder la ville à leurs pieds.

C'était un soir de fin d'été. Ovide et Rita avaient passé la soirée ensemble au dancing du château Frontenac où ils étaient entrés tous les deux pour la première fois de leur vie. Vingt fois, depuis qu'elle travaillait au Palm Room, Odile avait assisté à une scène semblable, vingt fois elle avait vu de pauvres jeunes gens des bas quartiers tétanisés par la timidité, mais mus par une vive et légitime curiosité, entrer au château et monter en tremblant au Palm Room. Ils auraient donné cher pour passer inaperçus mais, avec leurs regards fuyants et leurs gestes contenus, ils attireraient vite l'attention. Le maître d'hôtel les toisait avec mépris, reconnaissant un couple de minables petits ouvriers des manufactures du bas de la ville.

Ovide et Rita avaient bu des singapore slings en écoutant l'orchestre de Gilbert Darisse qui au moins trois fois ce soir-là avait repris à la demande générale *East of the Sun and West of the Moon*. Et Rita avait pleuré. À cause de ces langueurs qu'amènent les singapore slings et la musique swing et parce que sa vie à l'époque lui semblait si effroyablement compliquée, si peu compatible avec les rêves qu'elle avait en elle. Et parce qu'elle savait trop bien qu'elle n'était pas à sa place dans ce lieu trop beau, avec sa petite robe de coton, ses souliers démodés, ses cheveux coiffés par sa belle-sœur vieille fille.

Rita avait beaucoup de frustration et de colère en elle. Elle était prête à tout pour changer de vie, pour sortir du petit monde dans lequel elle étouffait. Ovide aussi qui voulait, lui, rencontrer des intellectuels, et s'élever par l'esprit. Et c'est ce rêve et cette colère qu'Odile sentait entrer en elle chaque mercredi soir, la colère et le rêve des petites gens qui veulent sortir de leur misère et de leur ennui.

Elle avait attrapé le désir de Rita comme on attrape un rhume. Elle s'est mise à rêver elle aussi, plus que jamais, de pouvoir entrer un beau soir au château la tête haute, comme si elle était chez elle, et traverser le grand hall d'un pas nonchalant, portant un beau chapeau et une robe d'un chic fou, vertigineusement décolletée, rouge, avec un sac à main tout petit. Et tous les regards, surtout ceux des hommes affolés par sa beauté, son sex-appeal, tournés vers elle. Et elle, arrogante, au bras d'un bel Américain, les ignorant tous. Ce désir d'être désirée, Rita Toulouse l'avait inoculé à Odile. Et celle-ci savait qu'elle n'en guérirait jamais. Le changement était en elle. Elle le sentait qui grandissait. Et il ne cesserait de grandir, elle en était sûre.

François aussi, lorsqu'il en avait l'occasion, regardait *La Famille Plouffe* à la télévision. Il se mettait chaque fois en colère.

« C'est le roman qu'il faut lire, répétait-il. C'est beaucoup plus cru et dur, beaucoup plus vrai que ces niaiseries que tu regardes à la télé. »

Il rappelait que dans son roman, infiniment plus que dans le téléroman, Roger Lemelin avait reproché aux curés, au cardinal Villeneuve, à toute l'élite religieuse de Québec, d'avoir instillé jusqu'au tréfonds de la société la peur panique du péché, de l'étranger, de la nouveauté.

« Et en plus, cette maman Plouffe que tu aimes tant, c'est pas vrai qu'elle est bonne, disait-il à Odile. Lemelin l'a rendue bonne et sympathique pour que les bonnes gens qui regardent la télé ne soient pas choquées ou blessées. Les gens ne pourraient supporter qu'une mère soit antipathique. Mais t'as qu'à lire le roman pour comprendre qu'elle tient ses enfants dans un état de peur constante. Elle n'est pas du tout attachante et sympathique. C'est une chipie possessive. La télévision ne dit pas ces choses-là. La télévision ne dit rien, elle ne fait que flatter le monde dans le sens du poil. »

Cette fois cependant, signe des temps, personne n'avait osé jeter l'anathème sur l'auteur, personne n'avait menacé de mettre son œuvre à l'index. Avec moins d'emportement, plus subtilement peut-être, avec surtout plus d'humour et un plaisir de bon vivant, le jeune auteur avait repris le combat de Jean-Charles Harvey et dépeignait une société engluée dans des peurs entretenues par l'élite bourgeoise et religieuse. Il décrivait une ville coupée en deux, la haute-ville couronnée par le château Frontenac, qui dominait tout, physiquement, socialement, symboliquement, monopolisant la grandeur, la beauté, la classe. Lemelin rappelait dans son roman que ce château était un fief anglo-saxon, lieu d'arrogance et de mépris où les Canadiens français, s'ils servaient à attirer les touristes américains en mal d'exotisme, n'étaient jamais les bienvenus, sauf bien sûr les nobles et gros riches de la haute-ville qui se comportaient comme les Américains qu'ils rêvaient d'être.

Et ce qu'il écrivait sur ces Américains qui descendaient au château n'était jamais flatteur.

« Lis ça », disait François à sa petite sœur.

Et Odile lisait :

« Ces Américains, on les attire avec le pittoresque que présente le pays conquis : caractère français, fortifications, rues étroites et tortueuses, sanctuaires miraculeux, orchestre du dix-huitième siècle et cuisine appropriée. Ces clients du Sud enjambent à flots les frontières et, bigarrés, tapageurs, établissent leurs quartiers généraux au château Frontenac… Ils se hâtent d'inventorier le pittoresque et l'historique de la ville… Revigorés par cette pilule de savoir condensé, et la conscience calmée par un rapide tour d'autobus du haut duquel ils ont jeté quelques nickels, ils rentrent vite dans leur chambre et font face au bon *rye* canadien, se gargarisant déjà des formidables blagues qu'ils feront partager aux femmes qui les accompagnent.

« L'Américain moyen, le plus souvent puritain chez lui, vient à Québec pour la raison qui le fait courir à Mexico : faire la noce… Paradoxe touchant : la toute catholique ville de Québec, que des esprits malins comparent à Port-Royal, devient le rendez-vous de touristes en mal de bacchanales qu'ils n'osent organiser chez eux. »

Tout le monde y passait, sauf le tout petit peuple que Lemelin, selon François, absolvait trop facilement de toute faute.

« C'est lui qu'il faut secouer, disait François. C'est le peuple qu'il faut réveiller. La télévision fait le contraire. Elle l'endort. Même dans son roman, Lemelin ne va pas assez loin. On le sait que l'élite est pourrie. Et ça fait toujours plaisir au peuple de l'entendre dire. Mais à lui, on ne reproche jamais rien. On ne lui dit pas assez qu'il est bête, peureux, qu'il n'est toujours qu'à demi civilisé. »

George Jessop avait eu raison de craindre lui aussi les effets néfastes de la télévision. En quelques années, elle allait changer énormément l'atmosphère du château. Et briser la grande convivialité qui existait auparavant, comme elle avait brisé la cohésion de la famille que formait le personnel, et rendu désuète et obsolète toute l'organisation des loisirs. Le mercredi soir, personne n'empruntait la grande glissoire ou ne s'élançait sur la patinoire qui se trouvait juste au bas du jardin des Gouverneurs. À la bibliothèque, déjà désertée depuis l'apparition du livre de poche, pas un chat non plus.

Ni au salut du saint sacrement. Finis les activités de groupe et les jeux de société, les tournois d'échecs, de dames, de backgammon, les bingos. Désormais, les clients étaient beaucoup plus autonomes pour leurs loisirs. Plus nombreux aussi, c'est-à-dire qu'il y avait un plus grand nombre de visages, de noms. Forcément, on ne trouvait plus ces liens parfois très forts qui se nouaient autrefois entre le haut personnel de l'hôtel et certaines familles clientes.

Jessop a dû se rendre à l'évidence. La télévision, qui s'était emparée d'abord du mercredi soir, était en train de dévorer la semaine au complet, tant vers l'aval que vers l'amont. Lui-même, féru de show-business, n'aurait pas manqué pour tout l'or du monde le *Ed Sullivan Show* du dimanche soir. Il a donc assisté en direct à cet événement mémorable : Elvis Presley chantant *Don't Be Cruel*. Ce qui le stupéfia encore plus fut de constater, dès le lendemain matin, que tous les jeunes parmi le personnel de l'hôtel, chasseurs, filles de chambre, équipeurs, cuisiniers, ouvriers, commis, clercs, connaissaient cette chanson. Et *Shhh Boom Shhh Boom*, de Bill Haley & the Comets. Et *Good Golly Miss Molly* de Little Richard et d'autres, des dizaines de chansons qui en quelques jours s'imposaient et donnaient un nouveau rythme à la vie.

Il fallut s'adapter à cette vague déferlante. L'orchestre du château apporta des changements majeurs à son répertoire, à sa manière, à son style. Jessop, même s'il n'était pas toujours heureux du changement, savait composer avec lui.

Gilbert Darisse, qui dirigeait l'orchestre du château depuis plus de 20 ans, a choisi ce moment pour prendre sa retraite. Il avait donné plus de 12 000 concerts, à raison de deux par jour, cinq ou six jours par semaine, sauf évidemment pendant le carême et l'avent. Il avait touché à tous les genres musicaux, du charleston et du fox-trot à la musique de chambre, du swing et du blues au jitterbug et au boogie-woogie. Mais il s'est rapidement lassé de ce rock and roll par trop envahissant, totalitaire et exclusif, qu'il trouvait musicalement « trop simpliste pour être intéressant ».

Les orchestres qui ont succédé au sien étaient très éphémères, parce que très branchés sur les modes musicales qui changeaient soudainement à un rythme effarant. Il fallait se tenir à jour pour garder la clientèle américaine. Et lui donner la musique dont elle raffolait. Le château Frontenac était devenu au milieu de ces années 1950 le plus important centre de congrès de l'est de l'Amérique du Nord. De jeunes professionnels y venaient des quatre coins du continent. Il fut aussi pendant un moment le seul endroit à Québec où on pouvait entendre du vrai bon gros rock and roll...

Il y eut un grand banquet pour souligner le départ de Gilbert Darisse. Odile y était, comme serveuse. La grande salle de bal était remplie à craquer. Il y avait beaucoup de mélancolie dans l'air. Dans les petits laïus émouvants et drôles qu'il débitait entre les numéros de danse, Darisse a souligné à quel point le château avait changé. S'adressant aux plus âgés, à ceux qui comme lui avaient connu ce qu'il appelait «l'âge d'or» du château, il a parlé à plusieurs reprises du bon vieux temps, quand les gens arrivaient en famille et qu'ils s'installaient pour longtemps, des semaines, parfois des mois, avec leurs serviteurs, les nounous, les amis des enfants.

«Les chasseurs devaient être faits forts dans ce temps-là, disait-il à la blague. Les clients nous arrivaient avec des tonnes de bagages. Aujourd'hui, ils ne font plus que passer. Tout le monde est toujours à courir à gauche et à droite.»

Il a rappelé les grands moments et les grands succès des années 1930 et 1940. Et, histoire de montrer qu'il savait s'adapter, il a lancé son orchestre dans des rock and roll endiablés. Odile se sentait des fourmis dans les jambes.

Un jeune homme bien mis, très brun, très élancé, avec une mèche blanche lui zébrant la chevelure, a équissé quelques pas de danse au moment où il passait près d'elle. Elle n'a pas résisté. Elle a fait avec lui un furieux *Jailhouse Rock*, à l'écart de la piste de danse. Elle voyait, pendant qu'elle tourbillonnait, des gens regarder avec colère une serveuse danser avec un client. Ils ne se sont pas dit un mot. Sitôt la pièce terminée, Odile a quitté les bras du beau danseur, elle a repris son plateau et est allée desservir ses tables.

Il était près de trois heures du matin quand Darisse a joué, seul au piano, sur un tempo très lent, très doux, *La Mer* de Charles Trenet. Odile regardait les couples enlacés, si beaux, si heureux. Elle a senti monter en elle un désir frénétique de danser, de se laisser emporter dans les bras de n'importe quel beau jeune homme. Elle a cherché des yeux le beau brun à la mèche blanche. Elle l'a aperçu qui faisait danser une jeune fille blonde et très belle... Alors, elle a pensé à Rita Toulouse, son amie, et elle a ressenti un vide terrible, une sorte de faim dévorante, cette sourde et familière colère monter en elle.

Il fallait changer de vie. Quitte à faire comme François qui avait laissé tomber son job de chauffeur et qui était enfin parti. Depuis des mois, il voyageait d'un bout à l'autre du continent, en autobus, en train, sur le pouce. Il écrivait à Odile de longues lettres (de San Francisco, de La Nouvelle-Orléans, de Chicago), parfois remplies de rage, parfois émerveillées. Souvent, pas un mot sur les villes où il se trouvait. Une longue lettre exaltée quand les Russes ont lancé leur satellite spoutnik, en octobre 1957. Ou des lettres enragées sur le Canada français qu'il accusait de lâcheté, de mollesse, «gang de moutons», écrivait-il.

«Quelle idée, lui qui n'a jamais aimé les Américains? Qu'est-il allé chercher chez eux?»

Mais elle, qu'attendait-elle? Elle ne pouvait quand même pas passer sa vie dans ce château, à attendre qu'un prince charmant vienne la délivrer.

Après la fête
(*No Satisfaction*)

Un doux matin d'août, Lionel est arrivé au réfectoire tout essoufflé. Il venait de croiser François à deux pas du château.

« Faut que tu descendes le voir, disait-il à Odile. Arrangé comme il est, ils le laisseront sûrement pas rentrer ici. »

François attendait sa sœur sous les arbres du parc Montmorency. Il portait un jean délavé, un t-shirt fripé, taché, des sandales dépareillées, très usées, une barbe hirsute, une lanière de cuir dans le cou à laquelle pendait une croix de bois. Deux amis l'accompagnaient, Rick, un Américain qui ne parlait pas un mot de français, et Réjean, un gars du Lac-Saint-Jean, qui avait autrefois travaillé au château comme menuisier et que François avait retrouvé par hasard à La Nouvelle-Orléans. Ils étaient eux aussi en jeans et barbus, très négligés, très bronzés.

« Des beatniks », a pensé Odile, vaguement effrayée.

Rick avait une guitare à la main qu'il grattait distraitement en regardant la jeune fille avec concupiscence.

François n'avait pas mis les pieds à Québec depuis près de deux ans. Il s'était promené d'un bout à l'autre du continent. Il avait loué avec ses amis une chambre minuscule, rue Couillard, où ils allaient parfois dormir. Mais quand le temps était doux, ils couchaient dehors, dans les jardins ou les parcs où ils faisaient de la musique et des feux de joie, en buvant de la bière s'ils avaient les moyens de s'en acheter. Parfois, ils mendiaient sur la terrasse où beaucoup de gens les regardaient de travers, ce qui semblait faire leur joie.

En écoutant son frère lui raconter ses voyages et ses rencontres, Odile avait l'impression qu'elle avait vécu tout ce temps hors du monde, carrément à côté de la vie. En révolte contre le conformisme bourgeois et la société de consommation, les beatniks semblaient vouloir et pouvoir vivre de l'air du temps, ils proposaient un nouveau mode de vie.

Bientôt, comme si la présence de François et de ses amis les avait attirés, on en voyait sortir de partout, des jeunes de Limoilou, de Charlesbourg, mais aussi venus de l'extérieur, du fin fond des campagnes, et de Montréal, de Toronto, même d'Europe, qui montaient à l'assaut de la haute-ville et qui hantaient les rues, les parcs, les cafés du Vieux-Québec, y faisaient leur musique, toujours en groupes, hilares et bruyants.

Chaque fois qu'elle le pouvait, Odile allait se mêler à eux. Elle voulait faire comme eux. Tout dans leur vie lui semblait si simple, si neuf. Ils n'avaient d'attache nulle part, ils allaient, venaient où bon leur semblait, ils faisaient vraiment tout ce qu'ils voulaient, quand et comme ils le voulaient.

« Laisse tomber ton château, lui disaient-ils. Fais confiance à la vie. Tu trouveras autre chose. Tu vivras autrement. »

Un après-midi de septembre, elle s'est retrouvée seule avec Rick dans la petite chambre de la rue Couillard. Elle ne comprenait pas bien ce qu'il lui disait, mais il était clair qu'il lui chantait la pomme. Il riait, il était tout près d'elle, il l'embrassait, il lui caressait les seins. Ils se préparaient à faire l'amour quand la porte s'est ouverte brusquement. Réjean et François sont entrés sans frapper.

« Maurice Duplessis est mort. »

La fête était terminée. Odile n'a pas fait l'amour avec Rick. Elle est rentrée au château. Tout le monde était atterré ou faisait semblant de l'être. Tout était sens dessus dessous. Dans le grand hall, au Palm Room, à la taverne, au Café de la terrasse, partout des fonctionnaires et des journalistes allaient et venaient, excités, affairés, certains en larmes. Bientôt, la place d'Armes, le jardin des Gouverneurs, toute la terrasse Dufferin d'un bout à l'autre, tous les abords immédiats du château étaient noirs de monde. Il faisait extraordinairement doux, très chaud. Le lendemain, le mercure frôlait les 30 °C. Et François disait que s'il faisait si chaud, c'était que les portes de l'enfer s'étaient ouvertes pour accueillir l'âme de Duplessis.

« Mais t'as toujours dit que l'enfer n'existait pas, lui rappelait Odile.

— Pour moi, pour toi, c'est vrai, y a pas d'enfer et y en aura jamais, ni pour Rick, ni pour Réjean, ni pour Lionel, ni pour aucun de nos amis. Mais pour Duplessis, y en a un, je suis sûr. Et maintenant qu'il y est, tout va changer, tu vas voir.

— Pour le mieux?

— Des changements, c'est toujours pour le mieux. »

En attendant, la mort du premier ministre Duplessis semblait avoir interrompu la fête. Ou plutôt avoir forcé les amis à réaliser que la fête était terminée. L'été tirait à sa fin. La vague de chaleur provoquée par l'ouverture des portes de l'enfer qui accueillait l'âme de feu Maurice Duplessis n'a duré que quelques jours. Les nuits plus longues sont vite devenues trop fraîches pour qu'on puisse dormir dans les parcs. Et les touristes américains qui, par peur ou sympathie, donnaient quelques sous aux beatniks qu'ils croisaient sur la terrasse étaient rentrés chez eux.

François et ses amis devaient affronter la dure et froide réalité. Ou ils partaient errer de nouveau sous des cieux plus cléments, ou, s'ils restaient à Québec, ils se trouvaient du travail, un logis.

« L'hiver, en ce pays barbare, on ne peut pas vraiment vivre de l'air du temps », constatait François.

Il avait cependant choisi de rester.

« Je ne veux pas rater ce qui s'en vient, disait-il.

— Qu'est-ce qui s'en vient? demandait Réjean.

— Des changements, tu vois bien! Tout va changer dans cette ville, dans ce pays. »

On aurait dit en effet que le vieux monde était en train de muer, il perdait ses certitudes et se défaisait de ses vieilles habitudes.

François s'est rendu au château voir s'ils avaient toujours besoin de chauffeurs.

«Commence par te couper la barbe et les cheveux et habille-toi comme du monde, lui a-t-on dit.
— Jamais de la vie. »

Il a obtenu son permis de taxi. Il pouvait ainsi garder barbe et cheveux. Et surtout, il restait libre de son temps.

Réjean, lui, ne voulait rien savoir de retourner travailler comme menuisier au château Frontenac, même si le salaire était bon. Grâce à son père et à ses frères, menuisiers comme lui, il pouvait facilement se trouver des jobines à gauche et à droite. Et même engager François comme manœuvre, quand ce dernier en avait assez du taxi. Aux Fêtes, le rythme était pris. Ils travaillaient tous les deux, trois ou quatre jours par semaine, ils habitaient un taudis rue Sous-le-Cap, ils flânaient, regardaient passer le temps, s'envoyaient des filles, passaient des heures dans un café beatnik qui s'appelait ironiquement l'Élite, sur la rue Couillard, juste au bas de la côte de la Fabrique. Ils jouaient aux échecs, ils lisaient, ils écoutaient de la musique en buvant des cafés noirs, ils refaisaient le monde.

Odile rêvait encore de mener avec eux cette vie douillette et libre. Malgré la sympathie qu'elle éprouvait pour la famille Jessop, pour Lionel, pour ses compagnons, elle en était venue à considérer le château comme un lieu de mortel ennui dont elle se sentait prisonnière.

« Tu as raison, c'est un lieu détestable, lui répétait son frère.
— Tu dis ça parce qu'on te refuse l'entrée, disait Odile.
— Justement, il faut que ça change. Moi, je veux pouvoir entrer un jour dans ce maudit château, nu-pieds, avec ma barbe et mes cheveux longs, et en jeans. »

Il se livrait à un véritable apostolat de haine du château Frontenac, symbole à ses yeux de l'aliénation du peuple de Québec. Il avait appris que toutes les réunions de la direction se faisaient exclusivement en anglais, parce que la majorité des dirigeants et les chefs de service étaient unilingues anglophones.

« Il faut que ça se sache, disait-il. Et que ça change. »

À l'Élite, il avait lu à voix haute certains passages des *Plouffe*, où Roger Lemelin fustigeait le château.

« Les autorités du château Frontenac font tout pour plaire à cette précieuse clientèle. Les Américains n'aimant peut-être pas les Noirs, on refuse à ces derniers l'accès à l'hôtel. On ne s'y dépense pas non plus en courbettes pour les Québécois, car si on accepte leur argent pendant la saison morte, on n'aime pas que ces indigènes coudoient les spectateurs de juin et juillet qui ont payé pour les voir. C'est bien assez qu'ils envahissent par troupeaux, le dimanche soir, la terrasse Dufferin qui ceinture le Château, afin de contempler, au moins une fois par semaine, du haut du Cap, leur cher grand fleuve. »

Et François concluait :

« Vous voyez ? Un château, c'est un château, c'est une place forte. Veux, veux pas, c'est un lieu de pouvoir et d'autorité qui écrase le peuple. Tant qu'il y aura ce château qui pèse sur la ville comme un couvercle, le peuple de Québec ne sera pas libre. Il faut s'emparer du château, il faut le détruire. »

Il suivait toutes les luttes sociales avec passion. Il s'était même rendu à Montréal quelques fois pour participer aux luttes de McGill français, aux nombreuses manifestations entourant le bill 22, le bill 63, à Saint-Léonard, à Québec.

« Il faut que la basse-ville entre en guerre contre la haute-ville. Il faut que là-haut les bourgeois se sentent menacés. Comme autrefois la colonie l'était par James Wolfe. Mais cette fois, l'ennemi viendra autant de l'intérieur que de l'extérieur, comme si le cap lui-même générait ses propres ennemis. »

C'est Odile qui eut un jour l'idée de déboulonner le buste de Wolfe posé sur un socle au pied du monumental escalier qui montait du grand hall vers la salle de bal et les salons.

« Tous les clients qui entrent dans le hall lui voient la tête, disait-elle. Et en plus, il a un sourire fendant que je n'aime pas.

— Insupportable, ajoutait Réjean.

— Et il y a une plaque de bronze qui rappelle à tout le monde qu'il a pris Québec.

— Wolfe était un héros, rappelait François, et un grand militaire, un vainqueur, c'est vrai. Mais on doit s'en débarrasser, tu as raison. Il faut refaire l'histoire, il faut la réécrire. »

Réjean est allé examiner la pièce. Six boulons retenaient le buste au socle de marbre. Les enlever était selon lui l'affaire de quelques minutes, « mettons deux minutes par boulon ».

« Ça fait quand même 12 minutes, a dit François. À moins qu'on soit deux ou trois à travailler là-dessus. Et une fois la pièce déboulonnée, il faut trouver un moyen de la sortir de là. Et la cacher quelque part.

— La cacher? Pour quoi faire? On n'a qu'à la jeter dans le fleuve. »

Ni lui ni Réjean, trop connus au château, ne pouvaient remplir cette délicate mission. À moins d'agir en pleine nuit. Ou de créer une diversion. Ou de se déguiser.

Ils attendaient l'occasion. Et en attendant, ils parlaient de leur projet, si bien que tous les amis qui fréquentaient l'Élite avaient fini par savoir qu'ils voulaient déboulonner le buste de Wolfe.

« Ces choses-là, ou tu les fais ou tu en parles », disaient certains, qui commençaient à douter d'eux.

Mais il arrive que les choses se fassent toutes seules. Ou pas du tout comme on s'y serait attendus.

C'est la reine Élisabeth II qui allait, bien malgré elle, précipiter les événements.

Quand elle est venue à Québec cette année-là, il y eut une violente émeute. François, Odile, tous leurs amis étaient bien sûr parmi les manifestants. C'était effrayant et grisant. Odile a aimé ce désordre joyeux, et même la peur qui s'est emparée d'elle quand les policiers casqués et armés ont chargé la foule.

Le lundi suivant, les journaux étaient pleins de l'événement. *Le Soleil* titrait : « Le samedi de la matraque ». Or un autre événement, moins spectaculaire, mais tout aussi significatif, s'était produit dont ils n'ont parlé que quelques jours plus tard. Le buste du général James Wolfe qui reposait sur un socle de marbre au pied de l'escalier monumental du grand hall du château Frontenac avait disparu.

François était catastrophé, humilié, vivement blessé dans son orgueil. Il s'est rendu sur place pour constater, stupéfait, que le socle était effectivement vide.

« Tu devrais te réjouir, lui disait Odile. C'était notre idée, d'accord, mais que d'autres l'aient mise à exécution, qu'est-ce que ça change au fond? Le résultat est le même. Et tu vois que nous ne sommes pas seuls.

— C'est l'histoire de ma vie, disait François. Je suis un grand parleur et un petit faiseur. Je ne passe jamais à l'action. »

Au café l'Élite où il s'est résolu à retourner après quelques jours de réclusion, il fut accueilli par plusieurs comme un héros. Il avait beau répéter que ce n'était pas lui, et jurer sur son âme qu'il n'avait aucune idée de qui ça pouvait être, on lui faisait des clins d'œil complices, on le congratulait, on lui tapait dans le dos. Les filles se jetaient à son cou. Cette fausse situation le déprimait beaucoup. Et il espérait que les vrais auteurs de l'enlèvement de Wolfe, ces grands faiseurs, se manifestent à lui de quelque manière. Ils ne l'ont pas fait. Ce qui ajoutait à son humiliation et à l'admiration qu'il leur portait.

Il réalisait qu'il avait conçu cet enlèvement comme une action d'éclat bien plus que comme une action politique.

« Ils sont plus sérieux que moi, disait-il. Ils sont passés aux actes et ils n'en parlent à personne. Moi, j'en ai parlé à tout le monde et je n'ai rien fait.

— Il faut de tout pour faire un monde, lui répétait Odile, des parleurs et des faiseurs. »

Bien que très intimidée, au point de ne jamais participer aux discussions, Odile s'était laissé séduire par l'atmosphère du café Élite. Elle y passait des heures elle aussi. Dans le gros juke-box, on trouvait non seulement les succès des Beatles et des Stones, mais aussi des chansons d'Aznavour, de Brassens et de Brel, de Félix Leclerc, de Gilles Vigneault, des Bozos. Il y avait des livres, des journaux, des jeux d'échecs, de *cribbage*. Autour des tables, des garçons et des filles, beaucoup d'étudiants, de professeurs et d'artistes, mais aussi des ouvriers, s'ingéniaient à régler le sort du monde. Ils parlaient de « l'égalité des cultures et des sociétés », de la décolonisation, de l'émancipation des peuples noirs, de la guerre d'Algérie, de la révolution cubaine. Ils disaient qu'il fallait mettre en place « un humanisme révolutionnaire, prolétarien et international ». Mais d'abord, faire table rase, tout balayer. Et réinventer l'amour, le monde, toute la vie.

Les plus radicaux disaient qu'il fallait tout faire sauter, à commencer par le château Frontenac, où les gens du pouvoir fomentaient tous les complots pour écraser plus encore le peuple québécois. Odile entendait parler à travers les branches d'une foule de projets tous plus révolutionnaires les uns que les autres. Certains même parlaient de poser des bombes en des lieux stratégiques et symboliques. Ou d'enlever de hauts fonctionnaires ou des ministres, non seulement pour exiger des rançons, mais surtout pour attirer l'attention.

François revenait parfois avec son idée qu'il fallait d'abord et avant tout agir auprès du peuple.

« Il a besoin, lui aussi, d'être secoué. Ce peuple est pleutre et niais. Il doit prendre conscience de son insignifiance et de son étroitesse d'esprit. »

Plusieurs des habitués de l'Élite avaient lu les dernières aventures de James Bond, *The Spy Who Loved Me*, dont l'action se passait en partie dans la vieille capitale et dont l'héroïne était une petite Québécoise qui avait étudié chez les Ursulines. L'auteur, Ian Fleming, tenait sur la société canadienne-française des propos chargés de mépris et d'ironie. Il riait de l'effroyable accent des gens de Québec, de cette prétention qu'ils avaient de considérer qu'ils formaient un peuple élu. « Élu par qui ? » Il les présentait comme des rustres ignares vivant dans la peur du péché, dans le respect servile d'une autorité religieuse rétrograde, autrement dit : des demi-civilisés.

« Il se prend pour qui, ce gars-là ? demandait-on. Qu'est-ce qu'il connaît de nous ?

— Il a vécu au château, répondait François.

— Quand ?

— Je ne sais pas. Pendant la guerre, je pense.

— La guerre est finie depuis 20 ans. Beaucoup de choses ont changé depuis ce temps-là.

— Pas assez, pas assez. »

Lorsque les journaux ont annoncé que le gouvernement du Québec devait réunir à l'automne, au château Frontenac, les patrons de la haute finance canadienne, qui consentiraient sans doute un prêt d'un milliard de dollars à la province, Odile a tout de suite pensé que les gars, s'ils étaient le moindrement sérieux, passeraient à l'action et qu'ils enlèveraient quelque banquier ou qu'ils feraient sauter une bombe en plein pendant leur réunion.

François, qui se savait poltron et peu enclin à l'action, s'était cantonné dans le rôle du grand parleur.

Pendant trois jours, tout le gratin de la haute finance canadienne, les six hommes les plus puissants, «les plus méchants», disait François, d'un océan à l'autre, se trouveraient donc à Québec, à deux pas de l'Élite…

François espérait que d'autres allaient passer à l'action.

«À quoi servira ce milliard? demandait-il. Le gouvernement dit qu'il veut bâtir des autoroutes, des barrages hydroélectriques, des écoles, des gymnases. Mais qui va s'enrichir avec ça? Les riches comme d'habitude. Cet emprunt que le Québec veut faire aux banquiers canadiens, c'est à eux que ça va rapporter.»

Et les banquiers sont venus. Le chef cuisinier Reynald Breton leur a préparé un grand dîner de 12 plats dont les journaux ont publié le menu, saumon fumé d'Écosse, caviar de Russie, champagne de France… Ils ont accordé à la province le prêt demandé. Et ils sont rentrés chez eux, satisfaits, jamais inquiétés.

Et les amis de François n'ont rien fait. Ni ceux qui avaient enlevé Wolfe. Que parler, qu'espérer.

François aurait aimé provoquer quelque changement par ses paroles. Mais encore une fois, le changement semblait se faire tout seul, ou par tout le monde en même temps.

Ainsi, en septembre 1966, le poète Léopold Sédar Senghor, président de la république du Sénégal, était reçu au château en grande pompes et avec tous les honneurs dus à un chef d'État. Le château n'avait pas l'habitude de recevoir des Noirs, si grands et si fameux soient-ils. Mais les temps changeaient. Et Senghor jouissait à cette époque d'un immense prestige partout dans le monde. Héraut de la négritude, il venait d'organiser au Sénégal le premier Festival mondial des arts nègres. L'aventure de l'émancipation des peuples noirs fascinait les intellectuels québécois.

Des étudiants (en sociologie, en littérature, en sciences politiques) étaient venus de Montréal rencontrer le président Senghor qui leur a accordé de longs entretiens dans la suite que le château avait mise à sa disposition. Trois Haïtiens se trouvaient parmi eux. On les a vus, le soir, au café Élite, puis au Chant'Auteuil, rue Saint-Jean, où ils ont fait la fête jusqu'aux petites heures du matin. Et ils sont rentrés coucher au château Frontenac.

Quelqu'un a dit :

« Il y a deux ans encore, le château n'acceptait pas les Noirs parce que sa clientèle américaine ne l'aurait sans doute pas supporté.

Quelqu'un a ajouté :

— Il faut dire que peu de Noirs avaient osé descendre au château Frontenac.

— Moi, j'en ai vu qui ont essayé, pas plus tard que l'été d'il y a deux ans, a repris Odile. C'était pendant la haute saison d'été. Un couple d'Américains, le docteur Brown et sa femme, très élégants, visiblement en moyens, s'étaient présentés à la réception du château. Ils avaient une réservation en bonne et due forme; je l'ai vue, mon amie Manon qui travaillait à la réception m'a montré le télégramme confirmant leur réservation. Mais on leur a refusé l'entrée de l'hôtel. J'étais là. Des employés curieux étaient venus observer la scène. Le portier était mal à l'aise, le concierge, les chasseurs, tout le monde était mal à l'aise. La grande majorité d'entre nous que la curiosité avait emmenés à l'entrée du château, n'avaient jamais vu de Noir de toute leur vie. Sauf au cinéma. »

Et voilà que deux ans plus tard, on ne refusait plus l'accès du château aux Noirs, ni même aux jeunes portant la barbe et les cheveux longs. Les jours d'été, les zélateurs de Krishna enveloppés de leurs voiles safran allaient et venaient librement d'un bout à l'autre de la terrasse, avec leur lancinante musique, leurs continuels *Hare Krishna, Hare Rama*. Les jeans et les sandales étaient désormais tolérés. On voyait même de temps en temps des hippies errer, pieds nus, stoned, dans le grand hall, et même s'avancer le long de la Grande Allée où ils regardaient longuement les gravures anciennes représentant la prise de Québec, et des photos en noir et blanc où on voyait la jeunesse du château, les incidents qui ont marqué son histoire, comme cet incendie à l'hiver de 1926, la venue de Lindbergh quelques années plus tard, les visites de Churchill et de Roosevelt, de Hitchcock…

Odile a été parmi les premières filles à porter sa coiffe de travers, puis à ne pas la porter du tout, à laisser ses cheveux flotter librement sur ses épaules. La majorité des équipeurs, des garçons d'ascenseur et des chasseurs se laissaient pousser les cheveux aux épaules; plusieurs arboraient la moustache. Si les patrons les blâmaient, le syndicat formulait un grief contre la direction.

Un soir, François s'est présenté au café Élite avec deux gars qui travaillaient dans les buanderies du château. L'un d'eux, Paul, pas du tout intimidé, a décrit les dures conditions de travail qui prévalaient dans les sous-sols. Les préposés, comme lui, manipulaient chaque jour, à mains nues, plus de 20 000 morceaux de linge sale, des draps, des taies, des serviettes, des débarbouillettes. Dans une chaleur épouvantable. L'été, le thermomètre montait parfois jusqu'à 40 °C. Les locaux, situés sous le Petit Château, étaient mal aérés, on ne voyait jamais dehors. Les salaires étaient de beaucoup inférieurs à ceux que donnaient, pour un travail semblable, les grands hôtels de Montréal.

La petite faune intellectuelle de l'Élite se passionnait pour les conditions de vie des travailleurs et des travailleuses du château. Et eux, trop heureux de voir enfin quelqu'un se pencher avec sympathie sur leur sort, y venaient de plus en plus nombreux. Même la douce Madeleine qui, depuis 12 ans, 5 jours par semaine, de 5 h 30 à 14 h 30, lavait, brossait, épluchait et pelait, tranchait à l'économe ou au couteau des tonnes d'oignons, carottes, navets, pommes de terre, radis, tomates, choux-fleurs, brocolis. Toute une vie dans les légumes, sans jamais voir ceux qui les mangeaient. Et Raymonde aussi qui empesait des serviettes de table et des coiffes depuis qu'elle était entrée au château tout de suite après la guerre. Il suffisait d'aller à l'Élite certains soirs pour se faire raconter ces petites vies, comme s'il s'était agi de romans.

Lionel, lui, ne mettait jamais les pieds à l'Élite. Il avait dit un jour à Odile que ses amis avaient tort de croire que tous les travailleurs étaient insatisfaits de leur sort et qu'ils ne pensaient qu'à changer de vie. Odile, bouleversée, avait dit à son frère :

« Vous les rendez tristes et mécontents de leur sort. Vous les dérangez.

— Ils ne peuvent quand même pas refuser de voir la réalité en face et se contenter de leur petite vie et se laisser exploiter jusqu'à la fin de leurs jours!

« – Mais pourquoi pas, si c'est une petite vie qu'ils aiment et qui les satisfait? Pourquoi pas, s'ils sont heureux? C'est tout ce qui compte, il me semble. »

Satisfaite, Odile ne l'était toujours pas. Heureuse non plus. Depuis quelque temps, c'était toujours à cela qu'elle pensait, au bonheur. Elle n'en avait pas à elle, ou si peu. Elle en voyait cependant, elle en entendait souvent, des parcelles de bonheur un peu partout. Dans des regards que des gens s'échangeaient, dans des rires ou des chansons, dans des gestes parfois. Elle ne considérait plus les gens que sous l'angle du bonheur.

Quand, dans le plus beau de l'été, le général de Gaulle est arrivé à Québec, la première chose à laquelle elle a pensé en le voyant, c'était justement qu'il y avait de la joie en lui, autour de lui. Toute la ville avait été pavoisée. Dans la petite cour intérieure du château, où le général était attendu en fin d'après-midi, flottaient des drapeaux français, des fleurdelisés, même les armes du comte de Frontenac, un bouclier bleu azur sur lequel on voyait s'agiter d'étranges bêtes possédant un corps de dragon et une tête de lion.

Dès le milieu du jour, des gens s'étaient massés par milliers le long du parcours qu'allait emprunter le cortège. Tout le monde au château se cherchait un point de vue d'où on pouvait apercevoir le plus célèbre héros de toute la francophonie. Or on était en pleine haute saison. Toutes les chambres qui donnaient sur la cour intérieure étaient occupées, la salle de bal apprêtée pour la réception qu'on y donnerait le lendemain soir était gardée, impossible de se pencher à ses fenêtres. Et Odile désespérait de voir le grand homme.

« Moi, je connais un endroit », a dit Lionel.

Et il a entraîné Odile dans le Petit Château, dans un dédale d'étroits et sombres corridors. Ils ont débouché dans un endroit bien mystérieux, tout en fer et en ciment.

« C'est la Cage aux lions, a dit Lionel.

– Pourquoi, la Cage aux lions?

– Sais pas. Parce que. »

Le lieu était sinistre. Il y avait de lourds grillages, des objets et de gros outils de fer forgé si anciens que plus personne sans doute n'en connaissait les usages. Et tout au bout, une courte échelle, une porte étroite et lourde que Lionel a tirée vers lui, puis il s'est retiré pour laisser passer Odile.

Elle est entrée à quatre pattes dans une pièce minuscule traversée de part en part par une longue tige métallique fixée à chaque bout sur un train d'engrenages bien huilé qui faisait doucement tic tac, tic tac. Odile et Lionel se trouvaient dans le mécanisme de l'horloge monumentale qui domine la façade du Petit Château. La paroi translucide laissait passer la faible lumière du jour. Vues de l'intérieur, les aiguilles semblaient tourner dans le sens contraire des aiguilles d'une montre.

« Regarde », a dit Lionel.

Une fissure large comme le doigt traversait obliquement le cadran de l'horloge, entre le chiffre III et le chiffre VIII.

« Regarde », a-t-il répété en s'approchant de la fissure.

Ils voyaient très bien l'entrée principale, le portail monumental, la porte tournante flanquée des deux portes battantes, presque toute la cour intérieure, les drapeaux, des visages à toutes les fenêtres de la tour centrale, juste devant eux. Et en bas, les pages en livrée avec leurs hallebardes, des écuyers avec leurs épées, tant de faste, de gloire.

Et bientôt, ils ont entendu une rumeur au loin qui s'est mise à grandir, qui se rapprochait. Puis la longue limousine décapotable est passé sous le porche, très lentement. Ils ont vu le général et sa femme qui saluaient la foule. Et en les voyant, Odile a pensé au bonheur.

Avant de s'avancer sur le tapis rouge qu'on avait déroulé devant l'entrée principale où l'attendaient monsieur Jessop et Daniel Johnson, le premier ministre du Québec, le général s'est arrêté un moment pour saluer la foule et il a levé les yeux pour regarder le ciel et tous ces visages penchés aux fenêtres de la tour centrale et du Mont-Carmel et du Petit Château. Et pendant un instant, ses yeux se sont arrêtés sur l'horloge.

« On dirait qu'il nous a vus », a chuchoté Odile.

Puis il a semblé chercher quelque chose, son regard a erré sur les façades pour finalement se poser au-dessus du porche sous lequel il venait de passer. Tous les yeux se sont tournés vers une grosse pierre grise noyée dans la maçonnerie, juste sous les fenêtres de la salle de bal, marquée d'une croix rouge faite de quatre pointes de flèches. C'était la pierre de Malte dont tout le monde au château connaissait vaguement l'existence. On pouvait lire juste au bas de cette pierre : *Stone Carved for the priory of the knights of Malta. Quebec. 1647.*

Debout sous la marquise, le général a longuement devisé avec le premier ministre Johnson, monsieur Jessop et quelques dignitaires qui entouraient respectueusement le grand homme. Le petit groupe faisait de temps en temps des gestes de la tête et de la main en direction de la fameuse pierre de Malte.

Le soir même, on rappelait avec beaucoup d'emphase et d'émotion son glorieux passé. Depuis plus de 3 siècles, 320 ans exactement, cette pierre, héritage de l'Ordre des chevaliers de Malte dont faisait partie Charles Huault de Montmagny, le successeur de Samuel de Champlain, avait été intégrée aux maçonneries des constructions érigées au sommet du cap Diamant, le château Saint-Louis maintes fois restauré, trois fois rasé et reconstruit, et le château Haldimand, dont les restes se trouvaient depuis trois quarts de siècle sous le château Frontenac. Chaque fois que le temps ou la guerre avait démoli un château, il s'était trouvé quelqu'un pour sauvegarder la pierre de Malte et l'intégrer au bâtiment construit sur les ruines du précédent. Cette pierre avait ainsi traversé toute l'histoire de la Nouvelle-France et du Canada. Charles de Gaulle manifestement en connaissait l'existence et s'y intéressait vivement.

Odile a revu le général dans les journaux télévisés. Et elle eut encore la même impression. Charles de Gaulle était un vieillard heureux et libre. Malgré tout ce faste qui l'entourait, il semblait s'amuser, s'émerveiller, s'émouvoir; il était resté curieux. Et en plus, dans cet été plutôt maussade, il semblait avoir apporté le beau temps. «Un grand homme», a pensé Odile.

Charles de Gaulle était en effet un très grand homme. À tous points de vue. Il mesurait près de deux mètres. Le château avait d'ailleurs dû, pour l'accommoder, changer le lit, le ciel de lit et le baldaquin de la suite qu'il occupait sur toute la façade de la tour centrale.

Le lendemain, 24 juillet, le gouvernement provincial donnait en l'honneur du général un somptueux banquet dans la salle de bal du château. Le bon Lionel était de l'équipe des serveurs. Il a raconté le lendemain que le général avait commis de nombreux impairs pendant le repas et manqué plusieurs fois à l'étiquette, ce qui lui avait attiré la sympathie générale. L'heure n'était plus à l'étiquette et à la stricte observance des règles de la bienséance, mais à la transgression.

« De Gaulle, c'est un homme libre », répétait François, que l'engouement de sa sœur pour le général avait gagné. « Il dit ce qu'il pense, et il fait ce qu'il veut. » De Gaulle n'avait pas hésité en effet à dénoncer quelques semaines plus tôt « l'agression » d'Israël contre le peuple palestinien.

Le beau temps persistait. Il faisait très chaud. Odile se rendait comme toujours au travail à pied. Plus il faisait beau et doux, plus elle marchait lentement. Elle faisait parfois le détour par les rues Sainte-Geneviève et Saint-Denis qui la menaient sur la terrasse, sous le Bastion du roi. Elle apercevait parfois une petite fille, Mia, qui jouait à la marelle, toute seule. Mia habitait rue des Carrières. La terrasse Dufferin était son terrain de jeux. Quand Odile traversait le jardin des Gouverneurs, Mia interrompait toujours ses comptines ou ses jeux, elles se faisaient des signes de la main et s'échangeaient des sourires. Avec le temps, elles étaient devenues des amies. Odile s'arrêtait parfois pour lui parler.

Un beau matin, qui n'était pourtant pas très différent des autres, rien qu'un peu plus beau peut-être, un peu plus doux, la vie d'Odile a basculé, au moment précis où elle traversait le jardin des Gouverneurs. Elle venait d'apercevoir la petite Mia qui marchait vers elle, avec son sourire. Par la fenêtre grande ouverte d'une chambre qui donnait sur la rue du Trésor, on entendait *Satisfaction* des Rolling Stones. La musique coulait dans la rue et se mêlait au soleil. Et alors, sans qu'elle sache comment, à cause du vent très doux, de cette musique poignante, du soleil, du radieux sourire de la petite Mia, Odile a été pendant un moment violemment heureuse. Elle est restée plantée sous les grands arbres du parc à regarder, à écouter.

À la radio, on rapportait que la veille, du haut du balcon de l'hôtel de ville de Montréal, devant une foule surexcitée, le général avait lancé des mots qui, disait-on, allaient changer le Québec : «Vive le Québec libre!»

Odile a eu le sentiment qu'elle n'oublierait jamais cet instant, *Satisfaction* à la radio, la marche dans le paisible matin, le sourire de Mia, ce «Vive le Québec libre!» retentissant que la radio et la télévision avaient déjà fait entendre à plusieurs reprises depuis la veille au soir.

Par la suite, pendant des jours, Odile se sentait habitée par ce bonheur qui s'était si soudainement emparé d'elle. Et elle se disait à quoi bon toujours vouloir changer la vie quand le bonheur vient au moment où on ne s'y attend pas, et où rien ne peut laisser croire qu'il viendra? À quoi bon travailler aussi quand tout est si doux, si bon?

Quelques jours plus tard, une grève éclatait dans les buanderies du château. Les grévistes réclamaient de meilleures conditions de travail, la réorganisation de leurs locaux, le renouvellement des équipements et une hausse substantielle des salaires. En quelques jours, presque tous les autres services suivaient le mouvement. Tout le monde débrayait, y compris les filles de chambre, les garçons d'étage, les serveuses. Et c'était la fête encore, une autre fête, agressive, exaltée, à laquelle Odile s'est jointe avec plaisir.

Avec ses compagnes, elle faisait du piquetage sur le chemin Saint-Louis toujours très passant. Une nouvelle famille s'était formée, faite de tous les grévistes et des nombreux sympathisants qui venaient leur manifester leur appui. Depuis quelque temps, partout au Québec, l'opinion populaire avait toujours un préjugé très favorable à l'égard des grévistes, quelles que soient leurs revendications. Les artistes qui offraient leurs œuvres, des toiles, des bijoux, des bibelots, sur la rue du Trésor, entre de Buade et Sainte-Anne, venaient se mêler aux employés du château, ils leur apportaient à manger et à boire, à fumer aussi, des cigarettes et des joints. Du matin au soir, la place d'Armes était très animée. Peu à peu, ce sont les grévistes qui ont pris l'habitude de descendre se mêler aux artistes. Et tout le monde se parlait. Un jour, grévistes et artistes, main dans la main, ont fait une ronde tout autour du château, empêchant pendant plus d'une heure qui que ce soit d'y entrer ou d'en sortir.

Les journaux, d'abord hostiles aux grévistes, se sont vite ralliés à eux. Ils rappelaient l'histoire syndicale du château. Malgré un paternalisme très lourd, une tradition syndicale saine et forte s'y était développée. Il y avait même eu une première grève, en 1894, moins d'un an après l'ouverture. Le directeur général de l'époque, monsieur Dunning, avait dû négocier et faire certains compromis. Mais depuis, on s'était toujours assez bien arrangé, c'est-à-dire, notait un pamphlétaire, que «la direction du château avait su maintenir les employés dans un état de sujétion et de soumission tel qu'ils n'osaient se révolter». Voilà justement ce que dénonçaient les forces syndicales, cette attitude paternaliste.

«Sous couvert de protection, le château impose un contrôle sur vous tous, disait-on aux employés en grève. Comme si les patrons possédaient seuls toute l'autorité en matière d'œuvres morales dans l'entreprise. Mais vous faites partie de cette entreprise, vous avez droit de parole, vous aussi. Prenez-le.»

Il y eut bien quelques dissidences respectées. Le sommelier Henri Dorange, par exemple. Quelques jours plus tôt, lors du banquet donné en l'honneur du général de Gaulle, ce dernier, ayant appris que Dorange avait fait partie des FFL (Forces françaises libres) qui avaient contribué à libérer la France en 1944, s'était levé, était allé vers lui et lui avait donné l'accolade. Et tous les deux, pendant une grosse demi-heure, étaient restés à l'écart en grande conversation. Les invités et les dignitaires attendaient à table, pendant que les deux héros bavardaient, la place du général laissée vide entre le premier ministre Johnson et sa femme.

Dorange était un héros, incontestablement. Et François, qui aimait les héros, surtout les héros de guerre, disait qu'il fallait respecter son choix de ne pas appuyer les grévistes. Dorange n'avait pas froid aux yeux, il avait mené des batailles autrement plus sérieuses et dangereuses que cette grève dont il ne voyait pas la nécessité.

Lionel, lui, était franchement déçu et peiné. Il aurait aimé pouvoir franchir les piquets de grève et continuer à faire son travail. Il avait pour ses patrons un respect sans faille. L'idée de leur déplaire lui gâchait la vie. Et en plus, il s'inquiétait réellement du bien-être de ses clients.

« T'es comme une mère poule avec ses petits », lui disait Odile.

Il répétait qu'il avait tout appris ici, qu'il devait tout, ou presque, au château.

« Je savais à peine lire et écrire quand je suis arrivé. Sans le château, je ne serais rien.

– As-tu pensé à ce que serait le château sans des gars comme toi ? lui demandait Odile.

– Des gars comme moi, il y en a des tonnes », répondait Lionel.

Il le pensait vraiment. S'il y avait une chose dans le monde dont personne ne pouvait douter, c'était la sincérité de Lionel. Dans l'esprit d'Odile, quelqu'un de réellement sincère ne pouvait pas avoir tout à fait tort. Elle donnait donc raison à Lionel, jusqu'à un certain point. Parce que ses intentions étaient pures, qu'il ne pensait pas qu'à lui-même, comme la majorité des grévistes.

« Au fond, il est plus communiste que tous vous autres ensemble », disait Odile à François et à ses amis qui se frottaient à toutes sortes d'idéologies marxistes, léninistes ou trotskystes et qui considéraient avec mépris quiconque n'était pas d'accord avec eux.

Il leur semblait évident que le mouvement amorcé était fondamental et irréversible. Et qu'ils allaient, par leurs actions, contribuer à renverser tout ordre établi et à remodeler le monde, rien de moins. Odile, elle, croyait que rien de tout cela n'était vraiment sérieux. Elle avait autant de sympathie pour son frère et ses amis que pour Lionel, mais comme beaucoup d'autres jeunes, elle pensait d'abord et avant tout à s'amuser et à profiter de ces sortes de vacances, de cette fête continuelle qu'était devenue la grève.

Elle fut même très déçue quand la direction du château et les divers syndicats sont finalement arrivés à s'entendre et ont signé une convention collective. Elle avait pris goût à cette fête qu'elle désirait prolonger. Presque tous les employés sont rentrés dans l'euphorie la plus totale, satisfaits, contents d'avoir de meilleures conditions salariales, d'avoir surtout su créer cet esprit de corps qui régnait parmi eux. Odile, elle, au contact des artistes de la rue du Trésor, avait pris goût plus que jamais à la liberté.

Quelques jours plus tard, comme elle traversait le jardin des Gouverneurs, tout inondé de soleil, pour se rendre à son travail, elle a aperçu la petite Mia qui l'a saluée et lui a fait un grand sourire. Et pour Odile, elle a été l'image de la liberté, de l'insouciance et du bonheur.

Après avoir longé le jardin des Gouverneurs, elle s'est avancée, comme tous les matins, dans l'espèce de tunnel sombre et froid que forme la rue du Trésor qui troue de part en part la masse du château. Odile voyait, à l'autre bout, les arbres de la place d'Armes qui avaient commencé à faire leurs feuilles et que le gros soleil couvrait d'or. Elle a dépassé l'entrée des employés et elle est allée se mêler aux artistes de la rue du Trésor qui déballaient leurs œuvres et préparaient leurs chevalets et leurs couleurs.

Elle a passé tout l'été parmi eux, menant enfin cette vie de bohème à laquelle elle avait si longtemps rêvé. Elle vendait aux touristes les toiles que peignaient ses amis, les bibelots qu'ils fabriquaient, des boucles d'oreilles, des pendentifs, des jouets. Un grand nombre de ces œuvres avaient le château comme sujet. C'était ce que les touristes achetaient le plus volontiers. Le château sous la neige ou la pluie, sous tous les éclairages, de jour comme de nuit, et en toutes saisons, dans tous les tons, tous les styles, réaliste, psychédélique, à l'acrylique, à l'aquarelle.

Un soir, rue du Trésor, un beau jeune homme mince, très brun, avec une mèche blanche qui lui zébrait la chevelure est venu lui parler. Il s'appelait Roland. Il avait du bon pot, une Camaro de l'année. Il est revenu le lendemain. Puis le surlendemain. Il a emmené Odile danser au Plexi, la discothèque du tout nouvel hôtel Le Concorde qu'on venait d'ériger sur la Grande-Allée. L'atmosphère du Plexi était extraordinairement excitante, stroboscopes, plexiglas, miroirs, grosse musique vibrante, si puissante qu'on l'entendait avec tout son corps.

Roland semblait connaître tout le monde, le disc-jockey, les serveuses, beaucoup des clients qui se trouvaient là. Il y avait autour de lui une sorte de tourbillon auquel elle ne pouvait résister. Et elle se laissait emporter encore et encore. Elle ne pensait plus au bonheur que très rarement. Et pour se dire que le reste du temps, quand elle ne pensait pas du tout à lui, elle était peut-être, probablement même, heureuse. Le jour, elle vendait les créations de ses amis, rue du Trésor. S'il pleuvait, on allait boire des cafés à l'Élite. Le soir, on dansait au Plexi, parfois jusqu'aux petites heures du matin.

Plein de gens à Québec considéraient qu'il n'y avait rien de plus horrible que Le Concorde, qui déparait le paysage, sans commune mesure avec les constructions environnantes. L'architecture du Hilton, l'autre grand hôtel nouvellement construit, restait également d'une déplorable banalité, mais il était situé un peu à l'écart, où sa vue heurtait moins le regard. Le Concorde, lui, brisait le rythme et l'harmonie de la Grande Allée. Mais il se trouvait au beau milieu de l'action. Les artistes qui, depuis toujours, fréquentaient le Clarendon et, quand ils avaient réussi, le château, ne descendaient plus qu'au Concorde. Lors de la Superfrancofête, en 1974, tout le gratin du show-business semblait s'y être donné rendez-vous, faisant de cet hôtel le lieu le plus hip de Québec...

Et un beau soir, Roland a entraîné Odile dans une chambre du 23e étage où ils ont fait l'amour dans un lit immense. Et Roland, qui avait beaucoup bu, s'est endormi bien vite. Odile est restée debout à la fenêtre, contemplant rêveusement le Vieux-Québec. Tout au fond, au bord du cap, le château semblait tout petit, terne, vieux.

Quelques jours plus tard, Roland lui proposait un job de serveuse dans une autre discothèque qu'il allait bientôt ouvrir avec ses associés.

« Où ?

— Au château.

— Quel château ? demanda-t-elle.

— Le château Frontenac, voyons. »

Erreurs de parcours

Odile était inquiète et nerveuse. Elle avait enfilé des bas résille, un bustier qui lui gonflait les seins et les offrait généreusement aux regards. Elle s'était juchée sur des talons aiguilles qui, s'ils donnaient à la jambe un beau galbe et arquaient joliment les reins, étaient d'un terrifiant inconfort. Elle était en train d'ajuster dans ses cheveux le serre-tête monté d'oreilles de lapin quand Roland est entré dans la petite chambre sans fenêtre que le château avait mise à la disposition des serveuses de la nouvelle discothèque qui ouvrait ses portes ce soir-là. Roland regardait les filles, ses filles, avec gourmandise. Ses yeux et ses mains déjà s'étaient posés sur les épaules nues d'Odile qui le repoussa fermement. Elle se sentait mal à l'aise et lui en voulait de l'avoir embarquée dans cette galère.

« C'est pas moi tout ça, disait-elle. J'ai rien d'une *bunny*.

– T'as tout ce qu'il faut », répondait-il.

Il lui parlait de ses jambes et de ses seins, de son teint de pêche, de ses yeux. Devant les autres filles.

« Et en plus, t'as de l'expérience.

– Servir le thé, des petits sandwichs et des gâteaux à des vieilles madames, ça n'a rien à voir avec servir du scotch et du gin tonic, à moitié nue, à une bande de gars aux trois quarts soûls. »

Il lui a parlé du bel argent facile qu'elle allait faire comme serveuse.

« Ça va marcher, tu vas voir », répétait-il.

Mais il était nerveux lui aussi. Avec ses partenaires d'affaires, il avait investi de grosses sommes dans l'aménagement et l'équipement de cette discothèque, La Voûte, dans les locaux désaffectés qu'occupait autrefois la Banque de Montréal, au rez-de-chaussée du château Frontenac. Le lieu était fort exigu, mais on était parvenu, en utilisant beaucoup de miroirs et de lumières stroboscopiques multicolores, à créer un environnement tout à fait irréel où on perdait vite tout repère spatial. Odile ne pouvait s'empêcher de penser que, tôt ou tard, François et les amis de la rue du Trésor viendraient prendre un verre à La Voûte, ne fût-ce que pour voir les filles, par curiosité. Et ils riraient. Parce que tout cela était éminemment ridicule et risible. Mais une fille devait gagner sa vie, sa liberté, ses voyages.

«Dans 6 mois, tu te seras mis 5000 bâtons de côté, minimum», avait maintes fois promis Roland.

Et alors, elle sera libre. Et elle partira voir le monde, l'Italie, le Brésil, l'Inde, elle rencontrera plein de gens et elle connaîtra l'amour, peut-être même le bonheur.

Les choses ne se sont pas du tout passées comme prévu.

D'abord, après trois jours, l'empire Playboy a réagi et les filles ont dû enlever leurs oreilles de lapin et leur minuscule tablier qui les apparentaient beaucoup trop aux célèbres *bunnies*. Il fallut revoir leur tenue. Elles allaient garder les talons aiguilles, mais enlever le serre-tête, les oreilles de lapin et le justaucorps, et porter à la place une microjupe et un chemisier noué à la taille qui laissait les seins moins voyants, mais plus libres et le nombril à découvert. Et qui faisait, selon Roland, beaucoup plus suggestif et sûrement aussi sexy.

Mais La Voûte était déjà la risée du milieu disco de Québec. Tous les médias avaient parlé, en se gaussant, de l'affaire Playboy. Le pire, c'était que les gens ne venaient pas. D'abord, le gros de la clientèle du château n'était pas du tout du genre à fréquenter les discothèques. Et les quelques-uns qui voulaient danser préféraient aller dans les grosses boîtes beaucoup plus vastes et infiniment mieux équipées des nouveaux grands hôtels de Québec, Le Concorde, le Hilton, l'Auberge des Gouverneurs. Ou encore dans les nombreuses discothèques de la rue Saint-Jean ou de la basse-ville, où la sono et le *light show* étaient du tonnerre. Et où surtout, il y avait foule.

Pour la première fois de son histoire, le château Frontenac se retrouvait réellement dans l'ombre. Lui qui avait toujours été branché sur les rythmes à la mode s'était lamentablement fait doubler. Certains soirs, La Voûte était pratiquement aussi tranquille que du temps de la Banque de Montréal.

Odile a vite compris qu'elle devait renoncer à son rêve de voyages. Elle gagnait à peine comme serveuse de quoi payer le loyer qu'elle partageait avec une autre ex-*bunny*, rue Sainte-Ursule.

Quant à Roland, il tenait le château responsable de l'échec de son commerce.

« Il n'y a plus rien qui fonctionne, ici-dedans », disait-il.

Depuis quelque temps, la clientèle ne cessait en effet de se raréfier. Pour diverses raisons. Le château n'avait toujours pas de piscine, son centre de conditionnement physique laissait à désirer, le sauna et le bain de vapeur étaient presque toujours défectueux et quand ils ne l'étaient pas, presque personne ne les utilisait tant ils étaient sombres et exigus. Il y avait en plus de graves problèmes d'accès et de stationnement.

Mais le pire, c'était que le Canadien Pacifique s'était lancé quelques années plus tôt dans un vaste programme de rénovation. On avait installé un nouveau système de chauffage, des thermopompes, des détecteurs de fumée. On avait réparé les toits, redécoré bon nombre de chambres. Presque tous les équipements avaient été restaurés ou remplacés, depuis les réservoirs d'eau chaude jusqu'aux ateliers d'ébénisterie et de plomberie, les buanderies et les lingeries. On avait rafraîchi les réfectoires et les dortoirs, retapé tous les espaces réservés au personnel. On avait abattu des cloisons pour créer des suites de grand luxe ultramodernes. Et de nouvelles salles de congrès, trois nouveaux bars, trois restaurants. Tout cela, à coups de dizaines de millions de dollars. Et avec un mauvais goût consternant.

Plutôt que de s'attacher aux traditions qui depuis 80 ans avaient fait son succès et sa renommée, le château s'était laissé influencer et obnubiler par les nouvelles tendances hôtelières, par la douteuse et éphémère esthétique disco, en même temps que par l'esprit disneyen des grands centres commerciaux qui depuis quelques années attiraient les grandes foules vers les banlieues. Et on avait noyé toutes ces influences dans un obscur salmigondis rappelant vaguement la culture matérielle des paysans canadiens. Dans les chambres et les grands salons, les vénérables meubles victoriens en chêne et en noyer massif avaient fait place à des meubles du pays en pin blanc, de style vaguement contemporain.

Odile fit un soir une rencontre hautement surréaliste qui lui révéla cet aspect nouveau. Elle s'était rendue en petite tenue de serveuse, c'est-à-dire à demi nue et lourdement maquillée, à la boutique du château acheter des cigarettes pour un client de La Voûte. Et qui aperçut-elle, arborant la coiffe et la jupe paysanne et la chemise de coton boutonnée jusqu'au cou? Léona en personne, son amie Léona qu'elle n'avait pas vue depuis si longtemps!

Elles se sont dit l'une à l'autre, en même temps exactement et avec le même accent de stupéfaction :

« Mais qu'est-ce que tu fais ici, ma foi du bon Dieu? »

Et elles ont pouffé de rire toutes les deux.

Léona était venue acheter de l'aspirine pour une de ses clientes qui avait mal à la tête. Elle travaillait juste à côté, dans le nouveau Café Canadien qui occupait le rez-de-chaussée de la rotonde, là où se trouvait autrefois le fameux Ski Hawk. Odile est allée jeter un coup d'œil. Et elle a ri aux larmes en regardant les fourches et les râteaux, les sciottes et les godendarts accrochés aux murs recouverts de bois de grange gris. Et les balles de paille et de foin qui traînaient ici et là. Et un serveur vêtu d'un pantalon d'étoffe du pays et d'une chemise à carreaux qui portait sur un grand plateau un assortiment de cretons de panne, de pâté à la viande et de fèves au lard. Odile trouvait tout cela magnifiquement hilarant.

Bien sûr, si elle riait tant, c'était qu'elle avait fumé un peu, comme ça lui arrivait de plus en plus fréquemment. Il lui semblait qu'elle pouvait ainsi supporter plus facilement l'ennui et la monotonie de son travail. La mari lui procurait un agréable détachement, une ivresse légère ponctuée de fous rires parfois irrépressibles. Et par moments, tout lui semblait neuf, différent.

Ainsi, en retournant à La Voûte, après cette séance de fou rire avec Léona, elle s'est sentie agréablement dépaysée. Elle a traversé lentement le Village Canadien et s'est arrêtée un peu devant la vitrine d'une boutique d'antiquités. On y voyait de vieux meubles polis et vernis, une berceuse, des armoires de pin, des oiseaux sculptés dans le bois, des bouteilles contenant des voiliers. Elle est restée en contemplation devant une courtepointe magnifique où était représenté un village d'autrefois perdu sous le soleil d'automne au creux d'un vallon. Et elle a senti monter en elle une grosse bouffée de nostalgie. Et sourdre de très loin une envie de pleurer.

Mais elle a pouffé de nouveau quand elle est entrée à La Voûte. À cause du contraste frappant entre le bois de grange gris du Café Canadien et les miroirs et le plexiglas aux vives couleurs de la discothèque. Mais aussi parce que son client qui voulait des cigarettes était parti et que personne d'autre n'était venu.

«On se croirait dans les limbes», a dit une serveuse.

Et les filles se sont roulé un autre joint qu'elles sont allées fumer sur la terrasse qui était fort animée, ce soir-là.

Quelques jours plus tard, pour une des très rares fois de son histoire, La Voûte a été le théâtre d'une grande fête plus ou moins improvisée qui s'est poursuivie sur la terrasse longtemps après la fermeture, car la nuit était très douce et on sentait dans la foule un réel besoin de chaleur humaine, de solidarité.

Le prétexte de cette fête était au départ les adieux à Honoré, le cireur de souliers du château, remercié après 33 ans de bons et loyaux services. Pour le remplacer, on avait installé sur les étages, près des ascenseurs, des petites brosses électriques rotatives.

Honoré avait ciré les souliers de tous les premiers ministres qui avaient dirigé le Québec depuis un tiers de siècle, Godbout, Duplessis, Sauvé, Barrette, Lesage, Johnson, Bertrand, même le jeune Robert Bourassa qui venait d'être élu. Il avait aussi servi des centaines de personnalités de la politique internationale, du cinéma, de la haute finance, des rois, des vedettes de cinéma. Il avait adoré son métier, mais il le quittait sans amertume. Autour de lui cependant, beaucoup de gens étaient peinés et choqués. Parmi le personnel, mais aussi dans les médias, on déplorait de plus en plus ouvertement la nature des changements qu'on faisait subir au château, changements qui, de l'avis de tous, ne faisaient que commencer.

« C'est toute la personnalité et tout le style du château qui sont en train de changer », disait-on, ce soir-là, dans les conversations. « Il y aura de moins en moins de contacts humains entre le personnel et les clients. » Or c'était cela, selon certains, qui avait fait si longtemps le charme du château.

Beaucoup de ceux et celles qui étaient venus saluer Honoré à La Voûte considéraient leur avenir tout aussi incertain que le sien. Les garçons d'ascenseur, par exemple, n'ignoraient pas que leurs jours étaient comptés et que leurs appareils seraient très bientôt automatisés. Du côté des serveurs et des serveuses, on s'attendait également à un grand ménage. Le service aux tables du restaurant Champlain avait déjà été simplifié à l'extrême. On avait progressivement laissé tomber le protocole, le cérémonial et le décorum, sous prétexte que c'était ce que la clientèle demandait et que ce n'était plus dans le goût du jour. Les préposées aux costumes d'apparat et les filles qui, aux buanderies, empesaient les nappes et les coiffes des serveuses n'avaient déjà plus grand-chose à faire. L'orchestre maison avait été remplacé par des bandes sonores qu'un disc-jockey préparait à partir des succès du jour. Le Service des loisirs de plein air avait été réduit au minimum, puis à tout à fait rien. Certains hivers, on a même laissé la grande glissoire et la patinoire à l'abandon. Le château ne serait plus jamais le grand sportif qu'il avait été.

C'était de tout cela que l'on faisait son deuil ce soir-là. Le théâtre qu'avait dirigé George Jessop pendant près d'un quart de siècle serait peu à peu oublié. Le grand Jessop avait toujours tenu à donner au château un caractère et un accent français, distincts, sans jamais sacrifier aux modes passagères. Il avait gardé le décorum, toutes les références à la Renaissance, une mise en scène rigoureuse dans laquelle il y avait de la grandeur, de la culture. Son départ marquait la fin annoncée d'une époque. En fait, on aurait dit que le château avait honte d'être un château. La grandeur était honnie, la classe méprisée, démodée.

Le château devenait un lieu triste, de moins en moins fréquenté. Y travailler était désormais, pour Odile et ses compagnes, une véritable corvée.

Odile buvait souvent et trop, elle fumait beaucoup, des cigarettes, des joints, elle prenait de la coke et de l'acide assez régulièrement, couchait à gauche et à droite, quelquefois même avec des filles, pour voir, pour oublier, s'étourdir. Ou au cas où il y aurait autre chose quelque part au bout de la nuit. Mais c'était fatigant et, à la longue, terriblement déprimant. Elle ne pensait plus que très rarement au bonheur. Elle n'en voyait pratiquement plus jamais de traces nulle part. Elle en était venue à penser qu'il n'existait pas vraiment, puis à l'oublier tout à fait, sauf en de rares occasions où son souvenir s'imposait à elle avec force, douloureusement. Comme ce soir où son frère François était arrivé à La Voûte avec un stéréoscope qu'il avait trouvé chez un antiquaire de la rue Saint-Paul. Il contenait un jeu de photos très anciennes représentant des femmes nues. L'une d'elles ressemblait à Odile de façon hallucinante, mêmes cheveux, mêmes rondeurs, même sourire, même regard. Elle posait devant un paysage d'un autre temps, « la Renaissance », lui a dit François. Il y avait derrière elle, peints sur un mur, un jardin en désordre, et au fond des ruines envahies par le lierre, une fontaine, des bancs de pierre, des colonnes renversées, cassées.

« C'est un cadeau, lui dit-il. Garde-le. »

Rentrée chez elle, Odile a regardé longuement les photos de la jeune fille qui lui ressemblait. Elle a vu dans le regard et le très doux sourire une candeur, une pureté, qui l'a troublée. « Du bonheur », a-t-elle pensé. Et ça l'a rendue très triste, comme si elle avait revu un paradis perdu.

Pendant des jours, elle a pensé à cette jeune et fraîche fille qui lui ressemblait tant et qui avait posé nue un demi-siècle plus tôt, quand elle avait son âge à peu près et cette candeur et ce bonheur qu'elle-même croyait être en train de perdre. Et elle se demandait si cette fille d'une autre époque avait gardé longtemps ce sourire et ce regard qu'elle lui voyait sur les photos. Toute sa vie, peut-être. On ne sait jamais. Mais est-ce possible ? Qu'est-il arrivé d'elle après que son corps eut cessé de faire rêver les hommes et qu'il se fut flétri, qu'il eut peu à peu, inexorablement, perdu toute sa beauté ? Avait-elle su quand même rester heureuse et être aimée ? Et aimer un homme ?

Odile pensait avec effroi qu'elle avait peut-être perdu à jamais son bonheur. Certains jours, elle se sentait vieille et souillée. Et cette colère qui autrefois couvait en elle et lui laissait croire qu'elle pourrait un jour changer le monde et la vie semblait à jamais éteinte.

Elle n'avait plus jamais d'opinion ou d'avis sur quoi que ce soit ou sur qui que ce soit ; elle ne prenait jamais de décisions. Elle se laissait dériver. Elle laissait les autres agir et tout décider. Elle était égarée dans la vie. Elle ne savait plus trop bien où elle était, ni même qui elle était. Chaque fois qu'elle devait se regarder dans le miroir pour se peigner ou se maquiller, elle avait une sorte de vertige ou de nausée. Ses cheveux lui semblaient moins blonds, moins lustré ; de jour en jour, le si beau bleu, si profond, le bleu nuit de ses yeux s'enfumait et se brouillait, et ses lèvres rosissaient.

Son frère François qui, pour « toutes sortes de très bonnes raisons » exécrait Roland, la pressait de quitter La Voûte.

« Tu trouveras bien autre chose, disait-il. Tu vois bien que tu t'enlises. Un jour, il sera trop tard, tu pourras plus t'en sortir. »

Lui, il avait toujours plein d'avis et d'opinions sur tout et sur rien, des théories, un discours sur la vie, sur le monde. Et il en changeait, de discours et de vie, comme il changeait de chemise.

Depuis quelque temps, son discours était diamétralement opposé à celui qu'il avait si ardemment défendu quelques mois plus tôt. Bien évidemment à contre-courant de tous les discours officiels qui circulaient alors au Québec. François avait toujours été ainsi, sans cesse changeant, nécessairement changeant d'idée à partir du moment où il avait convaincu ses interlocuteurs et ses contradicteurs.

« La contestation et la confrontation, c'est fini, disait-il à sa sœur. Ça ne sert à rien, ça ne mène nulle part. Il faut cesser de s'opposer à tout. Si on veut se rendre quelque part, il faut suivre le courant.

— C'est ce que j'ai toujours fait, disait Odile. Et regarde où ça m'a menée : nulle part. Je voudrais être ailleurs.

— Moi aussi, figure-toi. »

Mais, le malheur des uns faisant le bonheur des autres, François allait rapidement trouver dans les changements que subissait le château de quoi nourrir ses ambitions.

Deux fois la semaine, vers la fin de l'avant-midi, Odile se rendait acheter son pain au château Frontenac. À cette heure tardive, la très grande majorité des centaines de croissants, de pains au chocolat, de brioches, de baguettes et de petits pains pétris à la main et cuits sur la sole dans les fours à charbon qui dataient des premiers temps de l'hôtel, s'étaient déjà envolés. Mais le maître boulanger, monsieur Robert Dion, parce qu'il aimait bien Odile, lui avait toujours mis de côté une grosse miche et quelques brioches.

C'était un bon vieux monsieur, toujours souriant et bienveillant, qui s'informait chaque fois des états d'âme de sa jeune cliente. Comme s'il avait deviné le désarroi dans lequel elle se trouvait et cet intérêt qu'elle avait pour le bonheur. Il s'ingéniait à la rassurer, à la faire rire, à lui faire la leçon parfois. Toujours au poste à quatre heures et demie du matin, il achevait sa journée quand Odile émergeait et se présentait à la boulangerie, encore lourde de sommeil. Il s'informait de son bonheur, de ses amours.

« Vous savez bien que je n'ai pas d'amoureux, monsieur Dion.

— Alors c'est que t'en as trop », disait-il, en riant. Il riait toujours, avec tout le monde.

Odile, elle, se taisait. Ses amours passagères la déprimaient. Par contre, elle trouvait apaisants les brefs contacts qu'elle avait avec monsieur Dion. Elle avait fini par croire qu'il était une sorte de mage ou de médium qui savait, par ses joyeuses questions, la reconnecter avec elle-même ou elle-même avec le monde, ce qui revenait à peu près au même. Il l'amenait toujours, d'une manière ou d'une autre, à réfléchir sur sa vie... Il avait plus de trois fois son âge, elle n'irait jamais prendre un verre avec lui, elle ne sortirait jamais avec lui, mais il était pour elle un précieux ami.

Il avait fait comme Lionel une vie de patient labeur sans jamais se plaindre de son sort d'aucune manière. Depuis plus d'un quart de siècle, il n'avait jamais manqué un seul jour de travail. Il avait mené une petite vie bien tranquille, très routinière, répétant jour après jour des milliers de fois les mêmes gestes, dans le même décor.

«Moi aussi j'ai une routine de vie, songeait Odile. Mais ce n'est peut-être pas la bonne, ce n'est probablement pas ma routine à moi.» Cent fois par jour, elle se disait qu'elle devait changer de *beat* et partir à la recherche de son bonheur. Mais ne sachant comment s'y prendre, ni de quel côté aller, elle continuait à s'enliser dans des habitudes qui, François avait raison, devenaient de plus en plus pénibles.

Un jour, monsieur Dion lui apprit que la boulangerie du château fermerait ses portes dans quelques mois. Les gâteaux et les pains que consommaient les clients de l'hôtel et les bourgeois de la haute-ville seraient désormais produits à l'extérieur. Le boulanger semblait satisfait de ce changement. Il allait avoir une nouvelle routine, il ferait un grand jardin l'été, de l'aquarelle l'hiver, quelques voyages avec sa femme.

«Et s'il le faut, je ferai rien», disait-il à Odile.

Et celle-ci toujours se demandait comment et pourquoi certains étaient heureux et d'autres pas.

«Qu'est-ce donc qui manque à mon bonheur?»

C'est en apprenant par Odile la fermeture de la boulangerie que François a compris que les grands changements annoncés devenaient réalité. Et qu'il était temps d'agir. Après avoir été longtemps un réservoir de savoir-faire d'une richesse et d'une diversité incomparables, le château avait décidé de confier beaucoup de services en sous-traitance. Le personnel de soutien serait considérablement réduit. On n'emploierait plus que des professionnels formés dans les écoles et les instituts d'hôtellerie.

Pour qui voulait se lancer en affaires, il y avait là des occasions en or. Il suffisait d'être à l'affût. Ainsi, la grosse Dorothée qui dirigeait l'atelier de couture du château a su convaincre ses deux aides de rester avec elle. Elles ont ouvert leur propre atelier, «Au fil des jours», et offert leurs services aux grands et petits hôtels de la haute et de la basse-ville, si bien qu'après quelques mois, elles faisaient plus d'argent et avec plus de plaisir et de liberté que du temps où elles travaillaient au château.

Tour à tour, la boulangerie, la blanchisserie, les ateliers de menuiserie, d'électricité, de mécanique et de plomberie, de rembourrage, de peinture et de couture, ont été fermés totalement ou ont vu leurs activités considérablement réduites. Le plâtrier n'avait plus à façonner lui-même les moulures et les frises, mais qu'à appliquer le long des chambranles ou des encadrements des baguettes de gypse préfabriquées, prémoulées. Les uniformes étaient désormais dessinés, confectionnés, réparés, nettoyés à l'extérieur, de même que les rideaux, les tentures, les couvre-lits, les draps, les taies d'oreillers, les serviettes. Les dentellières et les brodeuses à la main qui entretenaient les nappes des tables de la salle Champlain, seraient bientôt remerciées, de même que les frotteurs d'argenterie.

Quand Madeleine, la légumière, est partie, personne ne l'a remplacée. C'est un sous-traitant qui désormais faisait livrer au château les légumes coupés à la machine.

«C'est l'époque qui veut ça, disait François. Il faut réorganiser la société. On est en retard au Québec.

— En retard par rapport à qui?

— Rapport aux Américains.

— Mais tu as toujours dit que c'étaient des barbares.

— Ils sont les maîtres du monde.

— Et toi, c'est ça que tu veux? Tu veux être parmi les maîtres du monde?

— Je veux être heureux, c'est tout.»

Il s'était fait couper la barbe et les cheveux, dès qu'il eut compris que les porter longs était devenu la norme. Il avait carrément tourné le dos à tous ses amis d'hier engagés dans l'action politique, clandestine ou pas. Il contestait tous les contestataires en quelque sorte. Si d'aventure, dans les cafés de la rue Saint-Jean ou au bar du château Frontenac où il avait depuis peu pris ses habitudes, il rencontrait quelques nostalgiques du FLQ ou des militants péquistes, il ne manquait jamais de s'engueuler avec eux.

Au fond, il n'avait pas changé. Il restait le François qu'Odile avait toujours connu, le garçon qui ne pensait jamais comme les autres, qui faisait toujours à sa tête, et qui régulièrement, comme pour se justifier, répétait qu'il n'y avait que les fous qui ne changeaient pas d'idée.

Cheveux et habits de bonne coupe, toujours rasé de frais, il allait régulièrement au château, non plus comme autrefois pour y terroriser les touristes et y semer le désordre et la zizanie, mais parce que le château était redevenu l'endroit le plus prestigieux de la ville et qu'il était bien d'y être vu. Les jeunes gens d'affaires les plus dynamiques et les plus novateurs s'y retrouvaient, pour draguer, créer des alliances, signer des contrats.

Il se cherchait de l'ouvrage. N'importe quoi, pourvu que ce soit payant. Sauf bien sûr qu'il n'aurait jamais voulu pour tout l'or du monde se retrouver derrière ce comptoir de Tilden Rent-a-Car qui s'affichait en grosses lettres d'un jaune agressif dans le hall du château Frontenac. Ou dans une banque. Ou dans un ministère, à pousser un crayon ou à regarder passer le temps par la fenêtre. Il savait qu'avec tous les changements qui s'opéraient à Québec, et en particulier au château, il trouverait quelque chose qui lui conviendrait.

Il venait de temps en temps voir sa sœur à la discothèque du château. Toujours accompagné d'un groupe d'amis. Ils draguaient les filles. François cherchait l'occasion de faire des affaires. Il était obsédé par le désir de faire de l'argent et de réussir au sein de cette société qu'il avait toujours si passionnément détestée et contestée.

« Charité bien ordonnée commence par soi-même, professait-il. Brasser des affaires et s'enrichir, c'est faire rouler l'économie, et c'est aider l'ensemble de la société. »

Les grandes croisades, les marches, les manifestations de rue, tous ces rituels de masse qui lui avaient tant plu semblaient désormais, du moins pour lui, à jamais révolus.

« Chacun doit trouver sa place au soleil, et faire son bonheur, sans penser à celui des autres. C'est ça le secret. Le but de l'action et du travail, c'est le bonheur, ton bonheur à toi que tu fais toi pour toi, mon bonheur à moi que je fais moi pour moi. Le bonheur, c'est du sur mesure. »

Mais Odile ne croyait toujours pas qu'on faisait soi-même son bonheur. Selon elle, le bonheur frappait qui et quand il voulait. Courir après lui ne servait à rien, puisque personne ne pouvait savoir où il se trouvait. Et que des gens qui, comme monsieur Dion, ne le cherchaient pas semblaient l'avoir trouvé. Et qu'elle-même y avait goûté quelques fois, sans l'avoir vraiment cherché.

Elle en était venue à penser que le bonheur n'était peut-être pas fait pour elle. De même qu'elle avait pensé autrefois qu'elle ne mettrait jamais les pieds au château, parce qu'un château, lui disait alors son frère, c'est fait pour des princesses, des rois et des Américains, elle se disait : « Laisse tomber, ma fille, le bonheur, tu ne le trouveras jamais, si tu veux savoir. Essaie donc de faire ta vie sans lui. »

Les grands voiliers

François s'est finalement associé à un ami qu'il avait connu au collège de Lévis, Willie, dont le père gravement malade possédait une petite entreprise de nettoyage de tapis, de ponçage, de cirage et de polissage de planchers. Ils ont gardé la clientèle depuis longtemps acquise : un collège, un couvent de religieuses, les bureaux de certains ministères, deux petites églises, leur presbytère. Grâce aux relations que le père de Willie y avait patiemment nouées, ils ont décroché un important contrat au château Frontenac. Ils ont acheté de nouvelles machines, presque triplé, à 11, le nombre d'employés, décuplé le chiffre d'affaires, élargi leur champ de compétence et d'activité pour profiter du vaste programme de restauration et de rénovation urbaines que venaient d'entreprendre les édiles municipaux et provinciaux. Rapidement, ils ont fait de l'argent. Ils avaient leur bureau rue Saint-Pierre, juste à côté d'Au fil des jours, l'atelier de couture de la grosse Dorothée que François avait connue du temps qu'elle dirigeait les couturières du château.

Toute cette partie de la basse-ville où se trouvaient les bureaux de François et le petit atelier d'Au fil des jours était en profonde mutation. Les taudis insalubres étaient l'un après l'autre démolis ou retapés. La rue Saint-Paul abritait maintenant de belles boutiques d'antiquités, de bons restaurants, des cafés et des bars très courus, de très jolis logis.

Québec, ville du patrimoine mondial, objet urbain unique en Amérique du Nord, redevenait une puissante attraction.

D'avril à octobre, elle était de nouveau envahie par des nuées de touristes, parmi lesquels on trouvait encore beaucoup d'Américains et de Canadiens de l'Ouest, mais aussi et de plus en plus d'Européens, beaucoup de Français et de Belges, des Allemands, des Italiens, des Espagnols, et des Japonais aussi.

Des milliers d'artistes venaient également des quatre coins de la francophonie, du Sénégal, de la Côte-d'Ivoire, du Zaïre et d'Haïti, de France et de la Louisiane, participer au Festival d'été. Ces foules bruyantes et colorées, attirées par les beautés de Québec, étaient en bonne partie responsables de l'essor que connaissait alors la ville, et elles contribuaient à l'embellir. C'était donnant donnant.

Porté par cette conjoncture et stimulé par la rationalisation et la réorganisation de ses services, le château s'était sorti lui aussi du marasme dans lequel il s'était longtemps enlisé. La direction avait compris que l'hôtel devait se singulariser et proposer à sa clientèle un mode de vie qu'on ne trouvait nulle part ailleurs, surtout pas dans les autres palaces de la ville qui, à peu de choses près, ressemblaient à n'importe quel grand hôtel nord-américain. La Voûte avait été bien sûr fermée, et le comptoir Tilden qui déparait le grand hall, invité à déménager. On avait remis un peu de décorum et d'apparat ici et là.

En haute saison d'été, l'hôtel affichait de nouveau complet. Il n'avait toujours pas de piscine, le gymnase laissait encore à désirer, le problème du stationnement n'était pas encore complètement résolu, mais le site restait tout à fait extraordinaire. En cette année du 450e anniversaire de la découverte du Canada par Jacques Cartier, il a été fréquenté plus que jamais. Parce que l'été était magnifique, chaud et sec, et parce que les plus beaux voiliers du monde s'étaient donné rendez-vous à Québec.

Tous les jours de l'été, et même la nuit très souvent, beau temps, mauvais temps, la terrasse était noire de monde. On venait de partout assister aux manœuvres des grands voiliers qui offraient un spectacle d'une rare beauté. Tous les soirs, le bar Saint-Laurent, dont le décor évoquait les Grandes Découvertes et l'époque de la navigation à voile, était rempli à craquer de gens venus des quatre coins du monde par tous les chemins d'eau. On y parlait dans 20 langues des charmes de la mer et d'incroyables paysages, d'aventures…

Odile y est venue prendre un verre un soir avec un ami. Et elle a regardé avec une tristesse envieuse ces hommes et ces femmes, jeunes et beaux, basanés, riches, qui tous ont vu tous les bouts du monde et qui en sont revenus et qui y retourneront quand ils en auront envie. Elle aurait bien aimé elle aussi partir quelque part, nulle part, pour partir, simplement, pour quitter ce lieu trop vu, et être ailleurs. Et peut-être, devenir quelqu'un d'autre, une fille forte, sûre d'elle, une autre Odile. Tout dans cette ville, dans ce château fraîchement restauré, lui semblait irrémédiablement usé, tous ceux et celles qu'elle croisait lui semblaient tristes et résignés, à part eux, ces jeunes gens riches qui passaient, en ne voyant ici comme ailleurs que de la beauté.

Elle détestait les foules trop envahissantes qui pénétraient dans l'intimité de la ville, qui l'enveloppaient et la dévoraient littéralement et ainsi se l'appropriaient et devenaient d'une certaine manière le légitime peuple de cette ville. Malgré la cohue qui de la belle aube au triste soir emplissait toutes les rues, toutes les terrasses, toutes les cours, les jardins et les parcs, Odile avait souvent l'impression d'être toute seule, dans une ville déserte où elle ne retrouvait plus que rarement çà et là des visages familiers. Québec était devenue une véritable fête. Odile n'y participait pas, parce qu'elle ne la voyait tout simplement pas.

Elle avait été fortement tentée, après la fermeture de La Voûte, de s'embarquer, à l'invitation de Roland, sur le circuit des danseuses nues et des serveuses topless. Elle avait appris à aimer le troublant et inquiétant monde de la nuit. Et elle adorait danser. Roland lui avait répété autant comme autant qu'il y avait beaucoup d'argent à faire dans ce domaine; elle s'était dit qu'elle pourrait réaliser enfin ce vieux rêve toujours présent en elle d'aller au bout du monde. Et en plus, elle savait que les regards que posent les hommes sur le corps d'une danseuse nue y déclenchent de très excitantes sensations. Elle ne l'aurait pas clamé sur les toits, mais c'était par moments ce qu'elle avait le plus aimé à

La Voûte, se sentir regardée, désirée, même par de purs inconnus, même par de gros hommes laids et soûls.

Mais elle ne voulait plus avoir affaire à Roland d'aucune manière. Elle savait d'instinct qu'il ne ferait jamais qu'abuser d'elle, comme il abusait de toutes les filles qui travaillaient pour lui. Et François, qui avait toujours détesté Roland, avait fortement encouragé sa sœur à s'éloigner de lui.

« Mais de quoi je vais vivre ? demandait-elle.

— Tu vas trouver quelque chose, disait-il. Et je vais t'aider, le temps qu'il faudra. »

Il aimait bien, lui, les foules joyeuses, chaleureuses et enjouées qui avaient envahi Québec, paysage humain singulier, toujours recommencé, qui faisait désormais partie intégrante de cette ville, au même titre que ses monuments, ses musées, ses parcs. Et il se mêlait à ces foules, il y trouvait des filles, des amis, il devenait dans sa propre ville une sorte de touriste ébahi.

« Québec est un bijou, disait-il. C'est une ville artiste. Il faut la protéger, l'entretenir et la polir avec amour, pour qu'elle brille, qu'elle rayonne et qu'elle étonne le monde. »

Il gueulait contre les gros entrepreneurs qui en avaient pris le contrôle. Ils avaient mis en place un épouvantable écheveau d'autoroutes qui encerclait la vieille ville. Ils avaient planté dans les banlieues des montagnes de condos, des tours à bureaux. Ils voulaient faire de Québec une ville brutale et commerciale comme il y en a des dizaines en Amérique du Nord.

Ils avaient littéralement vidé les vieux quartiers. En automne, quand les grandes hordes de touristes levaient le camp, les abords du château devenaient étrangement déserts. On se serait cru, certains soirs, dans une ville fantôme. Odile, elle, se complaisait dans cette atmosphère de fin du monde. François pestait.

« Plutôt que de créer des banlieues sans âme et sans génie, il aurait fallu d'abord et avant tout retaper les vieux quartiers, les habiter. »

Il s'était joint à l'équipe du Rassemblement populaire que dirigeait Jean-Paul L'Allier, dont le programme électoral lui plaisait. Il s'agissait en effet de redonner à Québec toute sa beauté et d'en faire une ville singulière, unique, où on vivrait autrement.

Odile faisait de temps en temps un saut, rue Saint-Pierre, où François et Willie avaient leurs bureaux. Son frère faisait semblant d'avoir besoin d'elle pour pouvoir lui donner un peu d'argent. Elle prit aussi l'habitude de s'arrêter un moment à l'atelier d'Au fil des jours qui se trouvait juste à côté des bureaux de son frère. De temps en temps, la grosse Dorothée lui confiait elle aussi des petites tâches. Et elle s'émerveillait chaque fois du savoir-faire et de l'habileté d'Odile dans tous les travaux de couture et d'aiguille.

« On dirait que t'as toujours fait ça.
— C'est vrai, répondait Odile, j'ai dû être couturière dans une autre vie. »

Un jour d'automne, un bon mois après que les derniers grands voiliers furent partis, un homme est entré dans l'atelier. Il portait un gros sac de toile imperméable qu'il a posé sur le comptoir. Il était beau et grand, il avait les cheveux poivre et sel, l'œil très noir.

Il a ouvert son sac et en a étalé le contenu sur le comptoir, des vêtements de marin. Avec un gros accent, mais sans chercher ses mots, il a dit qu'il aurait besoin de tout cela à tout prix dans trois jours. Il est reparti à bicyclette. En le regardant s'éloigner, Odile a réalisé qu'elle avait déjà entrepris de le séduire. Elle n'avait pourtant posé aucun geste ; elle ne lui avait pas servi de sourires enjôleurs ou d'œillades lubriques. Mais pendant les quelques minutes qu'il avait passées dans l'atelier, elle s'était sentie ou voulue presque nue, comme si elle s'était tacitement offerte à lui, étalant sous ses yeux ses plus beaux et plus efficaces appas.

Quand il est revenu, trois jours plus tard, il lui a proposé d'aller prendre un verre.

Ils sont allés à la marina. Il lui a fait visiter son voilier. Ils étaient Italiens, tous les deux. L'homme s'appelait Ugo ; le voilier, la *Civetta*, tout blanc, tout en bois, très finement profilé, un petit cotre. Odile s'y est tout de suite sentie chez elle, elle pouvait nommer, comme si les mots montaient du fond de sa mémoire le nom de chacun des éléments des gréements, elle savait ce qu'était la trinquette, la flèche, le foc, les drisses. Et elle connaissait d'instinct les manœuvres, ce qui a étonné Ugo au plus haut point.

« J'ai peut-être navigué dans une autre vie. »

Elle savait qu'on ne peut naviguer au long cours seul à bord d'une telle embarcation. Elle savait aussi qu'il y avait eu, jusque tout récemment, une présence féminine à bord de la *Civetta*. Ça se voyait à divers petits détails. « Une femme laisse toujours des traces. » Et Odile a tout de suite compris que le bel Ugo devait se chercher une nouvelle compagne pour partir. Il ne l'a embrassée ce jour-là qu'au moment de la quitter. Bien chastement, en ami.

Ils se sont vus presque tous les jours d'octobre qui fut cette année-là très ensoleillé. Ils allaient marcher sur les Plaines ou ils faisaient de longues randonnées à bicyclette du côté de l'île d'Orléans ou du lac Beauport…

Ce n'est qu'à la fin octobre qu'ils sont sortis de la marina, un jour de grand vent et de pluie. Ils se sont rendus jusqu'à la pointe de l'île d'Orléans. La manœuvre était difficile, dangereuse. Aucun autre voilier n'était sorti. On ne voyait que les remorqueurs et les toueurs de la garde côtière et le traversier de Lévis.

« Il me fait passer un test, pensait Odile. Si je fais bien les choses, il va me demander de partir avec lui. »

Elle a très bien fait les choses, obéissant à ses ordres de toutes ses forces, tirant les câbles, carguant les voiles.

De retour à la marina, ils ont fait l'amour pour la première fois.

« Deuxième test, se disait-elle. Si je fais bien les choses, on va partir dans pas grand temps. »

Et elle a très bien fait les choses.

Ils ont levé l'ancre quelques jours plus tard. Ils se connaissaient encore bien peu. Ils n'étaient sans doute pas en amour. Mais ils étaient bien ensemble. Il lui avait dit qu'il avait besoin d'elle, pas de n'importe quelle femme, mais d'elle.

« De toi, Odile, avait-il dit avec son bel accent.
— Pour quoi faire?
— Pour que la vie soit plus belle, tout simplement.

« — Et si je ne pars pas ?
— La vie sera moins belle, c'est tout. Mais ce sera la vie quand même. »

Il était de cette race de monde pour qui la vie ne peut être que belle, plus ou moins belle, mais jamais laide. En tout cas, jamais longtemps. Il ne pensait d'ailleurs qu'à cela, à rendre la vie belle, à y chercher ou à y créer des moments de pur plaisir.

Ils sont passés à l'aube sous le château Frontenac. Avec un puissant vent arrière et la marée descendante. Le soleil levant tirait mille feux du cap Diamant. Ils ont longé l'île d'Orléans que les brumes du petit matin enveloppaient, et le fleuve, « le plus beau fleuve du monde », les a emportés très loin, jusqu'à la mer, jusqu'à des pays chauds et infiniment doux.

Et au début, c'était exactement comme elle avait rêvé que soient les choses. Ils allaient sans but, ils n'allaient nulle part. À chaque moment, où qu'ils fussent, ils avaient toujours atteint leur but, qui était de voir de la beauté, de vivre des moments de bonheur. Et de la beauté et du bonheur, il y en avait partout, dans les moindres recoins de l'espace, en chaque lieu où ils passaient, où ils s'attardaient parfois pendant quelques jours, quelques semaines.

Et c'est cela qui peu à peu a lassé Odile.

Ils faisaient, d'une certaine manière, un voyage immobile. Elle ne faisait que réaliser un vieux rêve qu'elle avait toujours eu en elle. Et il n'y avait rien de plus. Le rêve n'apportait rien à la vie. Ou plutôt, il n'était pas la vie. Ce n'était plus qu'une coquille vide, comme ces conques qu'elle ramassait sur les plages et qui contenaient tous les bruits de la mer.

Chercher ainsi le pur bonheur devient vite une chose triste. Odile était en manque. Et elle a pensé que c'était d'amour.

Ugo n'a manifesté aucune surprise, aucune peine, quand il l'a vue rassembler ses affaires. Ils ont fait l'amour une dernière fois. Odile a pleuré un peu, à cause de son rêve enfin terminé.

Elle allait rentrer à Québec. Elle aussi coquille vide.

Confession

Odile est arrivée à l'aéroport de Toronto après plus de 20 heures de voyage et d'attente, dans des cars bondés, des avions bondés, des terminus et des aéroports archibondés. Elle était fatiguée, moulue; son jean et sa chemise lui collaient à la peau. Elle s'est tout de suite rendue au comptoir de Rapidair dans l'espoir, déçu, de réserver un siège avec fenêtre sur le vol de 16 heures pour Montréal.

Dans la salle d'attente, elle regardait hébétée les visages. Elle écoutait les gens autour d'elle qui parlaient avec cet accent québécois qu'elle n'avait pas entendu depuis si longtemps. Puis elle a aperçu, presque à l'autre bout de la salle, un jeune homme très mince, dont le visage, à la fois fermé et familier, lui a fait une vive impression. Il semblait fatigué, lui aussi. Et troublé, presque douloureux. Il était assis, ou plutôt affalé, sur un banc, il ne regardait pas l'heure, il ne lisait pas, il ne semblait même pas impatient, mais ailleurs, « déconnecté », a pensé Odile. Il devait avoir une trentaine d'années. Une mèche très blanche lui traversait la chevelure. « Un éclair, on dirait. »

Odile a tout de suite été persuadée qu'il venait de loin, lui aussi, et qu'il rentrait au Québec, comme elle, après une longue absence. Rien à voir avec la majorité des gens tapageurs et si éveillés qui les entouraient, des hommes et des femmes d'affaires visiblement, qui faisaient régulièrement la navette entre Montréal et Toronto.

Quand les passagers furent appelés, elle a perdu de vue le curieux jeune homme. Elle n'y aurait sans doute plus jamais pensé de sa vie, si elle ne s'était retrouvée assise juste à côté de lui, elle dans l'allée, lui à la fenêtre.

Ses vêtements étaient fripés, mais c'étaient de beaux vêtements, très chics, sans doute chers aussi. Et lui, il était toujours aussi hermétiquement fermé. Chaque fois que l'hôtesse l'interpellait pour savoir s'il désirait boire ou manger quelque chose, il sursautait, comme s'il était brusquement tiré d'une profonde rêverie. Il ne voulait jamais rien, ni boisson, ni lecture, ni nourriture. Il ne souriait pas non plus. Pas une seule fois pendant le vol, il n'a jeté un regard par le hublot, pas même à l'approche de Montréal où le ciel était sans aucun nuage.

À cause de cette attitude, de cet air absent qui lui semblait presque une provocation, mais aussi parce qu'elle ne pouvait s'enlever de la tête l'impression qu'elle l'avait déjà vu quelque part, Odile brûlait d'envie de lui demander d'où il rentrait. Ou carrément, s'ils ne s'étaient pas déjà croisés lui et elle ailleurs dans le monde ou dans une autre vie. Elle n'a pas osé. Elle se trompait peut-être. Elle avait vu tant de visages au cours des dernières années, des milliers de visages dans tous les ports et les aéroports, dans les villes, sur les plages, partout où elle était passée. Et elle était si fatiguée qu'elle n'aurait pu soutenir bien longtemps une conversation cohérente.

« C'est peut-être à moi qu'il me fait penser, en fin de compte. »

Elle s'est alors sentie en étroite intimité avec lui. Comme s'ils avaient formé un couple. « Dans une autre vie, peut-être. »

Elle est restée silencieuse et immobile, ses mains croisées, posées sur ses cuisses, dans l'exacte position qu'il avait adoptée lui, leurs bras se frôlant sur l'étroit accoudoir. Elle a fermé les yeux. Elle a pensé, un moment :

« Il me toucherait la main, je serais toute à lui. »

Et elle sentait monter en elle un désir très fort, presque violent.

« C'est la fatigue, a-t-elle pensé. Mais c'est bon pareil. »

À l'aéroport de Montréal, où elle devait attendre pendant deux longues heures l'avion d'Air Alliance pour Québec, elle est sortie prendre l'air. Rentrer à Québec, retrouver sa ville et ses amis qu'elle n'avait pas vus depuis si longtemps, lui avait donné une sorte de trac qui s'était peu à peu dissipé. Au fond, elle était peut-être comme cet étrange jeune homme. Elle ne lisait pas, elle non plus. Elle n'écoutait pas de musique. Elle n'avait envie de rien, ni faim, ni soif, ni sommeil, ni peur, ni hâte, ni chaud, ni froid. Elle ne ressentait qu'une vague nausée, une sorte d'engourdissement. Et par-dessus tout, ce désir qu'elle gardait en elle et qu'elle éveillerait tout à l'heure à bord du Dash 7 d'Air Alliance.

La semaine précédente, après avoir vainement tenté de joindre son frère François par téléphone, elle lui avait envoyé un télégramme l'informant de son retour. Elle n'avait pas eu de réponse. Et elle souhaitait presque qu'il n'ait jamais reçu son message et qu'il ne soit pas venu l'attendre à l'aéroport. Avec les quelques sous qu'il lui restait, elle se louerait une petite chambre dans le Vieux, rue Hamel ou Couillard, et pendant quelques jours, elle vivrait dans cette bonne vieille ville de Québec comme une pure étrangère, comme cet inconnu auquel elle ne pouvait s'empêcher de penser.

Elle était debout dans l'allée du Dash d'Air Alliance, en train de placer son sac dans le porte-bagages, quand elle a aperçu le sombre jeune homme qui remontait l'allée dans sa direction. Il allait donc à Québec, lui aussi. Spontanément, ravie de la coïncidence, elle lui a fait un sourire et a esquissé un salut de la main. Mais il n'a pas réagi. Il n'a même pas remarqué son geste, ni son sourire. Il est passé près d'elle sans la voir et est allé prendre place quelques rangées plus loin.

Du haut des airs, le paysage apparaissait d'une parfaite limpidité. Le front appuyé aux hublots, les gens regardaient le fleuve tout plein de lumière et les splendides villages sur ses bords. Puis l'avion a exécuté une longue boucle au-dessus de Québec pour venir atterrir le nez dans le vent; et les gens nommaient ce qu'ils voyaient, le cap Diamant, le bassin Louise, le château…

À l'aéroport, seuls Odile et le sombre jeune homme se sont présentés au carrousel des bagages. Odile, évitant de le regarder. Lui, l'ignorant réellement, toujours perdu dans ses pensées. Elle a cependant remarqué les tampons que portaient les deux valises qu'il a retirées du tapis roulant. Il venait de

Chine. « Je le savais, j'aurais juré qu'il venait de loin, lui aussi. » Elle l'a regardé s'éloigner. Il ne l'avait pas vue. Il n'avait vu personne. Mais il laissait Odile avec le pressentiment, pour ne pas dire la certitude, qu'ils se reverraient réellement un jour, quelque part, par hasard. Le monde est petit. Surtout quand on rentre d'un long voyage. Surtout à Québec, au milieu de l'été.

François attendait sa petite sœur, souriant, « beau comme un dieu ». Pieds nus dans des souliers de toile, tout bronzé, il portait un jean, un t-shirt blanc. Il semblait heureux, « léger ». Elle a hésité un court moment avant de se jeter dans ses bras. Elle avait pensé, quand il s'était approché d'elle pour l'embrasser :

« Mon dieu ! que je dois avoir changé ! »

Et pendant des jours, cette pensée ne la quittait plus. « Ah ! comme je dois avoir changé ! »

« Tu trouves que j'ai changé, François ?

– Pas plus que tout le reste, pas plus que les autres, disait-il.

Et c'était vrai que tout avait changé dans cette ville. C'étaient les mêmes vieilles pierres grises, les mêmes arbres et les mêmes jardins, les mêmes eaux qui coulaient, impassibles, au pied du cap Diamant. Mais à Odile tout ça semblait neuf, frais fait, comme si tout ce qu'elle voyait était d'une glorieuse et vigoureuse jeunesse.

C'était le plein été, très vert, très ensoleillé. Quand on est seul, les étés de Québec peuvent être atroces de beauté. À part son frère, Odile n'a vu personne pendant plusieurs jours. Elle errait, sans but, dans la ville vide et fraîche, d'abord loin des hordes de touristes, puis se rapprochant peu à peu de la ville fortifiée, des vieux quartiers sous le cap. Et partout où elle allait, tout lui semblait toujours tout neuf. Même les remparts, même le château et les touristes qui s'agitaient autour.

Bientôt, elle eut envie de revoir ses amies de l'atelier Au fil des jours. La grosse Dorothée l'a reçue à bras ouverts. Elle préparait avec ses filles les costumes d'un film que tournait le cinéaste Robert Lepage.

« Si tu veux, il y a de l'ouvrage pour toi. »

Des recherchistes et des dessinateurs lui avaient remis une foule de patrons et d'esquisses et réuni des centaines de photos des années 1950 et 1980. Il fallait confectionner à partir de cette documentation des dizaines de tenues d'époque ou en trouver dans des friperies ou chez des antiquaires, vêtements d'homme, de femme, d'enfant, certains ostensiblement riches, d'autres plutôt pauvres, des soutanes de prêtre aussi et des robes de religieuse, des tenues de rocker et de motard, de danseuse nue, de policier, de serveur de restaurant. Et même un complet très ample pour un comédien très corpulent qui incarnait Alfred Hitchcock, le maître du suspense.

Hitchcock, qui avait tourné un film à Québec, en 1952, *I Confess* (*La Loi du silence*), était maintenant l'un des personnages du *Confessionnal*, le film de Lepage, dont l'action s'étalait sur plusieurs décennies…

Les comédiens venaient à tour de rôle essayer les costumes qu'on avait préparés ou trouvés pour eux. Un beau matin, les filles ont vu arriver à l'atelier un beau jeune homme ténébreux, mince et brun. Odile a su, cette fois, ne manifester aucune surprise. Et lui, s'il l'a reconnue, n'a rien laissé paraître. C'est une autre couturière qui lui a fait essayer un complet noir, très sobre, que le personnage qu'il interprétait dans le film de Robert Lepage allait porter aux funérailles de son père.

« Avec la tête d'enterrement qu'il a, j'aurais dû penser que ce gars-là venait à des funérailles, s'est dit Odile. On dirait le prince des ténèbres ».

Il n'avait plus sa mèche blanche dans les cheveux. Odile s'est dit qu'on avait dû le teindre pour les besoins du film.

Au cours des jours suivants, Odile a feuilleté la copie du scénario que la production avait laissée aux filles de l'atelier pour qu'elles connaissent les personnages qu'elles devaient habiller. Elle savait que l'étrange jeune homme s'appelait dans le film Pierre Lamontagne. Aux funérailles où il devait aller le lendemain, il retrouverait son frère Marc. Et plus tard, celui-ci lui confierait qu'il avait de bonnes raisons de croire que l'homme qui l'avait élevé et qu'il appelait papa n'était pas son vrai père. Et les deux frères (qui n'étaient peut-être que des demi-frères en fait) remonteront dans leurs souvenirs, dans le Québec des années 1950 où ils découvriront du mystère et du mensonge, de graves et terribles secrets. Et ils comprendront ainsi un peu mieux ce qu'ils sont devenus et ce qu'est devenu le monde dans lequel ils ont vécu leur enfance.

« Le passé porte le présent comme un enfant sur ses épaules », disait le réalisateur-narrateur sur les images du générique d'ouverture.

François a suivi de près le tournage du *Confessionnal*. Parce qu'il avait acquis pour quelques milliers de dollars d'actions accréditives. Mais surtout, parce qu'il admirait Lepage et son projet.

« C'est grâce à des gens comme lui que Québec est de nouveau branchée sur le monde et sur la modernité », disait-il.

Robert Lepage avait repris dans *Le Confessionnal* les grands thèmes de *La Loi du silence* de Hitchcock dont il avait recréé certaines scènes à sa manière. *Le Confessionnal* était donc une sorte de commentaire ou d'épilogue au film du grand maître, en même temps qu'une longue réflexion sur la ville de Québec, ses sociétés, son architecture, ses paysages et ses mystères, son histoire, et en particulier sur son fameux château autour duquel et dans lequel Lepage, comme Hitchcock, a construit une bonne partie de son film.

Selon François, *Le Confessionnal* allait démontrer que la société québécoise s'était enfin affranchie du pouvoir et de l'emprise des curés et qu'elle s'était épanouie. Il disait aussi que Lepage avait renouvelé l'image de Québec, toute la représentation qu'on s'en faisait depuis plus de deux siècles.

Odile aussi s'est passionnée pour le tournage. Parce qu'elle rentrait d'un long voyage, et qu'elle se sentait un peu comme une étrangère, elle se liait avec infiniment plus de facilité qu'autrefois. Elle s'est naturellement retrouvée mêlée à l'équipe que dirigeait Robert Lepage, aux comédiens, aux techniciens, qu'elle retrouvait régulièrement le soir, au Chant'Auteuil ou dans quelque bar de la rue Saint-Jean ou, avec plus de plaisir, au Bar Nautique, le bar Saint-Laurent du château, dont les gars de la production disaient que c'était l'un des plus beaux bars du monde. Et c'était en effet un magnifique endroit, avec ses deux foyers, ses boiseries rouges et blondes, ses bronzes, ses baies vitrées et sa grande verrière ouvertes sur le fleuve, les montagnes, le ciel… On se serait cru dans la timonerie d'un grand navire du temps de la navigation à voile.

Comme Hitchcock autrefois, Lepage faisait figurer dans son film certains membres du personnel et de la clientèle du château. Il a tourné plusieurs scènes au bar Saint-Laurent. Le barman Kara jouait son rôle avec un naturel étonnant. Il servait comme tous les soirs des dry martinis, des whiskies, des cosmopolitans et des bières à ses clients, avec des petits plateaux d'amandes et d'arachides salées. Turc d'origine, Kara savait par cœur *Le Bateau ivre* de Rimbaud et *La Conscience* de Victor Hugo, qu'il récitait à qui lui en faisait la demande, avec son lourd accent, très lentement, détachant parfaitement chacun des mots.

Il reconnaissait presque toujours les clients qu'il avait servis, même ceux qu'il n'avait vus qu'une ou deux fois, il se souvenait de ce qu'ils aimaient boire et de leurs sujets de conversation préférés. Et il savait toujours quoi proposer à ceux qui n'avaient pas d'habitudes. Très souvent même, il ne demandait pas à ses clients ce qu'ils voulaient boire, il les observait et il décidait à leur tête, à leur allure, à leur conversation, du drink qu'il allait leur servir. Il lui était arrivé déjà d'apporter un verre d'eau plate à un vieil Anglais qui l'avait chaleureusement remercié et gratifié d'un pourboire royal.

Pour Odile, Kara a préparé une boisson exotique très parfumée et colorée, qu'elle a bue lentement, en jetant de temps en temps des regards émus aux voiliers qui ornaient le plafond, pendant que les techniciens fignolaient, inlassablement, leurs éclairages. Et en jouant son rôle de jeune fille de bonne famille venue prendre un verre au bar Saint-Laurent. Robert Lepage avait lui-même proposé à Odile et à ses amis de figurer ainsi dans son film. Tout ce qu'ils avaient à faire était de boire et converser, comme si de rien n'était, comme dans la vraie vie.

Elle a failli défaillir quand le beau Pierre Lamontagne, plus ténébreux que jamais, est entré et qu'il est allé s'asseoir tout seul au bar. Il a commandé à Kara un whiskey sur glace auquel il n'a pas touché, il est resté prostré, perdu dans ses pensées, comme lorsqu'il était à bord de l'avion de Rapidair. Et Odile était tentée de se lever et d'aller s'asseoir à ses côtés. Mais on n'était plus, hélas, dans la vraie vie, les caméras étaient en action, Lepage et les techniciens s'étaient retranchés derrière elles, en silence, le film était commencé. Et Odile y figurait.

« C'est toujours comme ça avec Lepage, a chuchoté un ami. Tu sais jamais où ni quand commence le cinéma, ni quand ni où finit la vraie vie. »

Odile a cependant compris qu'on était revenu dans la vraie vie quand elle a vu tous les techniciens et les artistes du plateau entourer Pierre Lamontagne et le saluer et le congratuler. Il venait de jouer sa dernière scène avec eux. Il partait le lendemain, en Europe, où l'attendait un autre rôle. Il est sorti du bar Saint-Laurent sans avoir remarqué Odile.

« Il le fait exprès, c'est sûr. »

Mais elle avait, plus forte que jamais, la certitude qu'ils se reverraient un jour.

Retenu à Miami où il jouait le rôle d'un bandit dans un film d'action, le prince des ténèbres n'était pas à la première du *Confessionnal,* à Québec. Et Odile n'apparaissait pas dans le film, la scène dans laquelle elle figurait ayant été éliminée au montage.

Et peu à peu, la vie étant ce qu'elle est, Odile avait cessé d'attendre le jour où ils se retrouveraient, elle et le charmant prince des ténèbres.

Un soir de novembre d'un automne très pluvieux, elle s'est rendue au château avec sa vieille chum Léona qu'elle revoyait de temps en temps, son frère François, les filles de l'atelier Au fil des jours, le gros Louis qui dirigeait les jardiniers et les préposés à l'entretien de la terrasse, Rita et Ovide, Roland, Laurence, plein d'amis… On donnait, au salon Verchères, une petite fête en l'honneur de ce bon vieux Lionel qui prenait sa retraite après presque 55 ans de bons et loyaux services comme garçon d'étage. Il avait eu 70 ans, le 12 octobre, «le jour de la découverte de l'Amérique», disait-il.

Des journalistes de la presse écrite et parlée ont fait des entrevues avec lui. Ses sept frères encore vivants étaient venus, des petits vieux effacés et souriants qui, comme lui, avaient passé leur vie à servir les autres. Ses enfants étaient là aussi, ses deux fils, équipiers et garçons d'étage, ses trois filles, femmes de chambre.

Lionel était si intimidé par les caméras et les micros qu'il est venu demander à Odile de rester près de lui pendant qu'on l'interviewait. Et au début, c'est elle qui a parlé à sa place. Elle a dit que, pendant plus d'un demi-siècle de service, Lionel avait toujours travaillé à Noël et au jour de l'An. Et il a ajouté :

«Pour que des gens s'amusent, il en faut qui travaillent. C'est la vie. Et quant à moi, c'est correct de même.»

Et il a remercié le château. Il a répété qu'il avait été heureux toute sa vie. Mais ce que les journalistes voulaient, ce n'était pas qu'il leur parle de son bonheur, mais des stars et des grands personnages qu'il avait connus.

«Je les ai pas connus, protestait-il. Je les ai juste servis. Souvent même, je leur ai pas dit un mot.»

Mais ils braquaient leurs caméras et leurs micros sur lui. Ils voulaient des noms, de gros noms connus. Alors, pour leur faire plaisir, il en a nommé quelques-uns, pêle-mêle : Montgomery Clift et Ann Baxter, Alfred Hitchcock, Charles Trenet, Anthony Quinn, Mireille Mathieu, Maurice Chevalier, Édith Piaf, Céline Dion, beaucoup d'autres, Ronald Reagan et George Bush, le père.

«J'ai bien connu George Jessop aussi. Et j'ai vu Haïlé Sélassié. Et tous les premiers ministres du Québec depuis Maurice Duplessis jusqu'à Lucien Bouchard, et du Canada, depuis Louis Saint-Laurent jusqu'à Jean Chrétien.

— Et la reine?

— Ah! oui, la reine, je l'avais oubliée celle-là.»

Tout le monde autour de lui a éclaté de rire. Et Lionel était franchement désolé de sa bourde, lui qui jamais de toute sa vie n'avait voulu manquer de respect envers un grand de ce monde.

« De toute façon, la reine saura jamais que tu l'as snobée, disait Odile, pour le dérider. Faut pas que tu t'en fasses avec ça.

— Tu connais les journalistes. C'est rien que ça qu'ils vont garder pour leurs nouvelles et pour les journaux de demain. »

Mais la fête et la musique et les conversations avaient repris. Et soudain, dans le brouhaha, Odile a clairement entendu son nom.

Elle s'est retournée. Pierre Lamontagne, le prince des ténèbres, se tenait tout près d'elle, souriant.

« Comment a-t-il bien pu savoir mon nom ? »

Elle s'est laissée entraîner à l'écart et ils ont engagé la conversation comme s'ils s'étaient connus depuis toujours.

« Tu tournes pas ces jours-ci ? a dit Odile.

— Comment le sais-tu ?

— On voit ta mèche. »

Il avait en effet une légère repousse et on voyait poindre la mèche blanche qui avait tant fasciné Odile quand elle avait aperçu Pierre pour la première fois à l'aéroport de Toronto. « Il y a 1000 ans, il me semble. »

« Qu'est-ce que tu fais à Québec ? demanda-t-elle.

— Rien. Je reviens toujours à Québec, quand je peux, même si je n'y connais plus personne… »

Il a hésité un moment. Elle a pensé qu'il avait failli dire : « plus personne, à part toi ». Et qu'il s'était retenu. Elle réalisait tout à coup que plus personne au fond ne l'intéressait ici, que lui. Pas même François, son frère bien-aimé, ni la douce et grosse Dorothée, ni cette bonne vieille Léona, ni ce trop bon Lionel…

Elle pensait :

« Il s'approcherait de moi, il me toucherait, je serais toute à lui. »

Il disait :

« Je reviens toujours ici, quand je peux, juste pour être bien pendant quelques jours. Et pour ne rien faire. »

C'est par courriel, deux jours plus tard, qu'il l'a invitée à dîner.

« Où tu voudras, tu connais Québec mieux que moi. »

Elle a répondu :

« Soyons au bar Saint-Laurent à l'heure exquise. Après, on verra. »

Le lendemain, pendant qu'elle s'habillait et se maquillait, Odile s'est trouvée belle comme jamais, ses cheveux blonds étaient lourds et lustrés, « de la vraie tire d'érable », ses lèvres étaient pleines et roses. Et ses yeux avaient retrouvé leur bleu d'antan, très profond, un bleu de mer, « outremer » avait dit Pierre.

Kara était derrière le bar et a servi à Odile le même drink multicolore qu'il lui avait fait connaître, quelques années plus tôt, lors du tournage du *Confessionnal*. Et Pierre a demandé ce que c'était.

« Ça n'a pas de nom, a répondu Kara. C'est un philtre.
— Dangereux? a demandé Pierre.
— Très dangereux. Et les effets sont irréversibles, a répondu Kara, en roulant ses r.
— Alors j'en prendrai, moi aussi. »

Il pleuvait si fort qu'on voyait à peine les lumières de Lévis et pas du tout celles de l'île d'Orléans. Ils s'étaient assis près du foyer dont la chaleur odorante les a enveloppés. Et ils parlaient à peine, laissant le philtre agir doucement, irrémédiablement.

« Avec ce temps, vous ne devriez pas sortir, a dit Kara. Surtout pas après ce que vous avez bu. »

Il a lui-même téléphoné au Café de la terrasse, le restaurant du château. Il a retenu une table pour 2, à 20 heures, non-fumeurs.

La table pour deux se trouvait derrière une énorme plante tropicale, et près d'une fenêtre qui donnait sur la terrasse déserte. On aurait dit le pont d'un navire où des vents furieux jetaient de lourds paquets de mer.

Odile a pris les cœurs d'artichaut et l'omble de l'Arctique ; Pierre, du saumon fumé et des côtelettes de veau aux truffes. Chacun, un verre de Gewurztraminer, Les Sorcières, et une bouteille de Merlot, tous deux de 1997. Au milieu du repas, Odile a échappé sa serviette de table. Elle s'est penchée pour la ramasser et est restée un long moment ainsi, regardant sous la table.

« T'as vu ça ? dit-elle à Pierre. T'as vu ce qu'il y a sous la table ? »

Il s'est penché à son tour. Et il a vu, sous la table, une petite trappe. Ils ont été tentés pendant tout le repas de la soulever. Juste pour voir où elle pouvait bien mener. Et Odile a imaginé pour rire toutes sortes de scénarios. Elle disait que cette trappe donnait accès à un monde mystérieux, à des labyrinthes inextricables qui couraient partout à l'intérieur du cap Diamant et dans lesquels erraient des âmes en peine, des âmes perdues qui depuis des siècles cherchaient leur chemin. Elle a raconté à Pierre plein d'histoires de peur, celle de monseigneur de Montmorency-Laval par exemple, celle du fantôme de Frontenac…

Et Pierre lui a parlé de sa passion des antiquités, du ski, de la Chine où il avait vécu pendant trois mois, le temps d'un tournage difficile, de sa mère qu'il avait peu connue.

« J'avais cinq ans quand elle est morte dans un accident d'auto. C'était une Américaine. Une chanteuse de cabaret. Elle avait un nom d'artiste, Molly Wolfe. Chaque année, aux Fêtes, elle venait chanter avec le *big band* du château. C'est comme ça qu'elle a connu mon père qui travaillait ici comme chauffeur pour payer ses études. Il connaissait tout le monde. C'était un beau parleur, mon père. Il n'a jamais terminé ses études et il est resté chauffeur au château toute sa vie, comme le père de Robert Lepage. Quand j'étais petit, je faisais souvent des courses avec lui d'un bout à l'autre de la ville. Je connaissais presque tous ses clients, et les chasseurs, les portiers de jour, de nuit.

— Des filles de chambre? a demandé Odile.

— On ne voyait pas souvent les filles de chambre. En fait, on allait rarement plus loin que dans le grand hall. Mais chaque année, à Noël, il y avait la fête des enfants. Pendant toute une journée, le château était à nous. Je me souviens, un beau jour, je devais avoir six ou sept ans, une fille de chambre nous a emmenés glisser, moi et Jeff Jessop. Jeff était dans ma classe à l'école anglaise. Il était le fils du directeur-gérant du château. La fille nous a fait monter jusqu'au plus haut palier de la glissoire. Et en descendant, elle a perdu le contrôle du toboggan. Et Jeff s'est blessé. Rien de grave, mais il était coupé à la tête et il saignait beaucoup. La pauvre fille a tellement pleuré, je me souviens, que les parents de Jeff ont dû la consoler. »

Odile ne l'écoutait plus. Elle le regardait très intensément. Elle avait pris la main de Pierre dans la sienne.

« Très bientôt, dans 1 heure au plus, dans 1 minute, peut-être moins, dans 30 secondes, je serai irrémédiablement amoureuse de toi, lui a-t-elle dit.

— T'as encore le temps de t'enfuir. »

Mais il tenait sa main fermement.

« J'ai pas du tout envie de m'enfuir, dit-elle.

— On se connaît à peine.

— Ça n'a rien à voir. Il y a des gens que je connais depuis des années et qui me laissent parfaitement indifférente. Ça n'a rien à voir. Toi, je t'ai trouvé dans mes bagages. Toi, je suis allée te chercher au bout du monde.

— Et tu as bu le philtre de Kara…

— Toi aussi. Tu ne t'en sortiras pas. »

Elle savait déjà qu'elle serait longtemps amoureuse de lui, qu'ils feraient ensemble un grand bout de leur vie, qu'ils auraient des enfants peut-être « des filles brunes comme lui, des garçons blonds comme moi ».

Retour

Pendant qu'Odile ramassait sur la banquette arrière son sac à main, son foulard, quelques magazines de mode qu'elle avait feuilletés pendant le voyage, et que le chasseur rangeait les bagages et les skis sur son chariot, Pierre s'étirait devant les portes d'entrée du château. Il parlait avec le portier de cette neige abondante qui depuis deux jours tombait sur tout le Québec.

«Vous êtes parmi les derniers à entrer en ville, disait le portier, amusé. La SQ doit fermer la 20 avant la nuit. Sur la 40, y a plus rien qui circule. Ni sur la 10.»

Et Odile a aimé penser que Québec était complètement isolée du reste du monde, douillettement enfouie sous l'énorme couette de neige. Personne n'y entrerait cette nuit, ni voiture, ni train, ni avion. Et c'était bien ainsi, rassurant, reposant.

Pierre regardait, souriant, l'horloge au fronton du Petit Château qui, comme toujours, d'aussi loin qu'il se souvienne, marquait l'heure impeccablement. Le portier lui disait :

«Ça fait un joli bout de temps qu'on vous a vus, il me semble.»

La dernière fois qu'ils étaient venus à Québec, c'était en plein Sommet des Amériques, au printemps de 2001. Pierre tenait un petit rôle dans un film d'auteur qui l'avait passionné, mais qui n'avait jamais vu le jour. Et ils n'avaient pu descendre au château qui, entièrement occupé par des chefs d'État et leurs conseillers, se trouvait à l'intérieur du tristement célèbre périmètre de sécurité.

François était venu les rencontrer dans la chambre, très jolie, très confortable, qu'ils occupaient à l'hôtel Dominion. Et pendant des heures, il leur avait parlé, furieux, contre la mondialisation, contre Bush, contre les Américains, qu'il n'appelait jamais autrement que les barbares. Il disait qu'il fallait souhaiter qu'il y ait de la casse lors de ce Sommet, pour que les barbares sachent que le monde en avait assez de faire leurs quatre volontés et de consommer leur minable culture.

« Vous allez devenir des barbares, vous aussi, si vous continuez à vivre chez eux. »

Et Odile souriait en pensant à son frère qu'elle n'avait pas revu depuis ce jour-là. Mais elle savait bien qu'il devait avoir épousé quelque autre cause, et qu'il devait tenir un nouveau discours sur la vie et sur le monde, et qu'il avait probablement une nouvelle blonde. Avec François, tout était toujours nouveau, il cherchait toujours à surprendre les autres, et à se surprendre lui-même.

Elle avait réservé, comme chaque fois qu'ils descendaient au château, Pierre et elle, la chambre 1718, avec vue sur le fleuve. Elle aimait ces chambres restaurées quelques années plus tôt, leurs meubles de bois franc, les chaudes couleurs des tentures, du couvre-lit, le lit très haut, le marbre de la salle de bains.

Une fois là-haut, Pierre a rangé leurs vêtements dans les armoires, il a placé leurs articles de toilette sur le comptoir de la salle de bains, les siens à droite, ceux d'Odile à gauche. Et il est tout de suite parti courir les antiquaires.

« Moi, je ne sors pas, a dit Odile, tu me trouveras à la piscine ou au gymnase. »

À New York où ils vivaient depuis quelques années, Pierre n'allait jamais chez les antiquaires, ni à Toronto, ni à Montréal ou à Paris où ils se rendaient régulièrement. Mais chaque fois qu'il venait à Québec, il descendait rue Saint-Paul et faisait systématiquement tous les antiquaires. Il rentrait parfois bredouille.

« On dirait que tu cherches quelque chose que tu as perdu », lui disait Odile.

Le gymnase était désert. Odile a fait ses exercices en regardant la neige tomber sur le petit jardin qui jouxtait la piscine et couvrir les vénérables érables du jardin des Gouverneurs. Il y avait en sourdine des chansons anciennes, *La Mer, Les Feuilles mortes, Le Temps des cerises* au piano. Et des choses comme *Tammy, Non Dimenticar, Love Me Tender,* que Pierre appelait les belles américaines. Il disait toujours qu'elles lui rappelaient sa mère.

Odile s'est enveloppée dans son peignoir et s'est allongée sur une chaise coussinée, seule, goûtant la sainte paix. Elle a regardé dans un magazine la mode que proposaient les couturiers pour l'été 2002. Et elle s'est laissée couler dans une douce nostalgie. Elle a dormi peut-être. Elle a rêvé peut-être. Au temps qui passe comme un grand fleuve. Et au milieu de lui, traversé par lui, ce château dont elle est devenue la châtelaine et qui résiste, immobile, comme un rocher dans le courant qui ne l'emporte pas, mais qui l'érode peu à peu, qui l'use.

« Et moi ? songeait-elle. Qui m'emporte ? Où ? »

Il lui avait semblé si longtemps qu'elle était elle aussi immobile, comme ce rocher, comme ce château, alors que tous, autour d'elle, passaient et vieillissaient, se laissaient emporter. Et disparaissaient.

Et puis peu à peu, quand les enfants étaient nés, deux garçons blonds comme elle, une fille brune comme son père, le temps l'a emportée. Elle aussi. La voilà prise dans le courant tranquille, emportée enfin… Et c'est ainsi qu'elle s'est réveillée, flottant, dérivant…

Pierre est rentré à la nuit tombante de sa tournée des antiquaires. Il avait acheté un petit chien de bois jaune dont la grosse queue touffue était dressée.

« Regarde-le. On dirait vraiment qu'il jappe.

– Tu crois qu'il est fâché ?

– Je pense que non. C'est un chien heureux, il me semble. »

François était déjà au Bar Nautique quand ils y sont descendus vers les 20 heures. Kara a préparé des dry martinis pour les hommes, un cosmopolitan pour Odile. Et Pierre a attiré leur attention sur le plafond du bar. Il était divisé en douze panneaux formant une sorte de firmament en rosace.

« Autrefois, dans chacun de ces panneaux, on avait dessiné un voilier célèbre de l'histoire, disait-il. Il y avait *L'Émérillon* de Champlain, par exemple, le *Victory* de Nelson, la *Santa María* de Colomb, le *Don de Dieu* de Champlain… Cet après-midi, un antiquaire m'a raconté qu'ils avaient tous disparu pendant la campagne de restauration qui a précédé le centenaire du château, au début des années 1990. On ne les a jamais revus.

— Ça me semble inimaginable, disait Odile. Il faut bien qu'ils soient quelque part.

— Pas nécessairement, a dit François. Dans cette ville, il y a des choses et même des gens qui disparaissent sans laisser de traces. On n'a jamais retrouvé le corps de Champlain. On n'a jamais retrouvé le buste de James Wolfe qui se trouvait dans le hall d'entrée. Et il y a quelques mois, en faisant des travaux, on a retrouvé ici même, dans le château, une pièce oubliée. Elle était remplie d'antiquités de très grande valeur, des miroirs ouvragés, des lits, des tables en acajou, en bois de rose, des armoires en palissandre, des choses vieilles de plusieurs siècles. »

Plus tard, pour le plaisir, ils sont allés marcher dans la nuit. La neige avait cessé de tomber. Mais les rues n'avaient pas encore été déblayées. Québec était plongée dans un silence irréel. Aucune voiture ne circulait. Rue Saint-Louis, ils ont aperçu des skieurs et des raquetteurs.

Le lendemain matin, en faisant sa toilette, Odile s'est trouvée très en beauté. Elle ne l'aurait avoué à qui que ce soit, pas même à son mari, mais elle aimait se regarder, quand elle se trouvait belle, comme si elle se nourrissait de cette beauté qu'elle trouvait en elle.

Quand elle est descendue, Pierre avait déjà fixé les skis au support du toit de la fourgonnette. Il parlait avec le portier des conditions de ski à Sainte-Anne, à Grand Fonds, à Stoneham.

« Plein de neige partout, monsieur, disait le portier. Deux mètres de poudreuse à Grand Fonds et à Sainte-Anne. Le problème, c'est de s'y rendre.

— On va dans la Beauce », a dit Odile.

C'était une idée de Pierre. Quand il avait entendu à la radio que les routes de la Côte-de-Beaupré étaient impraticables, il avait pensé en profiter pour connaître enfin ces petits centres de ski de la Beauce, dont l'un, pour des raisons qu'il ignorait, à cause de son nom sans doute, le fascinait, la Crapaudière.

C'est Odile qui lui a indiqué le chemin. C'était toujours elle qui, dans la vie, comme sur les routes, lui disait où aller, quand, comment. Après le pont Pierre-Laporte, direction Saint-Georges-de-Beauce. À Sainte-Marie, prendre à gauche…

« On dirait que tu as déjà vécu ici », lui disait Pierre.

Odile souriait, radieuse. Pierre disait souvent à sa femme Odile qu'elle était une vieille âme, qu'elle avait infiniment plus que lui l'expérience de la vie…

Ils se sont arrêtés au musée Marius-Barbeau, à Sainte-Marie-de-Beauce. Pierre voulait voir les objets d'artisanat, les oiseaux sculptés, les voiliers en bouteille, les courtepointes et les catalognes, les armes et les outils d'autrefois. Odile a préféré le paysage et le grand air. Elle est allée marcher sur le petit pont qui enjambe la rivière Chaudière…

La journée était déjà fort entamée quand ils sont arrivés à la Crapaudière. C'était tout petit. Presque désert. Mais là-haut, où ils se sont retrouvés seuls, le paysage était d'une limpidité sidérante. Ivres, hallucinés par le très grand air, par l'effort soutenu, les mouvements cent mille fois répétés, ils se sont arrêtés sur un grand replat presque nu, sans autres arbres que des genévriers rabougris écrasés par les vents.

Et Odile indiquait à Pierre la rivière Etchemin et la rivière Chaudière, les villages de Sainte-Hénédine et de Sainte-Claire. Et là-bas, au bout du monde, l'immense fosse au fond de laquelle coulait le Saint-Laurent, « le plus beau fleuve du monde », a-t-elle dit avec cette petite voix traînante et blanche qu'ont les gens qui regardent très intensément au loin ou qui sont perdus dans leurs pensées.

Ils ont aperçu un lièvre en pelage d'hiver, tout blanc sur fond blanc, qui cherchait des mousses et des lichens sous la neige et qui s'est laissé approcher à cinq pas. Et un aigle aussi qui planait encore plus haut qu'eux…

À l'approche du crépuscule, le ciel a donné généreusement dans les ocres, les fuchsias, l'émeraude et le saphir. Un vent tranquille et doux est monté de la plaine portant jusqu'à eux l'odeur des sapins et des épinettes.

Pierre regardait Odile, ses joues toutes roses, « sûrement fraîches au toucher », ses lèvres pleines, ce grand sourire vainqueur qui le troublait tant, qui illuminait tout son visage, « le visage du bonheur, de la santé, de la force et de la beauté ».

Elle lui a fait un regard enjôleur et moqueur. « Je t'aimerai toujours », a-t-elle dit, comme si elle lui lançait un défi. Et elle a amorcé la descente, se faufilant habilement entre les épinettes, fonçant dans le soleil couchant, loin devant Pierre, dans une grande glisse impeccable, ininterrompue, son foulard et ses cheveux blonds flottant au vent.

« Je t'aimerai toujours. »

Droit devant, énorme, la lune se levait.